Catherine Cusset

Janes Roman

Catherine Cusset

Janes Roman

ROMAN

Aus dem Französischen
von Annette Meyer-Prien

EISELE

Besuchen Sie uns im Internet:
www.eisele-verlag.de

Die Originalausgabe »Le problème avec Jane«
erschien 1999 bei Éditions Gallimard, Paris.

Taschenbuchausgabe
1. Auflage Juli 2024

Gesetzt aus der Adobe Garamond Pro
Satz: LVD GmbH, Berlin
Druck und Bindearbeiten: CPI books GmbH, Leck
ISBN 978-3-96161-190-4

Für Vlad und Claire

Meinen Freunden Hilari, Meredith,
Luciana und Per

Das Paket

Es gibt Tage, an denen man kein bisschen Schadenfreude empfindet, wenn man der miauend im Eingang sitzenden Nachbarskatze die Tür aufmacht und das verdutzte Tier im nächsten Moment von einem Regenguss durchtränkt wird.

Jane seufzte und ließ die Tür wieder ins Schloss fallen. Das Wetter machte auch nichts besser, und in einer Viertelstunde würde es noch schlimmer werden, wenn in ihrem Computer im Büro keine Nachricht von Alex war.

Die große graue Katze sah sie vorwurfsvoll an und miaute kläglich. »Was ist? Bin ich vielleicht daran schuld?«

Am Boden, gleich neben dem per Hand beschrifteten Paket, das Jane gestern schon aufgefallen war, lag eine *New York Times* in der üblichen blauen Plastikhülle. Sie würde sie mitnehmen, wenn sie zurückkam, vorausgesetzt, sie war noch da. Man hatte ihr oft genug die Zeitung geklaut – bestimmt die Studenten aus dem Erdgeschoss –, und gerade damals, als sie von ihrer morgendlichen Nachrichtendosis abhängig war wie von einer Droge. Sie hatte deshalb sogar das Abonnement abbestellt.

Earl Grey maunzte jetzt vor der anderen Tür, der, die den kleinen Eingangsflur mit den Briefkästen vom Inneren des Hauses trennte. Sie steckte den Schlüssel wieder ins Schloss und stieß die schwere Tür für ihn auf. Er verschwand im Treppenhaus.

Jane hatte ebenso wenig Lust wie die Katze, sich in diesen Sturm hinauszustürzen, der ihr in weniger als einer Minute den Regenschirm umklappen würde. Für den Briefträger war es noch zu früh. Sie bückte sich, um den Namen des Nachbarn zu entziffern, der sein Paket liegen gelassen hatte, und machte große Augen, als sie merkte, dass es für sie selber war. Gestern war sie durch die Nachricht von Duportoys Tod zu verstört gewesen, um daran zu denken, sich den Namen anzusehen, zumal sie zu Hause sowieso nie Pakete bekam. Sie nahm es auf. Fest, rechteckig und eher schwer: bestimmt ein Buch. Ein Lächeln ließ ihr Gesicht aufleuchten. Alex musste sich einige Mühe gegeben haben, um ihre Adresse herauszubekommen. Nach dreizehn Tagen Schweigen schickte er ihr ein Geschenk anstelle einer E-Mail. Die Schrift auf dem Umschlag, so lebhaft und flüchtig, tanzend und ausgeglichen, passte zu Alex. Er benutzte einen Füllfederhalter und blaue Tinte, genau wie sie. Jetzt war sie schon sehr viel weniger trüber Stimmung.

Sie kämpfte mit dem wattierten Umschlag, der mit Klammern und Klebeband verschlossen war. Irgendein graubraunes Material quoll aus dem zerrissenen Papier hervor. Innen war wieder ein Umschlag, diesmal ein weißer: Das Buch war gut geschützt. Sie nahm einen Schnellhefter aus gelber Pappe heraus. Mit trockenem Geräusch fiel eine Diskette auf den Fliesenboden. Der Schnellhefter enthielt ein Manuskript in losen Blättern. Auf der ersten Seite las sie:

Janes Roman

Kein Autorenname. Auf der zweiten Seite ein Inhaltsverzeichnis:

Bronzino, Eric: die Männer in ihrer Vergangenheit. Sie musterte den braunen Umschlag: kein Absender. Das Paket war vor fünf Tagen in New York aufgegeben worden. Zu diesem Zeitpunkt war Alex in Frankreich, daran hätte sie denken müssen.

Sie überflog die ersten Seiten. Es ging um sie. Um sie und Bronzino. Vor neun Jahren. Da war jemand gut informiert. Das Manuskript war dreihundertundsechzig Seiten lang und endete mit dem Satz: »Unten fand sie das Paket mit dem Manuskript.« Jane zuckte zusammen und sah hoch. Hinter dem Türfenster war nichts zu sehen außer dem Regen und den Magnolienblüten, von denen das Wasser tropfte.

Sie würde später ins Büro gehen. Erst mal musste dieses Rätsel geklärt werden. Dieser seltsame Spaßvogel hatte sich genau den richtigen Tag ausgesucht: Als wenn der sintflutartige Regen, Duportoys Tod und Alex' Schweigen, gerade jetzt, wo sie ihn so sehr brauchte, nicht schon genug gewesen wären. Sie hob die Diskette auf, öffnete zum zweiten Mal die Tür zwischen Eingang und Hausinnerem und stieg, immer zwei Stufen auf einmal nehmend, die Holztreppe hinauf, die trotz des Teppichbelags unter jedem Schritt knarzte. Als sie vor ihrer Wohnungstür angekommen war, berührte etwas sie am rechten Knöchel. Sie sprang mit einem Aufschrei zur Seite. Earl Grey glotzte sie mit großen Unschuldsaugen an. Sie lachte nervös und stampfte mit dem Fuß auf, um ihn zu verscheuchen. Als sie die Tür hinter sich zugemacht hatte, schob sie den Riegel vor, zog den Regenmantel aus, machte die Deckenbeleuchtung an – es war dunkel wie abends um sieben – und fing neben dem Tisch stehend zu lesen an.

1. Ein Abendessen mit Bronzino

1 Die Fenster des Provence lagen zu hoch, um hineinsehen zu
können. Das beste Restaurant der Stadt. Freitag- und Samstagabend, wenn sie aus der Filmothek kam, sah Jane immer die eleganten Paare herauskommen Da hätte sie heute Abend gern gegessen. Heute Morgen am Telefon hätte sie es Bronzino beinahe
vorgeschlagen, aber es war ein kleines bisschen zu schick für ein
Dinner unter Kollegen, und finanziell gesehen konnte sie es sich
gar nicht leisten. Also hatte sie das indische Restaurant in der
University Street vorgeschlagen, das sie kannte, weil sie schon einmal allein dort gegessen hatte. Sie ging am Café Romulus vorbei.
Ein kleiner Schwarzer mit Bart, den sie auch schon auf dem Campus betteln gesehen hatte, sprach sie an: »Haste mal zehn Cent?«

Sie blieb stehen, zufrieden mit sich, weil sie nicht rein aus
Reflex nein gesagt hatte, und zog ihr Portemonnaie heraus.

»Eigentlich«, sprach der Kleine weiter, »werden hier nicht zehn
Cent gebraucht, sondern ein Dollar.« Dann fügte er schnell
hinzu: »Neunzig Cent hätten wir. Könnten Sie uns die vielleicht
gegen einen Dollar tauschen?«

Ein massiger Schwarzer, der im Schatten eines Hauseingangs
gestanden hatte, kam heran und hielt ihr mit einem Lächeln
seinen großen Handteller voller Münzen hin. Ihm fehlten mehrere Vorderzähne. Jane holte einen Dollar heraus.

»Schon gut. Behalten Sie den Rest.«

»Danke!«

Sie machten keinen besonders überraschten Eindruck und verschwanden. Jane lachte. Sie konnte sich denken, dass es nicht der erste und auch nicht der letzte Dollar war, den sie heute Abend auf diese Weise verdient hatten.

Man durfte die Hoffnung nie aufgeben: Das Leben war ein ständiger Wechsel von Höhen und Tiefen, die sich am Ende irgendwann die Waage hielten. In Chicago hatte sie sechs Jahre lang Nudeln gegessen und sich mit anderen Studenten verrottete Wohnungen geteilt, die sich im Winter – und das waren sechs Monate pro Jahr – so schlecht beheizen ließen, dass sie mit Strümpfen und Wollmütze ins Bett gegangen war. Dann war das Licht am Ende des Tunnels erschienen, das unerwartete, völlig überraschende Angebot von der Devayne University, wo doch Jane auch nicht intelligenter war als jede andere und noch nicht einmal ihre Dissertation abgeschlossen hatte. Eine richtige Stelle mit richtigem Gehalt im besten Fachbereich für Französisch im ganzen Land, an der Ostküste, eineinhalb Stunden von New York entfernt – ein Traum, der Anfang eines glorreichen Lebens, das Glück. Sie hatte sich von ihrem Freund getrennt, den sie nie wirklich geliebt hatte, war nach Old Newport gezogen in eine elegante, gut geheizte Zweizimmerwohnung mit hohen Decken, Stuck, einem Kamin und wunderbarem Parkett aus breiten Ahornplanken, hatte sich einen herrlichen Teppich gekauft, ein richtiges Bett und ihr erstes Sofa und begonnen, an der Devayne zu unterrichten, wo sie nun die schlimmsten neun Monate ihres Lebens verbracht hatte. Mit jedem Tag noch ein bisschen einsamer und noch ein bisschen deprimierter.

Bis vor drei Tagen. Anscheinend gab es kein Absolutes im negativen Sinne. Je weiter man unten war, desto höher zog einen schon ein Nichts wieder nach oben. Die Dinner-Einladung eines bejahrten Kollegen hatte ausgereicht, sie wieder froh zu stimmen. Tatsächlich handelte es sich ja auch nicht um irgendeinen Kollegen. Ihre sämtlichen Kommilitonen an der Northwestern, und ganz besonders Josh, wären absolut sprachlos gewesen, wenn sie gewusst hätten, dass sie ganz allein mit Norman Bronzino essen ging.

Sie war vor der Perle von Bombay angekommen. Die gläserne Eingangstür warf ihr ihr Spiegelbild entgegen: Vom Halbrund ihres hochgeschlagenen Mantelkragens umgeben, mit der Wimperntusche, die ihre Augen größer wirken ließ, und dem rosa Lippenstift, hatte ihr von den braunen Haaren, die ihr dank Fönwelle bis auf die Schultern fielen, umrahmtes, herzförmiges Gesicht etwas Hübsches und Sanftes. Sie stieß die Tür auf. Ein indischer Kellner begrüßte sie mit einer Verbeugung.

»Ich bin hier mit jemandem verabredet.«

»Ein größerer Herr? Da hinten.«

Bronzino hatte sich die am weitesten von der verglasten Vorderfront entfernte Ecke in dem noch leeren Raum ausgesucht. Er erhob sich, als sie auf ihn zukam. Er war groß und dünn wie Janes Vater, wirkte aber jünger mit seinem schmalen Schnurrbart und den kurz geschnittenen hellbraunen Locken, die vielleicht gefärbt waren. Er trug wie immer ein perfekt gebügeltes Hemd, eine Fliege, ein Tweed-Jackett mit Wildlederflicken an den Ellbogen und Schuhe mit Kreppsohle. Der perfekte Landedelmann. Seine Hand war warm. Er hielt die von Jane eine Sekunde länger als nötig fest. Sie fragte schnell:

»Wartest du schon lange?«

»Ich bin gerade gekommen.«

Er half ihr aus dem Regenmantel und hielt ihn dem Kellner hin, der die Speisekarten brachte. Sie setzten sich. Er schlug vor, erst mal zu sehen, was es gab, und zog aus der Innentasche seines Jacketts eine rechteckige Lesebrille hervor, die ihn noch würdiger aussehen ließ.

Jane knurrte der Magen. Sie hatte den ganzen Nachmittag damit verbracht, ihre Wohnung zu putzen, und seit dem Morgen nichts mehr gegessen. Der Kellner verteilte den Inhalt einer großen Kanne mit Eiswürfeln und Wasser in ihren Gläsern. Sie trank ein paar Schlucke. Ein heftiger Schmerz durchzuckte ihren Leib. Sie stellte das Glas hin, verschränkte die Beine und starrte auf die Karte, ohne etwas zu lesen. Dann ein plötzlicher Krampf, dass sie beinahe aufgeschrien hätte. Das war nicht der Hunger. Sie setzte sich zurecht und schlug die Beine andersherum übereinander. Sie war blass, furchtbar angespannt. Bronzino war in seine Lektüre vertieft und hatte nichts bemerkt. Er faltete die Karte zusammen, nahm die Brille ab und lächelte sie an. Der Kellner kam an ihren Tisch. Jane nahm das erste Gericht auf der Seite, das auch das billigste war, nicht einmal sieben Dollar. Sie hatte zwar vierzig Dollar bei sich, wollte aber lieber nicht mehr als zehn ausgeben.

»Möchtest du keine Vorspeise?«

»Danke, ich habe nicht so viel Hunger.«

Er bestellte gemischte Vorspeisen und Scampi Tandoori, das teuerste Gericht auf der Karte. Ein Mann wie er achtete natürlich nicht auf den Preis, ein Privileg des Alters und des Ruhms. Es wäre schön, wenn man eines Tages leben könnte, ohne ständig zu rechnen – oder wenigstens ein bisschen großzügiger. Vielleicht in zehn Jahren, wenn sie die Schulden, die sie während ihrer Studienjahre aufgenommen hatte, zurückgezahlt haben würde.

»Hast du etwas dagegen, wenn wir Weißwein trinken? Das wäre mir lieber, damit er zu den Meeresfrüchten passt.« »Für mich bitte nur Wasser, danke.«

Mit ihrem leeren Magen wäre sie von dem Wein sofort betrunken gewesen. Bronzino bestellte ein Glas Chardonnay. Der Kellner entfernte sich.

»Hübsche Kette«, sagte Bronzino.

»Danke. Sie ist aus Israel.«

»Ach ja? Bist du schon mal dort gewesen?«

»Nein. Ich habe sie geschenkt bekommen.«

Sie errötete. Er lächelte.

»Also, wie läuft dein erstes Jahr hier bei uns?«

»Wirklich gut. Es macht Freude, derart intelligente Studenten zu unterrichten. Und die Bibliothek ist wunderbar. Ich habe eine Erstausgabe von *Madame Bovary* gefunden und durfte sie für ein Jahr ausleihen.«

»Wir sind verwöhnt, das stimmt.«

Jetzt ertönte ein lautes Magengrummeln, das Bronzinos Ohren nicht entgehen konnte. Jane hatte furchtbare Bauchschmerzen. Sie musterte ihre Finger.

»Ich sollte mir die Hände waschen. Ich war in der Bibliothek, und auf den Büchern ist immer so viel Staub …«

»Ich glaube, es ist hinten rechts.«

Sie ging gemessenen Schrittes weg, aber kaum hatte sie die Toiletten erreicht, rannte sie los, um sich einzuschließen. Ihr verflüssigtes Inneres entleerte sich geräuschvoll. Sie verkrampfte sich bei dem entsetzlichen Gedanken, man könnte sie vielleicht hören. Sie zog die Spülung. Der Anfall war noch nicht vorüber. Jemand kam herein und ging in die Nachbarkabine. Viertel nach sechs. Langsam fing er wahrscheinlich an, auf die Uhr zu sehen. Auf dieses Abendessen hatte sie seit drei Tagen gewartet – seit neun Monaten. Sie ging zum ersten Mal aus, seit sie in Old Newport wohnte.

Das war es, was sie hier am meisten überrascht hatte: das fehlende gesellschaftliche Leben. Mittags aß man eine Kleinigkeit mit den Kollegen, aber man dinierte nicht miteinander, aus Zeit-mangel oder um in einer konkurrenzorientierten Umgebung wie Devayne die Privatsphäre zu wahren. Im November hatte Jane ihre Kollegin Carrie eingeladen, die neu war und allein, weil ihr Mann noch in Kalifornien studierte. Carrie hatte begeistert an-genommen, und Jane fing schon an, das Leben wieder in rosige-ren Farben zu sehen, da sagte Carrie in der allerletzten Minute mit wortreichen Entschuldigungen und ohne einen neuen Ter-min vorzuschlagen ab und ließ Jane mit ihrem Kalb mit Karotten und ihrem Tiramisu, das für zehn gereicht hätte, in einem Tal der Hoffnungslosigkeit sitzen. Da verbrachte man doch besser seine Abende allein und arbeitete. Dann konnte wenigstens nichts Un-vorhergesehenes passieren. Sie konnte nicht einmal ihre Freunde in Chicago anrufen, schließlich wäre es unverschämt gewesen, sich zu beklagen, wo sie immer noch keine Arbeit hatten. Selbst mit Allison war es schwierig, und Allison war immerhin ihre beste Freundin. Aber Allison und John fingen mit dreißig mit Jura an, nachdem sie in Geisteswissenschaften promoviert hatten, nur um sicherzugehen, dass sie eine Stelle finden würden und in derselben Stadt leben konnten. In Wahrheit waren sie alle de-primiert. Eine Generationsfrage? Und Flaubert war schuld? Janes Vater hatte recht: Literatur zu unterrichten hieß, in Schönheit zu sterben. Selbst Bronzino war im Grunde ein Dinosaurier. Dieser Gedanke entlockte ihr ein Lächeln, das sofort von einem heftigen Schmerz weggewischt wurde.

Die andere Frau wusch sich die Hände. Endlich ging sie. Jane hatte solche Schmerzen, dass sie meinte, ohnmächtig zu werden. Der Schweiß stand ihr auf Stirn und Oberlippe, und ihre Hände waren klitschnass. Sie überließ sich dem Schmerz und hielt sich wimmernd den Bauch. Danach fühlte sie sich besser. Sie tastete mit der Hand in dem metallenen Papierhalter. Leer.

Ihr stiegen die Tränen in die Augen. Sie kämpfte sie wieder hinunter wegen der Wimperntusche und durchwühlte ihre Taschen. Die elegante Hose kam direkt aus der Reinigung. Nichts. Nicht das kleinste Papiertaschentuch in der Handtasche, und dabei hatte sie sonst immer ein Paket davon mit. Nur diese blöde Whiskeyflasche, die sie auf dem Herweg gekauft hatte für den Fall, dass Bronzino nachher noch auf ein Glas mit zu ihr kommen würde.

Nachdem die Frau sich die Hände unter einem Heißluftapparat getrocknet hatte, schien die Situation aussichtslos. Jane machte ihre Tür einen Spaltbreit auf, warf einen Blick nach draußen und stieß einen Erleichterungsschrei aus, als sie über dem Waschbecken einen Metallkasten mit Papiertüchern sah. Der Geschäftsführer des Restaurants stieg wieder in ihrer Achtung.

Inzwischen waren ein paar Tische am Fenster besetzt. Sie war zwanzig Minuten weg gewesen. Bronzino hatte seine Vorspeise bereits bekommen. Er war diskret genug, nicht zu fragen, ob alles in Ordnung war.

»Es ist köstlich. Möchtest du probieren?«

»Nein, danke. Ich habe keinen Hunger.«

Sein Blick war ihr unangenehm.

»Wie alt bist du?«

»Achtundzwanzig. Demnächst neunundzwanzig.«

»So jung! Deine Studenten müssen allesamt in dich verliebt sein.«

Sie lachte übertrieben und beglückwünschte sich innerlich, dass sie den Hosenanzug ausgesucht hatte und nicht das figurbetonte schwarze Kleid. Bronzino sprach weiter:

»Ich bin überzeugt, dass es keine Pädagogik ohne Erotik gibt. So wie es in den USA zurzeit aussieht, darf man es ja nicht laut sagen, aber es scheint mir doch so, als würde man nur von Professoren etwas lernen, in die man verliebt ist.«

Sie dachte an den blonden Studenten, der sie drei Stunden pro Woche im Seminar mit großen Bambiaugen anstarrte: Er war tatsächlich ihr bester Schüler. Dann erinnerte sie sich an früher.

»Als ich fünfzehn war, war ich in meine Französisch-Lehrerin verliebt. Auf dem College habe ich Französisch belegt.«

»Ist etwas passiert?«

»Etwas passiert?«

»Mit deiner Lehrerin.«

»O nein. Sie war verheiratet, Mutter von zwei Kindern.«

»Keine Simone de Beauvoir.«

Er lächelte. Sie hatte ihn immer als so kalt und distanziert empfunden, dass sie dem Gerücht, demzufolge er vor einigen Jahren von einer Studentin der sexuellen Belästigung beschuldigt worden sein sollte, nie die geringste Bedeutung beigemessen hatte. Jetzt war sie sich nicht mehr so sicher.

»Und wie läuft es so mit den Kollegen?«, fragte er in ernsterem Ton, während er ein Stück klein geschnittenes Gemüse in Blätterteig zum Munde führte. Er schluckte elegant unauffällig und sprach niemals mit vollem Mund.

»Sehr gut. Sie sind alle sehr nett. Natürlich auch sehr beschäftigt. Ist ja ganz normal in Devayne.«

»Das ist leider wahr. Da will ich zum Beispiel schon seit Monaten mit dir Mittag essen, und nun haben wir schon April. Das Jahr läuft nur so davon – besonders das zweite Halbjahr.«

Der Kellner kam, um Bronzinos leeren Teller abzutragen, und brachte das Hauptgericht. Das war auch Zeit: Jane war schon fast schwindelig vor Hunger. Bronzino bestellte noch ein Glas Wein und machte sich an seine Scampi. Sie nahm einen großen Bissen

Hühnchen und verzog das Gesicht. Die Sauce war viel zu scharf gewürzt. Sie konnte nur den Reis essen. Bronzino fragte:

»Hast du eine anständige Wohnung gefunden?«

»Ja. Ich hatte Glück. Gleich das erste Apartment, das ich mir im Juli angesehen habe. In einem alten Haus. Es ist sehr schön.«

Sie beschrieb voller Enthusiasmus einige architektonische Details und ihre Ahorndielen.

»Eine gute Wohngegend?«

»An der Linden Street, fünf Minuten vom Campus.«

»Um so besser. Du weißt, was letzten Donnerstag passiert ist?«

»Ja. Völlig verrückt.« Die Mutter eines Studenten war beim Durchqueren des Central Square, der Grünanlage im Zentrum von Old Newport, plötzlich mitten in eine Schießerei geraten und hatte einen Schuss in den Oberschenkel abbekommen, und das nachmittags um vier.

»Ich hoffe, du bist vorsichtig, Jane.«

»Ich habe sechs Jahre lang mitten in Chicago gelebt, und mir ist nie etwas passiert. Nicht einmal mein Portemonnaie haben sie mir geklaut. Ich habe noch nie eine Waffe gesehen, außer im Film.«

»Vielleicht, aber ich mache keine Witze. Letztes Jahr ist auf dem Campus ein Student ermordet worden. Es wäre besser, wenn du abends nicht alleine ausgingest. Hast du ein Auto?«

»Nein. Ich fahre nicht gern. Das ist schade, vor allem, weil ich das Meer so liebe, und um dorthin zu kommen, braucht man ein Auto.«

Er hob den Kopf.

»Ja. Und die Küste ist wirklich schön. Eine halbe Stunde entfernt gibt es auch einen sehr schönen Nationalpark. Dahin müsste man dich mal mitnehmen.«

War das eine Aufforderung? Sie nahm ihr Wasserglas. Im selben Moment kam Bronzinos Hand zu seinem Weinglas vor und streifte die ihre. Er hatte eine glatte, vollkommen haarlose Haut von fast obszöner Blässe, lange Finger und einen schmalen Ehering am Ringfinger. Er bestellte das dritte Glas. Eine Flasche wäre günstiger gewesen.

»Willst du immer noch nichts trinken?«

»Nein, danke.«

Sie spürte, wie es unter Bronzinos Blick in ihren Wangen und den Lippen pochte, und senkte die Augen.

»Sag mir eins: Warum Flaubert?«

Erleichtert nahm sie den Kopf wieder hoch.

»Wegen meines Vaters.«

»Deines Vaters? Ist er Literaturwissenschaftler?«

»Nein, Zahnarzt. Er hat nie verstanden, was man mit Literatur wollen kann. Er war fuchsteufelswild, als ich mich für Literaturwissenschaften eingetragen habe. Er wollte, dass ich Jura studiere.«

» Ja, und?

»Ich habe ihn immer enttäuscht. Er hatte sich einen Jungen gewünscht, mit dem er sonntags Baseball spielen konnte. Er hat sogar versucht, es mir beizubringen. Ich habe nicht einen Ball gefangen. Er brüllte mich an, weil ich die Augen zumachte, sobald der Ball auf mich zukam. Und je mehr er brüllte, desto mehr schloss ich die Augen.«

Bronzino, der zweifellos so manchen Sonntag beim Baseball-Spielen mit seinen Kindern verbracht hatte, nickte lächelnd. Während ihres Aufenthalts in Paris im dritten Jahr an der Uni, fuhr Jane fort, war ihr klar geworden, dass sie die grünen Vororte, wo sie aufgewachsen war und sich zu Tode gelangweilt hatte, hasste. Deshalb Flaubert, wegen seines ironischen Blicks auf die langweilige, scheinheilige und bürgermuffige Provinz. Monsieur Homais, das war ihr Vater. Norman lachte.

»Es ist nicht leicht, Vater zu sein: Kinder sind gnadenlos. Woran arbeitest du genau?«

»Am ›energischen Stil‹ von Flaubert, seiner männlichen Auffassung – sie malte Gänsefüßchen in die Luft – vom Stil als Unterdrücker des Schwachen, Sentimentalen, in gewisser Weise des Femininen.«

»Interessant. Ich persönlich mag *Madame Bovary* nicht besonders. Man merkt doch jedem einzelnen Satz an, wie Flaubert sich im Zaum hält, findest du nicht? Vielleicht ist das Problem gerade, dass er sich vor der Frau in sich fürchtet.«

Jane, die *Madame Bovary* abgöttisch liebte, suchte noch nach einer schlauen Antwort, als Norman einen Blick auf die Uhr warf.

»Darüber diskutieren wir beim nächsten Mal. Ich muss los.«

»Natürlich! Ich bin fertig.«

Die zwei Stunden waren vergangen wie fünf Minuten. Sie hatte keine Bauchschmerzen mehr. Er gab ihr ein gutes Gefühl. Sie hatte gar nicht auf die Themen zurückgreifen müssen, die sie sich in petto gehalten hatte, und war nicht einmal dazu gekommen, ihm zu sagen, wie sehr sie sein Buch *Sehnsucht und Spannung* bewunderte.

Bronzino drehte sich zum Gastraum hin um und machte dem Kellner ein Zeichen, die Rechnung zu bringen. Der Raum hatte sich gefüllt, ohne dass sie etwas davon bemerkt hatte. »Nur für fünf Minuten«, würde er sagen, wenn er den Wagen vor ihrem Haus parkte. Sie hätte einen besseren Whiskey nehmen sollen, Chivas oder einen Glenlivet. Achtung: Er war verheiratet und ihr in der Hierarchie voraus. Zum Glück hatte sie sich noch nie von älteren Männern angezogen gefühlt.

Er beobachtete etwas auf der anderen Seite des Raumes. Jane wandte den Kopf und sah eine junge Frau mit langem Haar in venezianischem Blond und einem herrlichen Profil. Norman kommentierte mit Kennerstimme:

»Hübsches Stück.«

Sie nickte ein wenig schockiert.

»Mindestens hundert Jahre alt«, sprach er weiter.

Jane sah noch einmal auf die andere Seite des Raumes. An der Wand direkt hinter der Frau hing ein Teppich in dunklen Rottönen. Er gab dem Raum diese intime Wärme, die Jane so gefallen hatte, als sie allein hier gegessen hatte. Sie fragte erregt:

»Magst du Teppiche?«

»Sehr.«

»Im September habe ich mir einen kaukasischen Kelim aus dem neunzehnten Jahrhundert in wunderbar harmonischen, warmen Tönen gekauft, alles Naturfarben. Ich hatte keinen Cent, es war völlig verrückt, aber ich konnte einfach nicht widerstehen. Ich brauche ihn nur anzusehen, um mich zu entspannen.«

»Das überrascht mich nicht. Du weißt ja, dass Freuds Behandlungszimmer voller Perserteppiche war.«

Der dickliche Kellner legte die schwarzlederne Mappe mit der Rechnung darin vor ihn hin. Norman schlug sie auf und nahm den Zettel, noch bevor Jane nach ihrer Tasche greifen konnte.

»Ich habe einen kanadischen Kollegen«, sprach er weiter, während er in der Innentasche seiner Jacke nach seiner Brille suchte, »der ein solcher Teppichnarr ist, dass er auf Teppichen schläft, isst und arbeitet. Er ist natürlich unverheiratet.«

»Warum?«

»Sobald sich eine Frau bei ihm einnistet, will sie spätestens nach einer Woche einen Tisch oder ein Bett einführen.«

Jane lachte. Er setzte seine Brille auf und murmelte Zahlen vor sich hin.

»Einundvierzig Dollar und zehn Cent, dazu gebe ich fünfzehn

Prozent Trinkgeld, das wären sechs Dollar fünfzig, sagen wir sieben ...«

Jane war es peinlich, wie er das laut vor sich hin rechnete. Sollte sie protestieren und darauf bestehen, ihren bescheidenen Anteil selber zu zahlen? War es diskreter, zu schweigen? Das hier war ein Arbeitsessen, und die Rechnung würde bestimmt auf seiner Spesenabrechnung auftauchen. Sie zögerte noch, als Bronzino sie ansah und sagte:

»Achtundvierzig. Das ist einfach: vierundzwanzig für jeden.«

Jane lief rot an. Sie beugte sich vor und nahm ihre Handtasche hoch. Sie nahm ihre zwei Zwanziger heraus und hielt sie Bronzino hin, ohne ihn anzusehen.

»Gib mir zwanzig, das reicht auch. Geht es dir gut?«

»Ja, warum?«

Sie zwang sich zu einem Lächeln.

»Du bist ganz rot. Es war gut, aber ein wenig schwer. Die frische Luft wird uns guttun.«

Der Kellner stellte zwei kleine Teller vor sie hin. Bronzino zog die Augenbrauen hoch.

»Wir haben kein Dessert bestellt.«

»Eine Aufmerksamkeit des Küchenchefs. Zum Probieren. Sehr gut.«

Jane betrachtete die kleine, milchige Kugel, die in Honig schwamm.

»Sehr freundlich«, sagte Bronzino, »aber ich habe auch keinen Hunger mehr.«

Sie zog ihren Regenmantel an, während er das Wechselgeld zählte. Draußen hielt er ihr die Hand hin.

»Es war nett. Das machen wir mal wieder. Soll ich dich irgendwo absetzen? Ich sag's aber gleich, mein Auto steht weit weg.«

»Nein, schon in Ordnung. Ich gehe in die Bibliothek.«

Er drängte nicht weiter. Jane blieb reglos auf dem Gehweg stehen und sah ihm nach, wie er sich mit großen Schritten entfernte. Sie fröstelte. Die Luft hatte aufgefrischt. Viertel nach acht. Den ganzen Abend noch vor sich und ungefähr so viel Lust, nach Hause zu gehen und ihr Seminar vorzubereiten, wie ein Dutzend von diesen cremigen Kugeln in Honig zu schlucken. Zwischen den in ihren Ledersesseln in der Bibliothek vor sich hin dämmernden Studenten oder den bebrillten Vereinsamten, die sich ins Café Romulus flüchteten, um dem Alleinsein zu entkommen, würde sie nur noch einsamer sein. Langsam ging sie am Central Square entlang, auf der Campusseite, die besser beleuchtet war als die am Park.

»Haste mal 'n paar Cent?«

Die raue Stimme direkt an ihrem Ohr ließ sie einen Satz zur Seite machen. Unter der schwarzen Sweatshirt-Kapuze war das Gesicht des Penners im Dunkeln kaum zu sehen.

»Ich habe kein Kleingeld.«

Sie ging vom Gehweg hinunter und auf der Fahrbahn weiter.

»Trotzdem gute Nacht! Und immer gesund bleiben!«

Ein lautes Hupen zog ihr förmlich die Beine weg. Das Auto schlingerte weiter, und der Fahrer beschimpfte sie durchs offene Fenster. Mit ihrem grauen Regenmantel war sie so unsichtbar wie der Penner. Ihre Beine zitterten immer noch, als sie den Gehweg auf der anderen Seite erreichte. Zwischen den Bäumen des Parks zeichneten sich verdächtige Schatten ab. Sie fing an zu laufen. Ein großer Tropfen landete auf ihrer Nase. Dann noch einer und noch einer und bald ganz viele. Sie hatte ihren Schirm in der Perle von Bombay vergessen. Zu spät, um noch mal umzudrehen. Ein neuer Schirm.

Jane war perplex. Selbst wenn ein Unbekannter an jenem Abend Fotos gemacht hätte, hätten sie bestimmt nicht denselben Effekt erzielt. Dieser Text war ein Schlag in die Magengrube. Noch neun Jahre später erinnerte sie sich daran, wie sie nach Hause gekommen war, tropfnass und noch viel deprimierter. Als wäre es gestern gewesen.

Was für ein hinreißendes Bild von ihr! Wimmernd und sich den Bauch haltend auf einer Klobrille, beseligt nickend zu jedem Wort, das Bronzino von sich gab, unablässig mit den Preisen beschäftigt! Der Autor dieses Manuskripts schrieb ihr offenbar einen ungelösten Ödipuskomplex zu und eine Sexualität, die in der Analphase stecken geblieben war.

Natürlich Bronzino. Niemand konnte besser wissen als er, was sich an jenem Abend zugetragen hatte. Er brauchte nicht hexen zu können, um sich vorzustellen, was Jane passiert war, als sie zu Beginn des Abendessens beinahe eine halbe Stunde verschwunden war. Und auch nicht, um zu erraten, warum sie so rot geworden war, als er sie die Hälfte von seinen Scampi Tandoori bezahlen ließ. Diese Knickerigkeit war typisch für Bronzino – und für die meisten Universitätsmenschen.

Deshalb hatte er sie also gestern in sein Büro bestellt. Er wollte wissen, ob sie sein Manuskript bekommen hatte. Er war ihr seltsam vorgekommen, bewegter und warmherziger, als er sich ihr gegenüber in acht Jahren gezeigt hatte. Der Grund war gar nicht die schreckliche Neuigkeit, die er ihr mitgeteilt hatte, sondern das Paket, das zu Hause auf sie wartete.

Sie stand auf und wählte die Nummer seines Büros. Ein Anrufbeantworter. Die Sekretärin war wahrscheinlich zur Mittagspause gegangen. Auf jeden Fall war es wohl besser, zur Universität zu fahren, um Bronzino persönlich gegenüberzutreten: Sein Gesicht würde verraten, was seine Stimme am Telefon verbergen könnte.

Sie sah aus dem Fenster. Der Himmel war noch schwärzer und der Regen dichter geworden. Sie würde ein wenig später gehen.

2 Das Schwimmen hatte sie hungrig gemacht. Sie hatte sich etwas schön Gesundes zum Abendessen gekocht. In ihrem gemütlichen Hausmantel aus Samt saß sie auf ihrem beigeweiß gestreiften, nach anderthalb Jahren Benutzung immer noch saubereren Sofa und las mal wieder *Rot und Schwarz,* das immer noch so gut war wie in ihrer Erinnerung. Das Telefon klingelte. Sie warf einen Blick auf den vergoldeten Wecker auf dem Kaminsims: Mitternacht. Josh wartete immer, bis es in Chicago elf war, um den billigsten Tarif auszunutzen. Sie stützte den Ellbogen auf die Sofalehne und hob ab.

»Hallo?«

»Ich bin's.«

Sie hatte gewusst, dass er irgendwann anrufen würde.

»Kann ich jetzt mit dir sprechen?«

Seine Stimme klang ernst und dramatisch. Sie konnte sich schon denken, was er sagen würde. Sie kannte es bereits auswendig.

»Ja. Was ist?«

»Ich habe jemanden kennengelernt.« Er machte eine Pause. »Es war mir wichtig, es dir zu sagen. Ich möchte ehrlich mit dir sein.«

Es tat trotzdem weh. Aber sie war eher irritiert als verletzt.

»Wer ist es?«

»Eine meiner früheren Studentinnen. Du kennst sie nicht. Ich bin ihr bei einer Vernissage vor drei Wochen über den Weg gelaufen, gleich nach unserem ersten Telefongespräch.«

»Das läuft schon seit drei Wochen?«

»Ja. Wir haben noch an dem Abend, an dem wir uns begegnet sind, miteinander geschlafen.«

Jane konnte es sich unschwer vorstellen: ein dickes Mädchen mit Krisselhaaren in einem billigen Sackkleid made in India, mit billigem Silbergebamsel, Wollstrümpfen und Birkenstock-Sandalen. Josh fuhr mit kummervoller Stimme fort:

»Ich habe nicht gedacht, dass es länger dauern würde. Ich habe nur mit ihr geschlafen, weil ich die negative Energie nach unserem Gespräch loswerden musste. Ich habe nicht einen Augenblick lang daran gedacht, dass es etwas Ernstes werden könnte. Aber jetzt bin ich dabei, mich mit ihr innerlich zu verbinden.«

Er glaubte in seiner nervtötenden Naivität tatsächlich, dass es irgendjemanden interessierte, was in seiner Seele oder sonstwo in seinem Inneren vor sich ging.

»Ja, und? Was willst du jetzt machen?«

»Ich weiß nicht. Ich nehme an, das hängt von dir ab.«

»Von mir?«

»Ich liebe dich, das weißt du genau. Wenn es zwischen uns läuft, lasse ich Stephanie fallen.«

Der Name ließ plötzlich ein ganz anderes Bild in ihr aufsteigen: ein blondes Mädchen mit Zöpfen, klein und zierlich, das bei jedem Wort von Josh vor sich hin gluckste. War es möglich, dass er diese Geschichte nur erfunden hatte, um Jane dazu zu bringen, zu ihm zu fahren? Dafür war seine melodramatische Stimme zu echt. Sie sagte kühl:

»Ehrlich gesagt gefällt mir dieses ›wenn‹ nicht besonders. Das riecht nach Erpressung. Hör zu, es ist schon halb eins, ich bin fix und fertig, und morgen muss ich unterrichten. Ich wollte gerade ins Bett gehen, als du angerufen hast. Wir sprechen noch mal darüber, wenn wir ausgeruhter sind.«

Sie war sehr ruhig, nachdem sie aufgelegt hatte. Da war Josh also eine kleine Studentin in die Arme gefallen: Nichts, was einem Kopfschmerzen bereiten musste.

Josh hatte sie nur ein einziges Mal überrascht: Als er vor fast einem Jahr in Old Newport angekommen war. Als sie ihn nach dem Essen mit Bronzino abends noch angerufen hatte, war es ihr nur mit großer Mühe gelungen, ihn zu einem Besuch zu überreden. Sie hatte seit neun Monaten nicht mehr mit ihm gesprochen und war ziemlich brutal mit ihm umgegangen, als sie Chicago verlassen hatte. Aber Josh hatte nachgegeben, ganz wie erwartet. Sie hatte mit ihm gebrochen, für ihn ließen sich daraus Rechte ableiten. Also hatte er zwei Wochen später an ihrer Tür geklingelt, und dann war die große Überraschung gekommen. Er war nicht größer als vorher, er hatte immer noch dieselbe unbändige Mähne, er trug immer noch dieselbe unförmige, schwarze Jacke und dasselbe alte T-Shirt mit dem Aufdruck vom Hard Rock Café. Aber sie hatte vergessen, was ein vertrautes Gesicht bedeutet. Drei Stunden später, nach dem Abendesssen, war sie noch überraschter.

»Was ist mit dir los, Jane?«

»Wie meinst du das?«

»Du redest von nichts anderem als Devayne, Bronzino, von deiner Habilschrift und deinen Veröffentlichungen. Ist das alles in deinem Leben?«

Eigentlich wollte sie ihm antworten, dass sie bestimmt ein ausgefüllteres Leben hatte als ein verkrachter Student, aber stattdessen war sie in Tränen ausgebrochen.

Er hatte auf dem Sofa im Wohnzimmer übernachtet. Am Morgen wollte er an den Strand. Der gute Josh, so naiv: In Old Newport selbst grenzte nur ein Industriegebiet ans Meer. Die Strände waren kilometerweit entfernt, ohne Auto nicht zu erreichen. Zwei Stunden später waren sie am Strand, im Wood-mont Park. Eine halbe Stunde Busfahrt von Old Newports In-nenstadt und fünfundsiebzig Cent pro Ticket. Der graue Sand sah aus wie Staub, und es gab keine Wellen wegen des Golfs von Long Island. Aber es war immerhin das Meer: eine endlose blaue Weite, die in der Sonne glitzerte.

Nun war Josh mit reden an der Reihe. Er hatte sich bei Jane für ihre harten Worte vor ihrer Abfahrt aus Chicago im letzten Juli bedankt. Er hatte das gebraucht, dass ihm mal jemand die Meinung sagt. Drei Monate lang hatte er wie ein Irrer gearbeitet, morgens als Forschungsassistent, nachmittags als Korrektor für Klausuren und abends als Pizzaausträger. Er hatte seine Doktor-arbeit nicht angerührt und sich nicht nach einer Stelle umgese-hen. Im November war er nach Osteuropa gefahren. In Berlin, wo er genau in der Nacht des Mauerfalls gelandet war, tanzten und sangen Hunderttausende von Menschen in den Straßen und auf der Mauer. Jane, die schon immer Wert auf Genauigkeit gelegt hatte, lächelte über seine kleinen Übertreibungen, aber sie war beeindruckt und ließ sich von seinem Enthusiasmus mit-reißen. »Das ist Geschichte, Jane. Groß geschrieben.« Etwas, das er eines Tages seinen Enkelkindern erzählen würde.

Auf jeden Fall vergnüglicher als ihr Leben in Devayne. Sie stellte sich die Orte mit den ganzen exotischen Namen vor. Er erzählte voller Empörung von Rumänien, an Europas Grenze zum Orient, das mehr als vierzig Jahre lang von einem verrückten Tyrannen regiert worden war. Um einen Palast zu seinem Ruhm und eine Prachtstraße zu bauen, die auf diesen Palast zuführte, hatte der größenwahnsinnige Despot mitten im Herzen der Hauptstadt Bukarest drei Stadtteile mit orthodoxen Kirchen, die wahre Kleinodien gewesen waren, und Häusern aus dem sieb-zehnten und achtzehnten Jahrhundert dem Erdboden gleich machen lassen. Man brauchte eine Stunde, um den gigantischen Palast zu Fuß zu umrunden. Innen war alles aus Gold und Marmor. Elena Ceaucescu, die Frau des Tyrannen, war von einer derartigen Ignoranz, dass sie selbst die Stuckarbeiten aus Marmor haben wollte. »Wieso? Woraus sind sie denn sonst?« Josh war in Gelächter ausgebrochen: »Machst du Witze? Aus Stuck natürlich!« Die Menschen in Bukarest verabscheuten den Palast. Josh hatte ihn gar nicht mal so hässlich gefunden – aber das konnte man nicht sagen, ohne die Rumänen zu beleidigen.

»Dieser Typ, Ceaucescu, das ist König Ubu. Nur dass es eben keine Literatur ist. Tausende von Menschen haben ihr Leben verloren. Die Revolutionäre haben ihn und seine Frau im Dezember festgenommen und nach einem Eilverfahren alle beide an die Wand gestellt.«

Sie liefen barfuß über den Sand und tauchten ab und zu die Zehen ins eisige Wasser. Er erzählte ihr von einer Rumänin, Dora.

»Warst du in sie verliebt?«

»Nein, aber sexuell war es überwältigend. Die Frauen im Osten kennen da ein paar Kunststücke!«

»Zum Beispiel?«

Er lachte.

»Ich lag auf dem Rücken, sie setzte sich rittlings auf mich, direkt über meine Eichel, und dann ließ sie sie in Höchstgeschwindigkeit rein und raus gleiten. Zum Dahinschmelzen vor Wonne.«

Jane errötete. Sie hatte auch Lust auf eine lange Reise, ein Abenteuer auf dem Balkan, während dort die Revolution tobte. Der kalte Sand zwischen den Zehen und unter den Fußsohlen fühlte sich angenehm an. Erst mal musste ihre Dissertation fertig sein.

»Du wärst begeistert von Prag, die Stadt ist voll von Barockpalästen und gepflasterten Gässchen. Weißt du, was ›danke‹ auf Tschechisch heißt? Franzosen hören das wahrscheinlich nicht so gern. Eigentlich heißt es ›dekuju‹, aber ausgesprochen wird es wie ›tes couilles‹, »und dann denken sie natürlich, man will irgendwas Abfälliges über ihre Eier sagen.«

Als die Sonne unterging, hatten sie sich geküsst. Sie hatten den Sonntag in Manhattan verbracht, waren zusammen mit Tausenden New Yorkern, die den ersten Frühlingssonntag genießen wollten, im Central Park spazieren gegangen, hatten sich eine Ausstellung im Museum of Modern Art angesehen und waren dann die Fifth Avenue hinunter bis Greenwich Village gegangen, wo Jane Josh zum Essen bei einem Chinesen auf der Sixth Avenue eingeladen hatte. Auf der Rückfahrt im Zug waren sie vor Müdigkeit eingeschlafen. Als sie am Montag erwachte, war Josh schon fort. Sie war bester Laune: ihr schönstes Wochenende seit einem Jahr, und sie war nicht mehr allein.

Im Juni war Josh mit seinen Büchern und dem Computer nach Old Newport zurückgekommen. Sie hatten den Sommer damit verbracht, an ihren Dissertationen zu arbeiten. Wenn es sehr heiß war, fuhren sie mit dem Bus an den Strand.

Sie brauchte keinen Sex nach einem langen, erfüllten Tag. Sie war wie Proust der Meinung, dass ein Glas frischer Orangensaft – oder eine Stunde Schwimmen im Meer – bei Hitze sehr viel erstrebenswerter war als ein schweißgebadeter fremder Körper. Aber sie konnte nicht jedes Mal nein sagen. Sie bat ihn, ihren Bauch und die Hüften nicht zu berühren und auch nicht an ihren Brüsten zu saugen oder zu lutschen. Nach Joshs Interpretation war diese Überempfindlichkeit ein Zeichen für eine Sinnlichkeit, die sich eines Tages entfalten würde, vielleicht mit fünfunddreißig, wenn Frauen auf ihrem sexuellen Höhepunkt waren. »Mit fünfunddreißig, ja? «

Mitte Juli hatte er mit einem Roman angefangen. Daran dachte er schon seit Langem. Jetzt hatte er endlich den Einstieg gefunden.

»Worum geht es?«

»Eine Liebesgeschichte.

»Zwischen einem Studenten, der an seiner Doktorarbeit sitzt, und einer Dozentin von Devayne?«

»Weißt du, es geht immer alles auf die Realität zurück. Ein anderer Schauplatz, eine transponierte Handlung, das ist alles. Natürlich bin ich durch unsere Geschichte inspiriert, aber das ist nicht das Eigentliche, nicht das Fleisch. Um einen Roman zu schreiben, braucht man erst einmal ein Knochengerüst, eine Idee als Grundstruktur der Geschichte. Ich hab eine.«

»Und die wäre?«

»Hybris.«

»Häh? »

»So haben die Griechen übertriebenes Selbstvertrauen oder Stolz genannt, die am Ende immer von den Rachegöttinnen bestraft werden, den furchtbaren Erynnien.«

»Danke, ich weiß schon. Und?«

»Man kann niemals auf den Gipfel des Glücks gelangen, ohne irgendwann auf die Nase zu fallen. Garantiert. Das ist fast schon ein mathematisches Gesetz. Ich nenne es das Gesetz der Bescheidenheit. Ist dir das nie aufgefallen? Jedesmal, wenn man zu enthusiastisch ist und glaubt, man hätte alles begriffen, kommt garantiert ein Misserfolg hinterher. Der Held in meinem Roman ist ein Enthusiast, der erst mal Schritt für Schritt Bescheidenheit lernen muss.«

Wenn man dieses Gesetz auf seinen Roman anwandte, war seine eigene Begeisterung schon mal eine Garantie für den Misserfolg. Jane sagte nichts. Er verschob mal wieder den Abgabetermin seiner Doktorarbeit und entzog sich seinen Pflichten: Er hätte besser daran getan, seine Dissertation über das Göttliche zu beenden und sich irgendwo eine Stelle zu suchen. Das war nicht Janes Problem. Er ging ihr auf die Nerven. Er nahm unweigerlich die falsche Schale für sein Müsli und das Brotmesser zum Pampelmusenschneiden. Es lenkte sie ab, wenn er durch ihr Zimmer ging, nur um sich in der Küche ein Glas Wasser zu holen, wenn sie gerade arbeitete. Er pfiff beim Duschen vor sich hin, und er hatte sogar Janes Handtuch benutzt! Aber am schlimmsten war, als er sich vorgenommen hatte, sie zu psychoanalysieren.

»Dein Problem ist, dass du deinen Körper nicht magst. Du weigerst dich, eine Frau zu sein, deshalb hattest du auch noch nie einen Orgasmus. Du kannst dich nicht fallen lassen.«

»So ein Blödsinn. Nur nicht während der Penetration, das ist alles.«

»Aber da ist es doch am besten! Du weißt nicht, was du versäumst. Meiner Meinung nach liegt das ganz bestimmt an deinem Vater.«

»Soso.«

»Du hast mir selber gesagt, dass er sich einen Sohn gewünscht hatte. Auf jeden Fall sollte jeder zum Psychiater gehen, der so einen Vater hat wie deinen. Jeder.«

»Ich mache dich darauf aufmerksam, dass dieser eine Vater wie meiner dich in ein gutes Restaurant eingeladen hat, und du hast ihn bezahlen lassen. Ich finde dich nicht eben berufen, ihn zu beleidigen.«

Gegen Ende des Sommers juckte es sie an jeder Stelle, wo er sie berührte. Sie wollte ihn auch nicht auf den Mund küssen. Das einzig Erträgliche waren seine Finger auf ihrer Klitoris. Sie schloss die Augen und vergaß Josh. Die wenigen Male, bei denen es ihr gelang, sich genügend zu entspannen und zum Orgasmus zu kommen, erlaubte sie ihm, in ihr zu ejakulieren. Danach. Er war so aufgeregt, dass er keine Minute dazu brauchte. Das war zu ertragen.

In der Nacht vor Joshs Abreise weinte sie. Sie hatte ihn versprechen lassen, dass er sie nie verlassen würde. Sie hatten ein ernstes Gespräch über ihre Beziehung geführt. Es war Liebe, sonst wären sie schließlich nicht sechs Jahre nach ihrer ersten Begegnung und nachdem sie sich schon einmal getrennt hatten, immer noch zusammen. Diese simple Logik beruhigte sie. Josh hatte recht: Sie kritisierte an ihm herum, weil sie sich selbst nicht akzeptieren konnte – wegen ihres Vaters. Josh hatte Jane gesagt, dass sie der Lust zu viel Bedeutung beimaß. Es gab Tage, da hatte man welche, und an anderen nicht, das war nicht das Wichtigste in einer Liebesbeziehung. Die Einschränkungen, mit denen sie ihre sexuelle Verbindung belegte, frustrierten ihn zwar, aber er konnte damit leben. Es gab keine andere Frau, mit der er lieber geschlafen hätte, nicht einmal Dora, die Rumänin. Das Wichtigste war, dass Jane ihm so viel mentalen Freiraum ließ: Mit ihr konnte er seinen Roman schreiben, also konnte er sein Leben mit ihr verbringen. Er wünschte sich nur eins: dass sie sich nicht immer so verkrampfte.

»So bin ich nun mal. Ich kann nichts dafür.«

»Ich weiß. Das ist kein Vorwurf.«

Das war vor fast sieben Monaten gewesen. Seitdem hatten sie sich nur ein Mal gesehen, zu Weihnachten in Chicago. Die Universität hatte Jane, die in ihrer Eigenschaft als Mitglied der Einstellungskommission mit fünfundzwanzig Kandidaten für den Lehrbereich Gegenwartsliteratur sprechen musste, Ticket und Hotel bezahlt. Sie hatte fünf Tage lang eingeschlossen in einem Zimmer im Marriott verbracht. Josh hatte endlos viel Zeit. Er war nur zu einem einzigen Vorstellungsgespräch für eine Stelle in einem kleinen College in Kansas gebeten worden, und er war sich auch schon sicher, dass er sie nicht bekommen würde. Das war jetzt das dritte Mal, dass er sein Glück herausforderte. Dabei hatte sich sein Lebenslauf inzwischen mit seinen Reisen nach Osteuropa gefüllt, die ihn als viel interessanter hervorstechen ließen als diese ganzen Doktoranden, die nie aus ihren Kämmerlein herausgekommen waren. Jane wusste, wo das Problem war: So ging es mit einer Mappe, die schon zu viel herumgereicht worden war. Schon nach kurzer Zeit wusste jeder, dass es sich da um jemanden handelte, den keine Universität einstellen wollte. So war das mit der Begierde: Er wurde nur immer noch weniger begehrenswert. Josh war wütend: Jane hätte ihm schließlich ein Vorstellungsgespräch für Devayne verschaffen können. Sie hatte ihm geantwortet, er solle erst mal seine Doktorarbeit zu Ende schreiben. In der heutigen Zeit war das entscheidend. Nach fünf Tagen angespannter Stimmung, immer kurz vor der Explosion, hatte Josh schließlich zugegeben, dass er eine Blockade hatte. Er ging inzwischen ein Mal die Woche zum Psychiater. Jane hatte eingelenkt. Wie lief es mit seinem Roman? Er hatte ihn zur Seite gelegt. Am letzten Tag waren sie bei erstaunlich schönem Wetter am See spazieren gegangen. Überall schmolz das Eis, und das Wasser hatte eine lichte, blaugrüne Farbe. In der darauf folgenden Nacht hatten sie miteinander geschlafen und sich vorgenommen, sich in den Osterferien wieder zu sehen. Josh würde nach Old Newport kommen.

Ende Februar, drei Wochen davor, hatte er sie angerufen. Man hatte ihm eine Schwangerschaftsvertretung in einem Verlag angeboten. Konnte Jane ihn wohl während der Märzferien in Chicago besuchen?

So war es nicht geplant gewesen. Sie hatte keine Lust auf Joshs Wohnung und seine Mitbewohner. Sie schob Arbeit vor.

»Gib dir einen Schubs. Sei nicht so egoistisch.«

»Ich, egoistisch? Wer ist denn letztes Mal nach Chicago gekommen? Ich kann nicht in einer Tour Flugtickets kaufen. So reich bin ich nicht.«

»Weihnachten hat doch dein Fachbereich bezahlt! Und du bekommst ein Gehalt, ich nicht. Ich bin letztes Jahr zweimal gekommen.«

»Ja, aber mit Reisegutscheinen von American Express: neunundneunzig Dollar hin und zurück. Ich bin aber keine Studentin mehr. Ich muss über dreihundert Dollar bezahlen.«

»Du bist ja so geizig!

»Geizig! Darf ich mal fragen, wer in Chicago die Restaurants bezahlt hat? Du hast den ganzen Sommer bei mir verbracht. Habe ich dich auch nur ein einziges Mal gebeten, dich an den Einkäufen oder irgendwelchen anderen Kosten zu beteiligen?«

»Du weißt doch genau, dass ich pleite bin! Darum brauche ich ja auch diesen Job in dem Verlag!«

»In Ordnung. Dann behaupte aber nicht, ich sei geizig.«

Ihr letztes Gespräch vor dem von heute Abend. Und das von heute war nicht eben erfreulicher. Ein Erpressungsversuch mit einer Zwanzigjährigen. Das Problem war nicht dieses Mädchen. Und auch nicht, wer was bezahlt hatte.

Das Berufsleben veränderte. Das war sogar der ethymologische Sinn des Wortes ›erwachsen‹: jemand, der sich verändert hatte. Die Angst, die Jane jede Woche vor ihrem Doktorandenkolloquium erfasste, und dieser immer wiederkehrende Traum, in dem sie sich vor ihren Studenten wiederfand und nichts zu sagen hatte – Josh hätte das alles als infantil abgetan. Wirklich infantil war aber nur seine Idealvorstellung von absoluter Freiheit. Und zwar von vorne bis hinten in Großbuchstaben geschrieben.

Drei Tage später hatte Josh immer noch nicht wieder angerufen. Hatte sie ihn verärgert, als sie ihm gesagt hatte, sie würde jetzt schlafen gehen, als wäre ihr Joshs Untreue ganz egal? Wenn sie den ersten Schritt tat, würde er daraus schließen, dass sie von ihm abhängig war, und das wollte er ja wohl beweisen, indem er sie eifersüchtig machte. Josh war so didaktisch. In dieser Nacht schlief Jane schlecht. Als sie am nächsten Tag nach ihrem Kurs auf eine schnelle Pizza zu Bruno's ging, sprach sie eine koreanische Studentin aus ihrem Doktorandenkolloquium an:

»Professor Cook! Wollen Sie sich zu uns setzen?«

Miran stellte ihr ihre Begleiterin vor, eine junge Frau mit einem sehr schönen Gesicht, die ebenso blond war wie die Asiatin brünett und ganz in Schwarz gekleidet, während Miran einen grellgelben Pullover trug. Man hätte sie für Dominos halten können. Kathryn Johns, angehende Doktorandin im Fachbereich, erzählte Jane bei der ersten Gelegenheit, wie unendlich sie es bedaure, nicht an ihrem Seminar über Flaubert teilnehmen zu können; sie hatte zur selben Zeit ein Seminar in Afrikanistik. Jane war nicht wohl bei ihrem höflichen Getue und dem kalten Lächeln.

»Ich bin sicher, dass Sie Flaubert längst gelesen haben.«

Die koreanische Studentin wandte sich Jane zu:

»Ich habe gerade zu Kathryn gesagt, dass ich mich noch nie so deprimiert gefühlt habe, wie seit ich hierhergekommen bin, um meine Doktorarbeit zu schreiben. An manchen Abenden bin ich stundenlang wie von Furcht gelähmt.«

»Mir geht es genauso!«, sprudelte Jane los. »Am schlimmsten ist es abends, wenn es dunkel wird. Morgens geht es normalerweise sehr viel besser. Vielleicht liegt es an Devayne? Und wie ist es bei Ihnen?«, fügte sie hinzu und wandte sich der Blonden zu, die den Kopf schüttelte.

»Das passiert mir nie. Seit ich verheiratet bin, war ich kein einziges Mal deprimiert.«

»Sie sind verheiratet! »

Jetzt erst sah Jane den schmalen Goldring am Finger der jungen Frau, die gepflegte Hände hatte mit perfekt oval geformten, weißen Fingernägeln.

»Und dabei lebt ihr Mann in Los Angeles«, sagte Miran. »Nicht gerade um die Ecke.«

»Und was macht er dort? »

»Er ist Filmregisseur«, antwortete Kathryn.

»Regisseur!«

In der Nacht konnte Jane nicht einschlafen. Wenn sie die Augen zumachte, sah sie Kathryn Johns mit ihrem langen Hals, ihren gleichmäßigen Gesichtszügen, ihrem straff zurückgebundenen, blassgoldenen Haar und dem herablassenden Lächeln. Schließlich stand sie auf. Im Wohnzimmer machte sie das Licht an und wählte Joshs Nummer. Zwei Uhr fünfzehn nachts. In Chicago war es erst Viertel nach eins, und Joshs Mitbewohner gingen nie vor eins ins Bett. Jemand nahm ab. Ein verschlafenes Grunzen am anderen Ende.

»Ich bin's«, sagte Jane.

Josh murmelte:

»Was ist los?

»Ich wollte mit dir reden.«

»Nicht jetzt. Ich ruf dich morgen an.«

Er hatte leise gesprochen und aufgelegt, ohne ihre Antwort abzuwarten. Jane blieb lange auf ihrem Sofa sitzen, bevor ihr bewusst wurde, dass sie fror. Sie erhob sich und ging zum Fenster. Auf den Stufen vor dem Haus gegenüber, auf der anderen Straßenseite, saß ein Mann. Ein Chinese, noch jung, der aus einer in braunes Papier gewickelten Flasche trank und nur ein Hemd trug, obwohl es draußen ziemlich kalt war. Ein neuer Nachbar? Sie hatte ihn noch nie hier im Viertel gesehen. Er hatte ihr den

Kopf zugewandt, und sie hatte das Gefühl, als lächelte er ihr zu. Bestimmt war ihr Fenster das einzig erleuchtete im ganzen Haustrakt, und er konnte sie durch die weißen Stores hindurch problemlos sehen. Sie trat zurück, machte das Licht aus und ging wieder ins Bett.

Es war schon halb fünf, als sie schließlich in Schlaf versank, und nicht einmal sieben, als sie die Augen wieder aufschlug. Um zehn Uhr dreißig wählte sie Joshs Nummer: keine Antwort. Sie wählte die Nummer des Verlags und dann seine Durchwahl. Josh nahm ab. Er schien nicht besonders erfreut, als er merkte, wer dran war. Vielleicht war er heute am Samstag extra ins Büro gegangen, um ihrem Anruf auszuweichen.

»Entschuldige, dass ich dich nicht zurückgerufen habe, aber ich habe furchtbar viel Arbeit.« In zögerlicherem Ton fügte er dann hinzu: »Jane, du kannst nicht mitten in der Nacht bei mir anrufen.«

»War Stephanie bei dir?«

»Ja. Ich habe ihr gesagt, es hätte sich jemand verwählt, aber sie ist nicht blöde. Wir haben die ganze Nacht diskutiert. Sie will, dass ich mich entscheide, und zwar ein für alle Mal. Sonst macht sie Schluss. Ich kann sie verstehen. Sie liebt mich, und sie hat Angst.«

Jane hätte am liebsten geheult. Stephanie war ihr ungefähr so wichtig wie eine alte Socke. Josh seufzte.

»Ich muss ihr heute Abend antworten.«

»Ich verstehe. Du musst also mit mir Schluss machen, und du hattest nicht mal so viel Mut, mich anzurufen, um es mir zu sagen.«

»Da ist jemand ins Büro gekommen. Ich rufe dich heute Abend wieder an.«

Er konnte sie doch nicht nach sechs Jahren wegen eines Mädchens verlassen, mit dem er gerade mal drei Wochen verbracht hatte. Dieses Kind hielt ihn wahrscheinlich mit ihren Tränen fest. Josh war gutmütig und schwach. Ein Mann mit geringem Selbstwertgefühl konnte sich leicht an eine Heulsuse binden. Am Abend würde Jane versprechen, nach Chicago zu kommen, sobald kein Unterricht mehr stattfand. Das wäre in weniger als einem Monat. Sie könnte ihn auch zu der geplanten Kreuzfahrt durch Frankreich im August einladen; sie durfte ja ihren Freund mitnehmen.

Sie saß mit einem Buch auf dem Schoß, von dem sie keine Zeile gelesen hatte, auf ihrem Sofa und kaute an den Fingernägeln, als sie um neun Uhr das lang erwartete Klingeln hochschrecken ließ.

»Ich bin's. Tut mir leid wegen heute Morgen.«

Joshs Stimme klang entsetzlich traurig.

»Kein Problem. Soll ich dich zurückrufen?«

Sie meinte es gut, aber nun hörte es sich an, als wollte sie ihn darauf stoßen, dass sie Geld verdiente und er nicht. »Nein, schon gut.«

Sie fragte in gezwungen lockerem Ton:

»Und? Hast du gründlich nachgedacht?«

»Ich liebe dich.«

Sie hatte einen Kloß im Hals.

»Ich habe den ganzen Tag über uns nachgedacht. Ich entscheide mich für Stephanie.«

»Warum?«

Sie hatte fast geschrien.

»Weil du dich nicht entscheiden kannst, und ich nicht glaube, dass du es irgendwann tun wirst. Du weißt nicht, was du willst.«

»Aber ja doch, ich weiß genau, was ich will! Ich will mit dir zusammen sein. Ich habe heute auch nachgedacht, Josh.« Sie brachte die Worte »Ich liebe dich« einfach nicht heraus. Sie hätten falsch geklungen. »Du kannst mich nicht verlassen, du hast es mir versprochen. Wir lieben uns, das hast du selber gesagt. Du hast mir gesagt, es gäbe keine andere Frau, mit der du lieber ins Bett gehen würdest als mit mir, und dass du mit mir deinen Roman schreiben kannst.«

Josh antwortete nicht.

»Ich komme dieses Wochenende.«

»Nein, Jane. Versteh doch: Es ist vorbei.«

»Aber ich liebe dich doch!«

Sie hatte ihn nie so sehr geliebt wie in diesem Augenblick.

Als sie aufgelegt hatte, weinte sie, und weil sie in der Nacht zuvor so wenig geschlafen hatte, dämmerte sie schließlich vor Müdigkeit ein. Sie lief in den Straßen der Chicagoer Innenstadt hinter Bronzino her, ohne auch nur an den Ampeln haltzumachen, und wurde von zornigen Fahrern angehupt, als sie erwachte: das Telefon. Sie rannte ins Wohnzimmer.

»Habe ich dich geweckt?«

Josh. In ihrem halbwachen Zustand hatte sie mit Bronzinos Stimme gerechnet. Es brachte sie gegen Josh auf.

»Anzunehmen. Ich habe geträumt. Wie spät ist es?«

»Vier Uhr. Entschuldige. Ich kann nicht schlafen. Ich muss immerzu an dich denken. Ich liebe dich. Ich ertrage den Gedanken nicht, dass du unglücklich bist. Ich habe mir eine Lösung ausgedacht: Und wenn ich mich nun zwischen dir und Stephanie aufteilen würde, bis du glücklich bist? Oder willst du, dass ich mit ihr Schluss mache? Ich tu's, wenn du es willst.«

Er wäre nie auf den Gedanken gekommen, dass sie eben von Bronzino geträumt hatte, und das, nachdem er gerade mit ihr Schluss gemacht hatte.

»Nein, Josh. Bleib du nur bei deiner Entscheidung von heute Nachmittag. Es ist richtig so. Du hattest recht, als du mir gesagt hast, du könntest nicht auf mich zählen, weil ich mich immer nicht entscheiden kann. Mach dir keine Sorgen um mich. Ich bin stärker, als du denkst.«

»Bist du sicher?«

Jetzt weinte er.

»Ja. Du solltest jetzt schlafen gehen.«

»Ich rufe dich morgen an, um zu hören, wie es dir geht.«

»Nein, Josh. Es ist vorbei. Ruf mich nicht mehr an.«

Sie legte auf und sah dann durch das Fenster hinter sich, weil sie sich beobachtet fühlte. Der Chinese saß wieder auf seiner Stufe und trank. Er zog eine Grimasse in ihre Richtung. Sie sah nach, ob alle Fenster gut verschlossen waren, und machte das Licht aus.

Im Bett ging sie in Gedanken noch mal das ganze Gespräch mit Josh durch. Es war also vorbei. Diesmal endgültig. Ein klarer Schnitt. Es tat nicht wirklich weh. Sie fühlte nichts außer einer unbestimmten Furcht, später aufzuwachen wie nach einer Narkose und festzustellen, dass man sie während des Schlafs verstümmelt hatte.

Jane lächelte. Nein, nicht Bronzino. Dies hier war eine kleinliche Rache, die Joshs Unterschrift trug. Sie hätte gleich an ihn denken sollen. Josh hatte literarische Ambitionen, er hatte Freud gelesen, und er war davon überzeugt, dass sie ihren Ödipuskomplex nicht überwunden hatte. Das erste Kapitel hatte er problemlos schreiben können, weil sie ihm von ihrem Abendessen mit Bronzino in allen Einzelheiten berichtet hatte.

Armer Josh, wenn das nun der Roman sein sollte, an dem er schon seit Jahren schrieb!

Er konnte nicht viel an Lebenserfahrung hinzugewonnen haben, wenn er eine Jugendbeziehung derart genau im Gedächtnis bewahrte, an die Jane sich so gut wie gar nicht mehr erinnerte. Wer sollte sich wohl seiner Meinung nach für die banale Liebesgeschichte zwischen einer Professorin und einem ewigen Doktoranden interessieren? Wenn er wenigstens noch ein bisschen Humor zeigte! Aber dafür nahm er sich viel zu ernst. Vielleicht spekulierte er auf einen Sensationserfolg wegen Bronzino. Aber wer war schon Bronzino in der großen weiten Welt?

Sie nahm den braunen Umschlag vom Tisch. Die Schrift sah nicht aus wie die von Josh, die Jane als breit und schnörkelig in Erinnerung hatte. Er musste jemand anders gebeten haben, die Adresse zu schreiben.

Das Paket war in New York aufgegeben worden. Sie erhob sich und ging mit zwei Schritten zum Tisch mit dem Telefon, links neben dem Herd. Dann tippte sie die Nummer der Auskunft für Manhattan ein.

»Joshua Levine«, sagte Jane.

Es folgte eine Minute Stille, während die Angestellte am anderen Ende auf ihrer Computertastatur herumklapperte.

»Ich habe fünf Joshua Levines und sechs J. Levines. Wissen Sie die Adresse?«

»Nein.«

»Soll ich Ihnen alle Nummern geben?«

»Nein. Vielen Dank.«

Jane blieb reglos neben dem aufgelegten Telefon stehen. Sie war nicht einmal sicher, dass Josh überhaupt in New York lebte. Und wenn ja, dann vielleicht in Brooklyn oder in Queens, das war billiger als Manhattan. Oder er wohnte zur Untermiete oder mit anderen zusammen, und in dem Fall wäre sein Name gar nicht registriert. Sie musste einen schnelleren Weg finden, seine Nummer zu bekommen. Über Allison? Josh und sie waren während ihrer Studienzeit in Chicago gut befreundet gewesen. Vielleicht hatten sie immer noch Kontakt.

Zehn vor zwei hier: zehn vor elf in Seattle. Sie nahm den weißen Hörer wieder ab und suchte in ihrem Adressbuch nach Allisons Büronummer. Über den Anrufbeantworter ertönte Allisons geschäftsmäßige Stimme: »Ich spreche gerade oder ich bin nicht da. Hinterlassen Sie bitte eine Nachricht nach dem Piepton, und ich rufe so bald wie möglich zurück.«

»Hallo, hier ist Jane. Kannst du mich zurückrufen? Ich bin zu Hause. Danke.«

Bevor sie sich wieder hinsetzte, um weiterzulesen, warf sie einen Blick durch das Fenster neben dem Herd: immer noch der gleiche dichte Regen.

3 Die Sonne schien so hell, als sie aus Macy's herauskam, dass sie die Augen zusammenkneifen musste. An einem solchen Tag wäre sie besser im Woodmont Park Schwimmen gegangen. Zum Glück machte Macy's Ende der Woche zu, vielleicht sogar schon morgen. Es gab nichts mehr zu kaufen. Seit die immer weiter sinkenden Räumungsverkaufspreise achtzig Prozent der vorher auch schon heruntergesetzten Preise erreicht hatten, ähnelte das Kaufhaus eher einer Militärkaserne im Kriegszustand. Die dritte, zweite und erste Etage waren eine nach der anderen geschlossen worden, und man hatte die Reste auf kaum der Hälfte der Gesamtfläche im Erdgeschoss zusammengetragen und mit einer kreischgelben Banderole abgegrenzt, wie sie die Polizei am Tatort verwendet.

Sie blieb an der Ampel stehen, bevor sie die Main Street überquerte und Bronzino von der anderen Seite auf der Government Street herankommen sah. Er ging schnell, den Blick zu Boden gerichtet, in Gedanken versunken. Er trug ein weißes Hemd mit hochgekrempelten Ärmeln und eine blaue Fliege, das zusammengelegte Jackett hing über seinem linken Unterarm. Jane lächelte. Sie hatte gewusst, dass sie irgendwann über ihn stolpern würde. Genau im richtigen Moment, wenn Macy's zumachte und sich der ganze Sommer vor ihnen ausstreckte.

Im April, wenige Wochen nach der Trennung von Josh, hatte ein französischer Professor, der für ein Gastsemester in Devayne lehrte, Jane in das elegante Restaurant Amici eingeladen. Als beredter und den leiblichen Genüssen zugetaner Begleiter hatte er ihr diverse exzellente Weine zu kosten gegeben und ihr dabei das elitäre Ausbildungssystem in Frankreich auseinandergesetzt, das zwar brillante Köpfe wie ihn selbst hervorbrachte, aber gleichzeitig jeden, der daran scheiterte, für immer vernichtete. Als Jane gegen Ende des Essens ihr Portemonnaie herausholen wollte, hatte er lautstark protestiert: »Aber ich bitte Sie. Das kommt ja überhaupt nicht infrage. Einfach lächerlich.« Eine halbe Stunde später hatte sie sich allerdings noch sehr viel lächerlicher gefühlt, als nämlich der dickliche und kahlköpfige kleine Mann, der sie galant zu Fuß bis vor ihre Haustür begleitet hatte, sie zu küssen versuchte. Als verheirateter Mann mit vier Kindern, deren Fotos er ihr während des Essens gezeigt hatte, und auch weil er zehn Jahre älter wirkte als seine achtundvierzig Jahre, war er für Jane so wenig anziehend gewesen, dass sie keine Sekunde geglaubt hatte, es könnte zwischen ihnen noch etwas anderes geben. Er hatte einen linkischen zweiten Versuch gestartet, um dann auszurufen: »Sie müssen mich vollkommen lächerlich finden!« – »Aber nein, gar nicht«, hatte Jane errötend geantwortet, »das ist sehr schmeichelhaft für mich, aber … ich habe einen Freund in Chicago, ich bin nicht frei.« Er war ohne ein Wort gegangen und hatte während der letzten Wochen seines Aufenthalts in Devayne kein einziges Mal mehr das Wort an sie gerichtet.

Immerhin hatte der Zwischenfall Jane zu der Einsicht verholfen, dass sie Bronzino trotz seines offenkundigen rüpelhaften Verhaltens, das ja vielleicht auch nur auf professorale Zerstreutheit zurückzuführen war, doch sehr gern mochte. Seit ihrem gemeinsamen Essen vor nunmehr über einem Jahr hatte sie ihn nicht mehr allein gesehen. Sie hatten in den Gängen des literaturwissenschaftlichen Seminars oder beim Cocktail nach einem Vortrag nie mehr als einen höflichen Gruß ausgetauscht. Aber sie war sicher, dass er sich von ihr angezogen fühlte. Sie spürte es in seinem Blick und seiner Stimme, wenn er ihr guten Tag sagte. Am Ende fragte sie sich, ob sie ihn nicht unbewusst selber seit einem Jahr auf Distanz hielt.

Sie ging über die Straße. Dann waren sie auf gleicher Höhe. Er hatte sie noch immer nicht bemerkt.

»Guten Tag, Norman.«

Er hob den Kopf. Sein Gesicht hellte sich auf. Er blieb stehen.

»Jane! Wie geht es dir?«

»Danke, gut. Nicht schlecht, Ferien zu haben. Meinen Glückwunsch. Ich finde es wunderbar, dass du nächstes Semester unser Fachbereichsleiter wirst.«

Sie stellte ihre Tüten zwischen die Beine. Ihre Arme waren jetzt schon müde.

»Danke. Warst du einkaufen?«

»Ja. Das sind die allerletzten Tage.«

»Von was?«

»Macy's.«

»Macy's?«

Sie riss die Augen auf.

»Du weißt gar nichts davon? Das Geschäft hat vor zwei Monaten Konkurs gemacht! Sie hatten geradezu unglaubliche Räumungspreise. Super Schnäppchen. Hier, sieh mal.«

Sie machte eine Tüte auf und nahm eine durchsichtige Plastikhülle heraus:

»Bettwäsche von Ralph Lauren. Baumwollflanell. Einhundertzehn Dollar. Ich hab acht dafür bezahlt.«

Er verzog anerkennend den Mund. Dann bekam er große Augen, als sie die Packung wieder in die Tüte steckte.

»Wie viele hast du davon gekauft?«

Sie lachte.

»Fünf. Als Geschenk. Zu dem Preis konnte ich einfach nicht widerstehen. Und ich habe immer noch Angst, es könnte nicht reichen.«

Er lächelte. Dann seufzte er.

»Was für eine traurige Sache, dass Macy's dichtmacht. Vor dreißig Jahren war das hier so eine entzückende und lebendige Stadt.«

Jane passte ihren Tonfall dem melancholischen Ernst von Norman an:

»Was ist passiert?«

»Die Rezession und ein grober Stadtplanungsfehler in den Sechzigerjahren: Da hat man eine Autobahn mitten durch die Stadt gebaut und diese ganzen Betonkästen wie Macy's, das Geschäftszentrum, die Parkhäuser. Die einfachen Leute sind in die Grünzonen am Stadtrand abgewandert, und die Innenstadt von Old Newport ist heute tot.«

Sie schüttelte traurig den Kopf. Sie würde ihm ganz bestimmt nicht sagen, dass der Konkurs von Macy's das einschneidendste Ereignis ihres zweiten Frühjahrs in Devayne war. Ihre allnachmittäglichen Ausflüge gaben ihren Tagen nun schon seit über einem Monat ein Ziel. Sie lächelte freudig erregt, wenn sie aus der Wohnung trat und sich schnellen Schrittes zu dem Kaufhaus aufmachte, fertig zur Jagd. Es bereitete ihr eine ungeheure Freude, herumzuwühlen, zu kaufen und anzuhäufen, und vor allem, ein gutes Geschäft zu machen. An einem glühend heißen Tag hatte sie einen Kunstfellmantel, einen Kaschmirpullover, Kostüme und Blusen von großen Marken, Sport- und Tanzschuhe, ein perlenbesticktes Abendkleid aus schwarzer Seide von Donna Karan New York, das perfekt war für die anstehende Kreuzfahrt, Schals aus Wolle und Samt, unendlich glatte Satinbettwäsche und alle möglichen bunt zusammengewürfelten, nutzlosen Gegenstände gekauft, die sie allesamt in dem einzigen Schrank in ihrem Apartment gestapelt hatte: sehr viel Spaß für nicht einmal dreihundert Dollar.

»Trinken wir einen Kaffee?«, schlug Jane vor.

Sie wohnte nicht weit. Sie konnte ihn sogar zu sich einladen. Er konnte ihr beim Tütentragen helfen, und sie würde ihm in ihrem Zimmer Tee oder Kaffee in dem Royal-London-Porzellan servieren, das sie gerade für drei Dollar die Tasse gekauft hatte.

»Sehr gern.« Er sah auf die Uhr. »Leider muss ich bis fünf noch eine Menge Einkäufe machen.«

»Wollen wir dann nächste Woche zusammen Mittag essen?

»Das würde ich furchtbar gern, aber ich fliege morgen nach Paris.«

»Tatsächlich! Für wie lange?«

»Einen Monat.«

»Du Glücklicher! Bist du im Juli wieder zurück?«

»Nein. Ich werde nach Nantucket fahren. Ich muss mein Buch zu Ende schreiben, und dazu brauche ich Ruhe.«

»Du hast ein Haus auf Nantucket?«

»Nur ein ganz kleines. Meine Kinder werden für einige Zeit dorthin kommen. Jane, ich muss los. Schöne Ferien.«

Schon überquerte er mit eiligen Schritten die Main Street. Sie rief ihm auf Französisch hinterher: »Bon voyage!«

Er drehte sich nicht mehr um. Er hatte sie bestimmt nicht gehört. Sie machte sich wieder auf ihren Weg am Central Square entlang. Die Tüten zogen schwer an ihren Armen und Schultern. Fünf Bettbezüge, und dabei war ihr Schrank längst voll; Porzellantassen, obwohl Becher viel praktischer waren; und diese ganzen Kleider, die sie im Leben nicht anziehen würde.

An einer Tüte riss der Henkel ab. Sie stieß ein wütendes Grunzen aus. Die kaputte Tüte klemmte sie sich vor die Brust, dafür schnitt ihr nun die andere, die an ihrer rechten Hand baumelte, in die Finger. Sie konnte den Weg vor sich kaum sehen. Ein Jugendlicher, dem sie beim Überqueren der Union Street begegnete, kicherte los. Das weiße Gerichtsgebäude, das wie ein griechischer Tempel in der Sonne leuchtete, ließ sie die Hitze noch mehr empfinden. Kein Baum, kein Schatten auf dem Gehweg. Sie schwitzte. Was war nur in sie gefahren, dass sie jedes Mal, wenn sie ihm begegnete, das kleine Mädchen spielte? Er war verheiratet, er war doppelt so alt wie sie, und er hatte sie zweimal nacheinander zurückgewiesen: War das nicht deutlich genug?

Eine Woche später wurde sie dreißig. Der Juli ging schnell vorüber. Jane arbeitete viel. Sie schrieb ihren ersten Artikel und recherchierte ein Projekt für ein Stipendium, mit dessen Hilfe sie ein Jahr in Paris verbringen könnte. Sie liebte die sommerliche Schwüle und die Stille in der von den Studenten verlassenen Stadt. Manchmal fuhr sie mit dem Bus zum Woodmont Park raus. Ein paar Fahrgäste erkannte sie mittlerweile wieder: Die alte Dame mit dem großen Holzkreuz auf der Jacke, die immer große Plastiktüten voller Kleidungsstücke bei sich hatte; den schwerhörigen alten Mann, der nach Urin roch und sich zu ihr beugte, um ihr zuzuflüstern, er sei früher Professor in Devayne gewesen und das FBI habe ihn zum Rücktritt gezwungen. Die schwarzen und lateinamerikanischen Jugendlichen, die Jungs mit ihren Radios und die Mädchen mit ihren Babys, die sich immer in den hinteren Teil des Busses setzten, als wären die Rassentrennungsgesetze noch in Kraft. Die Busfahrgäste schienen sich zu fragen, was diese einsame junge, weiße und gut gekleidete Frau in ihrer Mitte zu suchen hatte.

Sie kaufte einen Fernseher und einen Videorekorder. Abends saß sie gemütlich auf ihrem Sofa vor dem kleinen Sony-Gerät und ihrem schönen Teppich und sah sich Filme an, die sie umsonst in der Videothek von Devayne auslieh. Sie würde in Old Newport nie jemanden kennenlernen. Ihr Vater hatte mit dem üblichen Feingefühl einen Artikel für sie ausgeschnitten, dem zufolge die Chancen, mit über dreißig noch einen Ehemann zu finden, mit jedem weiteren Jahr abnahmen, insbesondere für Frauen mit Universitätsabschluss. Sie musste ihr Leben ändern, bevor es zu spät war. »Zieh nach New York«, hatte Allison vorgeschlagen. Susie riet ihr dasselbe. Aber für das Doppelte des Preises für ihre herrliche Wohnung würde sie in New York nur ein kakerlakenverseuchtes Rattenloch in irgendeiner grässlichen Gegend bekommen. Um in Manhattan zu wohnen, musste man sich erst mal einen Anwalt suchen, so einen wie Tony, den Freund ihrer Schwester. Tony und Susie, die in einem Loft in Chelsea wohnten, hatten Jane zu einem Abendessen mit zwei unverheirateten Anwälten eingeladen, von denen nur einer annäherungsweise präsentierfähig gewesen war, und der hatte gleich zu Anfang von einem Mädchen erzählt, das er gerade kennengelernt hatte. Anwälte langweilten sie sowieso.

Am 4. August flog sie nach Frankreich.

Eine Frau, die für die Vereinigung ehemaliger Devayne-Studenten arbeitete, hatte sich irgendwann im April bei ihr gemeldet und ihr vorgeschlagen, eine Gruppe früherer Devayne-Absolventen zu begleiten, für zwei Tage in Paris und danach auf einer zehntägigen Kreuzfahrt durch Burgund und die Provence auf einem Schiff mit dem feengleichen Namen *La comtesse de Bourgogne*. Die Broschüre mit Fotos von französischen Kirchtürmen hatte Jane ins Träumen gebracht, ebenso wie der erstaunliche Preis dieser Reise: fünfundvierzigtausend Francs, also fast das Dreifache ihres monatlichen Nettoeinkommens. Als Gegenleistung für die kostenlose Reise sollte Jane nur drei kleine Vorträge halten und während der Mahlzeiten mit ihren Reisegenossen Konversation treiben. Es würde ihre erste Luxusreise sein und ihr erster Aufenthalt in Frankreich seit neun Jahren.

»Vielleicht begegnest du ja einem Milliardär«, hatte ihr Vater gesagt.

»Ganz bestimmt. Einem Achtzigjährigen.«

»Dann wirst du eine reiche Witwe.«

Typisch ihr Vater. Aber der Gedanke war ihr auch schon mal gekommen. Jemand hatte ihr von einer Vierzigjährigen erzählt, Professorin für Kunstgeschichte, die während einer Amazonas-Kreuzfahrt mit den Ehemaligen von Devayne einen Multimilliardär kennengelernt hatte. Als Hochzeitsgeschenk hatte er ihr einen Helikopter für den Flug zwischen seinem Besitz in Virginia und Devayne geschenkt, denn sie wollte ihren Beruf nicht aufgeben.

Jane betrat das Ritz an der Place Vendôme. Sie hatte noch nie ein so schönes Hotel gesehen. Auf einem niedrigen Marmortischchen in ihrem Zimmer erwartete sie ein Korb mit einer Flasche Champagner und verschiedenen exotischen Früchten, dazu eine Karte aus edlem Papier mit einem an Jane persönlich gerichteten und vom Hoteldirektor eigenhändig unterzeichneten Gruß. Das Bad in Gold und Marmor hätte der Frau des rumänischen Diktators gefallen. Die Badewanne hatte einen eingebauten Jacuzzi.

Die großen, von schweren Damastvorhängen gerahmten Fenster gingen auf die im Regen glänzende Place Vendôme hinaus. Es regnete zwei Tage lang durch. Am zweiten Tag musste Jane nach drei Stunden schlechtem Schlaf in ihrem viertausendfünfhundert Francs pro Nacht teuren Zimmer, um sieben Uhr morgens, für sie also ein Uhr nachts, aufstehen, um während des Frühstücks den aufgerüschten, frischen und ausgeruhten alten Herrschaften ihren ersten Vortrag zu halten. Hinterher löcherten sie sie mit Fragen zu den Impressionisten, über die sie viel besser Bescheid wussten als Jane. Nach einer Fahrt im TGV am dritten Tag hielt dann die *Comtesse de Bourgogne* eine Überraschung für sie bereit: Sie entpuppte sich als deutsches Schiff. Stewards und Zimmermädchen sprachen deutsch. Man hätte meinen können, man wäre wieder im Frankreich unter der deutschen Okkupation, bemerkten nicht ohne Witz einige Ehemalige, die bei der Invasion in der Normandie dabei gewesen waren. Auch der Kapitän war Deutscher. Nichts konnte den betagten Reisenden ein Wort der Klage entreißen, weder die immer gleiche Sauce ohne jeden Geschmack, die unterschiedslos Fleisch, Gemüse oder Fisch unter sich ertränkte, noch die extrem engen Kabinen und auch nicht der unaufhörliche Regen. Sie waren begeistert. Sie liebten Jane und wollten nur wissen, wann sie an der Reihe sein würden, an ihrem Tisch zu sitzen.

Ein Entkommen gab es nur auf Deck, das immer leer war, weil es ständig regnete. Und dort lernte Jane den Arzt kennen, einen schönen, jungen blonden Deutschen, der sich seinen Platz im Speisesaal selber aussuchen konnte und Jane dort auch schon aufgefallen war – als einziger junger Mann an Bord –, in Begleitung einer Blonden mit gewöhnlichen Gesichtszügen. Eines Nachmittags, als der Regen etwas spärlicher fiel als sonst, standen sie auf das Eisengeländer gestützt da und sahen die Bäume und die grünen Landschaften am Ufer der Saône vorbeigleiten. Er bestätigte ihr, was sie schon vermutet hatte: Er hatte die blonde Frau vor acht Jahren geheiratet, weil sie zwei Monate, nachdem sie sich kennengelernt hatten, schwanger geworden war. In einem katholischen Land wie Bayern kam eine Abtreibung gar nicht erst infrage. Seine Frau war damals neunzehn Jahre alt gewesen. Sie hatte ihr Literaturstudium aufgegeben. Inzwischen hatten sie drei Kinder. Er hatte auf seinen Traum verzichtet, eine Stelle in einem großen Krankenhaus in einer Stadt wie Hamburg oder Berlin. Jetzt war er Hausarzt in Eichstätt, wo er auch aufgewachsen war.

Als sie am letzten Tag nach einem Regenguss am Fußende der durchnässten Liegestühle hockend zusammensaßen und die Sonne zaghaft durch die Wolken brach, blieb eine Wespe, die durch den Widerschein eines Sonnenstrahls angezogen worden war, in Janes Haar hängen. Das Summen des Insekts direkt neben ihrem Ohr machte ihr solche Angst, dass sie wimmerte. Dieter befreite die Wespe vorsichtig mit der Hand. Sie spürte das leise Zittern seiner Finger an ihrer Schläfe. Sie wurde rot. Er betrachtete seinen Zeigefinger.

»O nein! Sie hat dich doch nicht gestochen?«

»It's nossink«, antwortete er mit seinem charmanten germanischen Akzent auf Englisch.

Sie sah die Uhr an seinem Handgelenk.

»Fünf nach vier! Mein Vortrag!«

Sie stürzte die Treppe hinunter. Im Salon warteten bereits alle auf sie. Die Frau des Arztes sah sie von der letzten Reihe aus durchdringend an. Jane errötete. Der Doktor betrat den Raum eine Minute später und setzte sich neben seine Frau. Nach dem Vortrag und den Fragen suchte Jane ihn mit den Augen. Er war verschwunden. Sie lief hinter seiner Frau her.

»Geht es Ihrem Mann gut?«

Die junge Frau blieb stehen.

»Warum?«

»Er ist von einer Wespe gestochen worden, die in meinem Haar hängen geblieben war«, antwortete Jane mit einem entschuldigenden Lächeln. »Deshalb sind wir vorhin zu spät gekommen.«

Die Deutsche wurde bleich und ging fort, ohne etwas zu erwidern. Kurz vor dem Abendessen klopfte die Organisatorin der Reise, die Jane engagiert hatte, an Janes Kabinentür.

»Die Frau des Arztes hat gerade einen Nervenzusammenbruch erlitten.«

Jane errötete.

»Ich habe nichts getan.«

Die Frau lächelte.

»Das weiß ich doch. Sie ist extrem empfindlich. Das liegt sicher an der Schwangerschaft.«

»Sie ist schwanger?«, rief Jane.

»Wussten Sie das nicht? Deshalb bleibt sie die ganze Zeit in ihrer Kabine. Sie ist im ersten Drittel, ihr ist übel. Wissen Sie, was Sie für sie tun könnten? Sprechen Sie die letzten Tage nicht mehr mit ihrem Mann.« Dann, als Jane dunkelrot anlief, fügte sie mit einem warmen Lächeln eilig hinzu: »Ich weiß genau, dass es nicht Ihre Schuld ist, aber man muss sie verstehen: Die Frau sieht Sie, frei, unabhängig, schön, mit einer glorreichen Karriere vor sich, während sie selber mit drei Kindern dasitzt und nicht weg kann, bald sogar mit vier. Sie ist neidisch auf Sie, wen wundert's?«

Als sie nach zwanzigstündiger Reise wieder in Old Newport ankam, freute Jane sich über alle Maßen, wieder in ihrer Wohnung zu sein. Ihr Teppich mit den warmen Farben, ihr Ahornparkett, ihr Bett, ihr Sofa, ihr Schreibtisch vor dem Fenster zum kleinen Garten. Zu Hause. Um so viel besser als eine winzige Schiffskabine, die sie glücklicherweise wenigstens nicht mit jemand anders hatte teilen müssen, und sogar besser als das luxuriöse Zimmer im Ritz. Von dieser Reise würde nichts bleiben, weder ein Foto noch irgendein Souvenir. Es war nichts als ein seltsames Intermezzo ohne Bezug zu ihrem Leben gewesen, eine absurde Zeitverschwendung. Sie hatte nichts von Frankreich gesehen und mit niemandem eine wirkliche Beziehung aufgebaut. Es war ihr lediglich gelungen, eine schwangere Deutsche eifersüchtig zu machen. Das war immerhin etwas: Sie hätte nie gedacht, dass ihr Leben irgendjemandem beneidenswert erscheinen könnte.

Als sie eine Woche später an einem sonnigen Sonntagnachmittag in die Goldener-Bibliothek ging, lief sie Norman Bronzino in die Arme. Beide riefen gleichzeitig angenehm überrascht:

»Ja, hallo!«

So braun gebrannt und mit seiner Ray-Ban-Sonnenbrille sah er nicht einmal aus wie fünfzig. Sein hellbraunes Jackett mit dem blauen Baumwollhemd stand ihm gut. Diesmal keine Fliege.

»Wie war dein Sommer?«, fragte sie.

»Schön. Sehr produktiv.«

Er hielt ihr die schwere Holztür auf.

»Ich hab's nicht eilig. Soll ich dich begleiten?«

»Gern. Ich gehe in den Fachbereich.«

Sie gingen die Garden Street hinunter. Er war gerade am Tag zuvor aus Nantucket zurückgekommen.

»Alles gut verlaufen mit deiner Familie?«

Er zog die Augenbrauen hoch.

»Es war nicht ganz einfach. Die Kinder halten zu ihrer Mutter – das ist ja normal.«

»Du …?«

»Ja. Beth und ich lassen uns scheiden.«

Jane hatte nicht einmal den Vornamen seiner Frau gekannt.

»Oh. Das tut mir leid.«

»Es war das Beste, was passieren konnte. Wir streiten uns schon seit Jahren nur noch. Beth ist unzufrieden in ihrem Beruf, dafür kann ich nichts, aber sie gibt mir die Schuld. Es ist unerträglich. Ich habe gewartet, bis unser Jüngster, Alexander, mit der Schule fertig ist.«

Sie schüttelte ratlos den Kopf. Er wirkte nicht besonders verzweifelt. Wahrscheinlich hatte irgendeine jüngere Frau etwas mit der ganzen Sache zu tun. Da rief er plötzlich mit leuchtenden Augen:

»Ich habe einen Roman geschrieben.«

»Tatsächlich?«

»Es ist ein griechischer Roman«, fuhr er mit kindlicher Begeisterung fort. »Er spielt in Athen im zweiten Jahrhundert vor Christus und behandelt eine wichtige Phase in meinem Leben, als ich vierundzwanzig war und für ein Jahr in Paris gelebt habe, kurz bevor ich Beth heiratete.«

»Ein griechischer Roman?«

Er lachte.

»Ja. Im letzten Frühjahr hat der Leiter im Fachbereich für klassische Studien einen Vortrag über Zweisprachigkeit in der Antike gehalten. Die Griechen waren von den Römern erobert worden und verachteten sie. Griechisch war die Sprache der Kultur, die Sprache der Elite. Damit verglichen war Latein eine ausdrucksarme Sprache. Genau wie heute Französisch und Englisch und die Haltung der Franzosen den Amerikanern gegenüber: Sie sind die Unterlegenen, aber trotzdem von ihrer Überlegenheit überzeugt! Das hat mich auf die Idee gebracht, meine eigenen Erfahrungen einem jungen Römer zuzuschreiben, der ein Jahr in Athen verbringt. Niemand wird mich wiedererkennen. Ich konnte alles sagen. Und es ist jede Menge Sex drin.«

Er lachte. Jane wurde rot. Er war völlig verändert. Lag das an der Scheidung oder an dem Roman? Inzwischen waren sie vor dem literaturwissenschaftlichen Fachbereich angekommen, einem neogotischen Gebäude in rotem Backstein, und er zog die schwere, dunkel gebeizte Holztür auf. In einer Minute würde er verschwunden sein. Sie sprang ins kalte Wasser:

»Hättest du Lust, diese Woche mit mir Mittag oder zu Abend zu essen?«

»Gern.«

Es folgte kein »aber«. Sie atmete freier durch.

»Wann könntest du?«

Diesmal holte er nicht sein kleines, schwarzes, ledergebundenes Notizbuch mit den Initialen N. B. aus der Innentasche.

»Jederzeit. Ich bin gerade erst zurückgekommen. Ich habe noch keinen Terminplan gemacht.«

»Morgen Abend?«

»Warum nicht? Wo?«

»Bei mir?«

»Bei dir?«

Sie errötete, schon wieder bereit zum Rückzug.

»Macht das nicht zu viel Mühe?«

»Aber nein! Ich mache etwas ganz Einfaches.«

»Wo wohnst du?«

»Ganz in der Nähe.« Sie zeigte mit dem Finger die Richtung an. »204 Linden Street, direkt an der Ecke Almond.«

»Na, das ist wirklich nicht weit. Um wie viel Uhr?«

»Sieben?«

»Wunderbar. Ich bringe den Wein mit.«

Jane legte langsam die letzte Seite auf den kleinen Blätterhaufen links neben dem Manuskript.

Während des Lesens waren ihr nach und nach Ereignisse wieder ins Gedächtnis gekommen, die sie schon lange vergessen hatte. Die Kreuzfahrt auf dem deutschen Schiff zum Beispiel. Eine völlig nutzlose Episode, von der ihr nichts geblieben war – es sei denn, dass das Leben darin besteht, die Vergangenheit abzustreifen wie eine Schlange ihre Haut.

Nur zwei Menschen konnten diese ganzen Details kennen: Norman. Und Allison.

Allison und Jane kannten sich seit fünfzehn Jahren. Seit Allison und John vor neun Jahren an die Westküste gezogen waren, hatten sie sich kaum gesehen, aber mit Hilfe von Telefon und E-Mail hatten sie dennoch eine enge Beziehung aufrechterhalten. Allison wusste durchaus gut genug Bescheid, um ein Buch mit dem Titel *Janes Roman* zu schreiben.

Aber Allison hasste Schreiben. Außerdem war nur schwer vorstellbar, wie sie bei ihren drei Kindern und ihrem Beruf als Anwältin auch nur eine Sekunde Zeit gefunden haben sollte, um die Biographie ihrer besten Freundin zu verfassen, nicht einmal um des Spaßes willen, ihr noch frisch und dampfend die eigene Vergangenheit vorzusetzen.

Bronzino?

Seinen griechischen Roman hatte er jedenfalls nie veröffentlicht. Jane hatte nie ein Wort darüber gehört. Versuchte er sich jetzt an einem Stück Autofiktion, auch wenn er damit seine Karriere aufs Spiel setzte? Wenn es darum ging, auch nur das kleinste Fitzelchen literarischen Ruhms zu erhaschen, verkauften die Literaturprofessoren heutzutage bereitwillig ihre Seele und die ihrer Kollegen dazu.

Er hätte eine Zutat aus dem ersten Entwurf beibehalten sollen: den Sex. Diesem Roman hier fehlte eindeutig der Pfeffer. Und wenn die folgenden Kapitel ihr kleines Abenteuer wiedergeben sollten, würde es kaum viel aufregender werden.

Aber besaß Bronzino tatsächlich die nötige kritische Distanz, um die Armseligkeit des Universitätslebens in dieser Weise zu schildern? Er lebte seit über dreißig Jahren in Old Newport und hatte sich noch nie darüber beklagt. Er hatte mehrere Kreuzfahrten mit den Ehemaligen von Devayne gemacht und hatte sie ganz entzückend gefunden.

Selbst wenn das Kapitel, das Jane gerade gelesen hatte, nichts mit Josh zu tun hatte, erinnerte sie der Erzählton doch eher an Josh als an Bronzino. Und die Beschreibung von ihrem Kaufrausch bei Macy's gleich am Anfang des Kapitels entsprach ganz dem Bild von der oberflächlichen Kleinbürgerin und der Akademikerin mit begrenztem Horizont, das Josh von ihr bewahrt haben dürfte. Aber wo hatte er sich all diese Informationen über Jane holen können?

Sie stand auf und ging zum Telefon. Sie drückte auf Wahlwiederholung. Wieder sprang Allisons Anrufbeantworter an. Diesmal hinterließ Jane keine Nachricht. Sie wählte die Nummer von Bronzinos Büro. Die Sekretärin war immer noch nicht da.

Ein Blitz erhellte den Himmel, dicht gefolgt von einem Donnerschlag, der Jane zusammenfahren ließ. Sie zuckte erschrocken zurück, mit der Vorstellung vor Augen, wie der Blitz durchs Fenster fuhr, um sie zu verschlingen. Sie setzte sich wieder an den Tisch. Ein neuer Abschnitt: *Wie es Erics Art war.* Sie lächelte spöttisch und fing voller Neugier zu lesen an.

2. Wie es Erics Art war

1 »Manchmal ändert das Leben unsere Pläne.«
Elaine Brooks nahm ein Tempotaschentuch von ihrem
Schreibtisch und hielt es Jane mit warmem Lächeln hin.

»Ich will Sie nicht beeinflussen. Lassen Sie sich eine Woche
Zeit zum Nachdenken und um in Gedanken alle Möglichkeiten
durchzuspielen. Sie sind dreißig Jahre alt. Es besteht immer ein
gewisses Risiko, danach unfruchtbar zu werden. Soweit abzuse-
hen ist, dürfte es keine Probleme geben, aber garantieren können
wir Ihnen nichts. Es ist das erste Mal, nicht wahr?«

Jane nickte.

»Wissen Sie, was ich ganz persönlich darüber denke? Es ist eine
ganz individuelle Entscheidung. Aber es gibt einen großen gesell-
schaftlichen Druck. Es gäbe auch die Möglichkeit der Adoption ...«

Jane schüttelte verneinend den Kopf. Die Gynäkologin nahm
ihre Hand.

»Ein Baby ist etwas sehr Abstraktes für einen Mann, bevor er
es nicht in den Armen gehalten hat. Aber ich kann Ihnen versichern, dass Sie seine Liebe nicht deshalb verlieren werden, weil
Sie Ihr Baby behalten. Es ist gut möglich, dass er Ihnen eines
Tages dankbar dafür sein wird.«

Wenn sie doch nur aufhören würde. Es war die reinste Folter.

»Noch einmal, es ist Ihre Entscheidung. Ich versuche nur, Ihnen zu helfen.«

Jane streckte sich aus, stellte die Füße auf die metallenen Stützen und spreizte die Schenkel. Die junge Frau führte das Spekulum ein.«

»Sie sind sehr verkrampft. Atmen Sie tief ein.«

Jane versuchte ruhig zu atmen. Ihr Körper verspannte sich.

»Atmen Sie.«

Jane öffnete den Mund. Sie erstickte halb vor Panik. Die Ärztin gab ihr die Hand, und sie klammerte sich daran fest. Sie war puterrot. Ihr Körper zuckte krampfhaft. Sie schrie. Schließlich kam sie wieder zu Atem.

»Möchten Sie ein Beruhigungsmittel? »

»Nein. Es tut mir leid, ich weiß nicht, was über mich gekommen ist. Bei mir ist mindestens schon zwanzigmal ein Abstrich gemacht worden, es ist lächerlich!«

»Sie haben einfach hyperventiliert. Bleiben Sie liegen, bis Sie sich besser fühlen.«

Zehn Minuten später trat Jane aus dem Betonbau, dem einzigen modernen Gebäude an der ganzen Green Street, die mit ihren sorgfältig gesprengten Rasenflächen zu beiden Seiten der Straße und dem üppigen, noch kaum verfärbten Laub der Bäume vor den großen säulengeschmückten Anwesen ihren Namen an diesem sonnigen Morgen Anfang Oktober wohlverdient hatte. Studenten in T-Shirt oder Hemd strebten ihren Seminarräumen zu. Die Vögel gaben ein Konzert. Jane bemerkte das Eichhörnchen nicht, das sich auf die Hinterpfoten aufrichtete, als sie näher kam, und unruhig die winzigen Augen hin und her huschen ließ, bevor es mit drei Sprüngen wieder in seinem Baum verschwand.

Gestern, als die Sprechstundenhilfe sie angerufen hatte, um ihr mitzuteilen, dass das Testergebnis positiv war, hatte sie einen Freudenschrei ausgestoßen. Unmöglich, sie nahm doch die Pille. Aber in jener Nacht vor drei Wochen hatte sie etwas so Seltsames und so Starkes gefühlt, eine solche Öffnung ihres tiefsten Inneren, dass sie anfing zu weinen. Er hatte sofort in der Bewegung innegehalten. »Tue ich dir weh?« – »O nein!« In dem Moment hatte sie empfangen. Sie war ganz sicher. In der ersten Nacht.

Gestern, nach fünf Minuten ekstatischen Glücks, war sie auf den Boden der Tatsachen zurückgefallen. Fast noch im selben Moment schenkte und entzog ihr das Leben wieder, was Jane sich, wie ihr in diesen fünf Minuten klar geworden war, mehr wünschte als alles andere auf der Welt.

Sie hatte die elfstellige Nummer gewählt. Er hatte sie seit seiner Abreise zweimal angerufen. Dies war das erste Mal, dass sie ihn anrief. In Deutschland war es zehn Uhr abends. Er hatte abgenommen.

»Hallo?«

»Ich bin's, Jane.«

»Jane! Wie schön! Da liege ich auf meinem Bett, und schon … es ist wie im Traum!«

Wie konnte er so überrascht sein? Jane dachte vierundzwanzig Stunden am Tag an ihn. Sobald das Telefon klingelte, rechnete sie mit seiner Stimme.

»Ich muss dir etwas sagen.«

»Was ist?«

»Ich bin schwanger.«

Stille.

»Bist du sicher?«

»Ich habe einen Bluttest machen lassen.«

»Aber sagtest du nicht, du nähmest die Pille?«

»So was kommt vor.«

Die Stille dauerte einige Sekunden lang an.

»Es tut mir leid. Ich wäre jetzt gern bei dir.« Und mit weniger zögerlicher Stimme hatte er hinzugefügt: »Natürlich werde ich alles bezahlen, was nicht übernommen wird. Können sie das im Medical Center in Devayne machen?«

»Das.« Gerade noch genug Zartgefühl, um das Wort nicht auszusprechen.

»Ich weiß nicht.«

»Wie spät ist es? Fünf nach vier? Hör mal, du sprichst mit deinem Arzt, und dann rufe ich dich wieder an. Nicht sofort, weil ich noch mit jemandem etwas trinken gehen muss, aber so in einer Stunde.«

Sie war aus ihrer Wohnung und bis zum Kino von Old Newport gelaufen, wo sie dem Kassierer zehn Dollar hingehalten hatte.

»Welcher Film? Sie haben alle schon angefangen.

»Egal.«

Als sie nach Hause gekommen war, hatte sie keine Nachricht auf dem Anrufbeantworter. Vielleicht hatte er versucht anzurufen und wusste dann nicht, was er ihr sagen sollte.

Das war letzte Nacht.

Sie war vor ihrem Haus angekommen. Langsam stieg sie die Stufen zur Eingangstür hinauf und öffnete. Zehn nach zehn. Sie hatte noch eine Stunde, um ihren Kurs vorzubereiten. Als sie am Schreibtisch in ihrem Zimmer saß, schlug sie *Adolphe* auf. Ihr schossen die Tränen in die Augen.

Sie begann den Unterricht mit der Aufforderung an die Studenten, die Diskussion der letzten Stunde zusammenzufassen. Ihr eifrigster Student, ein dicklicher, linkischer junger Mann mit Brillengläsern wie Lupen, der sich zum Lesen fast auf den Tisch legte, hob die Hand.

»Der Gedanke an den Tod«, sagte er in stark amerikanisch eingefärbtem Französisch, »ist in *Adolphe* ein Ursprung beständiger Qual.«

Jane schaute in den blauen Himmel und hörte dem Jungen, der inzwischen in seine Muttersprache zurückgefallen war, nur mit halbem Ohr zu.

»Der Held weiß nicht, wie er Elléonore sagen …«

Jane korrigierte ihn rein mechanisch:

»Ellénore.«

Immer fügten die Studenten dieses »o« ein. Steve nickte als Entschuldigung.

»… wie er Ellénore sagen soll …«

»Auf Französisch, bitte.«

»Äh, also … il ne sait pas comment dire à Ellénore que la mort qu'il a pour elle est morte. Mais il …«

Sie runzelte die Stirn.

»L'amour«, sagte sie dann mit Betonung auf der zweiten Silbe. »Nicht l'amor. Wenn du l'amor sagst, hört sich das an wie la mort, der *Tod*. Es besteht ein Unterschied zwischen der Liebe und dem Tod.«

Die Studenten lachten los.

»Ou«, sagte Jane. »Sprich mir nach: ou.«

»Ou.«

»O.«

»O.«

»L'amour. »

»L'amor. »

»L'amour! Hörst du das denn nicht? L'a-mour!«

»L'amor. »

»Du sagst immer noch la mort. Steve, du musst ins Sprachlabor gehen, wir verlieren hier mit dir nur unsere Zeit.«

Der Junge senkte die Augen. Die zwölf Studenten sahen Jane feindselig an. Nur weil sich l'amour und la mort für sie im Französischen genau gleich anhörte, musste man doch nicht ihren lerneifrigen Kommilitonen anfahren. Er war knallrot und sah aus, als würde er gleich losweinen. Doch es war Jane, die in Tränen ausbrach.

Jetzt waren die Studenten noch überraschter. Eine Dozentin, die vor dem versammelten Seminar weint, hatte es in Devayne noch nicht gegeben. Ein Mädchen fragte.

»Ist alles in Ordnung, Professor Cook?«

Jane drehte sich zur Wand. Niemand sagte ein Wort. Der dicke Student wagte nicht den Blick zu heben. Jane nahm ein Kleenex aus der Tasche und putzte sich die Nase, bevor sie sich wieder umdrehte.

»Entschuldigt bitte. Ich fühle mich nicht wohl. Wir machen für heute Schluss.«

Sie packten ihre Bücher und Hefte zusammen und erhoben sich mit mitfühlenden Mienen.

»Pflegen Sie sich, Professor Cook.«

Sie ging wie ein Automat vom neogotischen Kenneth-Whitman-Bau bis zu dem modernen Backsteingebäude des Fachbereichs hundert Meter weiter. Im dritten Stock hielt sie inne und fragte Dawn mit einem Daumenwinken in Richtung Tür zum Direktor:

»Ist er da?«

»Ja. Im Moment ist niemand bei ihm.«

Jane klopfte an.

»Herein!«

Sie öffnete. Norman Bronzino saß hinter seinem großen, mit Büchern und Papieren übersäten Schreibtisch und lächelte sie fröhlich an.

»Jane! Wie geht es dir?«

Sie hatten nur ein paar knappe Hallos ausgetauscht, seit sie ihm vor drei Wochen gesagt hatte, dass sie Zeit für sich allein brauche. Der Altersunterschied war zu groß, sie musste nachdenken. Norman war überzeugt, dass die Liebe nichts mit dem Alter zu tun hatte, war aber dennoch voller Verständnis gewesen. Auch ihm kam es zupass, wenn sie sich vorübergehend nicht sahen, wegen der bevorstehenden Scheidung und weil Beth womöglich einen Privatdetektiv engagiert hatte, um Beweise gegen ihn zu sammeln. Während der drei Wochen, die ihre Liaison gedauert hatte, war er sehr vorsichtig gewesen. Jane durfte ihn nicht anrufen, auch nicht im Büro; er hinterließ nie eine Nachricht auf ihrem Anrufbeantworter und schlich sich abends nach dem Büro zu ihr wie ein Dieb. Und dann blieb er nie länger als eine Stunde.

Er kam auf sie zu und nahm sie in die Arme.

»Was ist los?«

Sie machte sich von ihm los.

»Ich bin schwanger.«

»Ich wollte dich schon fragen. Ich habe in letzter Zeit eine Veränderung in deinen Augen bemerkt, in deiner Haut, deinem ganzen Körper. Ich fühlte mich an Beth erinnert. Also habe ich mich nicht getäuscht.« Er lächelte begeistert, entweder wegen der Neuigkeit oder weil er so ein gutes Gespür hatte. »Noch zehn Tage, und ich bin ein freier Mann.«

»Ich glaube nicht, dass es von dir ist.«

Bronzino riss die Augen auf. Jane hielt seinem Blick stand.

»Ich habe jemand anders kennengelernt. Ich wollte es dir sagen. Nicht so. Es tut mir furchtbar leid. Sei bitte nicht böse. Ich werde abtreiben.«

Mit eingefallenem Gesicht und gebeugt wie ein alter Mann ging er ganz langsam zu seinem großen schwarzen Ledersessel hinter dem modernen Schreibtisch zurück. Er ließ sich hineinfallen und fing an, mit einem Feuerzeug herumzuspielen, klappte den Deckel auf und wieder zu, auf und zu. Das Telefon klingelte. Er nahm ab.

»Ja ... nein. Ich rufe ihn in zwei Minuten zurück.«

Er legte den Hörer auf und sah Jane mit einem kalten Blick an.

»Was willst du?«

»Urlaub. Ich kann jetzt nicht unterrichten. Ich möchte nach der Abtreibung gern ein paar Tage zu meinen Eltern fahren.«

»Und wer wird für dich unterrichten? Ich vielleicht? »

Sie antwortete nicht.

»Glaubst du, die Studenten zahlen zwanzigtausend Dollar pro Jahr, damit du dich von jedem, der dir über den Weg läuft, flachlegen lassen kannst?«

Jane liefen die Tränen über die Wangen. Sie stand auf. »Wer ist es?«

Normans Stimme klang jetzt wieder sanfter. In seinen Augen war so viel Leid zu erkennen, dass sie noch einmal stehen blieb, als sie schon die Tür aufmachen wollte.

»Jemand, der Kunstgeschichte unterrichtet.« Und weil sie dachte, dass Erics Abwesenheit Salbe auf die Wunde schmieren würde, fügte sie hinzu: »Er ist dieses Jahr in Deutschland, er hat ein Freisemester.«

»Wie heißt er?«

»Eric Blackwood.«

Er nickte.

»Den kenne ich.«

Da gab es nichts zu sagen. Der schöne und junge Eric konnte ja nur gewinnen. Und noch dazu ein brillanter Kopf.

»Deshalb hast du dich von mir getrennt. Ich hätte es mir denken können.«

»Nein. Was ich dir gesagt habe, war wahr: Der Altersunterschied hat mich gestört. Eric habe ich erst danach kennengelernt.«

Eine Halbwahrheit. Eric und sie hatten sich noch nicht geküsst, es war alles nicht sicher. Falsch: Es war bombensicher. So sicher, wie zwei und zwei vier ergeben. Sie hatte es noch am selben Abend gewusst, als sie sich begegnet waren. Eric hatte sie gegen elf nach Hause gebracht.

»Noch einen Absacker? Ich habe Whiskey da.«

Er hatte auf die Uhr gesehen.

»Eigentlich gern, aber das wäre unvernünftig. Ich muss morgen früh um sieben den Zug nehmen. Ich habe um neun einen Termin in New York, und dann reise ich nach Deutschland ab.«

»Nach Deutschland?

Immer dasselbe. Da begegnet man einem verführerischen Junggesellen, und schon sorgt er dafür, dass ein ganzer Ozean zwischen einem liegt. Ein Junggeselle? Vielleicht war er verheiratet und trug nur keinen Ring. Oder er war mit einer Deutschen verlobt. Oder geschieden und Vater von drei Kindern. Trotzdem hatte er mit träumerischer Stimme gesagt und sie dabei mit seinem charmantesten Lächeln angesehen:

»Und wenn du mitkämest?«

»Nach Deutschland?«, hatte Jane zurückgefragt und sich gesagt, dass sie wohl falsch verstanden hatte.

»Bei der Lufthansa gibt es zurzeit ein Sonderangebot. Ein Ticket kostet nicht mal dreihundert Dollar. Das Kolloquium findet in einer kleinen Stadt zwei Stunden von München statt, Eichstätt. Voller Barockbauten. Gar nicht weit vom Schwarzwald. Wir könnten zum Wochenende hinfahren.

»Eichstätt?

»Kennst du das?«

»Ich kenne jemanden, der dort wohnt.«

Er wirkte überrascht, aber nicht so sehr wie sie. Sie war völlig perplex. Das alles machte sie schwindeln. Eric, sein gutes Aussehen; dieser ungewöhnliche Zufall, dass er genau in die Stadt fuhr, wo der deutsche Arzt wohnte; ihre Begegnung in genau dem Moment, wo sie sich zu fragen begann, was zwischen ihr und Bronzino falsch lief; und seine Art, Jane jetzt einfach, als wäre es das Natürlichste von der Welt, vorzuschlagen, mit ihm nach Europa zu fliegen – und dann, wie man annehmen musste, in Eichstätt mit ihm das Zimmer zu teilen, wo sie sich doch erst vor vier Stunden begegnet waren und nicht einmal die Hand des anderen berührt hatten. Sie war nahe daran, ja zu sagen und das Verrückteste zu tun, das sie je in ihrem Leben getan hatte.

»Du rufst vom Flughafen aus an und sagst der Sekretärin, du seist krank«, hatte Eric in verführerischem Ton vorgeschlagen.

Unmöglich. Nicht wegen der Kurse. Etwas Wichtiges, hatte sie gesagt, ohne näher zu erklären, was. Am nächsten Tag hatte sie Bronzino gesagt, sie sollten sich für einige Zeit lieber nicht sehen. Sie saßen in seinem Auto, auf einem Parkplatz mit Blick aufs Meer – nicht etwa, weil es dort so hübsch war, sondern weil Bronzino in der Stadt nicht mit Jane gesehen werden wollte.

»Nimm deinen Urlaub«, sagte ihr Bonzino mit müder Stimme. »Auf Wiedersehen, Jane.«

Er nahm einen Papierstapel von seinem Schreibtisch hoch, um anzudeuten, dass er jetzt wichtigere Probleme zu regeln hatte. Sie drückte die Türklinke herunter, dann zögerte sie.

»Danke.«

Er hob traurig die Augen.

»Ich nehme an, ich muss mich wohl bei dir für deine Aufrichtigkeit bedanken.«

Am 19. Oktober stand sie früh auf, um das Analgetikum zu nehmen. Um zehn vor neun gab sie der Sekretärin in der gynäkologischen Abteilung des Medical Center von Devayne ihren Namen an. Sie konnte nicht sitzen bleiben und lief immer auf dem engen Gang hin und her. Sie lächelte einem hübschen blonden Mädchen von vier Jahren zu, das neben seinem Bruder saß, einem Jugendlichen, der in einer Zeitschrift las. Die Kleine wurde rot, kletterte auf den Sitz, kniff ihren Bruder, zog ihm die Zeitschrift weg und schnappte nach seiner Baseballkappe.

»Lass das!«

Er schubste sie weg. Jetzt legte sie erst richtig los und stieß spitze Schreie aus, wobei sie aus den Augenwinkeln ständig Jane im Blick behielt, die jetzt den Blickkontakt mit ihr vermied und ihren Marsch fortsetzte, nur mit nervöserem Schritt. Sämtliche Zeitschriften auf dem flachen Tisch neben den Kunstledersesseln waren Freiexemplare von *American Baby*. Jane ging zur Sekretärin.

»Kommt die Frau Doktor bald?«

Die ältliche Frau betrachtete sie unter ihrer gelüpften Brille hinweg.

»Etwas nicht in Ordnung, Schätzchen?«

»Diese Kinder machen einen Krach!«

Die Frau führte sie in eine Kabine und brachte ihr ein Papierhemd.

»Sie können sich schon mal ausziehen.«

»Aber das findet doch gar nicht hier statt! Doktor Brooks sagte, es wäre im vierten Stock!«

»Ach so. Na, dann warten Sie mal hier.«

Die Sekretärin ließ sie allein in dem kleinen Raum, den fünf Minuten später Elaine Brooks betrat. Ihr warmes Lächeln wirkte beruhigend. Die Sekretärin wusste tatsächlich nicht, warum Jane hier war, und sie gingen dann auch in den sterilen Raum im vierten Stock. Dort warteten schon eine Krankenschwester und eine Hebamme auf sie. Jane fragte Elaine ängstlich:

»Sie bleiben doch aber dabei, oder?«

Sie tat alles, was Doktor Brooks von ihr verlangte. Die kalten Metallstützen unter ihren Füßen fühlten sich unangenehm an. Sie spürte kaum etwas, als die Hebamme das Spekulum und dann die Instrumente einführte. Der Absauger schob sich an den Innenwänden ihrer Gebärmutter entlang. Jane konzentrierte sich aufs Atmen und hielt die Augen weit offen und starr auf das lächelnde Gesicht von Elaine Brooks gerichtet, die sie zum Einatmen und Ausatmen aufforderte, ihr gut zuredete, sie lobte und ihr versicherte, dass gleich alles vorbei sein würde. Der Eingriff dauerte nur wenige Minuten, aber Jane kam es sehr viel länger vor. Die Hebamme zog das Instrument und das Spekulum heraus und wischte das Blut ab. Doktor Brooks gratulierte Jane zu ihrer Tapferkeit und sagte ihr, sie solle noch liegen bleiben. Sie hatte keine Schmerzen. Als sie aufstand, fiel ihr Blick auf die Schale auf einem Tisch und darin die Überreste von Gewebe und Blut. Es drehte ihr den Magen um.

Für die Rückfahrt nach Hause nahm Jane ein Taxi. Drei Stunden später kam es ihr so vor, als hätte sie einen Stein in sich, wo sonst ihr Bauch war. Sie ging zur Toilette und füllte die Schüssel mit Blut. Sie konnte kaum laufen, so gekrümmt war sie. Es tat weh, wenn sie saß, und im Liegen auch. Vor Schmerzen konnte sie nicht einschlafen. Stirn und Handflächen waren schweißnass, die Finger klamm. Sie fürchtete, ohnmächtig zu werden. Sie hatte niemandem in Old Newport Bescheid gesagt. Carrie hatte ein Sabbatjahr genommen und lebte mit ihrem Mann in Palo Alto. Vielleicht war irgendetwas in ihr kaputtgegangen, und sie würde daran sterben. Oder aber es war normal. Vielleicht war es das, was Elaine Brooks als »ein bisschen wehtun« bezeichnete. Sie würde bis zum Morgen warten müssen.

Um zehn Uhr abends weckte das Telefon sie. Sie ging schwerfällig und vor Schmerzen gekrümmt ins Wohnzimmer, es war wie Messerstiche in die Seiten.

»Hallo! Ich dachte, du wärst nicht da. Ich wollte gerade eine Nachricht hinterlassen.«

Sie hatten vor zehn Tagen miteinander gesprochen. Für Allison, die seit drei Jahren vergeblich versuchte, ein Kind zu empfangen, war die Nachricht von Janes Schwangerschaft ein Schock gewesen. Eine Ironie des Schicksals. Aber sie hatte Jane sofort angeboten, nach Old Newport zu kommen und eine Woche bei ihr zu bleiben. Für Allison war es ebenso selbstverständlich wie für alle anderen, Janes Eltern, Susie und Eric, dass sie nicht das Kind eines Mannes behalten konnte, mit dem sie nur eine einzige Nacht verbracht hatte, und sich ans Brüten machen, wo sie doch gerade erst mit ihrer Karriere begonnen hatte. »Eric und du hättet dann überhaupt keine Zeit für euch allein gehabt. Das ist sehr ungesund für eine Beziehung.« – »Ich glaube, du verstehst das nicht«, hatte Jane geantwortet. »Ich glaube, du kannst es nicht verstehen.« Allison hatte einige Minuten geschwiegen, bevor sie mit etwas zittriger Stimme weitersprach. »Ich kann es nicht verstehen, weil ich noch nie schwanger war, meinst du das? Und das sagst du mir? Das ist nicht sehr nett, Jane.«

Jane hatte sich entschuldigt, sie sei nervös und gereizt. Das hatte Allison besänftigt. »Aber warum behältst du dieses Baby nicht, wenn es das ist, was du willst? Warum eigentlich nicht? Hör nicht auf das, was die anderen sagen. Hör auf deinen Bauch.« – »Weil Bronzino der Vater sein könnte«, hatte Jane langsam geantwortet. Ich bin sicher, dass es nicht so ist, aber den Daten zufolge ist es möglich, sogar wahrscheinlicher.« – »Ich verstehe.« Da gab es nichts mehr zu sagen. Allison wusste alles. Als Jane sie am 15. September nach ihrer Trennung von Bronzino angerufen hatte, hatte Allison losposaunt: »Was, schon? Ich versteh das nicht. Du erinnerst mich an Groucho Marx, der keinem Club angehören wollte, der ihn als Mitglied aufnehmen würde. Das ist infantil, Jane.« Als

Jane ihr ein Woche später von Eric erzählte, war ihr ein Licht aufgegangen.

»Na und«, fragte Allison, »hast du einen Behandlungstermin?«

»Ja.«

»Wann?«

»Es war heute Morgen.«

Schweigen. Allison, die selten weinte, brach am anderen Ende der Leitung in lautes Schluchzen aus. Da löste sich etwas in Jane, und sie weinte zum ersten Mal an diesem Morgen.

Sie hatte vorgehabt, eine Woche bei ihren Eltern zu verbringen, aber am vierten Tag fuhr sie wieder nach Hause. Ihre Brüste waren geschwollen und empfindlich, aber sie hatte keine Schmerzen mehr. Sie wollte in ihrem eigenen Bett aufwachen und den Unterricht wieder aufnehmen.

Bronzino rief sie zehn Tage später an. Er wollte ihr eine noch inoffizielle Neuigkeit mitteilen: Sie hatte ein Stipendium für das ganze nächste Jahr in Paris bekommen. Dieser Erfolg, der sie vor zwei Monaten überglücklich gemacht hätte, blieb jetzt ohne jeden Effekt. Das nächste Jahr, Paris, das war eine abstrakte Größe. Sie freute sich, dass er keine Abneigung gegen sie zeigte. Für einen kurzen Moment fragte sie sich, ob Bronzino sich für ihre Kandidatur stark gemacht hatte, um sie ein weiteres Jahr von Eric zu trennen. Aber er konnte nicht so machiavellistisch sein. Er schien sich aufrichtig für sie zu freuen.

Eric und sie sprachen kaum mehr als ein Mal pro Woche am Telefon, selten mehr als zehn Minuten und immer wieder von langem Schweigen unterbrochen. Sie kaufte ein Flugticket für die Feiertage über Thanksgiving. Wie vorgesehen.

Sie wusste nichts von ihm, außer dass er schön war.

Sie waren sich nur zweimal begegnet. Das erste Mal am 12. September bei der Vernissage zu der Ausstellung über chinesische

Kunst im Museum von Devayne, an dem Abend, als er sie nach Hause gebracht und ihr diesen überraschenden Vorschlag gemacht hatte: »Und wenn du mitkämest?« Das zweite Mal am 17. September, an dem Abend, als Eric von seinem vorbereitenden Aufenthalt aus Deutschland zurückgekommen war, um mit ihr zu essen.

Er hatte um Punkt sieben bei ihr geklingelt. Als sie ihm öffnete, hatte sie Angst. Sie hatte sein Bild nicht mehr genau vor Augen, und vielleicht war sie bei der Vernissage ja nur von seinem schönen Anzug geblendet gewesen. Jetzt stand er vor ihr in der Tür, angetan mit einer Jeans, grauem T-Shirt und Turnschuhen. Wie frisch dem Modemagazin entsprungen. Einem mit Hochglanzpapier. Der Typ Mann, der Jane nie beachtet hatte. Aber er sah sie an. Sie war gemeint, als er ihr zulächelte und ihr sogar eine gelbe Rose hinhielt. Derselbe Typ wie Eyal, nur schöner: groß, schlank, mit breiten Schultern, einem vollen, sanft geschwungenen Mund, braunen Haaren, die ihm in weichen Locken über die hohe Stirn fielen, und einem strahlenden Lächeln mit einem leichten Anflug von Ironie, das seine gleichmäßigen Zähne freilegte und zahllose Fältchen um seine hellen Augen herum erscheinen ließ.

»Darf ich hereinkommen?«

Sie hatte ihm den Weg versperrt, zur Salzsäule erstarrt von der Einsicht, dass sich gerade etwas ganz Besonderes ereignete. Er hatte sie in ein Viertel mitgenommen, das sie nicht kannte, nach Little Italy von Old Newport, auf der anderen Seite der Gleise. Das Restaurant war voll besetzt, nicht von Devayne-Professoren, sondern von echten Einwohnern der Stadt; das Essen war vorzüglich. Sie brachte nichts runter. Sie hatten stundenlang geredet, beide über den Tisch mit der Kerze dem anderen zugebeugt. Als sie noch kaum nach draußen getreten waren, berührten sich auch schon ihre Lippen. Mit angespannten Körpern waren sie ein paar Sekunden reglos stehen geblieben, bevor sie sich wild zu küssen begannen, erst unter den Blicken der Passanten, dann im Auto, bevor er losfuhr, bestimmt eine Stunde lang, und dann an jeder roten Ampel, bis die Fahrer hinter ihnen zu hupen anfingen. Vor ihrer Haustür hatte er den Motor abgestellt und mit einem Lächeln gefragt: »Wie war das noch mal mit dem Whiskey?«

Beim Frühstück hatte er ihr die Situation erklärt: Er hatte ein Stipendium für einen einjährigen Forschungsaufenthalt in Berlin. Heute sollte er abreisen.

»Heute?«

Sie war mit ihm im Bus zum Kennedy Airport gefahren, ohne überhaupt zu merken, was es für ein schöner Tag war. Während der ganzen Fahrt hatten sie gierig die Lippen des anderen verschlungen. Am Flughafen dasselbe. Sie hätte ihn auffressen mögen, ihn in sich bewahren. Es war verrückt. Die Liebe, so wie sie es noch nie erlebt hatte.

»Letzter Aufruf: Mr. Eric Blackwood, gebucht auf dem Lufthansa-Flug 046 nach Berlin wird umgehend an den Ausgang A 23 gebeten«, schallte es auch schon aus sämtlichen Lautsprechern am Flughafen.

Sie hatte ihm hinterher gesehen, als er den Gang entlangrannte. Ganz am Ende hatte er sich noch einmal umgedreht und ihr zugewinkt, bevor er verschwand. Als sie aus dem Flughafengebäude trat, war es Nacht. Es war kalt, und sie hatte die ganze Rückfahrt über geweint.

Das war vor zwei Monaten. Morgen nahm sie die Maschine nach Berlin. Sie wählte Allisons Nummer. Zum Glück gab es Kalifornien, damit man dank der Zeitverschiebung auch spät in der Nacht noch seine Freunde anrufen konnte, ohne sie aus dem Schlaf zu holen. Allison nahm nach dem ersten Läuten ab.

»Ich bin's, Jane. Störe ich?«

»Überhaupt nicht! Ich muss den Schlussantrag für einen fiktiven Arbeitsgerichtsprozess formulieren. Die ganze Nacht werde ich daran sitzen, und ich kann dir gar nicht sagen, wie sehr mich das ankotzt. Wie geht's? Bist du denn noch nicht in Berlin?«

»Ich fliege morgen.«

»Du Glückliche. Da trifft man sich also bald mit dem Märchenprinzen, was?«

»Ich habe Angst.«

»Wovor?«

»Wenn er nur ein falsches Wort sagt, ist es vorbei. Ich bin so wütend.«

»Auf ihn? Es ist doch nicht seine Schuld.«

»Er hat nicht ein Mal gezögert. Keine einzige Minute. Ich weiß nicht, ob ich ihm die Minute verzeihen kann.«

»Du bist noch nicht mal sicher, ob das Baby von ihm war!«

»Aber er glaubte, dass es sein Baby war, und er hat dennoch nicht gezögert.«

»Jane! Du bist wirklich ungerecht. Glaubst du, für Eric ist das einfach? Der Arme! Er muss eine Wahnsinnsangst haben, dich zu verlieren. Du hast kein Recht, wütend auf ihn zu sein.«

»Ich will es ja nicht. Aber wenn er nur mit einem Wort zeigt, dass er nichts versteht, dann habe ich Angst, dass ich sofort aufhöre, ihn zu lieben.«

»Tu mir einen Gefallen«, sagte Allison mit ihrer Große-Schwestern-Stimme. »Erzähl Eric gleich nach der Landung alles, was in deinem Kopf vorgeht. Mach ihn zum Komplizen, okay?«

Sobald Eric sie am Berliner Flughafen in seine Arme nahm und sie ihren Kopf an seine Schulter lehnte, brauchte es keine Worte mehr. Da war sein Geruch, seine Wärme. Er wirkte traurig. In der ersten Nacht sagte sie ihm, sie könne nicht mit ihm schlafen.

»Tut es noch weh?«

»Nein.«

Drei Nächte später drang er nach zwei Stunden voller Küsse und Zärtlichkeiten in sie ein. Als er den Ausdruck in ihrem Gesicht sah, zog er sich zurück.

Berlin gefiel ihr. Eric wohnte im Westen, in der Nähe des Savigny-Platzes, kannte aber alle möglichen Bars und Underground-Clubs in Mitte, Janes Lieblingsviertel, das zu Ostberlin gehört hatte und nun eine gigantische Baustelle voller Ruinen, Freiflächen, Löcher und Nutten rund um den ehemaligen Verlauf der Mauer war. Drei Wochen später kam sie für die Weihnachtsferien nach Berlin zurück. Gleich am folgenden Tag flogen sie nach Prag. Eric hatte ein Zimmer im Hotel Paris reserviert, einem Jugendstilmonument mitten im Stadtzentrum. Das Zimmer war winzig, das Essen hauptsächlich Schweinefleisch, Saure Sahne und Knödel, die Schaufenster hässlich, das Kristall nach zwei Tagen nicht mehr zu ertragen, die Hundehaufen noch schwerer zu umschiffen als in Paris, die Tschechen schlecht gekleidet und trist, die Sonne unfähig, die Schmutzglocke zu durchdringen, und das Wasser, das wie ein Schleier in der Luft hing, auch wenn es nicht regnete, machte die Gehwege gefährlich rutschig. Nachmittags um vier wurde es dunkel. Sie sahen eine Woche lang kein Tageslicht: Sie standen erst spät auf, wegen des Jetlags, und sie verließen das Hotel selten vor drei Uhr nachmittags. Eric drängte sie nie. Prag war eine Nachtstadt mit ihren von altmodischen gelben Laternen, die zum Teil ansprangen, zum Teil ausgingen, wenn man auf sie zu kam, nahezu unbeleuchteten Gässchen. Als sie zum ersten Mal »tes couilles« sagte, machte Eric große Augen, während der Ober höflich den Kopf senkte. Sie prustete los: Das Wort war ihr ganz plötzlich wieder ins Gedächtnis gekommen.

Josh hatte doppelt recht gehabt: Sie liebte Prag. Man konnte Prag nicht nicht lieben. Sie liebte es nicht nur wegen seiner Schönheit und nicht nur, weil es eine Stadt für verliebte Spaziergänger war. Aber wie die Feuchtigkeit in der Luft drang auch die Melancholie dieser Stadt ganz langsam in einen ein und tat ihre Wirkung: köstlich wie von einer Droge.

Sie standen am Geländer und sahen über das schwarze, mit weißen Punkten – den schlafenden Vögeln – betupfte Wasser der Moldau und zu dem entfernten, riesig über der Stadt aufragenden Schloss hinüber, das mit seiner Beleuchtung in Bleu, Bonbonrosa und Zartgelb eher aussah wie eine Pralinenschachtel denn eine kafkaeske Vision.

Sie fröstelte. Eric schlang den Arm um sie und legte seine warme Wange fest an ihre. Er teilte dieses Geheimnis der Wärme von innen mit den langbeinigen Tschechinnen, die bei Temperaturen von fünfzehn Grad minus mit Miniröckchen herumliefen. Sie schwieg, überwältigt von dem Gedanken, dass dieser Mann, den sie vor drei Monaten kennengelernt hatte und der nun neben ihr mitten in dieser Postkarte im Herzen Europas stand, Wirklichkeit war.

Sie schliefen miteinander. Es war intensiv, einfühlsam und zärtlich, aber, anders als ihre erste Nacht, beinahe schüchtern und zurückhaltend. Sie wussten, warum.

»Versprich mir«, sagte Jane und sah ihm dabei in die Augen: »Nie wieder. Das nächste Mal …

»Behalten wir's. Versprochen.«

Sie kaute schon seit zehn Minuten auf dem Nagel ihres Ringfingers herum. Sie spürte ein Gewicht auf der Brust und eine wohlbekannte Übelkeit. Prag, Berlin und davor der weiße Raum im vierten Stock des Medical Center von Devayne. Sie atmete tief durch und schüttelte sich fröstelnd wie ein Hund, der gerade aus dem Wasser kommt. Es kam gar nicht infrage, dass sie ihre Erinnerungen derart manipulieren lassen würde.

Wer hatte diesen Text über sie geschrieben? Eric nicht, da war sie sich sicher. Nicht nur, weil er von ihrer Liaison mit Bronzino nichts wusste. Eric würde niemals einen Roman schreiben, der auf ihrer beider Leben beruhte. Das war nicht seine Art.

Alles schien auf Bronzino hinzudeuten, den einzigen Zeugen der Szene in seinem Büro. Den Rest hatte er leicht in Erfahrung bringen können. Jane hatte vor niemandem ein Geheimnis aus ihrer Liebesbeziehung zu Eric gemacht.

Sie stand auf und rief noch einmal in der Universität an. Wieder der Anrufbeantworter. Die Sekretärin musste krank sein. Jetzt hingehen? Ohne zu wissen, ob Bronzino wirklich da war, und dann bei diesem sintflutartigen Regen? Und überhaupt würde Allison wahrscheinlich bald anrufen.

Jane öffnete den klobigen Eisschrank und schenkte sich ein Glas Wasser ein. Der kleine grüne Plastikdeckel hüpfte auf den Boden, als sie die Flasche wieder zumachen wollte. Grunzend hob sie ihn von dem wenig sauberen Kachelfußboden unter dem Tisch mit dem Telefon auf, stellte die Flasche zurück, ohne noch schnell den Deckel abzuwaschen, setzte sich und machte sich, die Unterlippe zwischen Daumen und Zeigefinger geklemmt, wieder an die Lektüre.

2 Der Zug lief in den Bahnhof ein, als sie gerade auf dem Bahnsteig ankam. Um diese Tageszeit hätte sie lange warten können. Zwanzig Minuten später war sie in Orly. Sie war viel zu früh dran. Aber die Götter, die ihr so geschwind ihre Metro geschickt hatten, konnten mit ihrem mächtigen Atem auch das Flugzeug antreiben. Sie lief eilig auf die Toilette und nahm dann

ihren Posten bei der Ankunft der internationalen Flüge ein.

Es war noch nicht einmal sieben. Abgesehen von ein paar Aufrufen für abgehende Flüge war es auf dem Flughafen so ruhig wie auf dem irgendeiner Provinzmetropole. Nach und nach kamen mehr Leute und nahmen neben Jane Aufstellung, alle sorgfältig gekämmt und glatt rasiert. Manche gähnten, andere starrten erwartungsvoll auf die Tür, andere lehnten an der Wand und lasen in einer Zeitung. Als die Tür zum ersten Mal aufging, hoben alle gleichzeitig den Kopf. Janes Herz schlug zum Zerspringen. Sie versuchte, dort drinnen etwas zu sehen. Es kam eine ganze Horde auf sie zu.

»Kommen Sie aus New York?«

»Boston.«

Sieben Uhr fünfunddreißig. Er war noch nicht gelandet. Drei kleine Kinder schrien »Papa!« und stürzten auf einen Mann zu, der in die Knie ging und die Arme ausbreitete. Sie waren typisch französisch gekleidet: Blusen mit weißen Bubikragen, Trägerkleidchen oder Samthosen. Eine schöne, große und schlanke Frau ging hinter ihnen her, drei Mäntel auf dem einen, ein Baby auf dem anderen Arm. »Hallo, ihr alle«, sagte der Papa und kniff das quäkige Baby in die Wange, bevor er seiner Frau einen flüchtigen Kuss auf die Lippen hauchte. »Alles gut verlaufen?« Jane lächelte. Die perfekte kleine französische Bürgersfamilie.

Sieben Uhr sechsundfünfzig. Sie warf einen Blick auf die Ankunftstafel, wo gerade die Daten neu durchliefen. Jetzt hielten sie an. TWA 602 … gelandet. Da stand es, in leuchtenden roten Buchstaben. Das Flugzeug hatte keine Verspätung. Eric war in Frankreich, auf demselben Boden wie sie, wenige Meter nur entfernt, nicht einmal mehr zehn Minuten. Nur noch den Koffer vom Band holen und durch den Zoll, und womöglich hatte er gar kein Gepäck aufgegeben. Er konnte jeden Moment herauskommen. Eric, ganz wirklich, in ihren Armen. Ihr lief ein heftiger Schauer über den Rücken.

»Sie haben einen schönen Mantel«, sagte eine Schwarze neben ihr mit warmem Lächeln.

Nicht das erste Kompliment, das sie für diesen Mantel bekommen hatte. Aber das erste in Frankreich.

»Wo haben Sie den gefunden?«

»In den USA, vor zwei Jahren. Für hundert Francs im Ausverkauf.«

»Hundert Francs!«

Allerdings hatte sie bei ihrem Anfall von Kaufwut bei Macy's mehr als tausend ausgegeben, und der Mantel aus Kunstpelz war das einzige Kleidungsstück, das die Zeit überdauert hatte. Ein Kostüm, das in Old Newport elegant war, sah in Paris eben aus wie ein Kartoffelsack. Die Frau streckte die Hand aus und strich über das Material.

»Ist der echt?«

»Echter Plüschbär, ja.«

»Das ist nur Synthetik? Da wäre ich ja nie drauf gekommen.«

Jane war es zu heiß in ihrem Mantel. Deshalb zog sie ihn aus. Die Frau betrachtete das lange, figurbetonte Wolljerseykleid in Rotbraun, das von oben bis unten mit winzigen Perlmuttknöpfen durchgeknöpft war.

»Sie haben Geschmack.«

»Danke! Das habe ich in Paris gekauft. Gestern, bei …«

»Nichts für mich! Um so was tragen zu können, muss man schlank sein.«

»Aber nicht doch, Sie sind doch selber schlank.«

Die Frau brach in ein völlig uneitles Lachen aus.

»Erwarten Sie jemanden aus New York?«

»Meinen Freund.«

Die Tür öffnete sich. Sie sahen beide gleichzeitig auf. Ein verloren wirkendes Mädchen, das einen großen Koffer hinter sich herzog, erinnerte Jane an ihre eigene Ankunft vor dreieinhalb Monaten. Wegen der Koffer hatte sie ein Taxi nehmen müssen. Es hatte geregnet.

Wieder glitt die Tür zur Seite. Ein paar verschlafen wirkende junge Leute schoben ihre Kulis vor sich her, die schwer beladen waren mit Taschen, Koffern und Kästen, die Musikinstrumente zu enthalten schienen.

»Sind Sie mit der TWA-Maschine von New York Kennedy Airport angekommen?«, fragte Jane auf Englisch einen großen Typ mit einer alten Lederweste, der ein voluminöses Musikinstrument über der Schulter trug.

»New York, yeah«, antwortete er mit einem Akzent, der sie sehnsuchtsvoll an eine Straße in Manhattan voller gelber Taxis mit heulenden Hupen, mit Löchern im Asphalt und dampfenden Brezeln denken ließ.

Die Automatiktür glitt unaufhörlich zur Seite, um neue Menschen durchzulassen. Acht Uhr fünfundvierzig. Eric würde jeden Moment auftauchen. Sie wartete seit fast zwei Stunden auf ihn. Nein: seit drei Monaten, zehn Tagen und einhundertundzehn Minuten.

Die Frau, die Janes Mantel bewundert hatte, stieß einen Freudenschrei aus und ging auf einen korpulenten Mann mit grauen Haaren zu. Ihr Vater oder ihr Mann? Die Frau winkte ihr zu, und die beiden gingen fort.

»Ein frohes neues Jahr! Und schöne Ferien mit Ihrem Freund!«

Inzwischen waren weniger Leute da. Zehn nach neun. Ihr Herz fing an zu rasen, sobald sich die Tür öffnete. Von der Gruppe, die vor einer Stunde mit ihr gewartet hatte, war niemand mehr da. Ein neuer Schwung Menschen war eingetroffen und hatte die

Stelle der verschlafenen Sieben-Uhr-morgens-Gesichter eingenommen. Die Fluggäste, die nun durch die Tür kamen, hatten durchweg einen dunklen Teint: Eben war ein Flugzeug aus Tunis angekommen. Neun Uhr zweiundvierzig. Sein Koffer musste verloren gegangen sein. Bestimmt war er gerade dabei, Formulare auszufüllen.

Ihr wurde schwindelig. Sie hatte nichts zum Frühstück gegessen. Jetzt stand sie hier seit drei Stunden.

Fünf vor zehn. Das Flugzeug war vor mehr als zwei Stunden gelandet. Ein anderer Ausgang? Sie musste sich erkundigen. Aber wenn er gerade in dem Moment kam, wo sie wegging? Sie wandte sich an eine Frau um die Fünfzig im Nerzmantel, die neben ihr stand, und beschrieb ihr Eric. Die Frau antwortete zögernd:

»Sobald meine Freundin angekommen ist, gehe ich.«

Jane rannte zum Informationsschalter und drängte sich an allen vorbei. Ein junges Mädchen mit hübschem, herzförmigem, sehr französischem Gesicht ließ Erics Namen durch den ganzen Flughafen klingen.

Jane lief zur Ankunft für internationale Flüge zurück. »Niemand«, sagte die Frau.

Jane rannte wieder zum Informationsschalter. Sie schwitzte. Der Jersey würde einen unangenehmen Geruch zurückbehalten.

»Sie sollten das mit TWA abklären«, sagte ihr das junge Mädchen mit freundlichem Lächeln. »Der Schalter ist dort drüben. Sehen Sie?«

Jane durchquerte die Halle in Richtung TWA-Schalter. Eine Frau tippte Erics Namen und die Flugnummer in ihren Computer.

»Ich hab den Namen nicht. Er ist nicht mit dieser Maschine geflogen.«

»Das ist unmöglich. Das Ticket hat er seit zwei Monaten!«

Die Frau zuckte die Schultern und schob die Lippen vor.

»Er ist nicht im Computer. Also hat er nicht eingecheckt.«

»Aber das ist doch unmöglich! Er hatte das Ticket vor der Nase, als er mir vorgestern seine Flugnummer durchgegeben hat!«

Im Mundwinkel dieser Frau erschien der leise Anflug eines Lächelns. Eine dicke Frau von vierzig oder fünfzig mit blond gefärbter Dauerwelle und langen, glitzernd lackierten Fingernägeln. Ein Monster an Gleichgültigkeit.

»Und wenn er von Boston abgeflogen ist? Vielleicht habe ich ihn falsch verstanden. Können Sie bitte mal nachsehen?«

Sie gähnte und tippte ungeduldig.

»Auch nicht.«

Jane lief zum Informationsschalter. Das junge Mädchen schüttelte mit mitfühlendem Lächeln den Kopf:

»Nichts. Tut mir leid.«

Zehn Uhr vierzig.

Er war nicht mitgeflogen. Dafür konnte es nur einen Grund geben: Er war tot. Ein Unfall auf dem Weg zum Flughafen. Während sie sich ein Tausend-Francs-Kleid kaufte und sich ganz selbstverliebt vorstellte, wie Eric diese Perlmuttknöpfe einen nach dem anderen öffnete, zog ein Feuereinsatzkommando seine verkohlte Leiche aus seinem zur Ziehharmonika zusammengepressten Auto und fuhr ihn im Krankenwagen zur Notaufnahme oder gleich ins Leichenschauhaus.

Sie konnte kaum atmen. Es tat zu sehr weh. Sie konnte nicht weinen.

Sie musste telefonieren. Mit wem? Erics Mutter? Sie hatte die Nummer nicht dabei. Und Nancy um fünf Uhr morgens aufwecken, um sie zu fragen, ob ihr Sohn tot sei?

Wenn man bei dem Gedanken, ein uns nahestehender Mensch könnte tot sein, in Panik gerät, dann ist er nicht tot. Es ist oft nur die Übertragung eines verborgenen Wunsches.

Das hatte ihr einmal jemand gesagt. Sergio, vor neun Jahren in Chicago, als sie ihn mitten in der Nacht angerufen hatte, um zu hören, ob Eyal nach Hause gekommen war. Kein Eyal in seinem Zimmer. »Er ist tot!«, hatte Jane geschrien. Sergio war kein bisschen beunruhigt und servierte ihr stattdessen seine kleine Theorie über den Todeswunsch. Eyal hatte tatsächlich bei einem anderen Mädchen übernachtet, mehr war nicht gewesen.

Eyals Tod hätte sie sich schon wünschen können. Aber den von Eric?

Wenn Eric tot war, sah sie nur eine Möglichkeit: sich aus der Dachluke ihres Zimmers auf das Kopfsteinpflaster im Hof zu stürzen, nachdem sie sich die Pulsadern aufgeschnitten hatte.

Eric war nicht mitgeflogen.

Er war nicht tot. Er war nicht gekommen, das war alles. Sie lehnte sich an die Wand und schloss die Augen.

Hatte sie Eric vor zwei Tagen am Telefon gesagt, dass sie sich wahnsinnig auf ihn freute?

Nein. Als er ihr angekündigt hatte, dass er am 5. statt am 12. Januar in die Staaten zurückfliegen würde, weil er ein neues Seminar vorbereiten musste, hatte sie geflucht. Wie konnte ein Seminar wichtiger sein als sie beide? »Wenn du so reagierst«, hatte Eric ruhig geantwortet, »frage ich mich, ob ich überhaupt kommen sollte.« Erics Stimme, seine Worte, hatten sie mit Panik erfüllt. »Nein. Ich versteh's ja, entschuldige, es ist nur, weil du mir so sehr fehlst.«

Das Ende ihres Gesprächs war zärtlicher gewesen. Eric hatte sie gefragt, wie das Wetter in Paris war. »Bis übermorgen«, hatte er beim Auflegen gesagt. Das war in dem Moment zweifellos ernst gemeint gewesen. Er musste beim Kofferpacken wieder an ihr Gespräch gedacht haben, und einige andere in der Art.

Sie hatte immer gewusst, dass er sie verlassen würde. Sie hatte ihn nicht verdient. Er entsprach viel zu sehr ihrem waghalsigsten Kleinmädchentraum. Seit dem Augenblick, als sie in Paris gelandet war – oder sogar, seit sie am Kennedy Airport ins Flugzeug gestiegen war –, war sie furchtbar deprimiert gewesen. Drei fürchterliche Monate. Unfähig, ihr Bett zu verlassen und die Leute anzurufen, die sie in Paris kannte. Sie hatte nicht einmal Lust, durch die Straßen zu spazieren. Paris war grau und stank, besonders dort, wo sie wohnte, im Zentrum, nicht weit von der Seine und der überirdischen Metrotrasse. Eric und sie telefonierten zweimal pro Woche an den von Jane im Voraus festgelegten Tagen und zu einer bestimmten Zeit. Sie hätte die Unsicherheit des Wartens nicht ertragen können. Sie beschuldigte ihn, er liebe sie nicht, er wisse doch gar nicht, was Liebe sei. Oder wie konnte er sonst essen, schlafen, unterrichten, die Wahlkampfdebatten im Fernsehen anschauen und eine fröhliche Stimme haben, wenn er sie anrief. Er behauptete, die Sehnsucht nach ihr bringe ihn fast um; aber er starb kein bisschen, sonst wäre er im November zu Thanksgiving gekommen, so wie sie zu ihm im letzten Jahr, als Eric in Berlin gewesen war. An dem Abend im November, als Clinton gewählt worden war, hatte er sie angerufen. Er feierte das Ereignis mit ein paar Freunden und wollte der Erste sein, der ihr die Neuigkeit mitteilte. Als wenn sie das interessiert hätte. Ihre gezwungenen und von langen Pausen durchbrochenen Gespräche brachten sie zur Verzweiflung. Danach hatte sie sich mehr zusammengerissen. Sie hatte sich gezwungen auszugehen, damit sie ihm etwas zu erzählen hatte, hatte sich ins fünfzig Meter entfernte Musée d'Orsay geschleppt und dort die Bonnard-Abteilung entdeckt. Dieses kurze Aufflackern von Enthusiasmus reichte nicht aus, um die Entfernung und die Einsamkeit wettzumachen.

Eric wusste alles von ihr. Wie sie mit einundzwanzig Jahren an einen Baseball-Spieler mit Stoppelfrisur, dem sie nach einer Party auf sein Zimmer gefolgt war, ihre Jungfräulichkeit verloren hatte, ohne Lust oder Schmerz dabei zu empfinden, nur die Erleichterung, dass sie keine alte Jungfer werden würde. Beim Aufwachen hatte sie eine Stunde – die erinnerungswürdigste der ganzen Nacht – damit zubringen müssen, den armen Jungen zu beruhigen, der überzeugt war, dass er sie vergewaltigt hatte, und sie anflehte, nicht sein Leben zu zerstören. Jetzt erinnerte sie sich an Erics peinlich berührtes Lächeln, als sie ihm lachend diese Geschichte erzählte, nachdem sie auf dem Tisch im College, wo sie gerade Mittag aßen, ein Informationsheft über Vergewaltigungen gesehen hatte.

Er wusste, wie sie dem einzigen Mann, den sie vor ihm geliebt hatte, wie ein Hündchen überallhin gefolgt war, bereit, alles für Eyal zu tun, selbst, ihm dabei zu helfen, andere Mädchen anzubaggern, auch wenn ihr dieser Anblick das Herz zerriss; wie Eyal schließlich mit ihr geschlafen hatte, nach sieben Monaten, betrunken wie der andere auch, und wie er sich schnell befriedigt hatte, ohne einen Gedanken an sie zu verschwenden; wie er sie eines Morgens, als sie gerade an den letzten Vorbereitungen für eine Prüfung am Nachmittag saß, herbeizitiert hatte, um seine Badewanne zu schrubben; wie sie, die so penibel darauf achtete, dass kein Haar und kein Härchen in Eyals Badewanne zurückblieb, gehorcht und mit hochgekrempelten Ärmeln und auf dem Kachelboden kniend das Emaille mit Ajax geschrubbt hatte, während Eyal sie beschimpfte; wie er sie auf dem Badezimmerfußboden genommen hatte, zum ersten Mal von hinten. Am Nachmittag hatte sie solche Schmerzen gehabt, dass sie während der drei Stunden langen mündlichen Prüfung kaum sitzen konnte. Noch so eine komische Geschichte.

Aber sie hatte sich von Eyal getrennt. Irgendwann hatte sie

endlich begriffen, dass die politische Situation in seinem Land und die Narbe auf seinem rechten Oberschenkel, die ihm von seinem Militärdienst im Libanon geblieben war, Eyal kein Recht zu seiner Brutalität gaben. Sie hatte ein Versprechen einzuhalten. An dem Tag, als er sie, nachdem sie bei strömendem Regen vom Fahrrad gefallen war und deshalb vergessen hatte, einen Brief für ihn einzustecken, geohrfeigt und als Idiotin beschimpft hatte, hatte sie ihm verkündet, sie würde sich von ihm trennen und ihn verlassen. Er hatte noch am selben Abend bei ihr angerufen. Sie hatte den ganzen Nachmittag damit verbracht, auf diesen Anruf zu warten, und war beim ersten Klang seiner Stimme in Tränen ausgebrochen. Er hatte ihr befohlen, sofort zu ihm zu kommen. Sie hatte drei Schlaftabletten genommen und am nächsten Tag, nur um den Teufelskreis von Zurückweisung, Lust, Gewalt und Misstrauen zu durchbrechen, mit einem netten, sanften und lustigen Studienkameraden geschlafen, der schon lange als Tröster bereitgestanden hatte: Josh. Sechs Jahre mit ihm. Dann, drei Monate nach Josh, Norman. Eric wusste nichts von diesem letzten Abenteuer, aber er wusste genug. Welche Ehre, in die Fußstapfen dieser großen Helden zu treten, deren Aufgabe einzig darin bestand, ein gigantisches Loch auszufüllen – das Leben einer Frau, die Angst vor dem Alleinsein hatte.

Eric hatte sich auf radikale und diskrete Art von seinen Fußfesseln befreit. Wie es seine Art war.

Jane stand unter Schock. Sie musste hier raus. Sie ging auf den Ausgang Orlyval zu. Etwas stieß schmerzhaft gegen ihren Knöchel. Sie wirbelte aufgebracht herum. Der Idiot mit seinem Kofferkuli entschuldigte sich. Sie rieb ihren Knöchel und fing an zu laufen: Sie konnte diese Lautsprecheransagen zu Abflügen und Landungen nicht mehr ertragen. Jemand hielt ihre Tasche fest. Wütend schwenkte sie herum, um den Angreifer zu schlagen.

»Aber, Mademoiselle, wohin laufen Sie denn?«

Eric hatte seine Frage in einem Französisch mit charmantem Akzent gestellt. Er lächelte sie an. Sie stieß einen Schrei aus und fiel ihm in die Arme. Sein Geruch. Frisch und so angenehm trotz einer Nacht im Flugzeug. Er hielt sie ganz fest und küsste sie leidenschaftlich, bevor er ihr die Tränen vom Gesicht leckte.

»Es tut mir so leid! Ich hatte absolut keine Möglichkeit, dir Bescheid zu sagen.«

»Was ist denn passiert?«

»Die TWA-Maschine war voll. Sie haben mich auf Delta umgebucht und versichert, der Flug würde zur selben Zeit landen, aber kein Wort davon, dass er in Roissy ankommt und nicht in Orly.«

»Ich war am TWA-Schalter, und da hat mir eine absolut grässliche Person gesagt, du hättest nicht eingecheckt. Ich dachte, du wärst auf dem Weg zum Flughafen verunglückt.«

»Mein armer Liebling! Ich werde diesen Leuten von TWA schreiben: Wenn sie klug sind, schicken sie mir ein Freiticket erster Klasse.«

Er hatte im Flugzeug nicht geschlafen – genau hinter ihm hatte jemand ein schreiendes Baby dabei, und die Maschine war voll besetzt –, aber er spürte die Müdigkeit nicht. Er war so glücklich. Und von allem war er begeistert. Jane hatte ihn vorgewarnt, dass die charmante, sonnendurchflutete und ruhige Wohnung, die sie im letzten April als Aushang am Schwarzen Brett der Universität entdeckt hatte, in Wirklichkeit eine Mansarde mit niedrigen Decken und zwei winzigen Dachluken war, die kaum die Sonne durchließen. Die Wohnung erinnerte Eric an Spitzwegs *Armen Poeten,* der mit seinem Regenschirm über dem Kopf unter tropfendem Dach stillvergnügt in seinem Bett sitzt. Die steile und kahle Hintertreppe zu den Dienstbotenzimmern im siebten

Stock war hervorragend für die Gesundheit; das Einzelbett mit Metallgestell, quietschenden Sprungfedern und einer zu weichen Matratze verjüngend: Wie schön, so eng an den anderen geschmiegt zu schlafen. Wie zu Studentenzeiten. Die Toiletten, die nicht mit in der Wohnung, sondern – glücklicherweise nur zur Privatnutzung – am anderen Ende des Ganges lagen, waren vielleicht nicht gerade praktisch, aber sie hatten immerhin etwas Exotisches: Man könnte meinen, man wäre beim Camping. Etwas Besseres war in diesem Viertel nicht zu finden. Nur fünf Minuten von Jane entfernt stand man im Jardin des Tuileries auf der anderen Seite der Seine mitten auf der Achse, die den Obelisken am Place de la Concorde, den Arc de Triomphe und in weiter Ferne den im Dunst kaum erkennbaren großen Bogen von La Défense und in der anderen Richtung den kleinen Triumphbogen am Carrousel, die Pyramide am Louvre, die Eric wenig überzeugte, und den Louvre selber verband: der schönste Blick von ganz Paris.

Als Eric wieder nach Old Newport zurückfuhr, blieb in der Mansarde etwas von seinem Lächeln und in einigen Kleidungsstücken, die er zurückgelassen hatte, um deutsche und französische Bücher in seinem Koffer unterzubringen, ein Hauch von seinem Geruch zurück. Die Melancholie machte einem anderen Gefühl Platz: Ihre Arbeit drängte. Sie musste ihr Buch über Flaubert schreiben. Jane stellte ihren Wecker auf halb acht; eine Stunde später machte sie sich, in den großen altrosa Kaschmirschal gehüllt, der so sanft war wie Erics Handflächen und den er ihr zu Weihnachten geschenkt hatte, auf den Weg zur Bibliothèque Nationale. Sie konnte gar nicht glauben, dass sie drei Monate lang völlig unempfänglich für die Schönheiten dieses Wegs gewesen sein konnte. Sie überquerte die Seine auf dem Pont Royal, betrachtete die Komposition aus dem smaragdgrünen Wasser, den alten Brücken, den Häusern aus dem neunzehnten Jahrhundert und der Kuppel des Grand Palais mit den eilig über den Himmel huschenden Wölkchen darüber, die im Vergleich zu den Wolken in Amerika unendlich winzig waren, ging durch den Jardin des Tuileries, dann nach links durch den Durchgang am Louvre, wo immer noch gebaut wurde, und dann durch die vornehmen und friedlichen Gärten am Palais Royal bis zur Rue des Petits-Champs, die im rechten Winkel auf die laute und abgasverpestete Rue de Richelieu stieß, an der die Bibliothèque Nationale lag.

Man bekam nur dann ganz bestimmt einen Platz, wenn man früh genug eintraf. Im Herbst hatte sie oft mehrere Stunden gewartet. Sie mochte die altmodische Bibliothek trotz der absurden französischen Fehlorganisation. An der Kaffeemaschine im Flur traf sie mit anderen Hochschullehrern aus Amerika zusammen, die für ein Jahr oder ein paar Monate in Paris waren. Sie meldete sich bei den Kollegen von Eric und einigen Leuten, die sie zehn Jahre zuvor in Paris kennengelernt hatte. Sie wurde zum Abendessen eingeladen. Ihre neuen Freunde aus der Bibliothèque Nationale wollten abends mit ihr ins Theater oder in ein Restaurant, aber sie erwiderte immer, sie habe schon etwas vor. Die Abende verbrachte sie in ihrer Mansarde, und manchmal gönnte sie sich eine Eintrittskarte für die Piscine Deligny, ein Schwimmbad auf einem Seinekahn, gleich bei ihr gegenüber. Sie sparte für den Sommer.

Erics Geburtstag Anfang Februar war Vorwand genug für einen kurzen Besuch in den Staaten. Mitte März kam er dank des Freitickets, das er erhalten hatte, für eine Woche zu ihr nach Paris. Jetzt musste sie nur noch bis Mitte Mai warten, dann würde Eric für den ganzen Sommer zu ihr kommen. Sie hatte ihren Flaubert-Text noch einmal gelesen und fand ihn schlecht. Eric sagte, das sei eine ganz normale Reaktion.

Eines Morgens Anfang April hatten sie die Lichtreflexe der Sonne, die das grüne Wasser der Seine funkelnd vergoldeten, in beste Laune versetzt. Nachdem sie vier Stunden damit verbracht hatte, Handschriften von Flaubert durchzugehen, schlug sie die kostbaren Dokumente mit den Schriftzügen des großen Mannes wieder zu und erhob sich, in Gedanken bei Flaubert, wie er, nachdem er den ganzen Vormittag hindurch geschrieben hatte, mit seiner Mutter und der Nichte in Croisset zu Mittag aß. Sie verließ den stillen Lesesaal und schließlich die Bibliothèque Nationale und überquerte den Hof bis zur Rue de Richelieu hinter einem großen jungen Mann mit schwarzen Haaren, der wie sie am Gehsteigrand stehen blieb. Trotz seines südländischen Aussehens hatte er irgendetwas an sich, das sie vermuten ließ, er sei US-Amerikaner – jedenfalls bestimmt kein Franzose. Er spürte ihren Blick und lächelte sie an. Sie plauderten ein bisschen, während ein Strom von Autos und Bussen neben ihnen die Straße hinunterrauschte. Er war tatsächlich Amerikaner, Assistent in Mediävistik an der University of California in Santa Cruz. Sie erwähnte Eric, sobald sie sich noch kaum vorgestellt hatte. Vincent und sie aßen ein Sandwich im Café des Trois Fontaines. Am nächsten Tag trafen sie sich wieder um ein Uhr und beschlossen, von nun an regelmäßig zusammen Mittagessen zu gehen. Das strukturierte die Zeit, und sie konnten besser arbeiten. Abends um acht, wenn die Bibliothek schloss, gingen sie oft noch einen Kaffee trinken. Vincent hatte einige Jahre in Paris mit einer Malerin zusammengelebt. Er war fast jeden Abend eingeladen. Eine Woche nach ihrer ersten Begegnung machte er Jane den Vorschlag, ihn zu einer Party bei Rosen, seiner Ex, zu begleiten, die im 19. Arrondissement in einer hinter einem Gebäude an der Rue de Charenton versteckten entzückenden Maisonettewohnung lebte. Rosen, eine stille und ausgeglichene Frau, die Jane sehr gefiel, stammte aus der Bretagne, einem Dorf namens Lannilis an der Spitze des Finistère, wohin sie Jane und Eric für den Sommer auf einen Besuch einlud. Durch Vincent wurde Janes Pariser Leben deutlich aufregender. Es befriedigte ihre voyeuristischen Bedürfnisse, all diese Künstlerwohnungen und Ateliers in Barbès und Belleville, an der Bastille und in den Vororten im Osten von Paris zu sehen. Die Künstler fanden sie interessant, sobald sie hörten, dass sie Amerikanerin war und in Devayne lehrte, wo es eine bedeutende Kunsthochschule gab. In der Bibliothèque Nationale dagegen musste man sich immer so unterwürfig und unamerikanisch wie möglich geben, um sich mit den spröden Bibliotheksangestellten gut zu stellen. Vincent machte ständig Witze und brachte sie zum Lachen. Sie konnte gar nicht glauben, dass sie sich erst seit drei Wochen kannten. Der Frühling erblühte. Eric würde in einem Monat bei ihr sein.

Am 1. Mai, nach einer Party bei einem Maler in der Avenue Ledru-Rollin, schlug Vincent ihr vor, weil es schon vier Uhr morgens und in den verwaisten Straßen kein Taxi zu bekommen war, bei ihm zu übernachten. Er wohnte gleich um die Ecke, in der Rue du Faubourg Saint-Antoine.

Das Klingeln des Telefons ließ sie aufschrecken. Sie sah auf die Uhr am Elektroherd. Beim dritten Klingeln stand sie auf und nahm ab.

»Hallo, ich bin's. Was ist passiert?«

Jane stellte erfreut fest, dass es Allison war. Inzwischen war sie sicher, dass das Manuskript nicht von Bronzino stammte. Woher hätte er all diese Einzelheiten über ihr Leben in Paris haben sollen?

»Danke, dass du zurückrufst. Wie geht's?«

»Gut. Na ja. Ich ersticke in Büroarbeit und habe die ganze Nacht nicht geschlafen. Die Zwillinge haben Mittelohrentzündung.«

»Die Armen! Das tut mir leid. Hör mal, ich hab eine kleine Frage an dich, nur so: Bist du eigentlich mit Josh in Kontakt geblieben, seit ich mich von ihm getrennt habe?«

»Mit Josh? Ja, warum? Ich hab dir nie davon erzählt, weil unsere Freundschaft mit ihm nichts mit dir zu tun hatte.«

»Mach dir keine Gedanken, es stört mich überhaupt nicht. Aber hat er dich manchmal nach mir gefragt?«

»Bestimmt, so ab und zu, um zu hören, was aus dir geworden ist. Warum?«

»Hast du ihm von Bronzino erzählt?«

»Ehrlich gesagt, weiß ich das nicht mehr so genau. Warum?

»Und von meiner Abtreibung? Weiß er darüber Bescheid?

»Aber warum denn? Ist irgendwas passiert?«

Jane zögerte.

»Nein, nur so. Seht ihr euch noch?«

»Dafür wohnen wir ein bisschen zu weit auseinander, aber wir telefonieren manchmal.«

»Wo wohnt er denn?«

»In New York.«

»New York! Und was macht er?«

»Er ist Lektor bei Doubleday.«

»Tatsächlich! Hat er auch einen eigenen Roman veröffentlicht?«

»Noch nicht. Als wir das letzte Mal miteinander gesprochen haben, so vor ein paar Monaten, da war er gerade dabei, einen dicken Roman zu beenden, an dem er seit Jahren arbeitet.«

Jane lächelte: Mehr brauchte sie nicht zu wissen.

»Ist er verheiratet?«

»Nein. Jedenfalls nicht, dass ich wüsste. Er hat sich vor vier Jahren von Stephanie getrennt, und seitdem hatte er wohl nur unbedeutende kleine Liebschaften. Er sagt immer, er ist genau wie alle vierzigjährigen Junggesellen: Ihm fehlen die Begeisterungsfähigkeit und das nötige Talent zur Selbsttäuschung, um sich zu verlieben. Er ist immer noch davon überzeugt, dass du die Frau seines Lebens warst.«

»Ganz der alte Josh.«

»Aber warum stellst du mir diese Fragen? Was ist denn los?«

»Nichts. Das hab ich doch gesagt. Obwohl, doch.«

»Was?«

»Hat Josh euch mal in San Francisco oder Seattle besucht?«

»Nicht in Seattle. Aber zwei- oder dreimal in San Francisco. Aber jetzt sag schon.«

»Führst du Tagebuch?«

»Was?«

»Ein Tagebuch, du weißt schon, wo du deine Gedanken niederschreibst und was du so den Tag über gemacht hast.«

»Sag mal, geht's dir nicht gut? Wovon sprichst du eigentlich? Was ist denn bloß passiert, Jane?«

»Gar nichts, wirklich. Ich hab nur gestern einen Haufen alter Fotos wiedergefunden und dabei festgestellt, dass ich gar nicht mehr weiß, was eigentlich wann war. Also habe ich mir ein paar Notizen gemacht, um alles zu rekonstruieren, und stell dir vor, dabei habe ich Lust zum Schreiben bekommen.

»Und deshalb stellst du mir alle diese Fragen über Josh?«

Allison klang enttäuscht. Jane musste lächeln. Zum Glück gab es noch keine Bildschirmtelefone, bei denen man das Gesicht des anderen sehen konnte.

»Ja.«

»Und was schreiben? Einen Roman oder deine Memoiren?«

»Einen autobiographischen Roman.«

»Hoffentlich keine Hochschulgeschichte.«

»Warum?«

»Langweilig. Übertrag es auf eine andere Umgebung.«

»Ein Anwaltsbüro zum Beispiel?«

Allison lachte.

»Das gibt's schon. Nein, du musst einen Beruf nehmen, über den noch niemand geschrieben hat. Wir werden darüber nachdenken. Die Idee gefällt mir. Aber jetzt muss ich Schluss machen. Ich muss nämlich arbeiten.«

»Könntest du mir Joshs Nummer geben? Ich brauche ihn, damit ich die Chronologie richtig hinkriege.«

»Die hab ich zu Hause. Ich rufe dich an, wenn ich zurück bin. Ich würde ihn allerdings vorher lieber fragen.«

»Okay. Bis heute Abend.«

Jane legte auf, trank ein Glas Wasser und setzte sich wieder hin. Wie gut, dass sie der Versuchung widerstanden hatte, alles zu erzählen. Allison schrieb zwar nicht gern, dafür redete sie um so lieber. Jane fing wieder an zu lesen. Wo war sie noch gleich gewesen? Ach ja. Paris. Josh schien wirklich sehr gut informiert zu sein.

Sie hatte ein bisschen zu viel getrunken für ihre Verhältnisse und einen kräftigen Joint geraucht, der diesmal nicht ohne Wirkung geblieben war. Ihr drehte sich der Kopf, und sie war müde. Sie streckte sich auf dem Sofa in seinem kleinen Wohnzimmer aus. Vincent setzte sich neben sie. Er versuchte nicht, sie zu küssen. Er streichelte sie am Hals, dann ließ er die Hand in ihre Bluse und unter ihren Büstenhalter gleiten. Sie ließ ihn gewähren. Er legte sich erst neben, dann auf sie. Ihre Körper rieben sich auf eine Weise aneinander, dass sie beinahe gekommen wäre. Während sie ein übers andere Mal wiederholte, er solle das nicht tun, nein, sie liebe ihn nicht, und wenn sie nun schwanger würde, ließ sie ihn in sich eindringen und kam sofort, als er ihre Klitoris berührte. Eine Minute später ejakulierte er auf ihre Brüste.

Er überließ ihr sein Bett und schlief auf dem Sofa. Als sie gegen zehn aufwachte, brauchte sie einige Minuten, um sich darüber klar zu werden, wo sie war. Eine Tür fiel ins Schloss: Vincent kam mit einem frischen Baguette zurück. Sie frühstückten miteinander. Mit aller Selbstverständlichkeit. Als sie ging, hauchte er ihr einen Kuss auf die Lippen.

»It was fun.«

Sie konnte nicht das Gegenteil behaupten. Sie hatte ihren ersten Orgasmus gehabt, während gleichzeitig ein Mann in ihr war. Selbst mit Eric war das noch nie passiert. Je verliebter sie war, desto mehr verkrampfte sie sich, aus lauter Angst, eine schlechte Liebhaberin abzugeben. Und wenn sie im betrunkenen Zustand anfangen würde, ihren Körper an Erics zu reiben, würde sich das Wunder dann nicht vielleicht wiederholen? Sie war Vincent dankbar, dass er ihr etwas über sie selber beigebracht hatte.

Doch sie wollte ihn lieber nicht mehr sehen: Sie würde das gemeinsame Mittagessen und die Partys vermissen, aber es war zu riskant. Vincent würde das verstehen. An jenem Tag kam er – vielleicht aus Feingefühl – nicht in die Bibliothèque Nationale. Am Abend ließ sie mit steigender Erregung alle Einzelheiten der vergangenen Nacht vor ihrem inneren Auge Revue passieren. Um halb elf wählte sie seine Nummer. Er war nicht da. Sie hinterließ keine Nachricht. Sie dachte an die vielen Mädchen, die ihn ständig umschwirrten, und begann nervös auf ihrem Kuli herumzukauen. Eifersüchtig? Lächerlicher Gedanke. Aber er hätte sie wenigstens anrufen können. Diese Kalifornier hatten keine Lebensart. Am besten ging sie ins Bett, sie hatte letzte Nacht nur vier oder fünf Stunden geschlafen. Sie hörte das Telefon klingeln, als sie am Ende des Gangs die Spülung zog, und rannte in ihr Zimmer zurück, ohne den Schlüssel von der Klotür zu ziehen.

»Hallo? «

»Habe ich dich geweckt?«

Eric.

»O hallo! Nein ... gar nicht, ich war gerade auf der Toilette und ...«

»Ist irgendwas nicht in Ordnung?«

»Nein, wieso?«

»Deine Stimme klingt so komisch. Bist du sicher, dass alles in Ordnung ist?«

»Aber ja. Da ist nur dieser Typ, den ich in der Bibliothèque Nationale kennengelernt habe – wir wollten zusammen Mittag essen, und er hat mich sitzen lassen. Ich dachte nur, er ruft an, um sich zu entschuldigen.«

Sie biss sich auf die Lippe. Um Viertel vor zwölf?

»Was ist das für ein Typ?«

»Vincent, du weißt schon, der Geschichtsassistent an der U. C. S. C.«

»Ich weiß nicht.«

Sie schwitzte. Warum nicht Eric die ganze letzte Nacht erzählen?

»Ich dachte, ich hätte dir von ihm erzählt.«

»Du hast mir nicht von ihm erzählt.«

»Er ist nur ein Typ, den ich kennengelernt habe, sehr nett. Ich glaube, du würdest ihn auch mögen.«

»Ehrlich gesagt, glaube ich das nicht. Sag diesem Monsieur Vincent, er soll dir nicht zu nahe kommen, wenn er Wert darauf legt, dass ich ihm nicht mit meinem Baseball-Schläger die Eier zertrümmere.«

Jane lachte.

»Heh! Du wirst doch wohl nicht eifersüchtig sein!«

Als sie auflegte, war sie sehr nachdenklich. Es war schrecklich, wie nah und doch auch wieder fern Eric der Wahrheit gekommen war. Wenn er auch nur ahnte, was sie getan hatte, würde er sie verlassen. Da war sie sich sicher.

Sie ergriff einige ernsthafte Maßnahmen. Sie würde nicht mehr in die Bibliothèque Nationale gehen. Sie riss die Seite mit Vincents Nummer aus ihrem Adressbuch und warf sie weg. Das Gleiche machte sie mit der Nummer von Rosen. Aus der Traum von der Bretagne. Ihr sollte es recht sein. Sie war nicht in Vincent verliebt. Warum musste sie dann ständig an ihn denken? War das Gedächtnis ein Blutsauger, der sich mit jeder Zelle am Körper desjenigen festbiss, mit dem man geschlafen hatte? Oder war Jane nur beleidigt, weil er sie fallengelassen hatte? Der Mistkerl musste wissen, dass sie diese Rolle für sich reserviert hatte.

Am 19. Mai erwartete sie Eric bei sich. Sie wachte gegen acht Uhr auf, arbeitete und trank ihren Kaffee dazu. Alle zehn Minuten sah sie auf die Uhr. Um zehn nach neun erkannte sie seinen Schritt auf dem Flur. Sie öffnete, bevor er anklopfen konnte. Er trug ein schwarzes T-Shirt zur hellen Jeans. Über der einen Schulter hing ein schwarzer Anzugkoffer von Samsonite, über der anderen eine schwarze Leinentasche; in der einen Hand hielt er einen Strauß aus kleinen gelben Blüten, in der anderen eine weiße Papiertüte, der ein herrlicher Geruch nach Butter und noch warmem Gebäck entstieg. Ihm stand der Schweiß auf der Stirn. Sein Lächeln legte alle seine Zähne frei.

»Ich bin gelaufen. Sie sind noch heiß.«

Er war da. Endlich! So viel schöner als Vincent. Sie fielen sich in die Arme. Erics Geruch mischte sich mit dem der noch warmen Croissants. Sie hatte die Prüfung bestanden. Sie würden sich nie wieder trennen. Vincent war nicht der Rede wert. Nur eine Randerscheinung ihrer Liebe zu Eric.

Sie reisten nach Italien und Griechenland. Er hätte ihr gern die Halbinsel von Istrien gezeigt, die er vor vierzehn Jahren, gleich nach seinem Harvard-Diplom, für sich entdeckt hatte, als er als freier Autor für den *Let's* Go von Südeuropa arbeitete, aber der Krieg in Bosnien machte eine Reise in diese Gegend nicht gerade einfach. Nachdem sie am Tag zuvor Janes zweiunddreißigsten Geburtstag gefeiert hatten, nahmen sie am 18. Juni einen Zug nach Venedig. Bei dem Geschnarche und den vielen Leuten im Abteil konnte sie keine Sekunde schlafen und fragte sich, warum sie sich in diese Touristenfalle hatte locken lassen. Als sie dann aber im Morgengrauen aus dem Bahnhof Santa Lucia trat, die salzige Luft einatmete und das in der schon jetzt kräftigen Sonne glitzernde, blau-grüne Wasser sah, die Steinbrücken mit den Stufen, die Gondeln und Vaporettos, die Zeitungen und frisches Gemüse anlandeten, und die rosa Palazzi mit den von einem weißen Steinkranz eingefassten Fenstern, Venedig, wie es an einem Sommermorgen erwacht, da staunte sie wie ein kleines Mädchen und fing an zu lachen. In Venedig war es genau so wie in Prag: Sobald man die Touristenpfade verließ, war es selbst mitten im Sommer menschenleer. Eines Nachts liebten sie sich in einem Torweg in einem Gässchen, das zu einem Kanal führte. Jane fühlte sich dabei unendlich jung und glücklich. Danach fuhren sie den italienischen Stiefel hinunter: Florenz, Rom, Neapel und Bari, von wo sie nach Kreta übersetzten. Sie langten meersalzverkrustet von einer Nacht auf der Brücke dort an und hüpften fünf Wochen lang von einer Insel zur anderen, wie es ihnen gerade in den Sinn kam und wie die Schiffe eben fuhren.

Die Namen der einzelnen Inseln würden schnell vergessen sein. Was bleiben würde, waren ihre sonnigen Endungen auf »os«, das Bild von einem weißen Zimmer hoch oben auf einem Berg mit endlosem Blau drum herum, dieses träge Gefühl, wenn man seine Tage mit Schwimmen, trocken werden und sich lieben verbringt, der Duft von gegrilltem Fisch, wenn man sehr hungrig ist, dieses angenehme Gefühl, sich schön zu finden am Abend, in einem weißen Kleid auf sonnenbrauner Haut, der exotische

Klang von Erics Stimme, wenn er sein Berlitz-Griechisch an den Mann zu bringen versuchte. Mit ihm war alles einfach, unkompliziert und locker. Innerhalb von zehn Minuten, in denen Jane mit den Koffern in einem Café wartete, organisierte er ein sauberes und einladendes Zimmer bei Einheimischen. Und nachts konnte niemand so gut Mücken totschlagen wie er. Er spürte kleine, entlegene Buchten auf und überredete sie, nackt zu baden. In einem Land, in dem die Frauen am Strand nicht einmal ihren Bauch zeigten, fürchtete sie zwar, wegen Erregung öffentlichen Ärgernisses verhaftet zu werden, aber Eric hatte recht: Wenn der Körper von sämtlichen Kleidungsstücken befreit wie eine Sirene durchs Wasser glitt, glaubte man an einen natürlichen Zustand des Menschen. Nur auf Kos, der Diskothekeninsel, wo sie zufällig gelandet waren und zwei Tage auf das nächste Schiff warten mussten, zweifelte sie einmal an seinen Fähigkeiten. Um dem Lärm und der Schickimicki-Jugend zu entfliehen, mieteten sie ein Motorrad, das sie bei sengender Sonne mitten in kahlem Gelände auf schattenloser Straße im Stich ließ. Während Jane felsenfest davon überzeugt war, sie würden in kürzester Zeit an Dehydrierung sterben, versuchte Eric mit schweißüberströmtem Gesicht und Oberkörper hundertmal und ohne nervös zu werden, den Motor wieder anzulassen. Beim hundertundersten Mal sprang er tatsächlich an.

In einem Fischrestaurant auf Delos, als dieser Zauber aus blauem Himmel, weißen Häusern und transparentem Wasser seinem Ende zuging und sie fit, schlank und braungebrannt zurückließ, kniete Eric sich vor sie hin. Sie schrie vor Angst auf und zog die Füße hoch: eine riesige Kakerlake wie gestern in ihrem Zimmer, eine Ratte?

»Willst du meine Frau werden?«

Sie brach in Lachen aus und dann in Tränen. Sämtliche Gäste

im Restaurant wurden auf die Szene aufmerksam. Die Busuki-Spieler stimmten Hochzeitslieder an, die Kellner fingen an zu tanzen, und ein alter Grieche brachte Jane und Eric die Schritte bei, und kurz darauf hatte sich ein Kreis klatschender Menschen um sie gebildet.

An jenem Abend hatte sie ganz allein eine Flasche Weißwein ausgetrunken. Eric musste seine besäuselte Verlobte mehr oder weniger nach Hause tragen und sie auf dem Klo festhalten: Sie konnte nicht mehr selbstständig sitzen. Später wusste sie nicht mehr, wann und wie er sie ausgezogen hatte. Sie erinnerte sich nur noch ganz deutlich, wie ihre Körper umeinanderglitten wie die Wirbel einer Schlange, und an den Schrei, den sie ausstieß, als er in ihr war, so laut, dass er ihr die Hand über den Mund legen musste. Ihr erster gemeinsamer Orgasmus.

Jane trank einen Schluck Wasser. Ihr Glas war leer und ihr Mund wie ausgetrocknet. Sie sah wieder dieses vollkommen weiße Privatzimmer und das weiße Laken vor sich, mit dem sie am Morgen Erics schlafenden Körper bedeckte, nachdem sie ihn betrachtet hatte. Tatsächlich kam dieses Erinnerungsbild von einem Foto, bei dem der Blitz nicht funktioniert hatte und auf dem man den auf dem Bauch schlafenden Eric und die Rundung seiner nackten Pobacken im Halbdunkel hinter den geschlossenen Fensterläden nur andeutungsweise erkennen konnte. Das Foto hatte sie weggeworfen, aber nicht das Bild aus ihrem Kopf verbannt. Sie biss die Zähne zusammen, stand auf und stellte mit Getöse einen Topf auf die Herdplatte, um Teewasser aufzusetzen.

Sie setzte sich wieder. Der Stapel gelesener Seiten links machte etwa ein Drittel des Haufens auf der rechten Seite aus. Wie Eric um sie angehalten hatte, hatte sie aller Welt erzählt. Aber mit wem hatte sie über Vincent gesprochen? Allison? Unwahrscheinlich.

Nicht, weil Allison auf ihre Weise sehr moralisch war, im Gegenteil, gerade deshalb hätte Jane ihr alles sagen können. Aber damals war sie in Paris und Allison in San Francisco. Sie telefonierten kaum miteinander, und Jane hätte niemals in einem Brief von ihrem Abenteuer berichtet.

Sie zuckte zusammen. Und wenn Josh es von Vincent selber wusste? Er konnte ihn getroffen haben, zum Beispiel bei einer Tagung. Die Welt war klein, so hieß es doch immer. Sie brauchten sich nur ein bisschen zu unterhalten, um festzustellen, dass sie eine gemeinsame Freundin hatten, und Vincent brauchte nur verständnisinnig zu lächeln, damit Josh zwischen den Zeilen las und anfing, indiskrete Fragen zu stellen. Er kannte sie gut genug, um noch ein paar sehr intime Details davon abzuleiten.

3 Sie stieg an der Ecke Main und Government Street aus dem Bus aus. Weil es nicht mehr so heiß, aber noch sonnig war, beschloss sie, lieber zu Fuß nach Hause zu gehen, anstatt auf den anderen Bus zu warten. Massen von Menschen gingen die Main Street hinunter zu den Restaurants oder durch den Central Square. Lauter nach ihren langen Ferien braun gebrannte Studenten. Erstsemester auf Erkundungstour durch ihre neue Stadt. Vor sämtlichen Geschäften hießen grün-weiße Wimpel die Studenten von Devayne willkommen und verliehen der Straße ein festliches Aussehen wie zu einem Jahrmarkt.

Je weiter sie sich vom Stadtzentrum und den vielen Menschen entfernte, um so stärker legte sich ihr ein unangenehm lastendes Gefühl der Angst auf die Brust. Heute Abend musste sie stark sein. Es würde alles glattgehen: Sie war so bescheiden in ihrer Angst, dass Überraschungen garantiert waren. Das direkte Gegenteil von Hybris.

Hybris. Der übertriebene Stolz und die Selbstüberschätzung, die in der griechischen Tragödie mit fürchterlichster Verstrickung bestraft werden. Das Wort war ihr vorhin am Strand wieder eingefallen. Jetzt hätte sie gern Josh in der Nähe gehabt, um ihn zu fragen, worin in seinem Roman die Verwicklung bestand.

Sie hatte ein überwältigendes Glück erlebt, das sich von einem Tag zum anderen und von Jahr zu Jahr nur noch steigerte wie Aktienkurse zu Zeiten des Wirtschaftsbooms. Zwei Jahre der Trennung und der Leidenschaft und dann die Hochzeit vor jetzt genau zwei Jahren, drei Wochen nach ihrer Rückkehr aus Europa. Wie es Erics Art entsprach. Sie hatte ein kleines Frühlingsfest veranstalten wollen, eine nette intime Feier, nicht mehr als fünfzig Gäste, doch da hatte Eric sich geweigert. Er hatte eine bessere Idee: sofort heiraten, am nächsten Wochenende, nur sie beide. Ein Angebot, das man nicht ausschlagen konnte. Sie bestellten das Aufgebot und mussten dann eine Woche warten. Jane hatte ihre Familie eingeladen. Allison, die kurz vor der Entbindung stand, hatte nicht kommen können. Zehn Minuten im Rathaus von Old Newport am 5. September, ein Mittagessen mit Janes Eltern, Susie und Tony und Erics Mutter im Provence, ein kleiner Ausflug nach Fort Hale zum Fotografieren, und das war's. Sie war Mrs Blackwood. Nicht einmal etwas Neues zum Anziehen hatten sie gebraucht. Eric besaß bereits einen guten Anzug, und das weißleinene Kleid, das sie im Juni in Rom gekauft hatte, war völlig ausreichend. Der goldene Ring an Erics Ringfinger gab seiner Schönheit ein zusätzliches, feminines Element. Er schmollte und behauptete mit geradezu süßer Kleinkinderstimme, er würde ihn kitzeln.

In dem Moment, wo Eric Ja sagte, wurde ihr ganzes Inneres von einer solchen Erschütterung erfasst, dass sie kein Wort herausbrachte, als sie selber an der Reihe war. Eric ließ sie nicht aus den Augen. Da war keine Unsicherheit in seinem Blick, nur eine unendliche und geduldige Liebe, die ihrer stummen Kehle die Laute zu entlocken suchte. »Seit zwanzig Jahren verheirate ich nun schon die Menschen, zehnmal jede Woche«, hatte ihnen der Standesbeamte hinterher gesagt, »aber ich war noch nie so gerührt. Sie beide brauchen meine Glückwünsche nicht. Sie können glücklich sein, dass Sie sich gefunden haben.« Glücklich, ja. Ein Glück, von dem sie nicht wusste, wie sie es verdient hatte. Eric und sie sahen sich in die Augen und sahen beide das Gleiche: eine Sicherheit ohne den Hauch eines Zweifels. Sie lachten los. Während des Festmahls im Provence, wo sie ihr Essen nur so verschlang, obwohl eine junge Braut an ihrem großen Tag doch angeblich nie Hunger hatte, sagte sie sich, dass sie ihren Teil vom Glück gehabt haben würde – egal, was kommen mochte.

Zwei Tage später waren sie in den zwölften Stock im Brewer Tower gezogen, wo Eric eine Wohnung gefunden hatte, die zwar nicht so reizvoll war wie die in der Linden Street, dafür aber hell und weitläufig, mit einem kleinen Balkon und einem Panoramablick über Old Newport und die felsigen Hügel im Longview Park im Osten. Sie lebten zum ersten Mal zusammen. Alle hatten vorausgesagt, dass der Übergang zum Eheleben nach zwei romantischen Jahren der Trennungen und immer neuer Wiedersehensfreude nicht so einfach sein würde. Mit Krisen musste gerechnet werden. Aber nichts dergleichen. Eric war ein unglaublich angenehmer Wohnungsgenosse, immer charmant, witzig, aufmerksam, diskret. Wie konnte es angehen, dass ein Mann von fünfunddreißig wie er, der noch dazu so gut aussah, noch nicht verheiratet gewesen war? Er hatte darauf die immer gleiche Antwort: »Ich habe auf dich gewartet.« Nach Sonia hatte es für ihn nur belanglose kleine Abenteuer gegeben. Warum hatte Sonia, die leidenschaftliche Chilenin, die vor zehn Jahren für Eric ihren

Mann verlassen hatte, vier Jahre später beschlossen, zu ihrem Mann zurückzugehen? Natürlich hatte auch Eric seine kleinen Fehler: Als von seiner Mutter verhätscheltes Einzelkind war er nicht gerade ein Musterbeispiel an häuslicher Sauberkeit, sah großzügig über jeden Staub hinweg und ließ seine schmutzigen Hemden und Socken ewig im hintersten Winkel seines Schranks herumliegen. Aber er weigerte sich kategorisch, Jane seine Wäsche machen zu lassen. Wenn sie kochte, wusch er das Geschirr ab und umgekehrt. Sie saugte Staub, er brachte den Müll weg. Die Verteilung der Aufgaben hatte sich ganz natürlich ergeben, ohne jede Auseinandersetzung. Sie arbeiteten im selben Zimmer, ohne sich zu stören – das hatte sie bisher noch mit niemandem gekonnt. Sie hatten denselben Rhythmus. Der Erste, den der Hunger abends aus seinem Winkel trieb, machte irgendetwas zu essen mit dem, was da war; oder sie gingen im arabischen Café an der Ecke ein Falaffel essen. Sie hatten keine Lust, sich mit irgendjemandem zu treffen. Sie konnten auf den Rest der Welt verzichten. Sie liebten sich andauernd.

Aber die Welt existierte. Eines Nachts, als Eric länger im Büro geblieben war, um einen Vortrag für den nächsten Tag vorzubereiten, war Jane gegen ein Uhr morgens von einem derartigen Krachen aufgewacht, dass sie dachte, im Fahrstuhl oder auf ihrer Etage wäre eine Bombe explodiert. Sie fürchtete sich umso mehr, als sie ständig vergaß, die Wohnungstür richtig abzuschließen. Das Telefon stand im Wohnzimmer. Sie hatte ihren ganzen Mut zusammennehmen müssen, um die Schlafzimmertür einen Spaltbreit zu öffnen und einen Blick ins Wohnzimmer zu werfen: Da lag kein Mann in seinem Blut auf ihrem Teppich und rang mit dem Tode. Die Nacht war wieder still, als wenn sie den Lärm nur geträumt hätte. Sie hatte die Tür verriegelt, eine Banane gegessen und war dann wieder in ihr Bett zurückgegangen, bevor sie einige

Minuten später durch ihre geschlossenen Augenlider und die Gardinen hindurch die gelb und blau flackernden Lichter bemerkte, die von der Straße unten heraufleuchteten.

Sie würde nie diesen Körper vergessen, der da zwölf Etagen unter ihr mit ausgebreiteten Armen auf dem Rücken lag, und auch nicht die Stimme der jungen schwarzen Frau, die sich aus dem Fenster neben Jane gebeugt hatte, die Hände in den Himmel streckte und brüllte: »O mein Gott, mein Gott, lass ihn nicht sterben!« Am nächsten Tag hatte Jane in der Lokalzeitung eine kurze Meldung über einen Sechsundzwanzigjährigen gelesen, der im zwölften Stock des Brewer Tower auf der Flucht in den Rücken geschossen und dann unten auf der Straße gestorben war. Er hinterließ drei kleine Kinder und eine im sechsten Monat schwangere Frau. Die Polizei nahm an, dass es sich um einen Racheakt im Drogenmilieu handelte.

Eric hatte daraufhin beschlossen, es sei an der Zeit, umzuziehen. Und etwas zu kaufen. Das wäre ihr niemals in den Sinn gekommen. Kaufen, das war eine ernsthafte Angelegenheit. So was taten Erwachsene. Anscheinend waren sie beide jetzt erwachsen, und zur Miete zu wohnen war ungefähr dasselbe, wie das Geld gleich zum Fenster hinauszuwerfen. Devayne schenkte seinen Angestellten, die in Old Newport eine Immobilie erwarben, achttausend Dollar und bot Kredite zu sehr günstigen Bedingungen an. Infolge der Rezession waren die Immobilienpreise enorm gesunken, besonders in einer so sehr davon betroffenen Stadt wie Old Newport. Auf dem Abschreibungswege würden sie bei den Steuern noch einmal Geld sparen. Jane hatte ihren Spaß an diesen ganzen neuen Ausdrücken, aber noch mehr an den Wochenenden, die sie damit verbrachten, zu planen und völlig legitim einen indiskreten Blick in die Häuser und das Leben anderer Leute zu werfen. Wenn ihnen etwas gefiel, möblierten sie es in

Gedanken beim Abendessen. Sie hatte auf ihren Traum von einem Haus am Meer in Fort Hale verzichten müssen. Nicht etwa weil es zu teuer gewesen wäre, sondern weil sie nicht Auto fuhr und sich nicht vollkommen von Eric abhängig machen konnte. Ende März, nach einem sonntäglichen Schneesturm, hatten sie das Haus gefunden. Ringsum eine unberührte Schneedecke und eine Stille wie im Auge des Hurrikans. In der Peach Street, einer ganz kleinen Straße am Ende der River Road, am Rand der Stadt, fünfundvierzig Gehminuten zum Campus auf einem hübschen Weg durch sichere Viertel. Das Haus war perfekt für zwei. Zwei große Zimmer im oberen Stockwerk mit Blick auf den bezaubernden Garten, zwei Bäder, ein großzügiges Wohnzimmer mit Kamin und eine nagelneue Küche im Erdgeschoss. Ungeheuer preiswert. Sie hatten es begutachten lassen. Alles war in einwandfreiem Zustand. Am 1. Mai hatten sie sich in ihrem neuen Zuhause eingerichtet. Der zweite Umzug in zwölf Monaten. Wieder hatte Eric mit der gewohnten Effizienz die Kisten gepackt und den Möbelwagen bestellt. Am Abend hatte er sich über Rückenschmerzen beklagt. Zum Glück würde das für lange Zeit ihr letzter Umzug sein. Als sie die Whiskeyflasche für ihn holen ging, fand sie ihren Teppich ausgerollt vor dem Kamin. So müde, wie sie heute waren, würden sie sich diesmal bestimmt nicht auf dem Teppich lieben wie abends nach ihrem Umzug in den Brewer Tower im September. Zehn Minuten später lagen sie auf dem Teppich und liebten sich.

Am nächsten Tag war eine Versammlung in der Universität angesetzt, die letzte in diesem Semester. Diverse Memos vom neuen Direktor Peter McGregor hatten die Professoren immer wieder aufgefordert, unbedingt zu erscheinen, und sie waren alle da, sogar Theodora Theopopoulos, die Diva des literaturwissenschaftlichen Seminars, die Jane überhaupt erst zum zweiten Mal sah. Jane betrachtete ihre zwölf Kollegen am Tisch und hätte am liebsten losgelacht. Die fünf männlichen Professoren, drei davon dünn, zwei dick, sahen mit ihren sorgfältig frisierten, kurzen Haaren, dem ernsten Blick hinter Brillen mit Metallgestell, den schmalen Lippen und den traurig grauen, zeitlosen Anzügen aus wie geklont. Neben ihnen die beiden Professorinnen, die sich von ganzem Herzen hassten: Die korpulente und angriffslustige Begum Begolu mit den langen grauen Haaren und ihren Synthetikkleidern in Knallfarben, die, wie alle wussten, in einem Elendsviertel von Ankara aufgewachsen war, und die majestätische Theodora Theopopoulos, die in eine reiche Athener Familie hineingeboren worden war und mit fast sechzig in ihrem eleganten weißen Ensemble, das mit ihren sehr kurzen, sehr schwarzen Haaren kontrastierte, immer noch schön war. Dann kamen die fünf Kollegiumsmitglieder ohne feste Stelle, zu denen auch Jane gehörte, vier relativ junge Frauen und ein kurzsichtiger junger Mann mit Halbglatze, alle kinderlos, alle blass und mager. Lauter aufgeregte kleine Mäuse, die kaum den Mund aufbekamen, um ihre Meinung zu äußern. Die arme Carrie hatte als Lehrplanbeauftragte neben Peter McGregor und dem alten Franzosen Platz nehmen müssen, der kurz vor der Emeritierung stand und seine rote Nase zu ihr hinüberbeugte, um ihr ins Ohr zu trompeten.

Sie waren alle zu bedauern. Selbst die, die einen Lehrstuhl in Devayne ergattert hatten, dieses Wahrzeichen einer herausragenden Karriere. Sie zankten sich wie die Kinder um Nichtigkeiten, und es war ihnen offenbar bitter ernst. Da war so wenig Freude in ihren Gesichtern. Hatten sie sich jemals mit jemandem geliebt, den sie mit ihrem ganzen Körper und ganzer Seele liebten und begehrten?

Man brauchte sie nur anzuschauen. Bronzino hatte fünfunddreißig Jahre mit der falschen Frau verbracht. Der alte Franzose ertränkte seine Einsamkeit im Alkohol. Peter McGregor hatte eine reizende Frau und drei entzückende kleine Mädchen, aber der harsche und bittere Zug im Gesicht dieses Pascal-Spezialisten verriet seine Verwirrung angesichts einer Welt, in der die Liebe zu strengen Regeln keinen Platz mehr hatte. Der alte Carrington, der seit vierzig Jahren verheiratet war, hatte erst vor Kurzem bekannt gegeben, dass er homosexuell war. Und was die herrliche Theodora betraf, so hieß es, sie sei sehr allein, seit ihre Freundin vor zehn Jahren einen Posten an einer Universität am anderen Ende der USA angenommen hatte. Aber am bedauerlichsten war noch die Begum Begolu mit ihrem Lachen, als wenn man mit einem Löffel in der Pfanne kratzt, und ihren vier kleinen kläffenden Kreaturen, die ihr den von einem boshaften Studenten ersonnenen Spitznamen »Zwei Bücher und vier Hunde« eingebracht hatten. Wen wunderte es da, dass sie sich verzweifelt an ihr jämmerliches bisschen Macht klammerten, die Doktoranden zu quälen und ihren jüngeren Kollegen den Lehrstuhl zu verweigern.

Jane lächelte in sich hinein. Diese zwölf Mumien am Tisch hatten ja keine Ahnung. Am liebsten hätte sie ihnen ihre Gesetzestafeln entgegengeschrien.

Es gibt nur eine Art der Liebe.

Wenn auch nur der Schatten eines Zweifels aufkommt, muss man gehen.

Man hat nur eine andere Hälfte.

Lass nicht locker, bevor du sie nicht gefunden hast.

Sie hatte ein Wahnsinnsglück gehabt, aber Glück allein war es auch nicht. Sie hätte ja auch Josh oder Norman heiraten können oder sich einen anderen Eyal suchen. Sie hatte ihren Dämonen die Stirn geboten und das Alleinsein akzeptiert. Selbst nachdem sie Eric begegnet war, hatte sie nicht nachgelassen. Sie hatte ihr Glück verdient.

Während die Kollegen die Prüfung in Altfranzösisch besprachen, sah sie noch einmal die Bilder des Vortages vor ihrem inneren Auge, ihre Körper auf dem Teppich, Erics Mund, seine breite Brust mit dem braunen Haar, seine muskulösen Schultern, die runden, festen Pobacken, die Oberschenkel, die perfekt geformten Waden und unter der Bauchpartie sein zartes, braunes Geschlecht, das ganz klein war, wenn es so auf die Hoden gebettet dalag, und das unter Janes Fingern anschwoll und sich aufrichtete zu einer solchen Größe, dass es sich für sie jedesmal so anfühlte, als wäre sie noch Jungfrau. Aber auch nicht zu groß: Er zerriss sie nicht. Genau die richtige Größe. Sie liebte alles an ihm. Seine Zunge, die zwischen die Lippen ihres Geschlechtes drang und in ihr Stürme auslöste oder sie ganz zart streichelte; Erics Penis in ihrem Mund, selbst den säuerlichen Geruch, bevor er duschen ging; und diesen anderen Geruch der trockenen blonden Haarbüschel unter seinen Achseln, salzig und metallisch wie Rost. Sie liebte sein weiches, geschmeidiges Haar über alles, aber sie war sich sicher, dass sie ihn auch lieben würde, wenn er eine Glatze hätte, so schön war sein Gesicht und seine Ohren und seine Kopfform. Sie liebte seine Haut, wie sie sich anfühlte und wie sie schmeckte. Seine schönen, aber nicht übermäßig geraden Zähne, die er auf Janes Bitten hin – der ultimative Liebesbeweis – von ihrem Vater hatte untersuchen lassen. Die Art, wie er sie immer wieder anders liebte. Gestern hatte er sich gerade, als sie ganz nah am Orgasmus war, von ihr losgerissen, ihren rechten Oberschenkel so weit es ging zur Seite gedrückt und war dann heftig in sie eingedrungen. In dieser seltsamen, kreuzförmigen Position schob er sich ganz und gar in sie hinein, und sie hatte diesen Penis, der an diesem einen Punkt fest mit ihrem Körper verschraubt schien, noch besser, noch tiefer gespürt.

In zwei Stunden würde sie zu Hause sein. In ihrem gemeinsamen Zuhause. Er erwartete sie. Ihr war ein Schauer des Verlangens über den Rücken gelaufen. Sie war verrückt vor Glück. Es war ein Freudenfieber. Sie konnte diesen Gipfel des Glücks ganz genau datieren: Der 2. Mai 1994, vor nunmehr sechzehn Monaten. Gleich danach, als sie um sechs Uhr aus der Besprechung kam, hatte sie ihre Post geholt und den Brief von der Princeton University Press gefunden. Zufällig genau an diesem Tag. Als sie den Absender auf dem Umschlag sah, fing ihr Herz an zu schlagen, und sie fiel in eine Realität zurück, die sie noch vor einer Viertelstunde von weit oben betrachtet hatte. Das erste professionelle Gutachten über ihr Flaubert-Buch, eine Beurteilung über acht Jahre Arbeit. Sie hatte eine düstere Vorahnung gehabt, bevor sie noch den Umschlag aufgerissen und das Schreiben mit der Floskel »Wir bedauern« herausgezogen hatte. Während der Fahrt nach Hause hatte sie die Stellungnahme zweimal gelesen. Kein einziger positiver Kommentar, außer dass sie einen klaren und energischen Stil habe. Als sie aus dem Bus gestiegen war und das strahlendweiße Puppenhaus erblickte, in dem ihre Liebe auf sie wartete, war ihr triumphierendes Überlegenheitsgefühl vollständig verschwunden. Eric war zwei Stufen auf einmal nehmend die Treppe heruntergestürzt, als er sie öffnen hörte. Sie war zu nichts anderem mehr in der Lage, als ihm wortlos, mit einer Geste, die einer griechischen Tragödie würdig gewesen wäre, das Gutachten hinzustrecken. Er hatte es, neben einem Stapel von Kisten stehend, kurz überflogen.

»Hervorragend.«

»Häh? »

»Da steht kein einziges Argument gegen dein Buch. Der Gutachter widerspricht sich selbst: Du sagst das Gegenteil von dem, was seit Langem allgemein anerkannt ist, und du sagst nichts Originelles. Er ist irritiert, das ist alles.«

»Ja, und?

»Er ist eifersüchtig. Und das heißt, dass es ein gutes Buch ist.«

»Dafür kann ich mir nichts kaufen.«

»Eine sinnvolle Bemerkung in dem Gutachten gibt es, zu den Büchern und Aufsätzen, die du nicht zitierst.«

»Aber ich kann doch nicht alles zitieren! Ich habe Haufen von Büchern auf Englisch, Französisch und Deutsch, ja sogar auf Italienisch gelesen. Ich zitiere nur die nicht, die nichts mit meinem Thema zu tun haben oder die von absoluten Vollidioten geschrieben worden sind.«

»Die Vollidioten, meine Liebe, haben sehr viel Macht. Wenn du mich fragst, ist dein Gutachter einer von diesen Idioten, dessen Buch du nicht erwähnt hast. Er ist wütend, weil du ein gutes Buch geschrieben hast, in dem du ihn nicht einmal zitierst. Weißt du, was ich an deiner Stelle tun würde?«

»Was?«

»Ich würde mir das neueste Buch vornehmen, das über Flaubert erschienen ist, und die Bibliographie durchgehen, ob ich nicht irgendeine böse Fee übergangen habe, die womöglich ein Gutachten über mich schreiben wird. Grob gesagt also, sämtliche Professoren, die in den USA leben. Aber wirklich, mach dir nichts draus. Du weißt genau, dass einem großen Erfolg immer ein oder zwei Rückschläge vorausgehen.«

Alles, was er da sagte, war so klar und simpel, dass es einfach zutreffen musste. Er war so schön mit seinem weich gewellten, hellbraunen Haar, das ihm in die Stirn fiel, seinem schwarzen Polohemd zu hellblauen Jeans und den nackten Füßen. Sie liebte seine großen Füße mit den langen Zehen und den immer sauberen Nägeln. Ihr Leben war wie einer dieser bretonischen Himmel, wie Rosen sie beschrieben hatte: Sonne, Regen und wieder die Sonne nach den Wolken, die der Wind herangetragen und wieder verweht hatte. Eric neben ihr auf dem Sofa, der das Gutachten fallen ließ, sie küsste und ihr ins Ohr flüsterte, dass es schön gewesen war gestern, auf dem Teppich. Und der fünf Minuten später mit ihr schlief. Wieder auf dem Teppich.

Das war vor sechzehn Monaten gewesen. Es hätten auch sechzehn Jahre sein können. Vor Herrings Tod. Es hatte einmal eine Zeit gegeben, da sie glaubte, an dieses eine könne niemand rühren: nicht an Eric. Dass das Schlimmste, das ihr passieren konnte, ein Absagebrief war. Da wusste sie noch nicht, dass er nur die Vorwarnung der Erynnien war. Sei nicht zu glücklich. Hybris.

Sie bog nach links ab. Schon zu Hause. So tief in ihre Gedanken versunken, dass ihr die vierzig Minuten Fußweg von der Bushaltestelle im Zentrum bis hierher wie kaum fünf Minuten vorgekommen waren. Die Sonne würde bald untergehen. Sie wühlte in ihrer Strandtasche nach dem Schlüssel. Im späten Nachmittagslicht sah das weiße Haus wie vergoldet aus. Sie schloss die Tür auf. Das rote Lämpchen am Anrufbeantworter blinkte. Sie hörte die eine Nachricht ab, von Allison. Jane sollte nicht zögern, sie abends anzurufen, wenn sie sich einsam fühlte.

Das Holz der Bücherregale rechts vom Kamin war überall da viel heller, wo Erics Bücher gestanden hatten. Da war wohl ein Großreinemachen erforderlich. Die Fenster konnten auch mal wieder geputzt werden. Das hatten sie das letzte Mal für ihre Einweihungsfeier vor fünfzehn Monaten gemacht, als sie vierzig Gäste hier gehabt hatten. Das Foto von Eric und Hubert im Garten, das Jane an dem Abend geknipst hatte, stand nach wie vor im Regal neben dem von dem auf wackeligen Beinchen auf den Apparat zulaufenden Jeremy. Was war er süß. Jane hob den Rahmen an die Lippen und setzte einen Kuss auf das Glas. Er musste sich inzwischen verändert haben. Es war über ein Jahr vergangen, seit John und Allison die eine Woche in Old Newport gewesen waren. Eine zauberhafte Woche. Sie waren Erics Charme verfallen, und Eric und Jane dem von Jeremy. Sie verbrachten die Tage mit Spazierengehen, die Abende mit Gesprächen, zwischen sich die Flaschen mit kalifornischem Wein, die John und Allison mitgebracht hatten. Juli 1993. Zwei Monate vor Herrings Tod. In zehn Tagen würde Jeremy zwei Jahre alt werden. Sie durfte nicht vergessen anzurufen.

Sie schenkte sich in der Küche ein Glas Wasser ein. Schon fast neun Uhr. Im Badezimmer spülte sie ihren Badeanzug aus und nahm eine Dusche. Lange ließ sie sich das sehr heiße Wasser über Gesicht und Körper rinnen. Das tat gut. Das Telefon klingelte gerade, als sie aus der Badewanne stieg. Sie schnappte sich ein Handtuch, lief ins Schlafzimmer und warf sich aufs Bett, um den Hörer vom Gerät auf dem Nachttisch abzuheben.

»Kuckuck, ich bin's.«

Sie schloss die Augen und lächelte.

»Wo bist du?«

»In Ohio, in einem Motel vor den Toren von Toledo. Ich bin zwölf Stunden durchgefahren. Gute Idee, samstags loszufahren. Es war nicht allzu viel Verkehr.«

»Du musst völlig erledigt sein! Hast du etwas gegessen?

»Einen riesigen Big Mäc.«

»Wirst du denn morgen schon in Iowa sein?«

»Das würde ich gern. Es sind immerhin noch mindestens zwölf Stunden Fahrt.«

»Das ist zu viel. Warum fährst du die Strecke nicht lieber in drei Tagen?«

»Wir werden sehen. Ich möchte bald dort sein. Ich werde vorsichtig sein, mach dir keine Gedanken. Was hast du gerade gemacht?«

»Geduscht.« Sie lachte. »Ich bin nackt und ganz nass.«

»Ah, ah.«

Er fehlte ihr jetzt schon so sehr. Toledo, Ohio. Sie war noch nie dort gewesen. Morgen würde er noch weiter weg sein. Eric fragte sanft:

»Was hast du heute gemacht?«

»Du kannst stolz auf mich sein. Ich habe fünf Stunden an meinem Artikel gesessen, und jetzt bin ich fertig.«

»Ich bin stolz auf dich.

»Heute Nachmittag war ich mit dem Bus in Fort Hale. Ich habe den Irren wieder gesehen, du weißt schon, den, der mir letztes Mal so viel Angst eingejagt hat. Heute musste ich ihm die Hand geben. Er heißt Toc-Toc. Er wollte alles über mich wissen. Er wirkt abgedreht genug, um in die Psychiatrie zu gehören, aber er ist ein sanfter Irrer. Er redet und redet auf die Fahrgäste im Bus ein und macht nicht eine Minute Pause. Und er redet sie alle mit Namen an. Anscheinend kennen sie ihn und sind daran gewöhnt. Als wir durch West Old Newport kamen, hat er sich an einer Haltestelle aus dem Fenster gelehnt und gebrüllt: ›Aber das ist ja Mrs Jackson mit ihrer Tochter! Guten Tag, Mrs Jackson! Wie geht es Ihnen? Wie geht es Ihrer Tochter? Guten Tag, Dorothy!‹ Er kennt wirklich absolut jeden und weiß sogar, wo die Leute wohnen, also sagt er dem Busfahrer schon immer, wo er anhalten soll, noch bevor die Fahrgäste den Halteknopf drücken. Irgendwie hat es mich in gute Stimmung versetzt, ich weiß auch nicht, warum. Vielleicht weil mir klar geworden ist, dass dieser Verrückte ungefährlich ist und ich nett zu ihm sein konnte, ohne dass es böse Folgen hat.«

»Hoffentlich nicht zu nett.«

Sie lachte.

»Ich bin eine Stunde geschwommen und nachher von der Innenstadt hierher zu Fuß gelaufen. Heute schlafe ich bestimmt wie ein Baby.«

Eric gähnte.

»Ich wünschte mir so sehr, dass du jetzt bei mir wärest.«

»Ich auch. Wie ist das Motel?«

»Entzückend, genau wie das in *Psycho*. Ich bin auf jeden Fall tot vor Müdigkeit. Jetzt fürchte ich nur noch eins: Dass nämlich jemandem die Kartons im Auto verlockend vorkommen könnten. Ich war blöd genug, die Verpackungen von der Stereoanlage und vom Videorekorder zu benutzen.«

»O nein!«

»Jetzt habe ich einen Zettel auf die Windschutzscheibe geklebt, dass in den Kisten nur Bücher sind. Ich hoffe, die werden mir glauben.«

Während sie ihr Abendessen vorbereitete, legte sie eine CD mit brasilianischer Musik auf. Die sanfte, rhythmische Musik erfüllte das Haus mit spürbarer Wärme.

Am nächsten Abend um Mitternacht fing sie gerade an, sich zu fragen, was sie tun würde, wenn er bis eins nicht angerufen hätte, als das Telefon klingelte. Er war eben angekommen. Er war vollkommen erschöpft. Irgendeinen Eindruck hatte er noch nicht.

Montag rief er wieder an. Nach elf Stunden Schlaf fühlte er sich schon viel besser. Die Wohnung war sehr schön: groß, hell, bequem eingerichtet. Der dicke Teppichboden in allen Zimmern würde Jane zwar bestimmt nicht gefallen, aber die zahlreichen Fenster gingen alle auf große Bäume und einen zurzeit sehr blauen Himmel hinaus.

»Ist es weit vom Stadtzentrum?«

»Mittendrin.«

Seine Bücher hatte er schon ausgepackt. Ihm fehlte nur ein

einziges ganz bestimmtes Wesen, um sich voll und ganz daheim zu fühlen.

Am Dienstag klingelte es gegen zehn Uhr an ihrer Tür. Jane lief aufmachen: Ein Bote hielt ihr ein Dutzend rote Rosen hin. Ihr zweiter Hochzeitstag.

Ganz anders als Paris vor drei Jahren. Sie war nicht deprimiert. Er fehlte ihr schrecklich, aber es war zu ertragen. Sie trat an Carries Stelle als Lehrplanbeauftragte. Als Sachs sie im letzten Frühling darum gebeten hatte, war sie wütend gewesen: Man konnte nicht nein sagen, und die Aufgabe bedeutete viel mehr Arbeit ohne Gehaltserhöhung. Unter den momentanen Umständen war es perfekt. Keine Zeit für die Leere. Sie verbrachte ihre Nachmittage im Büro, die Tür immer offen für die Studenten. Sie hatte ihr kleines Büro im vierten Stock gegen einen großen Raum im dritten mit zwei Tischen, fünf Stühlen und einem Panoramafenster zwischen dem Büro des Fachbereichsleiters und dem von Peter McGregor, dem Prüfungsbeauftragten, vertauscht. Eric und sie telefonierten regelmäßig, ohne festen Zeitplan. Manchmal musste sie weinen, wenn sie seine Stimme hörte. Wenn sie aufgelegt hatte, konnte es passieren, dass sie zehn oder fünfzehn Minuten mit einem Lächeln auf den Lippen dasaß. Bis zu den Ferien zu Thanksgiving war es noch lange hin. Am 18. September kaufte sie ein Ticket für das Wochenende um den 20. Oktober. Sie würde am vierten Jahrestag der Abtreibung nicht alleine bleiben. Als sie ihm sagte, dass sie kommen würde, bekam Erics Stimme diesen speziellen, begehrlichen Ton, der ihr Schauer durch den ganzen Körper jagte.

Er war hingerissen von seinem neuen Job in Iowa. Die Studenten waren voller Ehrgeiz, die Kollegen durchaus namhaft und noch dazu sympathisch. Alle hatten sie sein Buch gelesen und sprachen ihn darauf an. In Devayne wäre kein Mensch auf die

Idee gekommen, dass es auf dieser Welt einen intellektuellen Austausch ohne Konkurrenzdenken und Anfeindungen geben könnte. Die Bibliothek, die viel besser sortiert war, als er erwartet hatte, war eine angenehme Überraschung für ihn, und im Medienzentrum wurden jeden Abend hervorragende Filme gezeigt. Jane würde die Schreibwerkstatt gefallen, die Schriftsteller aus der ganzen Welt und oft sogar sehr berühmte anzog. Eric zeigte sich von seiner allerbesten Seite. Er war charmant, zärtlich und brachte sie unablässig mit kleinen Anekdoten zum Lachen.

Am Ende hatte er wohl doch recht gehabt, dachte Jane bei sich, während sie auf das George Trowbridge College zuging, wo sie mit Bronzino verabredet war. Die sechs Wochen seit Erics Abreise waren vergangen wie im Flug. In zwei Tagen würde sie nach Iowa fliegen. Im Juni war sie sehr verärgert gewesen, als Eric ihr eröffnete, dass er dieses Angebot in letzter Minute ganz ad hoc angenommen hatte, obwohl Iowa so weit weg war und sein Vertrag mit Devayne noch ein weiteres Jahr gültig gewesen wäre – sie hätten in Old Newport zusammenbleiben können. »Ich kenne meine Grenzen, Jane. Noch ein Jahr wie dieses würde über meine Kräfte gehen – über unser beider Kräfte.«

Ja. Am Morgen das 6. August 1993 hatte ein langsamer, direkter Weg hinab in die Hölle begonnen, als Annette Herring sie geweckt hatte, um ihnen mitzuteilen, dass Hubert am Tag zuvor bei einem Flugzeugabsturz ums Leben gekommen war. In seinem eigenen Flugzeug. Fliegen war seine Leidenschaft.

Alles hatte mit einem lastenden Schweigen begonnen. Eric war überlastet. Er begann mit der Arbeit an seinem zweiten Buch und half gleichzeitig Annette beim Ordnen von Huberts Papieren. Außerdem kümmerte er sich um Huberts Studenten. Im September war das Schweigen noch bedrückender geworden, als er erfahren hatte, dass Judith Swarns seine neue Fachbereichsleiterin werden würde. Sie schürte ihren persönlichen Hass gegen ihn, seit sie ihm bei einem Abendessen bei Herring vor vier Jahren Avancen gemacht hatte. Seine Heirat mit Jane hatte die Illusion zerstört, er sei schwul. Jedenfalls waren die Favoriten einer Regierung niemals die der nächsten. Alle anderen Mitglieder des Fachbereichs Kunstgeschichte verstanden sich gut mit Eric. Sie waren alle im Mai zur Einweihungsfeier gekommen. Sein Buch hatte hervorragende Kritiken erhalten. Seine Vorlesung über europäische Malerei wurde von zweihundert Studenten im Grundstudium besucht, und um die wenigen Plätze in seinem Seminar schlugen sich Dutzende. Es war bekannt, dass er auf Herrings Rat hin ein Angebot aus Berkeley abgelehnt hatte, was dem unausgesprochenen Versprechen gleichkam, dass er in Devayne eine Festanstellung bekommen würde. Doch mit Swarns Ernennung hatte sich alles verändert.

Am 25. Februar erfuhr Eric, dass er nicht berufen worden war. Er hatte eine neue Falte auf der Stirn, zwischen den Augenbrauen. Auf jeden Fall war es besser, zu wissen, woran man war. Das Schlimmste war die Unsicherheit. Er brauchte kein Hellseher zu sein, um zu wissen, was der Grund war: Eifersucht. Wozu einem Mann von achtunddreißig, der schon zwei Bücher, eine charmante Frau und ein niegelnagelneues Haus hatte, noch eine ordentliche Professur in Devayne geben? Die gelungene Einweihungsfeier hatte sich gegen ihn gewendet. Um ein Haus zu kaufen, musste man schon sehr sicher sein, dass man berufen werden würde. Was vor Herrings Tod eine Selbstverständlichkeit gewesen war, wirkte im Nachhinein überheblich. Hybris.

Eric betonte immer wieder, dass er nicht im Mindesten beunruhigt sei: Er kannte noch keinen Professor in Devayne, der sich aufs Betteln verlegen musste. Er klagte über Schmerzen in Rücken und Nacken. Von März bis Juni hatten sie sich nicht ein einziges Mal geliebt. Sie hatten es ein-oder zweimal im Februar und dann nochmal im März erfolglos versucht. Die Angst hatte sich breitgemacht: Sie wusste im Voraus, dass es nicht gehen würde. Sie konnte es nicht ertragen: sein Körper ganz nah bei ihr, im selben Bett, im selben Zimmer, unter demselben Dach – und sein Penis immer schlaff. Kein Begehren. Eric sprach von einer vorübergehenden Störung, die nichts mit Jane zu tun habe. Ihr Problem sei, dass sie es einfach nicht lassen könne, immer alles auf sich zu beziehen und zu denken, er würde sie nicht begehren. Jane wollte ihm glauben. Sie fürchtete, Eric könnte sie lieben, wie sie Josh geliebt hatte: zärtlich, voller Zuneigung, wie eine sichere Bank, ohne Leidenschaft.

Er hatte angefangen, allein zu schlafen. In dem Zimmer, das er als Büro benutzte, oder unten im Wohnzimmer auf dem beige-weißen Sofa vorm Fernseher, den Jane immer noch laufend vorfand, wenn sie am Morgen zum Frühstück herunterkam, erleichtert, dass sie wieder eine Nacht hinter sich gebracht hatte. Sie fragte sich, ob sie nun die Strafe dafür bekämen, dass sie zu glücklich gewesen waren. Der einzige Mensch, mit dem sie andeutungsweise über die Situation reden konnte, war Allison.

»Lass ihn doch bloß in Ruhe«, sagte Allison. »Der arme Eric. Du weißt nicht, wie das ist, wenn man ohne eigenes Verschulden seinen Job verliert. Er muss furchtbare Angst haben, dich zu enttäuschen.« Allisons Ratschläge: nie in seiner Gegenwart weinen; nicht jammern; Lust signalisieren und nicht Frustration; sanft, ruhig und ermutigend sein; nicht etwa Ermutigung von ihm fordern; ihn massieren; vorübergehend aufs Vögeln verzichten. Allison hatte sie beide zusammen gesehen, und sie war sich ganz sicher: Dafür hatten sie noch ihr ganzes Leben lang Zeit.

Nachdem sie irgendwann im Mai mitten auf der Straße hemmungslos geschluchzt hatte, weil ihr ein chinesisches Baby in der Warteschlange beim Lebensmittelhändler zugelächelt hatte, war

Jane endlich klar geworden, warum sie so traurig war. Nach Heirat und Haus folgte logischerweise ein Baby. Nicht ganz leicht, ein Baby zu bekommen, wenn man sich nie liebte. Auf seine Weise verlangte Eric von ihr, sich zwischen ihm und einem Baby zu entscheiden. Lieben hieß auch verzichten.

Als er das Angebot von der University of Iowa bekommen hatte, war Eric aufgelebt wie nach dem Winterschlaf und wurde wieder der alte Eric, charmant, lustig und leidenschaftlich. Nach dem furchtbaren Jahr hatten sie die beiden guten Monate im Juli und August bitter nötig gehabt. Jane kam vor dem Portal zum College an. Exakt zwölf Uhr dreißig. Sie musste warten, bis ein Student kam, um ihr zu öffnen. Sie flitzte im Laufschritt über den Rasen zwischen den Gebäuden im Kolonialstil. Aus einem offenen Fenster drang Rockmusik. Sie konnte es sich nicht erlauben, zu ihrem ersten Essen mit Bronzino nach vier Jahren zu spät zu kommen. Sie hielt der Schwarzen am Eingang zur Kantine ihren Devayne-Ausweis hin und entdeckte die kurzen, lockigen Haare von Bronzino in der Warteschlange. Sie schnappte sich ein Tablett und rief ihm von Weitem einen Gruß zu, um auf sich aufmerksam zu machen. Die Professoren aßen in den Colleges kostenlos, aber damit war es mit ihren Privilegien auch schon vorbei. Sie hatte keinesfalls das Recht, sich an den Wartenden vorbeizudrängeln und sich neben Norman zu stellen. Sie hatte es nicht eilig. Er musste wegen der Verlängerung für ihren Vierjahresvertrag mit ihr über ihre Promotionsakte sprechen.

Er hatte einen Tisch ganz am Ende des Saales in einer etwas abgelegenen Ecke gewählt, wo der Lärm der Studenten sie nicht so stören würde. Sie setzte sich ihm gegenüber. Er hatte sich nicht verändert, außer dass er jetzt einen weiten Pullover trug statt der Tweedjacke mit Fliege. Jane lächelte ihm zu.

»Du wirkst gut in Form.«

Er reagierte nicht, warf nur schnell einen Blick auf seine Uhr. »Ich habe nicht viel Zeit. Ich habe in einer Stunde einen Termin im Büro. Kommen wir also gleich zur Sache. Deine Akte ist ziemlich handfest, Jane. Die acht Artikel – so viele waren es doch? – in seriösen Fachzeitschriften werden einen guten Eindruck machen. Du hast Seminare zu den verschiedensten Themen gegeben. Und dass du jetzt Lehrplanbeauftragte bist, ist ein zusätzlicher Pluspunkt. Aber du brauchst ein Buch.«

Sie erstarrte.

»Ich weiß. Ich habe länger gebraucht, weil ich mein Buch letztes Jahr nach der Absage von der Princeton University Press noch mal überarbeitet habe.«

»Ohne Buch kann ich für nichts garantieren. Es muss nicht bereits veröffentlicht sein, aber du brauchst wenigstens einen Vertrag. Sonst könnten sich gewisse Mitglieder des Fachbereichs deiner Ernennung widersetzen.«

Wer? Garantiert Begolu. Sie mochte keine Frauen, vor allem, wenn sie jünger waren. Bronzino bugsierte sich ein großes Salatblatt in den Mund und leckte sich mit der Zungenspitze ein paar Saucentropfen aus dem Mundwinkel. Er streute Pfeffer über sein Putenschnitzel mit Reis. Jane hatte das Gleiche genommen. Sein Tablett stand voll mit Essen: ein Salat, ein Stück Zitronentorte, ein Becher Joghurt und sogar noch ein Päckchen mit Kellogg's Vollkornflocken. Er würde seine Schwierigkeiten haben, das alles in einer Viertelstunde zu essen.

»Ich warte auf eine Nachricht von der Chicago University Press. Ich habe ein gutes Gefühl. Die Lektorin war ganz begeistert, nachdem sie meine Einleitung und die Zusammenfassung des Buches gelesen hatte. Sie hat mich sofort angerufen, ich möchte ihr doch das Manuskript schicken. Das ist ein gutes Zeichen, oder?«

»Allerdings. Wann war das?«

»Im Sommer. Juli vielleicht. Ich weiß nicht mehr so genau.«

»Im Juli? Das sind ja vier Monate. Und seitdem hast du nichts mehr gehört? «

Sie schüttelte den Kopf.

»Hast du nicht angerufen?«

»Noch nicht.«

Er wiegte bedächtig den Kopf hin und her.

»Du kannst es dir nicht leisten, auf diese Weise deine Zeit zu vertrödeln.«

Sie lief rot an.

»Ich war völlig überlastet mit meiner neuen Arbeit als Lehrplanbeauftragte, und dann war es auch nicht sehr einfach, seit Eric weg ist ...«

»Deine private Situation ist nicht das Problem der Universität. Du musst professioneller werden. Sobald du einen Vertrag hast, sag mir Bescheid, dann ergänze ich das in deiner Akte.«

Sie erschauerte. Wenn sich irgendjemand ihrer Ernennung widersetzte, dann war er das. Er hatte ihr nie verziehen. Er warnte sie vor – vielleicht, weil sie aufrichtig mit ihm gewesen war. Er steckte sich bereits den letzten Bissen von seinem abwechselnd reingeschaufelten Geschnetzelten mit Salat in den Mund und nahm sich kaum die Zeit zu schlucken. Mit zwei Hapsen verputzte er die Torte und mit zwei weiteren den Joghurt. Dann sah er auf die Uhr und stand auf.

»Ach, übrigens, mein Freund Jeffrey Woodrow hat gerade ein Buch bei der Minnesota University Press zu einem ganz ähnlichen Thema wie deins veröffentlicht. Lies es. Und schreib an die Minnesota University Press. Beruf dich auf mich, wenn du willst. Und beeil dich, Jane, du musst vor Januar einen Vertrag haben.«

Während er redete, machte er seine Ledermappe auf und steckte das Obst, die Brötchen und die Packung mit den Flakes ein. Jane machte große Augen. Vielleicht hatte er keine Zeit zum Einkaufen, oder seine Scheidung hatte ihn ruiniert. Er nahm sein Tablett und ging weg. Sie hatte ihr Geschnetzeltes kaum angetastet, und jetzt war ihr der Appetit vergangen. Drei Studenten setzten sich zu ihr an den Tisch. Sie gaben laut lachend ihre Kommentare zu dem späten Besuch ab, den einer ihrer Kommilitonen am Vortag einer gewissen Vicky abgestattet hatte, und achteten ebenso wenig auf Jane, wie wenn sie der Pfefferstreuer gewesen wäre, den Bronzino hatte mitgehen lassen und der ihnen nicht zu fehlen schien. Eine klapperdürre Asiatin Jane gegenüber pellte ihr hart gekochtes Ei, von dem sie nur das Weiße aß, und knabberte an drei kleinen Salatblättchen ohne Sauce, während sich ihre übergewichtige Freundin über einen riesigen Hamburger mit Fritten hermachte. Jane stand deprimiert auf. Sie war die Einzige in ihrer Position, die noch keinen Vertrag hatte. Carries Buch würde demnächst erscheinen. Selbst James hatte einen Verleger gefunden. Ohne Buch würde sie nicht nur in Devayne nicht weiterkommen, sie würde auch nirgendwo anders eine Stelle finden.

Am nächsten Morgen zwang sie sich, die Nummer der Lektorin bei der Chicago University Press zu wählen. Sie hinterließ eine Nachricht auf dem Anrufbeantworter.

Als sie abends nach Hause kam, blinkte das Lämpchen. Eric war es bestimmt nicht, weil er sie schon am Nachmittag im Büro angerufen hatte. Ihr Herz schlug wie wild, als sie auf den Knopf drückte. Sie erkannte die berufsmäßige Stimme sofort. Die Lektorin bat Jane um Entschuldigung, dass es so lange gedauert hatte. Sie hatte Schwierigkeiten gehabt, über den Sommer einen Gutachter zu finden, und bis September warten müssen. Sie versprach eine Antwort bis Thanksgiving. Jane seufzte auf. Sie hatte ihre Pflicht erfüllt. Sie hatte eine Weile Luft.

Sie stand um Viertel vor fünf auf, um um neun Uhr dreißig den Flug vom Kennedy Airport zu nehmen. Drei Stunden Busfahrt bis zum Flughafen, und dann zweieinhalb Stunden Flug. In Chicago hatte sie eine Stunde Aufenthalt, bevor sie das winzige Propellerflugzeug mit nur zehn Personen an Bord bestieg. Das Flugzeug wurde von Turbulenzen in sämtliche Richtungen geschüttelt. Jane wurde schlecht. Sie verbrachte eine Dreiviertelstunde mit dem Kopf in einer Papiertüte und wimmerte wie ein Säugling. Sie hatte nichts mehr im Magen und erbrach immer weiter reine Galle und weinte und flehte Gott an, sie endlich landen zu lassen, und schwor, dass sie nie wieder die Füße in ein Flugzeug setzen würde, schon gar nicht in so ein kleines. Schließlich setzten sie wieder auf dem Boden auf, aber derart unsanft, dass Jane ganz grün wurde vor Angst. Eric wartete seit über einer Stunde auf sie. Sie umarmten sich flüchtig und verließen so schnell wie möglich den kleinen Flughafen von Des Moines, eine halbe Stunde von Iowa City entfernt, das keinen eigenen Flughafen hatte. Er hatte es eilig. In zwei Stunden musste er unterrichten. Sie brachte während der ganzen Fahrt kein Wort heraus. Ihr war immer noch speiübel.

»Es tut mir furchtbar leid, dass ich dich allein lasse. Wenn dein Flugzeug pünktlich gewesen wäre, hätten wir zusammen essen können.«

»Mach dir keine Gedanken.«

Er hatte gerade genug Zeit, ihre Taschen in die Wohnung zu tragen. Etwas zu essen war im Eisschrank.

Sie duschte. Weil sie kein Handtuch finden konnte, nahm sie Erics, das mal gewaschen werden musste – ebenso wie die ganze andere schmutzige Wäsche, die den Schrank verstopfte. Er hatte, seit er hier wohnte, kein einziges Mal Staub gesaugt. In der Spüle türmte sich schmutziges Geschirr. Allein bei dem Anblick und dem Geruch drehte sich ihr der Magen um. Sie konnte nichts essen.

Die Möbel waren hässlich: ein mit einem schrecklich bunten Stoff bezogenes Sofa, der Esstisch schwer und dunkel mit auf antik gemachten, gedrechselten Beinen, Küchenzubehör in verkitschtem Landhausstil, ein schmutziger und abgenutzter graubeiger Teppichboden. Die Wohnung strahlte trotz der großen Fenster etwas Trauriges aus, vielleicht wegen der scheußlichen Jalousien aus vertikalen Metalllamellen, die aus den Sechzigerjahren stammten und alles Licht verschluckten. Die Fenster gingen auf Bäume und Kilometer über Kilometer platte Wiesen hinaus. Die Innenstadt war auch schon der Außenbezirk, weil die Stadt gar keine Stadt war, wie sie schon vorhin bei der Ankunft bemerkt hatte, als Eric sie auf einige Gebäude aufmerksam machen wollte. Es gab nur die Universität und ein paar Häuser drumrum. Janes absoluter Albtraum.

Sie ruhte sich aus und las den ganzen Nachmittag, während sie auf Eric wartete. Er hätte wirklich seine Stunden für sie absagen können. Ausnahmsweise. Es war der 20. Oktober. Nicht irgendein Tag. Er wusste das. Um sieben kam er schließlich. Er war müde nach einer langen Woche. Sie aßen und gingen schlafen.

Am Morgen war die Spannung da. Wegen dieser Spannung liebten sie sich nicht, und weil sie sich nicht liebten, waren sie noch angespannter. Das Ei oder die Henne. Ihr war immer noch schlecht. Nach dem Frühstück schlug er vor, spazieren zu gehen. Er wollte ihr alles zeigen, sein Büro, den Vorlesungssaal, die Bibliothek, das Museum, das Medienzentrum. Sie gab sich alle Mühe, Bewunderung zu heucheln. Sie trafen fünf Personen, die er kannte. Er stellte ihnen freudig seine Frau vor. Zwei dieser Leute hatten sie bereits eingeladen. Zum Mittag- und Abendessen am Sonntag. Beim Abendessen würde sie David Clark kennen lernen, der in Yale promoviert hatte. Ein brillanter Kopf.

Er stellte ihr nicht eine einzige Frage nach ihrem Leben. Er erstarrte, sobald sie Devayne oder Old Newport erwähnte. Die Leckage im kleinen Bad war das Einzige, was seine Aufmerksamkeit erwecken konnte.

Am Samstagnachmittag liebten sie sich. Danach war Eric unbeschwert und fröhlich. Sie hatte keinen Orgasmus gehabt, aber sie war auch erleichtert: Wenigstens war es gegangen. Abends sahen sie sich einen Hitchcock-Film an. Ihr war wieder übel. Sie war furchtbar traurig. Kein Drama. Um dieses Datum herum war sie jedes Jahr nervös und aggressiv Eric gegenüber. Er wusste, warum, und zeigte sich sanft und geduldig.

Die meisten Kollegen von Eric, denen sie am Sonntag beim Essen begegnete, waren ältere Paare mit Kindern. Sie sprachen ausschließlich von ihrer Nachkommenschaft und ihren Studenten.

»Eric hat mir gesagt, dass Sie in Devayne unterrichten«, sagte ein bebrillter junger Mann zu ihr, der einzige Junggeselle im Raum, klein und dünn, pockennarbiges Gesicht, in schwarzem Hemd und schwarzer Jeans ganz nach New Yorker Mode. David Clark, vom Fachbereich Romanistik.

»Devayne ist nicht mehr das, was es zur Zeit der Devayner Schule mal war. Da sitzen doch nur noch ein paar konservative alte Knacker, was? Wer ist denn noch da außer Theopopoulos?«

Und da saß sie dann und sang Loblieder auf Bronzino, Sachs, McGregor, Smith, ja sogar auf Begolu. Er wollte wissen, was sie vom Dekonstruktivismus hielt und was es Neues über Flaubert zu sagen gab. Wenn es ein Thema gab, über das sie nicht sprechen wollte, dann hatte er es gefunden. Er beugte sich beim Sprechen zu ihr herüber, und er hatte Mundgeruch. Ungepflegte Zähne voller Zahnstein und entzündetes Zahnfleisch. Gingivitis. Von ihrem Vater wusste sie, dass die Zahnärzte deshalb einen Mundschutz trugen, weil sich in einem Mund mehr Bakterien tummelten als irgendwo sonst im Körper. Sie zog unauffällig den Kopf zurück. David schob seinen näher heran.

Als sie alle ein paar Biere intus hatten, hallte das Esszimmer von Gelächter und Scherzen über Leute wider, von denen Jane noch nie gehört hatte – ein Kollege, der Fachbereichsdirektor, eine Sekretärin. Manchmal erklärte Eric ihr, was daran so lustig war.

»Hast du dich auch nicht zu sehr gelangweilt?«, fragte Eric, sobald sie sich gegen Mitternacht von ihren Gastgebern verabschiedet hatten.

»Nein, sie sind nett. Aber dieser Flug hat mir wirklich den Magen umgedreht, und die Rückfahrt morgen steht mir bevor.«

»Ich weiß. Mein armer Liebling.«

Am Montagmorgen unterrichtete er. Nachmittags fuhr er sie nach Des Moines. Es war weniger windig als am Samstag. Trotzdem schluckte sie drei Notamine. Bei der Landung in Chicago schlief sie so fest, dass sie im Rollstuhl zu ihrem Anschlussflug gebracht werden musste.

Sie schlief auf dem gesamten Flug nach Old Newport. Um Mitternacht kam sie zu Hause an und ging sofort schlafen.

Am Dienstag erwarteten sie ein Haufen Briefe und Memos auf ihrem Schreibtisch, die zum Teil sofort beantwortet werden mussten. Aus irgendeinem Grund hatten sich sämtliche Studenten ausgerechnet diesen Morgen ausgesucht, um sich von ihr über das Lehrprogramm in Französisch oder über das eine Semester im dritten Jahr in Frankreich beraten zu lassen. Sie saß hinter ihrem Schreibtisch und bemühte sich um ein gleichbleibend geduldiges Lächeln. Als sie die Zeit hatte, mal eben auf die Uhr zu schauen, war es fünf vor eins. Ihr knurrte der Magen. Sie hatte nichts gefrühstückt und eigentlich schon sei drei Tagen so gut wie nichts gegessen. Um eins musste sie unterrichten. Vor ihrer Tür wartete noch ein Student. Er saß seit einer halben Stunde auf dem Gang, sie konnte ihn nicht wegschicken.

»Setzen Sie sich und warten Sie bitte eine Minute.«

Sie lief bis zu den Sekretärinnenbüros. Marys Tür war verschlossen: Sie war beim Mittagessen. Jane stürzte in das Büro von Dawn, die gerade telefonierte. Ein halb gegessenes Sandwich auf dem Schreibtisch ließ Jane das Wasser im Mund zusammenlaufen. Bald würde sie vor Hunger umfallen.

»Ich weiß«, sagte Dawn, »das ist furchtbar. Das hätte ich nie von ihm gedacht. Wenn man bedenkt, dass sie …«

Jane bekundete ihre Gegenwart, die Dawn längst bemerkt hatte, durch ein Hüsteln.

»Warte eine Sekunde.«

Dawn wandte sich Jane zu.

»Was wollen Sie?«

Jane schenkte ihr ihr freundlichstes Lächeln.

»Könnten Sie mir einen Gefallen tun?«

»Was? «

»Ich bin furchtbar in Bedrängnis. In fünf Minuten muss ich unterrichten, in meinem Büro sitzt noch ein Student, und ich komme um vor Hunger. Würde es Ihnen sehr viel ausmachen, mir von Bruno's unten ein Stück Pizza zu holen?«

Sie hielt ihr die zwei Dollar hin.

»Ich kann jetzt nicht.« Dawn drehte ihr den Rücken zu. »Hallo? Ja, entschuldige. Also, jetzt erzähl ich dir mal, was du ihm meiner Meinung nach sagen solltest …«

Jane verließ das Büro mit puterrotem Kopf und so perplex, als hätte Dawn ihr eine runtergehauen. Zum Glück hatte es keinen Zeugen ihrer Demütigung gegeben. Es war ihre Schuld. Dawn war eine exzellente Sekretärin, viel besser als Mary, und sie musste ganz klar ihre Grenzen setzen, sonst würde sie unter der Arbeit zusammenbrechen. Zudem war Mary der Stelle des Lehrplanbeauftragten zugeordnet, während Dawn für den Fachbereichsleiter und die anderen Professoren arbeitete. Und außerdem war es ihre Mittagspause. Aber da war noch etwas anderes. Mit einem ordentlichen Professor hätte Dawn niemals so gesprochen, wie sie eben auf Jane reagiert hatte, die sich wirklich nur selbst die Schuld geben konnte. Im September hatte sie einmal an einem Freitag, als sie es nicht eben eilig hatte, in ihr leeres Heim zurückzukehren, ein wenig mit Dawn geplaudert: Sie hatten herausgefunden, dass sie gleich alt waren und im selben Jahr und im selben Monat geheiratet hatten. Jane hatte ihr stolz das Hochzeitsfoto auf ihrem Schreibtisch gezeigt. Vor dem Hintergrund aus blauem Meer und den rotbraunen Felsen von Fort Hale strahlte Erics Gesicht; Jane sah auch nicht schlecht aus mit ihrem Lächeln wie von einem Hollywood-Star auf dem Titel von *Vanity Fair*. Dawn, die ein dickes Mädchen mit verschwommenen Zügen war, hätte nur schwer ein solches Foto hervorzaubern können. Nach dieser Episode hatte sich Dawns Haltung Jane gegenüber kaum merklich verändert. Jane hatte ihre Autorität nicht wieder zurückgewinnen können.

Als sie an diesem Abend nach Hause kam, leuchtete das rote Lämpchen. Eine einzige Nachricht. Mit klopfendem Herzen drückte sie auf die Taste. Es war kein Tag für gute Nachrichten. Andererseits konnte eine Nachricht, die ein Verlag telefonisch mitteilte, doch nur gut sein.

»Hallo, mein Liebling …«

Eric. Sie hatte ihn vollkommen vergessen. Gestern war sie aus Iowa zurückgekommen Es hätte auch ein Jahrhundert seitdem vergangen sein können.

»… ich hoffe, du hattest eine gute Reise und bist nicht krank geworden. Ich werde dich heute Abend nicht anrufen können: Nach der Konferenz gibt es noch ein Essen. Übrigens hast du alle hier vollkommen verzaubert. Ich weiß nicht, was du David erzählt hast, aber ich habe ihn noch nie so viel Gutes über einen Menschen sagen hören. Das Wochenende war wunderbar. Du fehlst mir. Vergiss nicht, den Klempner anzurufen.«

Jane legte mit einem Lächeln die Seite hin. Sie wußte jetzt, wer ihr diese Seiten und diese Beschreibung ihrer selbst geschickt hatte. Gar kein Zweifel mehr. »Hybris.« Das trug nur eine Unterschrift.

Wenn Josh glaubte, das hier veröffentlichen zu können … sie würde ihn verklagen, ihn und seinen Verlag. Sie musste sich einen Anwalt suchen. Allison?

Und Josh meinte, von Liebe reden zu können! Er wusste überhaupt nichts. Er sprach nur von der Angst, dem Warten, der Erniedrigung und der Enttäuschung, indem er dieses bittere Begehren mit ein bisschen Erotik überzuckerte. Als ob Liebe sich auf die egoistische Lust, gevögelt zu werden, reduzierte. Josh hatte keine Ahnung. Nicht von der Liebe, nicht von ihrem Leben.

Das Ärgerlichste dabei war seine Arroganz. Zunächst einmal wagte er es tatsächlich, Jane seine eigene Arroganz zuzuschreiben und sie auf ihre Kollegen in Devayne und Erics in Iowa herabsehen zu lassen, um dieses Überlegenheitsgefühl dann sofort wieder lächerlich zu machen: Ein Gutachten reichte aus, um Janes Glück zu zerstören.

Sie zuckte die Achseln. Es stimmte, dass sie wegen dieses Buches Tränen vergossen hatte. Aber gab das Josh ein Recht, sie zu verachten? Es war leicht, seine Unabhängigkeit zu verkünden, wenn man es nie ins System hinein geschafft hatte und infolgedessen auch nie dem Druck von innen widerstehen musste!

Eifersucht, hätte Eric gesagt.

Josh glaubte, Eric beschreiben zu können!

Jane verzog herablassend die Mundwinkel.

4 Jane konnte nicht einschlafen. Bei dem Gemurmel, das durch die geschlossene Tür zu ihr hereindrang, war das auch nicht so leicht.

Sie schlug die Augen auf. Umrisse von Möbeln im Dunkeln: die moderne, lange weiße Kommode an der Wand mit den zwei Reihen von je vier Schubladen; darüber der große Spiegel; der Schaukelstuhl aus hellem Holz neben den weißen Bücherregalen; die zwei kleinen weißen Nachttische rechts und links vom Bett; ein gutes, hartes Bett. Ein schlicht, aber geschmackvoll eingerichtetes Zimmer.

Sie machte ihre Nachttischlampe an. Wenn nur die Tür endlich aufginge und Eric käme. Sie würde sich sofort bei ihm entschuldigen. Aber er würde warten, bis er sicher sein konnte, dass sie eingeschlafen war.

Die Fotos, die vor den Büchern aufgereiht standen, steckten in einfachen Rahmen aus durchsichtigem Plastik zu vielleicht ein oder zwei Dollar das Stück. Eric als Neugeborener in den Armen seiner Mutter: 1957. Eric als entzückender Zweijähriger an der Hand von Vater und Mutter. Jane war überrascht gewesen, als sie Erics Mutter Nancy, eine kleine, rundliche Frau mit dunkelbraunen Löckchen, kennengelernt hatte. Dieses Foto war die Bestätigung für das, was Jane bereits vermutet hatte: Eric kam nach seinem Vater, einem großen, schlanken, blonden Mann mit Paul-Newman-Lächeln. Eric mit acht Jahren in seiner Hockeyausrüstung auf dem Eis, zwei Finger der linken Hand zum Victory-Zeichen erhoben und in der Rechten einen versilberten Pokal, auf den Lippen genau das richtige triumphierende Lächeln. Eric am Strand von Florida zwischen Ann und Nancy, noch ein halbes Kind, aber bereits größer als seine kleine Großmutter und seine Mutter; dasselbe fotogene Lächeln. Das offizielle Abschlussfoto von der Schule: große, rechteckige Brille, ein fürchterlicher Haarschnitt mit einem unmöglichen Scheitel auf der linken Seite, ein knallgrüner Anzug mit breiter, orange-braun karierter Krawatte, über die Jane laut loslachen musste, als sie das Bild zum ersten Mal sah, sehr zum Ärger von Eric. Selbst in diesem Siebzigerjahre-Aufzug konnte man das fotogene, leicht unsichere Lächeln noch erkennen. Eric in Princeton bei der Überreichung der Diplome unter strahlender Sonne neben seiner Großmutter, die ihm inzwischen kaum bis zur Brust reichte: dasselbe Lächeln. Das offizielle Foto von Harvard am Tag der Diplomübergabe: ein ernster und bemerkenswert gut aussehender junger Mann in purpurroter Robe und mit strahlendem Lächeln. Er wirkte so jung vor zehn Jahren. Gleich daneben stand das letzte Foto, von dem Brautpaar in Fort Hale, das einzige in einem kostbaren Holzrahmen, den Jane gekauft hatte. Da die linke Hälfte, auf der sie zu sehen war, hinter dem letzten Bild mit dem Diplom von Harvard verschwand, sah man nur Eric im dunklen Anzug, der sich selbst in der roten Robe liebevoll zulächelte.

Sie brauchte ein Taschentuch und ging barfuß über das warme und wie das ganze Apartment makellos saubere Parkett zu dem Schaukelstuhl, wo ihre Sachen lagen. Nancys Apartment roch immer frisch, vom Badezimmer bis in die Küche. Überall standen kleine Bastkörbchen mit Rosenblättern und klein geschnittenen, getrockneten Orangenschalen.

Es war so heiß. Bestimmt konnte sie deshalb nicht schlafen. Weil die Heizkosten im Mietpreis enthalten waren, stellte Nancy den Thermostat auf sechsundzwanzig Grad. In der vorletzten

Nacht hatte Jane das Fenster aufgemacht und sich sofort erkältet. Gestern hatte sie sich mitten in der Nacht aus dem Zimmer geschlichen, um den Thermostat runterzuschalten. Auf dem Rückweg war sie Nancy in die Arme gelaufen, die in ihrem langen Nachthemd so weiß und still war wie ein Phantom. Eine Viertelstunde später stand der Thermostat wieder auf sechsundzwanzig.

Wenn Nancy doch nur nicht diese Woche das Geschäft geschlossen hätte. Weihnachten war eine gute Zeit, um Alkohol zu verkaufen, und Nancy brauchte Geld. Es wäre besser, sie würde ihr normales Leben führen, anstatt von morgens bis abends mit Eric in der Vergangenheit zu wühlen. Aber jeder Vorschlag von Jane in diese Richtung hätte eine Explosion ausgelöst.

Und heute Abend war die Bombe hochgegangen.

Jane konnte mildernde Umstände geltend machen: Fieber, Einsamkeit. Seit zwei Tagen lebte sie eingeschlossen zwischen Nancy, deren Feindseligkeit ständig spürbar war, und Eric, der sie behandelte wie eine Fremde. Und es war ihr Lieblingspulli. Nicht etwa nur ein Methode, Eric noch mehr ins Unrecht zu setzen. Aber sie hatte ein wenig übertrieben reagiert, als sie Eric direkt vor dem Abendessen im Schlafzimmer gestellt und ihm das Corpus delicti hingehalten hatte.

»Was ist das?«, hatte Eric gefragt.

»Mein Kaschmirpullover. Der Pulli, den meine Mutter mir bei Barney's gekauft hat. Du hast ihn in den Trockner getan!«

»Oh, entschuldige.« Er hatte den Pullover genommen und daran herumgezerrt. Sie hatte ihn ihm aus den Händen gerissen.

»Das nützt überhaupt nichts! Du weißt ganz genau, dass man Pullover aus Wolle oder Kaschmir nicht in den Trockner tut!«

»Es tut mir wirklich leid. Wir gehen zu Barney's und kaufen dir einen anderen.«

»Wir kriegen unmöglich noch mal genau den gleichen. Ich

habe diesen Pullover geliebt. Ich hatte noch nie einen Pullover, der mir so gut stand.«

»Es tut mir wirklich schrecklich leid. Ich habe es nicht gesehen.«

»Genau das werfe ich dir vor! Dass du im Augenblick keine Rücksicht auf mich nimmst!«

»Kannst du vielleicht ein bisschen leiser sprechen?«

»Musst du mich auch noch daran erinnern, dass ich nicht in meinem eigenen Hause bin? Glaubst du, das habe ich noch nicht gemerkt?«

»Sei still!«

Ein eisiger Satz, aus dem der entschuldigende Ton völlig verschwunden war.

»Raus! Raus aus diesem Zimmer! Geh sofort raus!«, hatte Jane so laut geschrien, dass es die Nachbarn von unten gehört haben mussten.

Er war aus dem Zimmer gegangen, und sie hatte eine halbe Stunde gebraucht, um sich zu beruhigen, und war dann zu Nancy und Eric an den Esstisch gegangen. Mutter und Sohn hatten ihr Gespräch über Weinimport und die Börsenkurse weitergeführt. Nach dem Essen und einem kleinen Whiskey, damit sie besser einschlafen konnte, war sie still ins Schlafzimmer zurückgekehrt. Sie hatte nicht einmal angeboten, beim Abspülen zu helfen, und sie hatten sie überhaupt nicht beachtet.

Nicht Erics Schuld.

Nicht Erics Schuld, wenn seine Großmutter genau an dem Tag gestorben war, an dem Jane in Iowa City ankam, dem 19. Dezember. Sie hatten einen gemeinsamen Monat nötig. Weil sie nicht mehr unter demselben Dach lebten, wurden sie einander immer fremder. Während des Thanksgiving-Wochenendes im November hatte Eric für jeden Abend irgendeine Einladung angenommen, als hätte er Angst, mit Jane alleine zu sein. Er hatte sie als paranoid bezeichnet. War es etwa seine Schuld, wenn seine Frau einen solchen Erfolg hatte? Und es war doch immer das Gleiche: Wenn er allein war, lud ihn kein Mensch ein, und sobald er die anderen nicht mehr nötig hatte, hagelte es Einladungen. Er hatte Jane versprochen, dass die Weihnachtsferien ruhiger werden würden.

Einfach Pech. Sie hatten sofort nach Portland fliegen müssen. Eric konnte seine Mutter jetzt nicht allein lassen. Er selber war auch sehr traurig. Er liebte seine Großmutter.

Jane konnte ihm nichts vorwerfen außer seiner Mustergültigkeit. Dass er so ein guter Sohn war. Die Art, wie er ihr zum Valentinstag und zum Hochzeitstag regelmäßig Blumen schenkte und sie an diesen Tagen auch immer liebte, als gebe es bestimmte Daten zum Miteinanderschlafen. Langsam bekam sie ihre Zweifel an seiner romantischen Neigung zu Ritualen und an dem schönen Lächeln auf den Fotos. Einem Lächeln, das fragte: Lächle ich auch so, wie es sein soll? Nicht Erics Schuld. Zu viele Frauen um ihn herum, die alle erwarteten, dass er perfekt sein sollte. Seine Mutter, seine Großmutter. Und jetzt seine Frau. Eric war wirklich nett. Selbst hier in Portland fragte er Jane jeden Morgen, was sie machen wolle.

Nicht Erics Schuld.

Nicht Erics Schuld, dass sie in ihrem Postfach an der Uni einen cremeweißen Umschlag mit Verlagsadresse links oben gefunden hatte, als sie nach Thanksgiving Ende November nach Old Newport zurückgekehrt war.

Sie hatte eine solche Angst bekommen, als sie den Umschlag sah, dass sie mit dem Öffnen wartete, bis sie zu Hause war, und auch dann hatte sie ihn nicht gleich geöffnet, sondern erst einmal eine Stunde lang die Seiten eines Heftes mit hastigem Geschreibsel gefüllt, wie um sich über sich selber lustig zu machen und sich zurechtzuweisen. Sie hasste diese Angst, die sie zum Gegenteil dessen machte, was sie sein wollte: stark, unabhängig und frei. Eine Ablehnung wäre nicht das Ende der Welt. Sie würde in die Bibliothek gehen und eine Liste der Universitätsverlage machen, denen sie dann ein Resümee ihres Buches schicken würde, um sicherzugehen, dass das Thema sie interessierte, anstatt ihr Manuskript blind in die Gegend zu werfen wie eine Flasche ins Meer. Einen geheimen Gedanken konnte sie dabei nicht ganz unterdrücken: Was man am meisten fürchtete, traf nicht ein. Früher, in der Schule, wenn sich ihr vor Angst, eine Arbeit verpatzt zu haben, der Magen zusammenzog, hatte sie am Ende doch immer eine gute Note gehabt.

Das Dumme war, dass sie einige positive Hinweise einfach nicht aus ihrem Kopf verdrängen konnte: Die enthusiastische Reaktion der Lektorin, nachdem sie ihre Einleitung gelesen hatte; wie prompt sie im Oktober zurückgerufen hatte; und schlicht und einfach die Gewissheit, dass ihr Buch mit den ganzen Änderungen, die sie noch angebracht hatte, ein gutes Buch geworden war.

Sie hatte Angst, ja, aber sie war nicht starr vor Entsetzen. Die Sache endete, indem sie den Umschlag aufriss und sofort das Wort »Bedauern« entdeckte.

Das dreiseitige Gutachten legte dar, das Buch sei nach einigen Veränderungen durchaus veröffentlichenswert. Es fehle ein Kapitel, in dem die Autorin ihren Standpunkt innerhalb der aktuellen Feminismusdebatte deutlich machte. Jane hatte in ihrer Einleitung unmissverständlich erklärt, warum sie sich nicht mit der feministischen Theorie befasste: Sie hatte keinen politischen, sondern einen literarischen Ansatz. Einen anderen Einwand gab es nicht. Trotzdem hatte dieses Gutachten über das Schicksal ihres Buches entschieden. Es war nicht positiv genug, als dass die junge Lektorin von der Chicago University Press, die noch neu im Geschäft war, das Manuskript noch einmal einem anderen Gutachter geschickt hätte. Nebenbei schienen die Schwierigkeiten, die sie bereits im Sommer gehabt hatte, einen Gutachter zu finden, darauf hinzuweisen, dass Janes Thema nicht in Mode war. Die Lektorin verzichtete lieber. Da das, was sie gelesen hatte, ihr aber gefallen hatte, tat es ihr ehrlich leid, und sie wünschte Jane viel Glück für die Zukunft.

In dem Moment hatte Jane gewusst, dass sie nie an den lauwarm interessierten Gutachtern vorbeikommen würde. Man brauchte Beziehungen, um veröffentlicht zu werden. Ihre hieß Bronzino. Und sie hatte sie vergeben, indem sie den größten Fehler im Beruf überhaupt machte: Sie hatte ihre Karriere mit ihrem Privatleben vermengt.

Sie hatte Erics Bourbon-Flasche hervorgeholt, sich ein großes Glas davon eingeschenkt und die Flüssigkeit in einer einzigen Bewegung hinuntergestürzt, obwohl sie den Geschmack verabscheute und ihr der Alkohol im Brustkorb brannte. Danach hatte sie eine solche Migräne bekommen, dass sie sich in voller Montur aufs Bett fallen ließ, den Kopf hin und her kippte und sich nur noch wünschte, dieses »bong, bong, bong« in ihrem Schädel möge aufhören.

Am nächsten Tag war Eric am Telefon einmal mehr aufmunternd und bestätigend und fand genau die richtigen Worte. Es war eine Geduldsfrage. Mit der Qualität ihrer Arbeit hatte es nichts zu tun: Die Bücher von Literaturwissenschaftlern verkauften sich zurzeit nun mal schlecht. Selbst eingeführte Professoren hatten ihre Schwierigkeiten, einen Verlag zu finden. Und beim ersten Buch war es immer am schwierigsten.

Um sich einen Ruf zu erwerben, musste man publizieren. Um

zu publizieren, musste man bereits einen Ruf haben. Wie kam man aus diesem Teufelskreis heraus?

»Du wirst herauskommen«, hatte Eric gesagt. »Hab Geduld.«

Das ganze Leben war eine Geduldsfrage, wieder und wieder und wieder.

Die Tür öffnete sich. Leise trat ein Schatten herein.

»Ich schlafe nicht. Du kannst das Licht anmachen.«

Die Helligkeit ließ sie die Augen zusammenkneifen. Er drehte ihr den Rücken zu und zog seine Hose aus. Die rot-weiße Unterhose, die sie für vier Dollar im Ausverkauf bei Gap gekauft hatte, sah so lecker aus über seinen muskulösen runden Pobacken. Keine schlechten Muskeln. Seine Beine mit den perfekt geformten Waden und dem zarten blonden Flaum hätten als Vorbild für die Statue eines griechischen Gottes dienen können. Allison waren sie auch aufgefallen. Es war nicht einfach, seine Frau zu lieben, wenn sie wütend auf dem Bett der Mutter saß und man selber gerade seine Großmutter begraben hatte.

»Es tut mir leid wegen heute Abend.«

Er setzte sich auf die Bettkante.

»Ich weiß, dass es im Moment nicht leicht für dich ist. Mir tut es auch leid. Ich hätte nicht so mit dir reden dürfen. Hast du noch Fieber?«

»Achtunddreißig sieben.«

Er legte Jane die Hand auf die Stirn. Sie schloss die Augen. Die weiche, kühle Haut seiner Hand. Als er sie fortzog, streckte sie den Arm aus und hielt ihn fest. Sie legte seine Hand an ihren Mund und küsste sie auf den Rücken. Eric lächelte. Er nahm seine Uhr ab. Nach kurzem Zögern sagte sie leise:

»Ich habe den Eindruck, dass deine Mutter mich nicht besonders mag.«

Er zog die Augenbrauen hoch.

»Warum sagst du das?«

Das Verhältnis zwischen Nancy und Jane war immer freundlich, aber nie wirklich herzlich gewesen. Sie machten sich jedesmal sorgfältig ausgesuchte Geschenke. Im Moment trug Jane ein Baumwollnachthemd, das Nancy in einer eleganten Boutique für französische Wäsche gekauft hatte, und Nancy hatte eine Brosche aus den Zwanzigerjahren an ihre Jacke gesteckt, die Jane in einem Antiquitätengeschäft in Old Newport aufgestöbert hatte. Als zurückhaltende Schwiegermutter störte Nancy sie niemals: Jane erinnerte Eric daran, bei seiner Mutter anzurufen, und schickte ihr Weihnachtskarten, wenn sie sie nicht besuchen konnten.

»Weißt du noch, gestern? Da habe ich mich mit dir in der Küche unterhalten, du warst gerade aufgestanden. Dann kam deine Mutter rein und hat mich unterbrochen, um dich zu fragen, ob sie dir dein Frühstück machen soll.«

»Ja, und?«

»Die Botschaft ist doch klar: Warum bist du, seine Frau, nicht längst dabei, ihm sein Frühstück zu machen?

Er lachte.

»Liebling, du kennst doch diese Manie von meiner Mutter, dass sie mich immer füttern muss. Das hat überhaupt nichts mit dir zu tun. Unter uns gesagt, ich bin ganz froh, dass du mich nicht zum Essen zwingst. Darum habe ich dich geheiratet.«

Jane schüttelte den Kopf.

»Nein, ich glaube nicht, dass ich mich irre. Vorgestern, als du einkaufen warst, ist noch etwas anderes passiert.«

»Was?«

Er betrachtete sie mit leicht ironischem Lächeln.

»Ich war in meinem Zimmer und las wie immer, und deine Mutter war in der Küche und sah fern. Ich bin aus dem Zimmer, um zur Toilette zu gehen. Als ich zurückkam, hatte sie das Licht ausgemacht.«

Er zog fragend die Stirn in Falten.

»Und?«

»Sie wusste, dass ich lese. Es war ein sehr aggressiver Akt, das Licht auszumachen. Vielleicht konnte sie nicht anders. Bewusst oder unbewusst, auf jeden Fall gibt sie mir damit ganz klar zu verstehen, dass sie mich hier bei sich nicht haben will.«

Er schüttelte den Kopf.

»Findest du nicht, du übertreibst? Sie hat etwas aus dem Zimmer geholt und einfach beim Rausgehen das Licht ausgemacht, rein automatisch. Es ist ihr Zimmer, vergiss das nicht. Es ist nett von ihr, es uns zu überlassen.«

Er stand auf und ging zur Tür. Ängstlich fragte sie:

»Wohin gehst du?«

»Pinkeln und Zähne putzen. Darf ich?«

»Hat sie dir gesagt, ich hätte meine Stelle aufgeben müssen, um dir nach Iowa zu folgen?«

Eric sah sie mit ernstem Blick an.

.Das reicht, Jane. Du machst dich vollkommen lächerlich. Wenn sie jetzt deprimiert ist, dann, fürchte ich, hat das nichts mit dir zu tun. Ihre Mutter ist gerade gestorben. Die Welt dreht sich nicht um dich.«

Am Tag darauf reiste sie nach Washington ab, wo ihr Vater sie vom Flughafen abholte. Als sie seine hochgewachsene Silhouette und die grauen Haare in der Ferne entdeckte, fühlte sie sich zu Hause. Die Küche in ihrem Elternhaus war ihr noch nie so warm und freundlich vorgekommen. Sie konnte gar nicht mehr mit dem Reden aufhören. Reden. Offen alles sagen können, was sie auf dem Herzen hatte, ohne verurteilt zu werden. Die zehn Tage in Portland waren eine Hölle der Einsamkeit und des Schweigens gewesen.

»Dieses Schweigen in ihr und um sie herum ist so drückend«, erzählte Jane ihren Eltern. »Das ist bestimmt der Grund, warum Erics Vater fortgegangen ist. Ich bin sicher, dass dieses Schweigen schon immer da war. Es ist entsetzlich. Ständig hat man Angst, etwas Falsches zu sagen. Zum Beispiel den Namen von Erics Vater auszusprechen. Das Thema ist natürlich absolut tabu, also erfüllt es den ganzen Raum. «

»Wie alt war Eric damals?«

»Neun. Er hat nur ein Mal davon gesprochen, kurz bevor ich seine Mutter kennengelernt habe, damit ich keine falschen Fragen stelle. Er erinnert sich sehr genau an die Nacht, als sie Gott und die Welt angerufen haben: die Freunde, die Verwandten, die Polizei, die Krankenhäuser. Seine Mutter war verrückt vor Sorge. Eric weiß noch, was ein Polizist ein paar Tage später in seiner Gegenwart zu seiner Mutter gesagt hat.«

»Was?«

»Dass man, wenn eine junge Frau verschwand, sehr oft Wochen und Monate später ihren geschundenen Körper irgendwo fände. Einen Mann von vierzig aber fände man meistens mit einem neuen Namen, einer neuen Frau, neuen Kindern und einem neuen Haus. Das nenne sich Midlife-Crisis.«

»O mein Gott! Der arme Eric, und seine Mutter auch, die Arme«, rief Janes Mutter aus. »Und sie haben nie wieder etwas von ihm gehört? Sie haben nie erfahren, was passiert ist?«

»Nie. Einfach verschwunden. Keine Abbuchung vom Bankkonto. Keine Leiche.«

Janes Mutter erschauerte. Ihr Vater schüttelte den Kopf. So etwas überstieg ihre Vorstellungskraft, und vielleicht erklärte es auch Erics dunkle Seite, die Jane im vergangenen Jahr entdeckt hatte. Dieses brütende Schweigen, zu dem er ebenso fähig war wie seine Mutter. Janes Eltern glaubten ihr, auch wenn sie diese

Seite von Eric nie erlebt hatten. Ihr Schwiegersohn hatte sich immer liebenswürdig, gesprächig und absolut charmant gezeigt. Sie waren hingerissen von ihm.

»Er muss im Augenblick unter ungeheurem Druck stehen«, sagte ihr Vater. »Sei nett zu ihm. Er ist der einzige Mensch, den Nancy jetzt noch hat. Und du hast selber gesagt, dass seine Großmutter wie eine zweite Mutter für ihn gewesen sei.«

»Und Nancy muss sehr, sehr traurig sein«, ergänzte Janes Mutter. »Wenn man seine Mutter verliert, sind die Umstände und wie alt sie war völlig belanglos: Sie ist immer noch ihre Mutter.«

Eric kam zu ihr nach Old Newport, bevor er nach Iowa zurückreiste. Es war seit seinem Aufbruch nach Iowa vor vier Monaten sein erster Besuch zu Hause. Er hatte vergessen, wie hübsch das Haus war. Sie umarmten sich. Sein Geruch. Es war so gut, ihn wieder daheim zu haben.

»Meine Kleine«, sagte Eric mit einer Stimme, der seine Bewegung, seine Liebe und seine Angst, sie zu verlieren, anzuhören waren.

Sie redeten. Das alles, die Spannung, die hysterischen Anfälle, für die Jane sich erneut bei ihm entschuldigte, war ganz normal und gehörte der Vergangenheit an. Sie konnten alles mit einem einzigen Wort klären: »Schwierig«. Sie mussten sich an eine neue Situation gewöhnen, an ein neues, auf zwei Tausende von Kilometern voneinander entfernte Orte verteiltes Leben, und beide waren von großen beruflichen Anforderungen beansprucht. Die zehn Tage in Portland hatten die Sache nicht einfacher gemacht. Eric fand seine Mutter auch bedrückend. Von nun an würde alles gut gehen.

Nach Erics Abreise versank Jane in einem Strudel von Verwaltungsaufgaben. Mary, ihre Sekretärin, ging im Januar in den Ruhestand und wurde durch eine freundliche Mittvierzigerin indianischer Herkunft ersetzt, die genauso wenig wusste, was zu tun war, wie Jane selber und auf Anordnungen wartete. Jane befand sich im Blindflug und hatte dabei ständig Angst, irgendeinen folgenschweren Fehler zu machen. Sie hatte Bronzino von ihrer Sorge erzählt, aber der hatte sich darauf beschränkt, gelangweilt die Achseln zu zucken, schließlich war er ja nicht der Lehrplanbeauftragte. Am Telefon mit Eric, Allison oder ihren Eltern konnte sie von nichts anderem reden als von den belanglosen Problemen, die ihre Tage füllten und sich in ihre Träume schlichen. Sie war zu einer Verwaltungsmaschine geworden, die sich schon morgens beim Aufstehen die Liste mit den Dingen, die erledigt werden mussten, aufsagte und nur noch eine Freude kannte: In Gedanken das Erledigte auszustreichen, wenn sie abends ins Bett ging. Ende März verbrachte sie eine Woche in Iowa, die Erotik war auf dem Nullpunkt. Dieses Mal war sie es, die keine Lust auf Sex hatte. Sie konnte nur an die endgültige Budgetaufstellung und den Stundenplan für das Doktorandenprogramm denken, die sie bei ihrer Rückkehr vorlegen musste. Schlimmer als jedes Geduldsspiel.

Als sie am 26. April nach der Mittagspause in ihr Büro kam, hatte Rose ihr die Fahnen des Vorlesungsverzeichnisses mit einem Zettel auf den Tisch gelegt, sie möge sie so schnell wie möglich durchgehen. Jane setzte sich müde hin, rieb sich die Augen und überflog mechanisch die erste Seite. Gleich der erste Fehler: Eine Sekretärin mit Leseschwäche hatte den Vornamen des neuen Dozenten, Xavier Duportoy, Xaviere geschrieben, wie eine Figur bei Simone de Beauvoir. Ihre Kollegin Natalie Hotchkiss, Autorin einer Dissertation über die Bisexualität bei Simone de Beauvoir, hätte zweifellos ihre Freude daran gehabt, aber nicht der brillante junge Akademiker aus Frankreich, der sich zu ihnen gesellen würde. Jane war ihm flüchtig begegnet, als er Ende März gekommen war, um seinen Vertrag zu unterschreiben: sehr groß, lebhafte Augen; er gestikulierte heftig und schwitzte stark beim Reden. Er hatte eine große Nase und ein zweideutiges, sehr französisches Lächeln, hinter dem sich jede Menge Anspielungen zu verbergen schienen. Er kam mit aller Welt gut aus und wirkte reichlich selbstzufrieden. Als er zu ihr kam, hatte er noch nicht unterschrieben, und Bronzino hatte Jane gebeten, so entgegenkommend wie möglich mit Duportoy zu sein. Bis dahin war er auf ihrem Raster nur als X aufgetaucht, dem sie die Kurse und Stunden zugeordnet hatte, die niemand wollte: die morgens um acht. »Geben Sie mir jede Stunde, die Sie wollen«, hatte Duportoy mit charmantem Lächeln zu ihr gesagt, »solange alles auf zwei Tagen liegt und ich nicht vor elf Uhr morgens anfangen muss.« Was bedeutete, kein Sprachkurs, weil die drei- oder fünfmal pro Woche erteilt wurden. Jane hatte ihr ganzes Programm umbauen und Duportoy ihre eigene Unterrichtszeit von elf bis zwölf überlassen müssen. Und schon unterrichtete sie selber morgens um acht. Sie war sicher, dass eine weibliche Professorin niemals eine solche Vorzugsbehandlung erhalten würde. Dennoch freute sie sich, dass Duportoy da war. Seine Gegenwart würde die knöcherige Atmosphäre in einem Fachbereich auffrischen, der ein bisschen Pariser Esprit und junges Blut dringend nötig hatte.

Sie korrigierte gerade die zehnte Seite der Fahnen, als es klopfte.

»Herein.«

Eine überzarte junge Frau mit langen schwarzen Haaren und ängstlichen Augen in einem hübschen Gesicht schob schüchtern die Tür auf.

»Störe ich? Ich kann später wiederkommen.«

»Aber nicht doch, Christine. Kommen Sie herein, setzen Sie sich.«

»Rose hat mir gesagt, dass ich nächsten Herbst nicht eingeteilt bin«, stieß das junge Mädchen mit zitternder Stimme hervor und blieb auf halbem Weg zwischen Tür und Schreibtisch stehen.

»Ja. Ich bedaure das wirklich sehr. Es gibt nicht genügend Studentenjobs bei den Sprachwissenschaften. Das gilt für alle Studenten im achten und neunten Jahr gleich.«

Christines Lippen zitterten. Sie schluchzte los und vergrub das Gesicht in den Händen.

»Was soll ich nur tun? Was soll ich nur tun?«

Jane stand auf und tätschelte ihr unbeholfen die Schulter.

»Machen Sie sich keine Sorgen. Ich bin sicher, dass Sie etwas finden werden.«

Christine verließ unter Tränen das Büro. Im ersten Moment wollte Jane sie zurückrufen. Aber um ihr was zu sagen? Es gab viel mehr Studenten, die eine Stelle suchten, als der Fachbereich benötigte. Norman Bronzino und Peter McGregor hatten eine unparteiische Liste der bevorzugt zu berücksichtigenden Bewerber aufgestellt. Jane hatte zwar das Gefühl, den Studenten im Abschlussjahr die Lebensgrundlage zu entziehen, aber sie war dabei vollkommen machtlos. Sie führte nur Anweisungen aus.

Sie schloss die Tür und setzte sich wieder hinter ihren Schreibtisch, um das Vorlesungsverzeichnis zu Ende zu lesen, und ging dann ihre Post durch. Ein weißer Umschlag mit der rot gedruckten Aufschrift »eilig«, der eine Liste von französischen Videofilmen zum Sonderpreis enthielt, wanderte gleich in den Papierkorb. Zwei lange Mitteilungen des Präsidenten und vom Dekan von Devayne zum Thema Studentengewerkschaft wären beinahe denselben Weg gegangen, landeten dann aber nach kurzem Zögern oben auf einem Haufen mit Papieren, die Jane nicht richtig einordnen konnte, aber auch nicht wegschmeißen mochte. Ein Umschlag mit Absender von der Stanford University Press ließ ihr Herz höher schlagen. Sie legte ihn zur Seite und machte erst einmal ein Schreiben des Edward-Trowbridge-Komitees auf: Sie erhielt eine Beihilfe von tausend Dollar, damit sie im nächsten Jahr einen Forschungsassistenten bezahlen konnte. Eine gute Neuigkeit. Aber es wäre besser gewesen, wenn sie diese Beihilfe nicht bekommen hätte oder wenigstens den Brief an einem anderen Tag. Zwei gute Nachrichten an einem Tag waren ziemlich unwahrscheinlich. Im Januar hatte sie das Resümee ihres Buches an zwanzig Verlage geschickt, die eventuell interessiert sein könnten. Neunzehn hatten geantwortet. Sechzehn mit der Mitteilung, sie würden immer weniger literaturwissenschaftliche Titel verlegen, besonders wenn es um französische Literatur ging. Sie bedauerten sehr und wünschten ihr viel Glück. Drei hatten das Buch angefordert. Auf Bronzinos Rat hin hatte sie es an zwei gleichzeitig geschickt. Die Pennsylvania University Press hatte schon abgelehnt. Die Stanford University Press, die bereits vier ihrer Kollegen publiziert hatte, war eine ihrer beiden letzten Hoffnungen und noch dazu die größte. Sie hielt den Atem an, als sie den Umschlag aufriss: »Ich bedaure sehr …« Nur vier Zeilen. Der Standardbrief: Das Manuskript entsprach nicht den momentanen verlegerischen Erfordernissen. Sie mussten es satt haben, die Professoren von Devayne zu veröffentlichen. Sie zog die rechte Schublade auf und legte den Umschlag in die Mappe »Verleger«, die bereits eine ganze Sammlung dieser Briefe enthielt.

»Ich bedaure.« Genau das Gleiche, was sie gerade zu Christine gesagt hatte. Verglichen mit Christine hatte sie noch Glück. Sie hatte einen Mann, der einen Job hatte. Sie würde zu ihm nach Iowa ziehen. Sie würden zwei Kinder haben, ein Haus und ein größeres Auto kaufen. Und eines Tages würde sie den Fachbereich Französisch an der Universität Iowa leiten.

Der Reflex der Sonne auf dem metallenen Fensterbrett störte sie. Sie erhob sich, um die Gardinen vorzuziehen. Das leuchtend grüne Rasenviereck vor dem Victorian Club da unten zog ihren Blick magnetisch an. Das Klingeln des Telefons ließ sie aufschrecken. Sie ging an ihren Schreibtisch zurück und nahm mit einem Seufzer ab.

»Professor Bronzino möchte Sie sprechen.«

»Jetzt gleich?«

»Ja. Er erwartet Sie in seinem Büro.«

Jane hatte eine düstere Vorahnung. Sie ging den Gang hinunter auf Bronzinos Büro zu. Hatte sie sich beim Budget für die Sprachkurse geirrt? Ein Fehler, der den Fachbereich Tausende von Dollar kosten würde? Sie klopfte an Bronzinos Tür.

»Herein.«

Er saß hinter seinem mächtigen Schreibtisch. Jetzt sah er sie über seine kleinen, rechteckigen Brillengläser hinweg an und lächelte ihr freundlich zu. Es kam ihr vor wie ein Déjà-vu. Genau wie vor viereinhalb Jahren. Nur dass er sie nicht in die Arme nehmen und sie sich nicht an seiner Brust ausweinen würde, was er auch sagen mochte. Sie war härter geworden.

»Meinen Glückwunsch, Jane. Du bist in den Kreis der Professoren aufgenommen worden. Die bei vier unabhängigen Gutachtern bestellten Bewertungen zu deinem Buch waren hervorragend. Die Universität hat beschlossen, dir zu vertrauen, ohne darauf zu warten, dass du jemandem einen Vertrag aus dem Kreuz leierst.«

Sie sah ihn starr an, ohne etwas zu antworten. Sie fühlte nichts außer Erschöpfung.

»Du hast das Recht auf ein Freisemester, das du ab nächstem Januar nehmen kannst. Dawn wird dich in die nötigen Schritte einweisen. Wenn du mich jetzt bitte entschuldigen willst, ich habe vor der Konferenz noch ein paar wichtige Anrufe zu erledigen.«

Sie verließ Bronzinos Büro und machte sich wieder auf den Weg zu ihrem eigenen, drei Türen weiter. Sie hatte ihre Stelle für weitere vier Jahre sicher. Von nächstem Januar an konnte sie mindestens ein Semester lang mit Eric zusammenleben. Sie war zu müde, um in die Zukunft zu schauen. Einer ihrer früheren Studenten ging die Anzeigen am Schwarzen Brett durch.

»Guten Tag, Leon.«

Er antwortete nicht. Sie war sicher, dass er sie gehört hatte. Er war ein intelligenter, sympathischer und an der Universität politisch sehr aktiver Junge. Jane hatte keine Meinung. Politik langweilte sie. Er war erst im vierten Jahr, aber aus Solidarität mit seinen im nächsten Jahr arbeitslosen Kommilitonen kämpfte er gegen die Verwaltung: gegen Jane. Ein lautes Bellen hinter ihr schreckte sie auf. Einer von Begolus kleinen Hunden wollte ihr in den Knöchel beißen. Schnelleren Schrittes lief sie mit klopfendem Herzen und von dem winzigen Tier verfolgt, dessen wütendes Gebell ihr eine wahnsinnige Angst einflößte, seit sie gehört hatte, dass Chihuahas einem an den Hals springen, weiter. Durch das Bellkonzert hindurch drang Begolus kreischende Stimme aus dem vierten Stock: »Bei Fuß, Demosthenes!« Leon ging in die Knie und streichelte den kleinen Hund. Jane hätte heulen mögen.

In ihrem Büro läutete das Telefon. Sie lief hin und nahm ab. »Ah, du bist da!« Allison. Nicht der richtige Moment. »Hör mal, ich habe eine schlechte Nachricht …«

»Was?« Jane sah schon Jeremy ertrunken im Pool.

»Ich kann dieses Wochenende nicht kommen. Jeremy ist erkältet, und ich möchte ihn lieber nicht mit John allein lassen.«

»Ach so.«

Sie hatte vollkommen vergessen, dass Allison dieses Wochenende hier in Devayne an einem Kolloquium im Fachbereich Jura teilnehmen und bei ihr schlafen wollte. Mit den Vorbereitungen für die Abschlussprüfung und den vierzig Arbeiten, die sie noch korrigieren musste, ganz zu schweigen von der schmutzigen Wäsche des ganzen letzten Monats, hätte sie nicht einmal eine Stunde für sie Zeit gehabt.

»Es tut mir sehr leid. Ich wollte dich so gerne sehen. Was machen die Seminare?«

»Ich langweile mich, ich langweile meine Studenten, wir langweilen uns alle miteinander.«

»Wechsel zu Jura. Und dann unterhalten wir uns noch mal über Langeweile.«

»Mhm.«

»Alles in Ordnung? Du wirkst nicht gerade munter.«

»Nein, ich bin nur müde. Ich bin zur Professorin berufen worden.«

»Herzlichen Glückwunsch! Du musst ja so froh sein!«

»Ach. Na ja.«

»Was? Und das von dir, wo du doch solche Angst hattest!«

»Wenn ich nicht berufen worden wäre, wäre alles einfacher. Dann wäre ich nach Iowa gezogen. Das ist, was Eric sich wünscht.«

»Hat er dir das gesagt?«

»Dazu ist er zu stolz. Aber ich bin ganz sicher.«

»Kündige.«

»Um nach Iowa zu ziehen?«

Sie hatten dieses Thema schon mehrfach besprochen. »Geh woanders hin.«

»Da gibt es keine Stelle, das weißt du genau, und für zwei brauchen wir gar nicht erst zu suchen. Die Ablehnung von Devayne hat Eric erschüttert. Er ist empfindlicher, als ich dachte. Er wird in Iowa bleiben, weil sie ihn dort wirklich wollen. Er hasst es, sich zu verkaufen.«

»So sind wir doch alle, oder? Ich bin sicher, dass ihr eine Lösung finden werdet. Jeremy ist aufgewacht, ich muss Schluss machen. Ich ruf dich am Wochenende an.«

Jane legte auf. Zufällig blieb ihr Blick an der Uhr hängen, die ihr gegenüber an der Wand hing. Zehn nach vier! Sie sprang auf, schnappte sich ihre Tasche und rannte ins Konferenzzimmer. Alle drehten den Kopf nach ihr, als sie eintrat. Rechts neben McGregor stand ein freier Stuhl für die Lehrplanbeauftragte. Nicht gerade gut besucht, dafür, dass es die Abschlusskonferenz in diesem Semester war. Sieben Gesichter mit hängenden Zügen. Sie diskutierten über zwanzigtausend Dollar, die ihnen die französische Regierung bewilligt hatte und die vor nächstem Dezember für ein Kolloquium verwendet werden mussten. Hugh Carrington opferte sich und schlug ein Kolloquium über einen vor kurzem an Aids gestorbenen Autor vor, von dem niemand an diesem Tisch je etwas gehört hatte. Es gab keine Einwände. Das Wort Aids oder die allgemeine Erschöpfung. Selbst Begolu wirkte seltsam abwesend. Jane betrachtete ihre spitzen roten Schuhe mit Pfennigabsatz.

Ein Fachbereich, der geschrumpft war wie ein Kaschmirpullover im Wäschetrockner. Vier von sechs Assistenten waren nicht da. Sie verließen Devayne und würden nicht ersetzt werden. Der alte Franzose ging in den Ruhestand. Bronzino hatte durchgesetzt, dass an seiner Stelle wenigstens ein Assistent eingestellt wurde. Mit Xavier Duportoy hatten sie sich zum Glück eine Perle geangelt. Janes Beförderung war sicherlich darauf zurückzuführen, dass ihre Stelle sonst von der Verwaltung gestrichen worden wäre.

»Jane …«

Sie schreckte hoch. Sie hatte McGregors Frage nicht gehört.

»… wird Ihnen selber sagen, welche Schwierigkeiten sie hatte, die Studenten im siebten Jahr alle unterzubringen. Ich schlage vor, wir untersagen in Zukunft die Einschreibung über das siebte Jahr hinaus. So will es die Verwaltung.«

»Und wenn sie keine Stelle haben?«, fiel Hotchkiss mit schriller Stimme ein. Jane fragte sich, ob Antipathie schon bei der Stimme anfing. Die von Begolu mochte sie auch nicht. McGregor antwortete trocken:

»Sie haben einen Doktorhut von Devayne, sollen sie selber sehen. Wir sind ein Französisch-Seminar, kein Wohltätigkeitsverein.«

Nach der Versammlung ging Jane wie ein Automat in ihr Büro zurück, machte die Tür hinter sich zu und versank in Schwermut. Es klopfte.

»Herein.«

Die Tür ging auf. McGregor steckte den Kopf herein.

»Irgendetwas nicht in Ordnung?«

Er schien drauf und dran, ihr sein Beileid auszusprechen. »Es ist nichts. Nur die Erschöpfung.«

Die Tür schloss sich wieder. Jane fing an zu schluchzen. Es klopfte wieder. Sie rief ungehalten:

»Herein!«

Eine große Frau mit ebenholzfarbenem Gesicht, kurzen Haaren und breiten Hüften kam gemächlich watschelnd herein und zog einen großen Müllsack aus schwarzem Plastik hinter sich her.

»Oh, Koukou, guten Abend. Wie geht's?«

»Es geht. Und dir?«

»Erledigt.«

»Ich weiß, was du meinst.«

Koukou ging auf den Papierkorb zu und kippte den Inhalt in ihren großen Plastiksack. Dann nickte sie.

»Also, was du alles wegwirfst!«

Sie sprachen französisch miteinander. Koukou war vor vier Jahren aus dem Senegal gekommen. Sie wollte in den USA bleiben, damit ihre vierjährige Tochter Amerikanerin werden würde. Ihr Mann dagegen wollte zurück. Ihm gefiel es nicht in Amerika.

»Wie geht's Lili?«, fragte Jane.

Koukous Augen leuchteten auf.

»Gut. Du solltest sie mal hören. Sie spricht ohne jeden Akzent Englisch. Nicht so wie ich! Ich sehe sie nicht häufig genug. Das Einzige, wobei wir beide uns mal zusammen amüsieren, ist der Tanzkurs. Hör mal, du bist gar nicht gekommen«, fügte sie in vorwurfsvollem Ton hinzu.

Jane lächelte.

»Nächsten Herbst. Versprochen. Ich hatte keine Zeit.«

Koukou hatte versucht, sie zu einem Kurs für afrikanische Tänze in der Sporthalle von Devayne zu animieren, dem es wohl an Schülern mangeln musste.

»Du solltest wirklich kommen. Keine Angst, ja? Da sind noch andere Weiße, die nicht tanzen können. Wir wollen uns nur amüsieren.«

Sie ging wieder aus dem Zimmer. Jane fühlte sich jetzt ruhiger. »Die Erschöpfung.« Als wenn das eine Entschuldigung wäre. Peter McGregor hatte genau so viel Arbeit wie sie und saß abends auch nicht in seinem Büro und schluchzte wie ein Baby.

Es war fast neun, als sie ihr Büro verließ. Sie war so müde, dass sie, statt die Treppe hinunter zum Ausgang zu gehen, in den vierten Stock hinaufstieg. Dort holte sie dann den Aufzug. Plötzlich stand ein großer junger Mann mit kurzem schwarzen Kraushaar, Tigerbrille, angetan mit einer braunen Cordhose, weißem

Hemd mit schmalen blauen Streifen und gut geschnittener beigefarbener Jacke neben ihr. Sein rundes Gesicht und das freundliche Lächeln machten ihn sofort sympathisch. Er streckte ihr die Hand hin.

»Francisco Gonzales. Vom Spanisch-Seminar.«

Er hatte tatsächlich einen spanischen – oder auch italienischen – Akzent.

»Spanisch? Was machen Sie dann auf dieser Etage?«

Er lachte über Janes inquisitorischen Ton. Sie wurde rot.

»Ich erkunde. Ich unterrichte seit zwei Jahren hier und hatte mich noch nie über die zweite Etage hinausgewagt.«

»Das stimmt. Ich war in sechs Jahren nie im zweiten Stock. Ich hatte vier Jahre lang mein Büro in dieser Etage und habe nie mit jemandem vom Italienisch-Seminar gesprochen, obwohl sie das Büro gleich neben meinem hatten.

Die Fahrstuhltür öffnete sich. Er trat hinter ihr ein.

»Und jetzt ist Ihr Büro nicht mehr hier?«

»Nein, seit ich Lehrplanbeauftragte bin, sitze ich in der dritten.«

»Aber was haben Sie dann in der vierten gemacht?«

Seine lebendigen Augen funkelten schelmisch. Sie lächelte.

»Nichts. Ich bin so erledigt, dass ich die Treppe hoch statt hinuntergestiegen bin. Dass wir uns begegnet sind, ist purer Zufall.«

»Ich glaube nicht an den Zufall.«

Zwei Wochen später, als die Abschlussprüfungen beendet waren, lud er sie zum Essen ein. Er wohnte in Fort Hale und kam nach Old Newport, um sie abzuholen. Er war ganz erstaunt, dass sie nicht Auto fuhr. Er hatte gedacht, dass man in Amerika gleich mit Führerschein geboren wurde. Er kam gerade von einem Kolloquium in Houston. An einem Nachmittag war so schönes Wetter gewesen, dass er lieber spazieren gegangen war, statt an den Sitzungen teilzunehmen, und sofort hatten mehrere Autofahrer angehalten, um zu fragen, wo sein Auto liegengeblieben war und ob sie ihm helfen könnten. Als er dann auch zwei Polizisten sagte, er ginge nur spazieren, hatten sie ein derart komisches Gesicht gezogen, dass er schon fürchtete, sie würden ihn gleich mit in die Psychiatrie nehmen. Jane lachte.

»Ich weiß. Es ist idiotisch. Wenn ich es erst mal lerne, geht die Angst vorüber, das hat man mir schon unzählige Male gesagt. Aber es ist stärker als ich.«

»Im Gegenteil. Bewahr dir dein Anderssein.«

Sobald er vor seinem Haus in Fort Hale anhielt, kamen zwei große Hunde bellend auf das Auto zugerannt.

»Sind die harmlos?«, fragte Jane. »Du wirst es nicht glauben, aber ich habe auch Angst vor Hunden.«

Francisco schlug die Fahrertür zu und rief die Hunde zurück. Als Jane ausstieg, sah sie eine Frau sehr aufrecht und mit gekreuzten Armen auf der Schwelle stehen. Sie bedachte sie mit einem spöttischen Lächeln.

»Sie wollen nur spielen, das ist alles.«

Teresa, Franciscos Frau, war eine große, sportlich wirkende Frau mit langem Gesicht und Pferdeschwanz. Sie trug Jeans, Tennisschuhe und ein altes Sweatshirt, das einen scharfen Kontrast zu dem eleganten braunen Samtkleid von Jane bildete, die ihr ergeben zulächelte.

»Ich bin sicher, dass sie ganz lieb sind. Aber ich bekomme schon Angst, wenn ich nur ein Bellen höre. Ich weiß auch nicht, warum. Dabei bin ich noch nie gebissen worden. Ich glaube, es liegt daran, dass mir mal jemand gesagt hat, dass sie die Angst riechen und dann erst richtig angriffslustig werden.«

Teresa war ins Haus zurückgegangen. Es war offensichtlich,

dass es ihrer Meinung nach nichts Lächerlicheres gab, als sich vor ihren beiden Labradors zu fürchten.

Von drinnen konnte man durch alle Fenster das Meer sehen. Jane blieb atemlos stehen.

Teresa entspannte sich, als sie hörte, dass Jane verheiratet war. Später am Abend beschloss Jane, dass Teresa eigentlich ganz sympathisch war. Nicht gerade sanft, aber sie vertrat ihre Meinung und hatte einen guten Sinn für Humor. Nach einem Jahr in Kalifornien und zwei in Old Newport mochte sie Amerika immer noch nicht besonders.

»Eine reife, saftige Tomate, eine Tomate, die genug Zeit hatte, in der Sonne zu reifen, eine Tomate mit Geschmack eben, in diesem Land weiß kein Mensch, was das ist! Ich kann in einem solchen Land nicht leben.«

Die Nachbarn, ein polnischer Tischler und eine venezolanische Töpferin, aßen mit ihnen. Sie aßen draußen, auf der Terrasse mit Blick auf den Golf von Long Island. Der Anblick des Meeres hatte etwas Beruhigendes. Hinter dem Haus versank die Sonne. Das Meer verwandelte sich von strahlendem Hellblau zu einem dunklen Preußischblau, dann Blauviolett und Nachtblau. Die Luft war kühl. Teresa lieh Jane einen Pullover, der so weich war wie Kaschmir, aber aus Synthetik, damit die Motten ihn nicht fraßen.

In fünf Tagen würde Jane nach Iowa abreisen. Am selben Tag flogen Francisco und Teresa nach Madrid. Es waren ihre letzten Tage in dem Haus an der Küste. Im nächsten Jahr würde Teresa in Spanien bleiben: Sie hatte ein Forschungsstipendium in einem Chemielaboratorium bekommen. Die Labradors würde sie dort behalten. Francisco würde nach New York ziehen und die Wohnung eines Professors übernehmen, der sein Sabbatjahr genommen hatte. Erst Fort Hale, dann Manhattan: Es gab Leute, die wussten, wo man wohnte. Francisco würde zwei- bis dreimal die Woche nach Old Newport kommen. Er würde der Lehrplanbeauftragte in seinem Seminar sein.

»Du Armer«, sagte Jane.

Er brachte sie nach Mitternacht zurück. Sie wünschten sich schöne Ferien. Beim Einschlafen dachte sie an die Motten, die Kaschmirpullover auffraßen, an die Blautöne des Meeres bei Sonnenuntergang und an die Spritze, die Teresa ihren Labradors geben würde, bevor sie in das Flugzeug verladen wurden, das sie über den Atlantik brachte.

Janes Herz schlug wie wild. Bestimmt eine Rache. Jemand, der von ihr das Bild einer kleinen, ängstlichen Professorin ohne Weitblick zeichnen wollte. Was sie vielleicht ja auch gewesen war. Jemand, der ihre Verwaltungsarbeit kannte. Jemand, der wusste, wo und wie sie Francisco begegnet war.

Sie dachte angestrengt nach.

Nicht Josh.

Hatte sie nicht hier und da Formulierungen bemerkt, die nur jemand benutzen würde, der eine andere Sprache sprach?

Der Stil hatte etwas Trockenes, Direktes, etwas »Viriles«.

Janes von Bronzino bestätigter Theorie zufolge war das der Stil eines Mannes, der die Frau in sich ablehnte – der seine weiche, nachgiebige und sentimentale Seite unterdrückt hatte.

Bei dem, an den sie jetzt dachte, war das ganz und gar der Fall.

Plötzlich rückte alles an die richtige Stelle. Wie bei einem Puzzle. Wenn sie jemandem ausgeliefert war, dann ihm. Mehr als Eric. Sogar mehr als Allison.

Er hörte so gut zu. Sie hatte ihm von manchen Szenen erzählt, wie zum Beispiel der mit dem Kaschmirpullover, nur um sein zugleich offenes und missbilligendes Lachen zu hören und zu sehen, wie er aus

Solidarität mit Eric die Achseln zuckte. »Ach, Jane! Der arme Eric!« Dank seiner wurde sie sich ihrer Fehler bewusst und entwickelte sich. Er hatte ihr vollkommenes Vertrauen eingeflößt, wie sie es nie zuvor zu irgendjemandem gehabt hatte.

Jetzt hatte sie das Resultat vor Augen. Nervös blätterte sie um.

3. Nicht einmal ein Kuss

1 Als sie um halb eins das Café Romulus betrat, hatte sie ihren Entschluss gefasst: Sie würde nichts sagen. Francisco war nicht da. Sie hoffte, dass er nicht zu spät kommen würde. Das Café war menschenleer. Die Studenten waren schon in die Weihnachtsferien abgefahren oder packten gerade die Koffer. Heute Abend in Iowa. Sie schüttelte sich. Sie hatte Eric immer noch nichts gesagt.

Sie wählte einen Tisch in der Nähe der Buchhandlung und zog ihren Mantel aus. Die kleinen Tische aus lackiertem Kiefernholz und die Theke in der Mitte erinnerten sie an das japanische Restaurant am Dienstagabend.

Francisco kam durch die Buchhandlung herein. Sie winkte ihm, lächelte und stand auf. Sie umarmten sich. Francisco zog seine Lederjacke aus.

»Hübscher Pullover«, sagte Jane. »Also. Wie war das Kolloquium?«

»Danke. Wie immer. Sterbenslangweilig. Aber ich hatte den Duft der Eukalyptusbäume vergessen. Das allein war die Reise wert.«

Er sah sich nach einem Mantelständer um. Es gab keinen. Sorgfältig legte er seine Jacke zusammen, hängte sie über seine Stuhllehne und setzte sich.

»Und du? Nachricht von der Minnesota University Press?«

»Natürlich nicht. Das wird sowieso nichts.«

»Ach was. Natürlich wird es was.«

»Mach dir keine Sorgen. Da muss schon mehr kommen, um mir die Laune zu verderben. Es ist nicht mein Fehler, dass Flaubert Franzose, männlich, weiß, groß und heterosexuell ist.«

»Groß?«

Jane lachte.

»Akademiker sind klein.«

»Ich wette tausend Dollar, dass du bald einen Vertrag bekommst.«

»Willst du sie mir nicht lieber gleich geben?«

»Du wirst sie mir geben. Ganz so dumm bin ich nicht.«

Sie sahen in die Speisekarte. Francisco wirkte abgelenkt.

»Hast du mit Teresa gesprochen?«

»Heute Morgen. Sie hat den Hörer aufgelegt.«

»O nein!«

»Ich habe sie betrogen. Weihnachten, das Jesuskindlein, die Familie, was sollen sie sich dabei denken und das ganze übrige Blabla. Ich bin ein Schlappschwanz und ein Untertanengeist. Als wenn ich nicht selber auch lieber sonstwohin fahren würde, als hier eine Woche zu vertrödeln, um danach vier Tage in einem Hotelzimmer eingeschlossen zu sein und zehn Stunden täglich zusammen mit meinen lieben, gehassten Kollegen Bewerbungsgespräche zu führen. Weißt du, wie viele Bewerbungen wir bekommen haben? Glaubst du, dass mein Fachbereichsleiter einen Gedanken an mein Familienleben verschwendet? Sie zählen auf mich. Ich kann überhaupt nicht entkommen.«

»Ich weiß. Das ist das Problem bei dir.«

»Fang du bloß nicht auch noch an.«

Sie lächelte.

»Du bist zu vertrauenswürdig, zu nett und zu tüchtig. Alle

Welt zählt auf dich. Ich kenne niemanden, der mehr arbeitet als du. Du gibst zwei neue Seminare, du hast gerade den Eröffnungsvortrag in Stanford gehalten, du bist der Lehrplanbeauftragte eines Seminars, das doppelt so groß ist wie meines, du schreibst jede Woche einen Leitartikel für *El País,* du malochst für einen Verlag, und du gehst jeden Abend amerikanische Romane durch, um Bücher zu finden, die sich zur Übersetzung eignen, und jetzt liest du auch noch zweihundert Bewerbungsakten. Habe ich etwas vergessen?«

»Zweihundertzehn.«

»Kannst du nicht irgendetwas davon weglassen? *El País?*

»Das ist das Einzige, das mir Spaß macht. Ich würde lieber den Halbzeitjob als Lektor aufgeben, aber er ist gut bezahlt. Ich brauche Geld.«

»Was wünschen Sie heute?«, fragte sie der Kellner mit gezierter Stimme.

Während Francisco seine Focaccia mit gegrillten Auberginen und Mineralwasser bestellte, sah Jane sich um. Sie zuckte zusammen, als sie Duportoys hochgewachsene Gestalt vor den Regalen hinten in der Buchhandlung entdeckte. Wieso war er nicht längst nach Frankreich abgereist? An Thanksgiving hatte er Old Newport direkt nach seinem Donnerstagskurs verlassen und war zehn Tage später gerade rechtzeitig für seinen Dienstagskurs zurückgekommen. Jane hatte ihn eines Tages sagen hören, er verstehe nicht, wie man auch nur einen einzigen Ferientag in Old Newport verbringen könne, wenn man die Möglichkeit hätte, woandershin zu gehen.

Da Duportoy nie das Wort an sie richtete, bestand keine große Gefahr, dass er sie in Franciscos Gegenwart fragen würde, was sie letzten Dienstagnachmittag in New York wollte. Aber er war neugierig und sah überrascht aus, als er Jane in der Halle des

Grand Central entdeckte, wo er den Zug nach Old Newport nahm, während sie gerade ausstieg. Mit ihrem Plüschmantel und dem schwarzen Hut, dem Make-up und ihren vor Aufregung funkelnden Augen, war sie so schön wie eine Frau auf dem Weg zu ihrem Rendezvous. Duportoy schien ganz plötzlich klar geworden zu sein, dass seine Kollegin existierte und dass sie ein Leben hatte.

»Wohin siehst du?«, fragte Francisco und drehte sich um.

»Nicht so auffällig. Zu dem Typ da hinten, bei den Regalen, im grünen Regenmantel. Das ist mein neuer Kollege, du weißt schon, Xavier Duportoy. Ein richtiges Arschloch.«

Francisco zog die Augenbrauen hoch.

»Ach ja? «

»O ja. Der typische arrogante Franzose. Weil er ein Angebot von Harvard hatte«, sagte sie mit snobistischem Massachussetts-Kolonialakzent, »und sich stattdessen für Devayne entschieden hat, meint er jetzt, dass wir ihm alle die Füße küssen müssten.«

»Nicht schlecht, das muss man sagen. Ein Angebot aus Harvard und eins von Devayne. Er muss gut sein, oder?«

»Ein durch und durch französisches Produkt: Sorbonne, Ecole Normale Supérieure und so weiter und so weiter. Er hat einen brillanten Essay über de Sade geschrieben.«

»Hast du ihn gelesen?«

»Nein, aber ich kann dir versichern: Er ist brillant.«

»Bist du in ihn verliebt?«

»In den? Bist du noch ganz dicht?«

Francisco schaute in Richtung Buchhandlung.

»Er ist groß.«

»Du hast den Kopf nicht gesehen. Er schielt und hat einen Riesenzinken.«

»Das ist ein Zeichen von sexueller Leistungsfähigkeit.«

»Hör auf. Ich mag den Kerl nicht. Er ist nicht nett. Und dann kann er nicht reden, ohne zu schwitzen, es ist eklig.«

»Je mehr du leugnest, desto überzeugter bin ich.«

Sie kniff Francisco in seine flach auf dem Tisch liegende Hand.

»Aua!«

Der Kellner brachte die Getränke. Francisco schenkte sich ein Glas Wasser ein und trank ein paar Schlucke. Er seufzte.

»Ich halte das nicht mehr aus, wie Teresa mit mir spricht. Sie glaubt, dass ich mich hier in New York amüsiere. Sie will einfach nicht verstehen, dass ich mindestens sechzehn Stunden am Tag arbeite. Das Fest in Tribeca, zu dem wir am Freitagabend gegangen sind, war das erste in drei Monaten.«

»Ich weiß. Werd nicht ungeduldig ihr gegenüber. Es kann nicht leicht für sie sein, so ganz allein, in ihrem Zustand.«

»Das sagt sie mir auch andauernd. Aber sie hat ihre Familie, ihre Freunde, die Hunde, und sie amüsiert sich prächtig. Und ich? Entschuldige. Ich bin heute wirklich nicht sehr gut aufgelegt. Ich habe heute Morgen die Telefonrechnung bekommen.«

»Du Ärmster! Ich kenne das, diese transatlantischen Rechnungen. Eric und ich haben das zwei Jahre lang mitgemacht. Hat Teresa kein E-Mail im Institut?«

»Sie will meine Stimme hören.«

Er hob die Schultern.

»In welchem Monat ist sie jetzt?«

»Im fünften.«

»Dann muss man langsam was sehen können. Im Oktober konnte man wirklich nichts merken.«

Der Kellner brachte die Sandwiches. Jane hatte ein seltsames Gefühl. Sie sah Duportoys Regenmantel rechts vorbeigehen und stehen bleiben. Ihr Herz begann mit aller Macht zu schlagen. Schnell eine Ausrede finden. Ihr Geist war wie gelähmt. Sie hob die Augen. Duportoy lächelte Francisco zu und schüttelte ihm die Hand.

»Bravo, Francisco. Ich habe gehört, dass dein Vortrag in Stanford genial war. Im Januar essen wir mal zusammen, ja? Ich laufe jetzt zu meinem Zug. Frohes neues Jahr. Grüß Teresa von mir.« Er nickte Jane kurz zu und lächelte. Sie konnte nicht verhindern, dass sie rot wurde. Er ging mit großen Schritten auf den Ausgang zu. Jane warf Francisco einen wütenden Blick zu.

»Und du hast mich immer weiterreden lassen!«

Er lachte.

»Bitte um Vergebung. Du hast mir keine Zeit gelassen, irgendwas zu sagen.«

»Das ist gemein. Wann hast du ihn kennengelernt?«

»Geht dich das was an?«

»Francisco!«

»Okay. Vor zwei Jahren in Middlebury. Da haben wir beide an der Sommeruniversität unterrichtet.«

»Ihr seid befreundet?«

»Ja. Ich schwöre dir, dass er nicht so schrecklich ist, wie du glaubst. Im Januar lade ich dich mit ihm nach New York zum Abendessen ein, du wirst schon sehen. Er ist sehr französisch, das stimmt, hier und da ein bisschen antiamerikanisch, frauenfeindlich und politisch eher inkorrekt. Was du für seine Arroganz hältst, ist sein Hass auf Devayne. Das macht ihn doch nicht unsympathisch, oder? Sein Essay über de Sade ist hervorragend. Eine radikale und endgültige Antwort an all jene, die behaupten, de Sade sei langweilig und kein guter Schriftsteller.

»Gut, ich werde einen Blick darauf werfen. Dann kann ich vielleicht besser verstehen, warum Flaubert de Sade so geliebt hat. Aber warum ist Duportoy aus Middlebury weg? Das ist idiotisch. Nicht einmal er wird hier bei uns eine ordentliche Professur bekommen.«

»Seine Freundin wohnt in New York.«

»Sie unterrichtet an der New York University?«

»Sie ist Schauspielerin.«

»Schauspielerin!«

Francisco lächelte.

»Er wäre sehr geschmeichelt, wenn er erführe, dass du in ihn verliebt bist.«

»Francisco, wenn du …«

Er lachte und sah auf die Uhr.

»Wann geht der Bus?«

Sie musste in zwanzig Minuten weg. Sie schluckte den letzten Bissen von ihrem Sandwich.

»Ich habe Angst.«

»Wovor?«

»Eric wird wütend sein. Er weiß es noch nicht. Er hat mir diese Woche zehn E-Mails geschickt und dreimal auf den Anrufbeantworter gesprochen. Ich nehme das Telefon nicht einmal mehr ab. Es macht mich schon vorher ganz fertig. Warum ist nur alles so kompliziert?«

»Es geht sicher alles gut, wenn du erst mal da bist und länger als zehn Minuten mit ihm reden kannst. Diese Gespräche am Telefon sind grässlich.«

Sie nahm Franciscos Hand.

»Ein Monat! Du wirst mir fehlen.«

»Du mir auch.«

Sie sah in seine schwarzen, lebhaften und liebevollen Augen hinter der ovalen Brille. Es gab niemanden, dem sie mehr vertraute. Sie flüsterte:

»Ich habe eine große Dummheit gemacht.«

Er neigte sich ihr zu, als würde er gleich ein großes Geheimnis zu hören bekommen.

»Was hast du getan?«

»Ich habe mich verknallt.«

Er machte im selben verschwörerischen Ton weiter:

»In wen?«

Er schien nicht zu verstehen. Sie lächelte wie ein kleines Mädchen, das ganz aufgeregt ist, weil es sich selber so verwegen findet.

»Erinnerst du dich an den Dänen, mit dem ich bei der Party am Freitag so lange diskutiert habe?«

Franciscos Gesichtsausdruck veränderte sich.

»Der Schriftsteller?«

Sie nickte mit rosa Bäckchen und glänzenden Augen.

»Ich hab ihn am Dienstag noch mal in New York getroffen.«

»Du bist nach New York gefahren, während ich in Palo Alto war?«

»Du hättest mich eben nicht allein lassen sollen. Ich hatte ihm meine Nummer gegeben, und dann hat er mich in Old Newport angerufen. Wir wollten zusammen Mittag essen und uns die neuen Kunstgalerien in Chelsea ansehen.« Sie wurde rot. »Wir haben nicht viel gesehen. Wir haben den ganzen Tag mit Küssen verbracht.«

»Mit Küssen.«

Sie sah, wie sein Adamsapfel hüpfte, als er schluckte. Irgendetwas war seltsam an seiner Stimme und seinem Blick. Er lächelte nicht mehr. Er schien Jane aus der Ferne zu betrachten, und sie hatte den Eindruck, als wenn er sich von ihr zurückzog, eine Schranke zwischen ihnen aufbaute, um sich zu schützen. Jetzt war es zu spät, um es ungeschehen zu machen. Dabei hatte sie sich noch vor einer Dreiviertelstunde geschworen, nichts zu sagen.

»Es ist schlecht, ich weiß. Wenigstens habe ich nicht die Nacht mit ihm verbracht. Er wollte es. Aber ich bin mit dem letzten

Zug nach Old Newport gefahren. Du findest es auch so unrecht, nicht?«

Francisco antwortete nicht. In seinem Blick lag Zurückhaltung. Er saß aufrecht mit steifem Rücken da.

»Ich weiß nicht, warum ich das getan habe. Es ist keine Liebe, nichts dergleichen. Aber es war wirklich gut. Es ist lange her, dass ich mich so gefühlt habe, jung, schön, sexy, begehrenswert. Jetzt denke ich andauernd an ihn. Er ist sehr viel jünger als ich: siebenundzwanzig. Aber ich habe mich nicht wie fünfunddreißig gefühlt. Eher wie zwanzig.« Sie seufzte. »Auf jeden Fall fahre ich heute weg, und wenn ich im Januar wiederkomme, wird er zurück in Dänemark sein. Ich bin schließlich nicht verrückt. Ich habe das mit jemandem gemacht, von dem ich wusste, dass er fortgehen würde.«

Franciscos Finger spielten mit der Quittung, die er zu einem schmalen Stäbchen zusammengerollt hatte. Sein Gesicht war wie eine ausdruckslose Maske. Er nahm seine Gabel und pickte damit ein halbes Gürkchen auf, führte es zum Mund und knabberte daran, ohne Jane anzusehen. Ihre Wangen waren flammend rot.

»Francisco, was denkst du?«

»Jane?«

Sie zuckte zusammen und sah auf.

»Oh, guten Tag!«

Kathryn Johns stand an ihrem Tisch. Hatte sie etwas hören können? Jane war verrückt, solche Gespräche an einem Ort zu führen, wo selbst die Wände Ohren hatten.

»Flemans Biographie über Louise Colet ist ausgeliehen. Ich habe sie bestellt. Sie bekommen sie im Januar.«

»Danke.«

Francisco sah Kathryn geradezu erleichtert an.

»Kathryn Johns, meine Assistentin. Francisco Gonzales, Professor im Seminar für Spanisch. Kathryn schreibt eine bemerkenswerte Doktorarbeit über die Figur des guten Negers in Roman und Malerei des neunzehnten Jahrhunderts.«

Kathryn dankte ihr mit einem kleinen Kopfnicken. Sie trug einen schwarzen Mantel mit Gürtel über einem schwarzen Rollkragenpullover und einem kurzen schwarzen Rock.

»Sie arbeiten mit Jane zusammen?«, fragte Francisco.

Jane antwortete für Kathryn.

»Mit Alex Smith. Er ist der Spezialist für Kolonisation im Fachbereich.«

»Irgendwie sind wir alle mehr oder weniger kolonialisiert, finden Sie nicht?«, sagte Francisco lächelnd zu Kathryn.

»Mehr oder weniger«, antwortete sie kühl.

Jane sah auf die Uhr.

»Ich will euch ja nicht unterbrechen, aber es ist halb zwei. Ich muss los, oder ich verpasse meinen Bus.«

»Es tut mir leid, wenn ich Sie aufgehalten habe. Gute Reise, Jane.« Kathryn nickte Francisco im Gehen zu. »Sehr erfreut, Sie kennenzulernen.«

Sie standen auf, und Francisco legte einen Schein auf den Tisch, bevor Jane noch genug Zeit hatte, ihr Portemonnaie herauszuholen. Sie protestierte.

»Du hast schon beim letzten Mal bezahlt, jetzt bin ich an der Reihe.«

»Nächstes Mal.«

Sie verließen das Café und stiegen in Franciscos Auto, das direkt davor geparkt war.

»Sie ist hübsch«, sagte Francisco.

»Kathryn? Sehr hübsch.«

»In welchem Jahr ist sie?«

Es war deutlich, dass er um keinen Preis auf das Gespräch zurückkommen wollte, bei dem Kathryn sie unterbrochen hatte.

»Im siebten. Sie war vor fünf Jahren in meinem Seminar über Flaubert. Du wirst sie schockiert haben mit deinem Spruch, dass wir alle kolonialisiert wären. Hier bei uns macht man darüber keine Witze.«

»Es war mir ganz ernst damit. Im Grunde ist sie sicher meiner Meinung.«

»Vielleicht. Sie ist ein intelligentes Mädchen.«

»Das bezweifle ich nicht.« Dann fügte er im Ton tiefster Zerknirschung hinzu: »Die Figur des guten Negers. Damit hat sie eine Stelle sicher, was?«

Jane lachte.

»Es ist nicht, wie du denkst. Das Mädchen ist gut. Ich war zuerst auch skeptisch. Weißt du, was sie letzten Sommer für mich gemacht hat? Sie hat mir eine Anzeige in *Lingua Franca* für einen Wettbewerb um das beste Manuskript zu Studien des neunzehnten Jahrhunderts ausgeschnitten, den die University Press of North Carolina ausgelobt hatte. Es ist natürlich nichts geworden, aber ich fand das sehr nett. Ich habe ihr ein super Empfehlungsschreiben formuliert.«

»Als Gegenleistung?«

Er hielt vor dem schönen Steinhaus in der Main Street, in das Jane im September eingezogen war. Eine links neben der Tür eingelassene Kupferplakette verkündete das Jahr der Erbauung: 1887. Das Haus war früher das Domizil eines reichen Waffenhändlers gewesen und jetzt in sieben Wohnungen aufgeteilt. Francisco folgte Jane in die dritte Etage. Sie schloss ihre Wohnungstür auf. Das Wohnzimmer war sonnenüberflutet.

»Wie hell!«, rief Francisco aus.

»Das stimmt, du warst noch nie am Nachmittag hier. Du wirst schon sehen. Für einen allein ist es hier sehr schön.«

Sie nahm ihre Koffer und ihren Computer, schloss die Tür

wieder und streckte ihm die Schlüssel hin. Er schnappte sich ihren schwersten Koffer und ging hinter Jane die Treppe hinunter.

»Die Bettwäsche ist frisch und die Handtücher auch. Zum Einkaufen musst du in die Linden Street gehen. Deine geliebten kleinen Pizzerias findest du dagegen an der Columbus Street.«

»Und sämtliche Bestattungsunternehmer am Columbus Square.«

Sie lachte. Francisco hatte sie einmal auf die drei Beerdigungsinstitute in ihrer Nähe aufmerksam gemacht. Sie sah nie jemanden dort ein oder aus gehen. Er vermutete, es wären allesamt Geldwaschanlagen für die Mafia.

Er hielt vor dem kleinen beigen Backsteingebäude mit dem großen weiß-blauen Schild von »Connecticut Limousine«. Sie umarmten sich. Nicht so herzlich, wie es hätte sein sollen, vor so einer langen Trennung. Es gab zum ersten Mal eine gewisse Distanz zwischen ihnen.

»Viel Glück«, sagte Francisco.

»Danke. Dir auch.«

Auf dem Weg zum Kennedy Airport und im Flugzeug nach Chicago dachte sie nicht mehr an den Dienstag in New York, sondern an ihr Essen mit Francisco und die unbehagliche Stimmung zum Schluss.

Nach einem schönen Sommer mit Eric, von dem sie zwei ganze Monate in ihrem Haus in der Peach Street verbracht hatten, war sie in ein kleineres Apartment eingezogen, das für sie allein angenehmer war und näher am Campus lag. Sie hatten keine Probleme gehabt, Mieter für ihr schönes Haus zu finden: einen jungen Wirtschaftswissenschaftler mit seiner Familie, einer Frau, die nicht arbeitete, und zwei Kindern.

Nach Erics Abreise hatte Jane drei Tage lang gegrübelt, wie ihr

Leben hätte aussehen können, wenn Hubert Herring nicht bei diesem Flugzeugabsturz gestorben wäre. Am dritten Tag war sie im Fachbereich Francisco in die Arme gelaufen. Als sie einander erkannten, waren sie in Freudenrufe ausgebrochen, als hätte sie dieser Sommer, in dem sie sich nicht gesehen hatten, zu guten Freunden gemacht. Sie hatte ihn zu seinem Wagen begleitet. Er hatte ihr erzählt, dass Teresa schwanger war. Das war ein Schock für Jane, die den ganzen Sommer über auf das Gleiche gehofft hatte, aber sie hatte ihn von Herzen beglückwünscht, weil sie sich für ihn freute und ganz gerührt war von seinem südländischen Stolz. Er hatte sie nach Hause gefahren. Sie hatte ihn zum Abendessen eingeladen. Abends um elf war er nach New York zurückgefahren. Danach hatten sie während des ganzen Semesters nicht mehr voneinander gelassen. Sie fühlte sich wie von Wärme und Freude erfasst, wenn sie nach einem langen Tag voller Unterrichtsstunden und Verwaltungsaufgaben den suchend um sich blickenden Kopf von Francisco auf ihrer Etage auftauchen sah, seine runden Wangen, die lebhaften Augen hinter der Tigerbrille, sein liebes Lächeln. Das einzige menschliche Gesicht im ganzen Fachbereich. Sie waren im gleichen Alter und in einer ähnlichen Situation. Teresa wollte, dass Francisco mit ihr irgendwo im Süden von Sevilla auf dem Land lebte, wo sie ein Haus von ihrer Großmutter geerbt hatte. Er erstickte dort, genau wie Jane in Iowa City.

Sie aßen dreimal in der Woche zusammen zu Mittag oder Abend in Old Newport, und Jane verbrachte fast jedes Wochenende bei Francisco in New York. Sein Apartment ging auf den Washington Square hinaus. Tagsüber hörte man die Hippies mit ihren Gitarren und die Rap-Kassetten, zu denen die kleinen schwarzen Jungen ihre Tänze vorführten. Jeden Abend gegen halb zwölf installierte die Polizei Sperren an allen Ausgängen des

Parks, fuhr im Schneckentempo den Platz ab und verkündete über Lautsprecher: »Der Park ist geschlossen.« Manchmal wiederholte Francisco mitten am Tag die Worte und ahmte dabei die lautsprecherverstärkte mechanische Stimme der Polizisten nach: »Der Park ist geschlossen.« Er konnte diesen Satz nicht mehr hören, der jeden Abend zwischen elf Uhr dreißig und Mitternacht dreißigmal wiederholt wurde. Für *El País* hatte er einen Leitartikel über den neuen republikanischen Bürgermeister Giuliani und die Verwirklichung seines von Plato inspirierten Ideals von Wahrheit und Schönheit geschrieben, deren erste Etappe darin bestand, die Parks von Manhattan mit Gewalt leer zu fegen.

Bei ihrem ersten Besuch in New York war Jane mit der gleichen leidenschaftlichen Erregung zu Fuß die Fifth Avenue vom Bahnhof bis zum weißen Bogen am Washington Square gegangen wie sie ein Archäologe empfinden muss, der mitten in der Wüste eine Tonscherbe entdeckt, die darauf schließen lässt, dass das lange gesuchte Grab ganz in der Nähe ist. Sie mochte besonders das West Village, die baumbestandenen Straßen mit ihren Steinhäusern und den kleinen Backsteingebäuden, die plötzlich den Blick auf den weiten Himmel, das Wasser und die Sonnenuntergänge freigaben, die sie gestützt auf das Geländer am Weg entlang dem Hudson, wo die Inlineskater, Jogger und Radfahrer an ihr vorbeizogen, betrachtete, bis die orangerote Kugel verschwunden war. Die Türme des World Trade Center hoben sich im Licht der Sonne rosig vom leuchtenden Blau des Himmels ab. Sie roch das Meer. »Nun übertreib mal nicht«, protestierte Francisco. »Das Meer! Nur ein schmutziger Fluss. Wenn du das Meer riechen willst, komm nach Spanien!«

In Devayne glaubten alle, sie wären ein Liebespaar. Im Oktober hatte Eric zu Jane gesagt, er könnte ihr ständiges Gerede, wie furchtbar nett Francisco doch sei, nicht mehr hören. Man hätte

174

meinen können, dass sich niemand eine Beziehung zwischen einem Mann und einer Frau vorstellen konnte, in der Sex absolut keine Rolle spielte, es sei denn, der Mann war homosexuell. Bei den vielen Nächten, die Jane bei ihm verbracht hatte, hatte es nicht an Gelegenheiten gemangelt. Sie hatten sich in Nachthemd und Unterhose gesehen. Sie waren wie Bruder und Schwester. »Warum, glaubst du wohl, haben die Pharaonen ihre Schwestern geheiratet?«, hatte Francisco verkündet. »Weil es natürlich das Allertollste ist, mit seiner Schwester zu schlafen.« Sie konnten sogar Witze darüber machen. Zwischen ihnen gab es kein Tabu, keine Zweideutigkeiten.

Bis heute. Bis Jane auf die Idee gekommen war, sich ihm anzuvertrauen. »Ich habe mich verknallt, hihihi.« Wo hatte sie nur dieses Wort ausgegraben? Es war so veraltet und vulgär.

Sie kam gar nicht erst auf die Idee, dass Francisco eifersüchtig sein könnte. Darum ging es nicht. Er war Spanier und katholisch. Moralisch.

Jeder andere Mann hätte genauso reagiert. Das war es, wovor alle Männer Angst hatten. Die Dalila, die in jeder Frau schlummert, bereit, ihrem schlafenden Mann die Haare abzuschneiden und ihn an den Feind zu verkaufen.

Sie hatte nicht mit Torben geschlafen, okay. Aber sie war es gewesen, die ihn angerufen hatte. Das hatte sie Francisco nicht einmal zu beichten gewagt. Wenn eine Frau bei einem Mann anrief, war alles gesagt, selbst wenn sie keine Hintergedanken dabei hatte. Man brauchte nur daran zu denken, wie sorgfältig sie am Montagabend ihre Garderobe ausgewählt hatte. Und wie aufgeregt sie gewesen war, als sie am Dienstagmorgen in den Zug nach New York stieg. Wie viel Spaß es ihr gemacht hatte, als sie im Grand Central Duportoy begegnet war und sein erstauntes Gesicht sah, weil sie sich so hübsch gemacht hatte. Ihr glücklicher Zustand, als sie am Dienstagabend wieder im Zug nach Old Newport saß mit all ihren Erinnerungen: an die fremden Lippen und die kleinen Zähne, die sich ihr näherten, daran, wie fremdartig und angenehm sich so ein Schnurrbart anfühlte, an die fremden Hände, die in den Straßen von Soho unter ihre Kleider glitten und sie trotz des kalten Dezemberwetters auszogen, die warmen Handflächen, die unter ihrem BH nach ihren Brüsten suchten, an dieses harte Ding an ihrem Bauch und an Küsse, Küsse und noch mehr Küsse, lange, feuchte Küsse. So zufrieden mit sich, weil sie so jung und so sexy war.

Das war das Schlimmste an einer Frau.

Nein. Das Schlimmste war, sich dessen zu rühmen.

Besser. sie hatte es Francisco beim Mittagsessen als Eric beim Abendbrot gesagt. Und sie hatte Glück, dass Kathryn Johns sie unterbrochen hatte.

Sie landeten schon in Chicago. Die Schlaftablette, die sie einnahm, bevor sie in das kleine Flugzeug stieg, hatte die angenehme Wirkung, ihre Empfindungen zu dämpfen, vor allem ihre Angst, die immer größer wurde. In einer halben Stunde würde sie Eric sehen und vielleicht feststellen, dass sie ihn nicht mehr liebte. Wie vor sieben Jahren, als sie Josh zu Weihnachten in Chicago gesehen hatte, wenige Monate vor der Trennung. »Sich verknallen« war bestimmt nur eine Botschaft, die man sich selber schickte. Es würde nie aufhören. Eyal, Josh, Bronzino, Eric. Wer sonst noch?

Die Leute um sie herum erhoben sich von den Sitzen. Das Flugzeug war gelandet und die Maschinen abgestellt worden, ohne dass sie etwas davon gemerkt hatte.

Sie ging sich nicht wie sonst erst noch mal kämmen und das Rouge erneuern. In der Ferne entdeckte sie Erics vertraute Gestalt. Er kam vom anderen Ende der Halle des kleinen Flughafens auf sie zu. Janes Herz klopfte zum Zerspringen. Sie hatte diese Wiedersehen noch nie gemocht. Sie brauchten jedesmal ein paar Tage, bis sie wieder zueinander gefunden hatten. Das war nur normal. Jetzt war er zehn Schritte von ihr entfernt. Sie sah ihn an.

Und das Wunder geschah. Dieser große, schlanke Mann im dunklen Mantel, dem das hellbraune Haar in die Stirn fiel und der sie anlächelte, war schön – der schönste Mann der Welt. Mit seinen neununddreißig Jahren viel schöner als der dänische Schriftsteller. Das Universum hing wieder fest in seiner Verankerung. Sie war verrückt. Es waren nur diese langen Monate ohne ihn. Die vielen kleinen angespannten Momente wegen des Apartments, diese Unsicherheit, was die Zukunft betraf. Sie lief auf ihn zu. Sie fielen einander in die Arme. Er roch so gut. Sie atmete ihn ein, die Nase an seinen Hals gelegt. Sie saugte die warme Haut ein wie ein kleiner Vampir.

»Heh, was machst du denn? Das kitzelt! »

Er stieß sie lachend zurück. Sie küssten sich. Ein richtiger Kuss, wie sie ihn lange nicht mehr in einem Flughafen ausgetauscht hatten. Er machte ihm ein Ende.

»Wir werden noch verhaftet. Hattest du eine gute Reise?«

»Ja, es war schnell vorbei.«

Er sah sie mit begehrlichen Blicken an.

»Du siehst schön aus. Ist der Mantel neu?«

»Machst du Witze? Das ist der, den ich mir vor sechs Jahren bei Macy's gekauft habe!«

»Ach ja? Steht dir gut.«

Der zerstreute Eric. Er wäre nicht in der Lage gewesen, zu sagen, wie sie an dem Abend, an dem sie sich kennengelernt hatten, angezogen gewesen war, während sie sich noch ganz genau erinnerte. An das Hemd, den Anzug, die Krawatte, die Strümpfe. Er nahm ihren Koffer, und sie gingen dem Ausgang zu.

»Du wirst zufrieden sein. Es hat die ganze Nacht geschneit. Nur für dich. Es ist alles ganz weiß.«

»Oh!«

Der von den Räumfahrzeugen zur Seite geschobene Schnee bildete schmutzige Mauern entlang der Gehwege. Sie stiegen in sein Auto und schnallten sich an. Als er den Motor anließ, fragte Eric, ohne sie anzusehen:

»Hast du einen Mieter gefunden?«

»Noch nicht.«

Sie wurde rot. Während der Fahrt sprachen sie kein Wort.

Ein Tag folgte auf den anderen, jeder so still und monoton wie die schneebedeckten, platten Wiesen. Sie hätte nicht sagen können, der wievielte Dezember es gerade war, außer am Abend vor Weihnachten, als sie ihre Geschenke austauschten. Am Morgen arbeitete sie am Tisch im Esszimmer. Nachmittags machte sie einen langen Spaziergang durch den unberührten Schnee, immer denselben Weg, jeden Tag ein bisschen weiter. Am Abend kochte sie. Sie hörten Radio, sahen fern, sprachen über die Nachrichten. Er erzählte ihr von einem Artikel, den er gerade gelesen hatte. Sein Buch über die Wiener Schule kam gut voran. Er war so gut wie sicher, dass er viertausend Dollar bekommen würde, damit er im Sommer in Österreich recherchieren konnte. Hatte sie Lust, den Sommer in Wien zu verbringen? Sie könnten wieder nach Prag fahren. Oder nach Salzburg zu den Festspielen. Oder Tirol erkunden. Oder, wenn sie lieber ans Meer wollte, konnten sie nach Istrien fahren oder an die Küste von Dalmatien, jetzt, wo der Krieg zu Ende war. Oder vielleicht nach Dubrovnik? Es gab so viele aufregende Möglichkeiten. Aber das war noch weit hin. Nach – ja, nach dem, wovon sie nicht redeten: Janes Umzug, die Vermietung ihrer Wohnung in Old Newport, ihr Umzug nach Iowa. Ganz normale Gespräche. Abgesehen von der Stille in ihr, die von Tag zu Tag größer wurde, wie ein Schatten, der sich ihr über die Schulter beugte. Sie hatte Angst – vor sich, vor dem falschen Moment, Erics Unmut zu erregen, nicht zu verstehen, was vor sich ging.

Eric hatte mit Bestimmtheit erklärt, dass es überhaupt kein Problem gab, außer in Janes Kopf. Als Erstes sollte sie ein für allemal mit dieser nervenaufreibenden Angewohnheit Schluss machen, immer dann eine Diskussion über ihre Beziehung anzufangen, wenn es schon mitten in der Nacht war und er gerade einschlafen wollte. Sie hatte eine dramatische Ader, aber es gab nun mal kein Drama. Die Situation ließ sich in zwei Sätzen zusammenfassen: Sie musste ihre Wohnung untervermieten und hierherkommen. Punkt. So sah es aus. Völlig unnötig, das alles noch einmal durchzukauen.

Mit Josh hatte sie Tage und Nächte damit verbracht, jede Empfindung und jedes Wort zu besprechen. Sie respektierte Erics Vertrauen in Taten.

Am zweiten Tag liebten sie sich. Vor ihren gespreizten Schenkeln war es vorbei mit seiner Erektion. In dieser Woche würde sie ihren Eisprung haben. Das hatte sie letzte Nacht kurz erwähnt, als sie über Francisco und Teresa gesprochen hatten. Es wäre so schön, ein Baby zu haben. Eric wollte es auch. Nach anderthalb Stunden Herumprobieren ohne Ergebnis sagte er ungeduldig zu ihr:

»Nimm ihn in den Mund.«

Sie hatte nichts dagegen. Aber der fordernde Ton und die Forderung selbst überraschten sie. Mit Eric war die Liebe normalerweise zärtlich und schamhaft.

»Ich glaube, du hast im Moment keine richtige Lust.« Um zu zeigen, dass es nicht sein Fehler war und sie das auch genau wusste, fügte sie schnell hinzu: »Ist nicht schlimm, mach dir nichts draus. Ein andermal.«

»Warum sollte ich dich darum bitten, wenn ich keine Lust hätte?«, erwiderte Eric wütend. »Woher willst du wissen, ob ich Lust habe oder nicht?«

»Das kann ich fühlen. Du denkst zu viel: Es wird nicht funktionieren, es wird nicht funktionieren.«

Er verzog verächtlich den Mund und kräuselte die Stirn. »Das ist genau das Problem mit dir. Wenn es nicht funktioniert, dann doch deinetwegen.«

»Meinetwegen?«

»Du bist so passiv. Immer muss ich alles machen. Und wenn ich dich einmal bitte, etwas zu machen, nur eine Sache, dann fühlst du, dass ich keine Lust habe. Na klasse.«

Er lachte schrill.

»Willst du damit sagen«, fragte Jane langsam und ließ ihn nicht aus den Augen, »dass ich immer zu passiv bin?«

»Ja.«

»Willst du etwa sagen, dass wir noch nie richtig guten Sex hatten?«

»Ganz genau.«

Sie wurde puterrot.

»Wie kannst du so etwas sagen? In einem solchen Moment. Du bist widerlich!«

Sie sprang aus dem Bett und schmiss sich den Morgenmantel über, damit er sie nicht mehr nackt sehen konnte. Sie wurde immer wütender.

»Nimm dir doch eine Geliebte, ja, das solltest du tun! Lass dich scheiden, such dir eine andere Frau! Bezahl eine Hure! Es tut mir furchtbar leid, dass du mit mir so ein Pech hattest!

Sie floh weinend aus dem Zimmer, schlug die Tür hinter sich zu und schloss sich im Bad ein. Eine halbe Stunde später zog sie sich an, schlüpfte in Mantel, Schal, Mütze und Stiefel und machte sich auf den Weg zu einem nächtlichen Spaziergang auf eisglatter Straße. Sie ging über eine Stunde lang. Je mehr die Kälte beißend in die nicht von Wolle bedeckten Partien ihres Gesichtes drang, desto mehr schmolz ihre Wut dahin. Eric musste etwas gemerkt haben. Er war ungerecht, aber er hatte recht. Vielleicht erwartete sie von ihm, dass er wie Torben sein sollte: ein vor Begierde glühender Fremder mit Fünf-Uhr-Erektion, ohne dass sie irgendetwas dazu tun musste. Oder vielleicht war sie nur auf Torben zugegangen, weil sie sich vor dem fürchtete, was eben mit Eric passiert war. Das, wovor sie Angst hatte, war vielleicht nur deshalb eingetroffen, weil sie davor Angst hatte. Schon wieder einer dieser niedlichen Teufelskreise, von denen das Leben nur so strotzte.

»Jane!«

Sie war gerade dabei, die vereisten Stufen zum Eingang hinaufzusteigen, und wäre beinahe hingefallen, als sie sich umdrehte. Ein schmaler Schatten regte sich neben einer Laterne am Straßenrand. Der Typ, der seinen Doktor in Yale gemacht hatte.

»Wie hast du mich erkannt?«

Sie war in mehrere Schals gewickelt, und er hatte sie nur von hinten gesehen. Er kam näher.

»Um diese Uhrzeit konnte es nicht die Nachbarin aus dem Erdgeschoss sein. Also musste es jemand sein, der Eric besucht, und welche andere Frau als du sollte das schon sein?« Er sah sich um. »Ist Eric nicht bei dir?«

Er sah sie forschend an. Sie stand genau unter der Eingangsbeleuchtung und hatte rote, geschwollene Augen.

»Ich konnte nicht schlafen, da bin ich ein bisschen spazieren gegangen. Und du? Was machst du bei dieser Kälte hier draußen, wo hier doch sonst alle um zehn ins Bett gehen?«

»Ich führe den Hund in mir Gassi.« Er lächelte und sprach in ernstem Ton weiter. »Ich schreibe abends, und wenn ich direkt vom Computer ins Bett überwechsle, kann ich nicht schlafen. Ich laufe um diese Zeit immer ein bisschen herum.« Er zögerte eine Sekunde. »Möchtest du etwas trinken gehen? Ich kenne eine nette kleine Bar, die bis zwei Uhr geöffnet hat.«

Eine Stunde früher hätte sie ja gesagt – und wäre vielleicht mitten in der Nacht bei ihm gelandet.

»Im Moment nicht, vielen Dank. Wie läuft es mit dem Schreiben?«, fragte sie höflich. Davids Augen leuchteten auf.

»Gar nicht mal so schlecht. Ich sitze an einem Langzeitprojekt, eine Art Universalbuch, in dem alles enthalten sein wird, Philosophie, Literaturtheorie, Zitate, kritische Betrachtungen, autobiographische Fragmente, von allem ein bisschen. Mein Vorbild ist eine Patchworkdecke. Meine Großmutter hat die Dinger immer genäht, als ich klein war, und es hat mich fasziniert: alle diese kleinen Stoffstücke, die da zusammengebracht wurden, disparat und dennoch vereint. Ich glaube, dass zwischen Schreiben und Nähen eine Verbindung besteht. Tatsächlich ist das das Thema des Buches. Mein Großvater war Schneider und meine Mutter Näherin.«

Sie machte die Tür auf. Er wirkte, als wolle er noch Stunden so weiterreden. Ein Glück, dass sie nicht mit ihm etwas trinken gegangen war. »Den Hund in mir Gassi führen.« Sie lachte, als sie die Treppe hinaufstieg. Kein dummer Junge. Jedenfalls war jeder, der in Iowa City später als um zehn ins Bett ging, automatisch faszinierend.

Eric schlief in seinem Arbeitszimmer. Am nächsten Tag entschuldigte er sich bei ihr. Er glaubte nicht wirklich, was er ihr in diesem Moment der Frustration gesagt hatte. Natürlich hatten sie schon wunderbaren Sex gehabt. Jane entschuldigte sich auch. Er hatte recht. Sie würde versuchen, weniger passiv zu sein.

Sie liebten sich nicht mehr.

Am Neujahrsabend zogen sie sich elegante Sachen an. Er trug ein schwarzes Seidenhemd, Jane ein langes dunkelrotes Samtkleid, das sie sehr günstig auf einem kleinen Freiluftmarkt in Soho erstanden hatte. »Hübsch«, antwortete er, als sie ihn fragte, wie ihm das Kleid gefiele. Er hatte Blinis gekauft, Räucherlachs, eine leichte Crème fraîche und französischen Champagner: Alles, was Jane besonders gern mochte. Sie legte eine weiße Decke auf den rustikalen Esszimmertisch und kramte zwei Kerzenleuchter hervor, in die sie Kerzen steckte. Billie Holiday sang. Sie saßen einander gegenüber und kauten Blinis und Räucherlachs.

»Ich bin froh, dass ich doch den norwegischen Lachs genommen habe. Ich hatte gezögert, weil er im Angebot war. Aber er ist hervorragend, nicht?«

Jane nickte zustimmend. Bei Francisco konnte sie alles sagen, was ihr durch den Kopf ging. Warum war es mit einem Freund so einfach und mit einem Ehemann so schwer? Alles, was sie sagte, würde wie ein Vorwurf klingen. Vielleicht wäre es ein Vorwurf. Vielleicht waren die Frauen wütend auf die Männer. Eine Art Urwut.

»Eric?«

Er sah auf, den Mund voll Blinis und Lachs.

»Was ist?«, fragte er mit leicht ungeduldiger Stimme.

Keines der Worte, die sich in Janes Kopf den Platz streitig machten, fand den Weg nach draußen. Keines war das Richtige. Ein einziges Wort, und sie würde ihrer Wut freien Lauf lassen. Er war jetzt schon gereizt. Sie war dabei, den Abend zu verderben. Warum konnte sie sich nicht einfach an dem norwegischen Lachs und dem trockenen Veuve Cliquot mit seinen perlenden Bläschen freuen? Sie betrachtete den blassrosa Lachs auf ihrem Teller: das Beste vom Besten. Warum war er im Angebot? Sie konnte nichts mehr essen, ihr Magen war wie zugeschnürt. Sie hörte Eric kauen. Sie nahm ihr Glas und hob es an die Lippen. Sie trank. Stellte die Flöte wieder auf die weiße Decke. Die Augen auf das Glas geheftet, fing sie an, es zwischen ihren Händen hin und her zu schieben, von rechts nach links, immer heftiger. Die Stille war extrem spannungsgeladen. Eric nahm sich neuen Lachs, ohne Jane anzusehen. Das Klappern des Messers auf dem Teller und das Kaugeräusch wurden von dem Geräusch des über die Tischdecke geschobenen Glases überdeckt, das den Raum und die Stille erfüllte. Schließlich fiel das Glas um und zerbrach. Sofort tropfte Blut aus Janes Zeigefinger. Eric stand auf und sagte kalt:

»Jetzt habe ich genug.«

Er ging aus dem Zimmer. Sie hörte die Tür zu seinem Arbeitszimmer klappen – nicht schlagen.

Das fließende Blut bildete einen Kontrast zu der weißen Decke. Sie sammelte die Kristallscherben ein und legte sie auf den Teller. Es war vollkommen unnötig gewesen, dieses Glas zu zerbrechen, das ihr nichts getan hatte. Im Gegenteil: Das Gefühl des feinen Kristalls auf ihren Lippen machte den Geschmack des Champagners noch erlesener. Ein schönes Glas aus böhmischem Kristall mit zarter, girlandenförmiger Gravur. Es ließ sich nicht mehr kleben. Sie hatte im letzten Jahr zwei davon in einem Antiquitätengeschäft gekauft. Nun war nur noch eine Flöte übrig. Die weiße Tischdecke, die ihnen nicht gehörte, hatte einen großen Blutfleck. Sie streute Salz darauf, bevor ihr einfiel, dass das ein Hilfsmittel bei Weinflecken war und nicht bei Blut. Sie hielt ihren Finger unter kaltes Wasser, sehr lange.

Um Mitternacht kam er nicht aus seinem Zimmer. Sie wünschten sich kein frohes neues Jahr. Jane war unendlich traurig. Sie weinte, trank den Champagner aus und schlief schließlich ein.

Drei Tage später gab sie nach. Es war zu schwer. Sie musste einen Zugang zu ihm finden. Es war eine Frage auf Leben und Tod. Sie trat morgens in sein Arbeitszimmer, nachdem sie zunächst angeklopft hatte. Er las. Er hob nicht den Kopf. Sie sprach ihn schüchtern an.

»Eric? «

»Was?«

Seine Stimme klang eisig.

»Kann ich mit dir reden?«

Er legte ein Lesezeichen in sein Buch und sah sie mit einer vernichtenden, spöttischen Ungeduld an.

»Ja?«

»Ich weiß nicht, warum wir einander so wehtun, wo wir doch beide das Gleiche wollen: zusammen sein. Ich liebe dich, ich weiß, dass du mich liebst. Wenn ich meine Wohnung nicht untervermietet habe, dann nur, weil ich unorganisiert und völlig überlastet bin. Ich verstehe, dass du wütend bist. Aber du weißt, wie ich auf Druck reagiere. Es lähmt mich völlig. Darum habe ich nicht auf deine ganzen Nachrichten geantwortet. Das war kein böser Wille und auch keine Unehrlichkeit. Jetzt hör zu: Egal, ob ich einen Mieter finde oder nicht, ich komme vor dem sechsten Februar hierher. Die Wohnung in der Main Street ist nicht teuer, und die Nebenkosten deckt die Miete aus dem Haus.«

Der 6. Februar war Erics Geburtstag. Sein Widerstand schmolz schneller dahin als der Schnee in der wärmsten Sonne an einem vorzeitigen Frühlingstag. Er stand auf. Seine Augen waren feucht. Er umarmte sie. Natürlich liebte er sie. Oh, wie sehr er sie liebte. Und wie gern er sie so ruhig und vernünftig reden hörte.

Sie machten einen langen Spaziergang durch den in der Sonne glitzernden und in der Kälte zu Eis erstarrten Schnee. Sie schlitterten zusammen, fingen sich gegenseitig auf, lachten unter einem klaren und eisigblauen Himmel. Nach jedem Kuss wischte er Jane mit einem Taschentuch die Lippen ab, damit die Kälte ihr nicht die feuchte Haut aufreißen konnte. Sex im Schnee? Sie prusteten vor Lachen. Ihre Hinterteile würden sich in Eisklumpen verwandeln. Sie kamen nach Hause, und sie kniete sich mitten im Wohnzimmer vor ihn auf den Teppich. Sie zog seinen Reißverschluss auf. Aktiv genug? Er bettete sie auf den Teppich und legte sich auf sie. Zu aktiv sollte sie nun auch wieder nicht sein. Im letzten Moment erschlaffte seine Erektion. Er schaffte es trotzdem, in sie einzudringen. Sie wollte ihn so sehr, dass sie im selben Moment kam, als er in ihr war.

Sie blieben auf dem Teppich liegen, nackt, drei Stunden lang, eng umschlungen, und redeten in Babysprache. Eric war zu süß. Jedes einzelne Wort von ihm, jeder Gesichtsausdruck brachte Jane zum Lachen. Wenn sie nur jetzt ihren Eisprung gehabt hätte. Erics stolze Spermien hätten alle Zeit der Welt gehabt, sich da oben hinzuwagen und sich mit ihrem dicken Ei zu befreunden. Nicht sehr wissenschaftlich. Aber so stellte sie sich die Sache vor. Selbst für Erics Spermien hegte sie zärtliche Gefühle.

Als er sie am 12. Januar zum Flughafen fuhr, gab es nicht die geringste Traurigkeit zwischen ihnen. Sie würde in nicht einmal einem Monat zurück sein. In Old Newport würde sie in den kommenden drei Wochen genug zu tun haben. Sie hatte schon Listen zusammengestellt, was sie alles erledigen musste, welche Bücher sie in der Bibliothek ausleihen wollte, welche Artikel kopieren, was sie mit nach Iowa nehmen wollte. Vor allem ihren Teppich.

»Bist du sicher? Der ist doch vielleicht nicht so wichtig.«

»Machst du Witze? Der ist das Wichtigste überhaupt.«

Auf dem Rückflug war sie bester Laune, und ihre Aufregung stieg, je näher ihr Flugzeug der Ostküste kam – Francisco. Sie würde ihm alles erzählen. Von dem Schweigen, dem furchtbaren

Neujahrsabend, dem zerbrochenen Glas und dem glücklichen Ende. Er würde über Janes Hysterie lachen. Sie hoffte, dass Teresa sich auch beruhigt hatte.

Francisco hatte weder auf dem Esstisch noch auf ihrem Schreibtisch eine Nachricht für sie hinterlassen. Ihre Bettdecke lag sorgfältig zusammengelegt auf ihrem Bett, daneben die Bettbezüge und die Handtücher. Er hatte die Zeit gefunden, sie zu waschen, nicht aber, ihr ein paar Worte zu schreiben. Die Wohnung blitzte vor Sauberkeit. Nirgends ein Stäubchen. Der Herd und die Spüle glänzten, so gründlich geputzt waren sie noch nie gewesen. Sie lächelte. Seine Art, sich bei ihr zu bedanken. Der einzige Hinweis auf seine Gegenwart lag im Badezimmerpapierkorb: ein blauer Wegwerfrasierer von Gillette. Er musste seinen Rasierapparat in New York vergessen haben.

Sie wählte seine Nummer. Es klingelte zweimal, dreimal, viermal. Vielleicht war er noch nicht zurück. Beim fünften Mal nahm er ab.

»Hallo?«

Eine verschlafene Stimme.

»Habe ich dich geweckt?«

»Ach hallo, Jane. Nein, nein, schon gut.«

»Entschuldige!«

»Schon gut, wirklich. Das ist in Ordnung.«

Seine Stimme klang seltsam – vielleicht weil sie ihn aus dem Tiefschlaf geholt hatte.

»Was ist los?«, fragte er.

Komische Frage. Sie hatte bisher nie einen besonderen Anlass gebraucht, um ihn anzurufen.

»Nichts«, antwortete sie zögernd. »Ich wollte dir nur ein frohes neues Jahr wünschen.«

»Ach ja, stimmt. Frohes neues Jahr. Also, du bist wieder da?«

Das lag wohl auf der Hand. Sie zog die Augenbrauen hoch.

»Ja, gerade eben. Danke, dass du die Wohnung so sauber hinterlassen hast. Alles gut gelaufen?«

»Sehr gut. Ich hab zu danken. Du hast mir das Leben wirklich sehr erleichtert. Ich bin dir sehr dankbar. Die Schlüssel habe ich bei Susan abgegeben, wie du gesagt hast.«

Er sprach mit ihr wie mit einer alten Tante. Vielleicht war er einfach nur müde.

»Ich lasse dich besser weiterschlafen. Kommst du morgen nach Old Newport? Wir könnten mittags oder abends zusammen essen.«

»Nein. Morgen nicht«, antwortete er wie aus der Pistole geschossen. »Ich hab zu viel zu tun. Ich ruf dich an.«

»Wie geht es Teresa?«

»Danke, gut.«

Die Stille zog sich hin. Sie hätte am liebsten geheult.

»Francisco, was ist los?«

Hatte er immer noch ihr Essen im Dezember und ihre unerwünschte Beichte im Kopf? Das war absurd. Sie musste ihm sagen, dass mit Eric jetzt alles in Ordnung war. Francisco seufzte, bevor er mit erschöpfter Stimme sagte:

»Es ist nicht besonders gut gelaufen mit Teresa.«

Jane atmete heftig. Sie war überrascht und entsetzt. Ja, das klang ganz nach Francisco – und nach seiner galligen Vorstellung vom Eheleben.

Da war kein einziges falsches Detail. Francisco war der einzige Mensch, dem sie von Torben erzählt hatte. Er erinnerte sich an alles, sogar an Janes nächtliche Begegnung mit David Clark in Iowa City und an seine doch ziemlich humorvolle Replik, »ich führe den Hund in mir Gassi«. Er hatte wirklich ein gutes Gedächtnis. Aber ein selektives Gedächtnis. Er fummelte sich mit jeder Szene sein eigenes kleines Patchwork zusammen. Clark hatte recht: Es bestand eine direkte Verbindung zwischen Schreiben und Nähen. Für Literaturstudenten im Zeitalter der Dekonstruktion, die alle wussten, dass ein Text nur ein »Stoff« war, hatte diese Metapher nichts Neues. Aber es war das erste Mal, dass Jane am Webprozess selber teilnahm. Jedes kleine Stückchen fand seinen Platz nach einer Originalvorlage. Nichts wurde dem Zufall überlassen. Francisco baute, Kapitel für Kapitel, das Bild einer Hysterikerin auf, die unfähig war zu lieben.

Ihr fiel noch eine andere Besonderheit des Romans auf: Jedes Kapitel begann mit einer Rückblende auf Monate und Jahre aus Janes Leben. Diese Struktur erinnerte sie an einen Nähstich, den sie im Handarbeitsunterricht in der Grundschule gelernt hatte. Die Nadel wurde zum Endpunkt des vorangegangenen Stiches zurückgeführt und ein bisschen weiter vorne wieder herausgezogen. Halb zurück, halb nach vorn. Am Ende hatte man auf der ganzen Länge einen doppelten Faden. Aber was eine Naht widerstandsfähig machte, hatte im Roman eine völlig andere Wirkung. Ein in ständigen Rückblenden erzähltes Leben wirkte leblos. Vielleicht hatte Francisco diese Struktur gewählt, weil ihm die Fakten fehlten. Aber es konnte auch sein Ziel gewesen sein, Janes Glück lächerlich zu machen, indem er ein Zerrbild daraus machte.

Langsam fing sie an zu begreifen. Es war kein Roman über sie, sondern über ihn. Er hatte Janes Liebschaften hier erzählt, um seine zur Geltung zu bringen.

Sie stand auf und ging zum Fenster. Es regnete nicht mehr so stark. Sie sah wieder die großen, weiten Schneeflächen vor sich, deren jungfräuliche Glätte sie sooft zerstört hatte. Wenn sie zurückkam, war es dunkel und still in der Wohnung gewesen, und nur auf Erics Schreibtisch brannte ein einziges kleines Licht. Sie war dort nicht unglücklich gewesen, keineswegs, zumindest nicht in den Bildern, die ihr geblieben waren, auch wenn deren Konturen mit der Zeit verblasst waren.

Keine Reue. Das war ein lebenswichtiges Prinzip. »Lass los.« Was geschehen war, war geschehen, weil zu diesem einen Moment in Raum und Zeit nichts anderes geschehen konnte.

Sie setzte sich wieder hin und betrachtete, die Ellenbogen aufgestützt und die Unterlippe zwischen Daumen und Zeigefinger knetend, den dicken Haufen Papier, der da noch vor ihr lag.

2 Sie rief viermal bei Francisco an, bevor er sich endlich darauf einließ, mit ihr Mittag essen zu gehen. Jane ließ sich von seiner Zögerlichkeit nicht abschrecken. Sie wollte wissen, was los war. Sie war schockiert, als sie ihn am 20. Januar in das Thai-Restaurant kommen sah: Er hatte zehn Kilo abgenommen. Seine Wangen waren eingefallen, die Augen wie erloschen und von tiefschwarzen Ringen umgeben.

»Francisco! Was ist denn passiert?«

Er zuckte die Achseln und wich ihrem Blick aus. Es war die Hölle gewesen, erzählte er, vom ersten Moment an, als er und Teresa sich auf dem Flughafen in Madrid gegenübergestanden hatten. Eine solche Hölle, dass sie noch am selben Tag beschlossen hatte, zu ihren Eltern nach Sevilla zu fahren. Sie war im sechsten Monat: zu spät, um abzutreiben.

»Abtreiben! Wolltest du das?«

Teresa hatte davon gesprochen. Jedes Wort aus ihrem Mund sollte ihn zerstören. Sie bestand nur noch aus Hass.

»Aber warum?«

Er zuckte wieder die Achseln, wie verloren, und antwortete nicht.

»Weil du Weihnachten nicht da warst? Weil sie während ihrer

Schwangerschaft allein war? Hast du versucht, es ihr zu erklären? Hast du ihr gesagt, wie viel du jeden Tag arbeitest, welchem Druck du hier ausgesetzt bist? Versteht sie, dass es kein böser Wille ist? Soll ich ihr schreiben, wie dein Leben hier aussieht?«

»Nein.«

»Vielleicht sollte sie hierherkommen und bei dir bleiben, damit sie mal sieht, wie das ist, jeden Tag, jetzt, wo du Lehrplanbeauftragter bist!«

»Nein, sie will nicht kommen, wegen des Babys. Sie traut den amerikanischen Krankenhäusern nicht. Und Respekt vor meiner Arbeit hat sie sowieso kein bisschen.«

Er schob den Salat an den Tellerrand und spielte mit den grünen Blättern. Jane sagte sich, dass Teresa ebenso stolz und unruhig war, wie Eric und Francisco nicht die nötigen beruhigenden Worte gefunden hatte. Sie machte den Mund auf, um ihm ihre klugen Ratschläge zuteil werden zu lassen, als Francisco ihr direkt in die Augen sah und abrupt sagte:

»Es gibt eine andere. Ich habe sie im Dezember kennengelernt, genau bevor du nach Iowa abgereist bist. Ich bin verliebt, Jane. Wahnsinnig verliebt.«

Sein trauriges Lächeln war nicht ohne Selbstironie. Jane machte große Augen. Wahnsinnig verliebt. Francisco gehörte nicht zu der Sorte, die eine solche Formulierung leichtsinnig gebrauchten. Ihre Gabel mit dem Stückchen Curryhuhn blieb auf halbem Weg zu ihrem Mund in der Luft hängen.

»Ich habe mich mehr als zehnmal in zehn Tagen mit ihr getroffen. Es ist nichts passiert«, sagte er und sah ihr immer noch unverwandt in die Augen. »Nichts. Nicht einmal ein Kuss. Aber es ist Liebe, von ihrer Seite und von meiner.«

Er seufzte. Jane war entsetzt über die Qual in seinen glanzlosen Augen. Sie wurde rot. »Nicht einmal ein Kuss.« Während sie im

Dezember ihren Tag damit verbracht hatte, mit Torben zu knutschen. Und Francisco war in diese Frau verliebt und hatte sich öfter als zehnmal in zehn Tagen mit ihr getroffen. Wie hatte er das gemacht? Welche Stärke. Und welche Angst zu lieben.

Es war nicht das erste Mal seit Teresa, sondern überhaupt das erste Mal, dass er etwas Derartiges empfand, eine solche Öffnung seines Selbst, eine solche Neugierde auf einen anderen Menschen.

»Sie ist so schön, Jane. Ihr Gesicht ist schön. Ihre Seele ist schön. Sie ist mir unglaublich nah.«

Während er von dieser Frau sprach, begannen sich Franciscos Augen wieder zu beleben, wie glühende Kohlen unter der Asche. Er hatte sie seit seiner Rückkehr vor einer Woche nicht gesehen. Aber er hatte sie noch am selben Abend angerufen.

»Sie hat mir gesagt, sie hätte andere Pläne und hätte die ganze Woche keine Zeit. Warum tut sie das? Sie hat ihr eigenes Leben, ich bin ja nicht blöd. Ich weiß, dass ich ihr nichts Gutes zu bieten habe. Ich bin verheiratet, meine Frau ist schwanger. Ich habe sie nicht belogen. Sie ist dreiunddreißig, sie muss einen Mann finden, der frei ist, der sich auf sie einlassen kann. Ich verstehe das. Aber warum diese Wut? Warum mich nicht mehr sehen? Das kann ich nicht. Das ist zu hart, Jane. Ich schaffe es nicht. Ich muss sie sehen. Glaubst du, sie ist wütend, weil ich nach Spanien gefahren bin? Dass sie mich bestraft? Aber ich hatte keine andere Wahl! Sie kann nicht mit mir spielen! Das wäre zu schrecklich. Was glaubst du? Du bist eine Frau, du musst das doch wissen.«

Während er redete, drückte er seine Gabel so heftig auf den Teller, dass sie verbog. Jane war entsetzt. Nie zuvor hatte sie eine so tiefe und offene Wunde so direkt vor sich ausgebreitet gesehen. Er hatte keine Gewalt mehr über das, was er sagte. Er konnte nicht einmal mehr an Teresa denken, an das Baby. Es gab nur noch diese Frau.

»Vielleicht muss sie sich schützen«, schlug Jane behutsam vor. »Wenn sie in dich verliebt ist, wird sie Angst haben.«

»Das glaubst du? Du glaubst, es ist, weil sie in mich verliebt ist und sich schützen muss? Genau das habe ich mir auch gedacht.«

Er wirkte so erleichtert, dass Jane noch bestürzter war.

»Wer ist es?«

»Du kennst sie nicht. Ich habe sie im Dezember bei einem Essen bei Miguel kennengelernt, an dem Abend, als ich aus Kalifornien zurückgekommen bin. Sie ist eine Nachbarin von ihm im East Village.«

»Und was macht sie?«

»Sie entwirft Schmuck.«

»Aber wie ist das möglich, Francisco? Wie kannst du einer Frau ein Baby machen und dich in eine andere verlieben?«

Er erzählte Jane, was er noch niemandem erzählt hatte, nicht einmal seinem besten Freund in Madrid. Er kannte Teresa seit vierzehn Jahren. Ihre Beziehung war nie besonders idyllisch gewesen. Teresa war diktatorisch, eifersüchtig und Besitz ergreifend. Sie hatte ihn dazu gebracht, mit seinen besten Freunden zu brechen. Er hatte ihr immer nachgegeben. Sie war durch und durch unsicher. Sobald er sich ihr widersetzte, drohte sie mit Scheidung, einem Seitensprung oder Selbstmord. Franciscos Freunde mochten Teresa nicht und fanden, er hätte etwas Besseres finden können. Er hatte sie immer verteidigt: Sie hatte ein gutes Herz, sie war leidenschaftlich. Sie hatte ihre feste und instinktive Meinung zu allem und jedem. Francisco gefiel das. Er war das genaue Gegenteil. Er war an starke Frauen gewöhnt, nach seiner Mutter und seinen drei älteren Schwestern, die immer alles für ihn entschieden hatten. Es wäre zu anstrengend gewesen, sich gegen vier Frauen zur Wehr zu setzen. Also hatte er aufgehört, eine eigene Meinung zu haben. Teresa war älter als er, sie war neununddreißig Jahre alt. Er konnte ihr ein Baby nicht abschlagen. Er glaubte sie zu lieben.

»Du hast nie daran gedacht, sie zu verlassen? Nie eine Liebschaft gehabt?«

»Nein. Ich habe Teresa mit zweiundzwanzig bei einem Theaterkursus kennengelernt, für den ich mich eingeschrieben hatte, weil ich zu schüchtern war.« Er lächelte. »Sie war meine erste Freundin, und die einzige, wenn ich ein kleines Tralala von einer Woche nicht mitzähle, als ich dreiundzwanzig war und bevor es mit mir und Teresa etwas Ernstes wurde. An Gelegenheiten hat es mir nicht gefehlt, aber ich hatte kein Interesse. Ich bin treu, und ich mag keine Komplikationen. Es ging mir gut mit Teresa. Sie war eifersüchtig, aber sie hat meinen Freiraum immer respektiert und verteidigt. Mit ihr konnte ich mein Leben damit verbringen, das zu tun, woran mein Herz hängt: Lesen und Schreiben. Vor drei Jahren hatte sie eine Affäre und hätte mich beinahe verlassen. Ich habe dermaßen gelitten, dass ich nie geglaubt hätte, ich könnte sie vielleicht nicht lieben. Vielleicht ist das jetzt meine Art, mich zu rächen, dass ich mich selber in eine andere verliebt habe.«

»Das ist gut möglich.«

»Ich weiß es nicht. Ich weiß nur, dass ich diese Frau liebe, Jane. Ich liebe sie.«

»Vielleicht liebst du sie nicht wirklich. Vielleicht ist es nur eine Krise, weil deine Frau schwanger ist und du Angst vor der Vaterschaft hast und vor der Verantwortung, die damit verbunden ist. Anscheinend machen viele Männer eine solche Krise durch. Sie haben Angst, in der Falle zu sitzen.«

Franciscos Augen belebten sich.

»Ja. Das habe ich mir auch gesagt! Glaubst du, das könnte es sein?«

»Vielleicht. Ich weiß nicht. Weißt du, ich verurteile dich wirklich nicht. Ich versuche nur, die Situation von allen Seiten zu betrachten. Es wird nicht leicht für dich sein, egal, wie du dich entscheidest. Denk immer daran, dass ich für dich da bin. Und jetzt, wenn du meine Meinung hören willst …«

Er sah sie erwartungsvoll an.

»… wäre es zweifellos das Beste, wenn du nicht versuchtest, diese Frau wiederzusehen. Wenn etwas zwischen euch passieren soll, wird es so oder so dazu kommen.«

»Du hast recht. Du hast ja so recht. Aber wenn du wüsstest, wie schwer es ist, nicht mit ihr reden zu können. Es ist unerträglich. Meinst du, sie nie wiedersehen? Meinst du, dazu wäre ich fähig? Dass ich die Kraft dazu hätte? Manchmal sage ich mir, es wäre einfacher, von der Brooklyn Bridge zu springen.«

»Hör auf. Du redest völligen Unsinn. Das ist nur eine Krise.«

Der Kellner brachte die Rechnung. Franciscos Teller war noch halb voll, während Jane ihren längst leer gegessen hatte. Francisco zog sein Portemonnaie heraus.

»O nein«, sagte Jane. »Diesmal bin ich dran.«

Sie war traurig, als sie das Restaurant verließen. Ein Mann, seit fünf Monaten allein in New York, leidenschaftlich verliebt in eine ungebundene Frau, die nicht weit von ihm entfernt wohnte und ihrerseits leidenschaftlich in ihn verliebt war. War es ihm möglich, sie nicht zu sehen? Nach menschlichem Ermessen unmöglich.

Sie ging an dem neogotischen Bau der Goldener-Bibliothek entlang, die eher an eine Kathedrale erinnerte. Heute Morgen hatte sie sich gesagt, dass sie nach dem Essen mit Francisco in der Bibliothek vorbeischauen müsse, um ein Buch auszuleihen. Jetzt wusste sie nicht mehr, welches. Sie musste auch unbedingt die Anzeige für ihre Wohnung fotokopieren. Es war nicht mehr lange hin bis zum 6. Februar. Sie musste im Reisebüro anrufen und ihr Ticket reservieren. Eric hatte schon gefragt, ob sie das erledigt hatte.

Der arme Francisco. Ganz schön clever, die Schmuckdesignerin. Eine Künstlerin. Stark und unabhängig. Nicht der Typ der passiven Geliebten. Sie gab ihm zu verstehen, dass er nicht über sie verfügen konnte. Dreiunddreißig Jahre, kein Alter mehr, um einfach so herumzuturteln. In einer Stadt wie New York, in der es weit mehr alleinstehende Frauen gab als bindungswillige Heterosexuelle, ließ man seine Beute nicht mehr los, wenn man erst mal das Herz eines Mannes zu fassen bekommen hatte. Francisco würde nachgeben. Erst einmal nur für ein Abenteuer. Jane war bereit, weit mehr als tausend Dollar darauf zu wetten. Konnte ein katholisch erzogener Spanier seine Frau und sein neugeborenes Kind verlassen? Konnte ein Mann, der zum ersten Mal liebte, auf seine große Leidenschaft verzichten?

Sie mochte Francisco zu sehr, um ungebührlich neugierig zu sein. Im Grunde ihres Herzens hoffte sie, dass es ihm gelingen würde, die andere Frau zu vergessen. Sie kannte ihn: Er würde keinen Respekt mehr vor sich selber haben können, wenn er sein Kind verließ.

Franciscos Eröffnung erklärte jedenfalls sein Verhalten im Dezember. Er hatte gerade am Tag zuvor in New York diese Frau kennengelernt. Jane führte ihm eine Karikatur seiner eigenen Empfindungen vor. Es wäre besser gewesen, wenn Kathryn Johns sie nicht unterbrochen hätte. Wenn Francisco seine Angst hätte aussprechen können, hätte er vielleicht der Sehnsucht widerstanden, diese Frau zu sehen. Jetzt war es zu spät.

Es war so mildes Wetter für einen Januartag, dass in der Musikhochschule jemand bei offenem Fenster übte. Eine Sopranistin. Schubert? Mahler? Sie wurde am Klavier begleitet. Jane überquerte die Straße, und die Musik verblasste zu einem fernen Echo. Ein leises Klopfen vibrierte in ihrem Kopf. Sie hatte ihre Aspirintabletten zu Hause vergessen. Stechende Halsschmerzen. Vielleicht würde das scharfe Curry die Bakterien abtöten. Sie konnte sich den Luxus einer Erkältung im Moment nicht leisten. Es gab zu viel zu tun. Erst einmal musste sie das Lehrbeauftragtenbüro für Catherine Lehman freiräumen, sämtliche Akten ordnen. Ein Gedanke kam und ging immer wieder in ihren Überlegungen, dem sie keine rechte Form geben konnte, das Gefühl, dass irgendetwas nicht zusammenpasste. »Mehr als zehnmal in zehn Tagen.« Wo hatte er die Zeit hergenommen, wenn diese Frau in New York wohnte und er eine Woche bei Jane in Old Newport und vier Tage auf einer Tagung verbracht hatte? Vielleicht war er ein- oder zweimal nach New York gefahren, aber zehnmal?

Die Frau musste nach Old Newport gekommen sein – und mit ihm in Janes Apartment gewohnt haben. Vielleicht hatte sie ihn sogar zu der Tagung begleitet. Vielleicht hatte er es ihr vorgeschlagen wie Eric in der Nacht ihrer ersten Begegnung, ganz impulsiv: »Und wenn du mitkämest?« Genau so eine Leidenschaft schien zwischen Francisco und dieser Frau zu bestehen. Hatte Francisco sie angelogen, weil er sich schämte, dass er ihre Wohnung benutzt hatte, um Ehebruch zu begehen, und sie auf diese Weise zur Komplizin gemacht hatte? Sie lächelte, als sie sich ihre Nächte vorstellte. Und sie war traurig für Teresa und das Baby, über all das Leid, das unweigerlich aus dem Ganzen entstehen musste. Aber sie verurteilte ihn nicht. Leidenschaft war immer etwas Schönes. Schöner als ein Festhalten an der Vergangenheit, das oft nichts weiter war als Schwäche.

Als sie vor Bruno's Pizza vorbeikam, kitzelte sie der Duft in der Nase. So erkältet konnte sie nicht sein, wenn sie noch riechen konnte. Sie betrat das Gebäude des Literaturwissenschaftlichen Fachbereichs und holte ihre Post. Noch mehr Studenten, die ein Empfehlungsschreiben haben wollten, und noch eine Aufgabe, die erledigt werden musste, bevor sie ging. Während sie auf den Aufzug wartete, fiel ihr plötzlich eine seltsame Bemerkung von Allison vor eineinhalb Jahren ein, die ihr die Röte ins Gesicht getrieben hatte: Allison und John stellten sich gerne vor, wie Jane und Eric sich liebten. Jetzt plötzlich verstand Jane. Ja, wenn die Liebenden voller echter Leidenschaft waren, hatte die körperliche Liebe etwas Schönes, beinahe Spirituelles, auch für den Betrachter.

Trotzdem stimmte irgendetwas nicht. »Nicht einmal ein Kuss«? Warum diese Lüge? Sie war völlig unnötig. Im Gegenteil: »Nur ein Kuss«, oder »Kaum mehr als ein paar Küsse« hätte viel glaubwürdiger geklungen. Als Francisco diese Worte gesagt hatte, hatte seine Stimme den Klang der Wahrheit gehabt, als wäre es der Gipfel der Qual. »Nicht einmal ein Kuss.« Das war nicht die Art Detail, die sich jemand ausdachte. Sie verließ den Fahrstuhl.

An diesem Abend rief sie Francisco in New York an.

»Wie geht's?«

»Ich habe so viel zu tun, dass ich überhaupt nicht zum Nachdenken komme. Es hat mir gut getan, mit dir zu reden, Jane. Ich habe mich entschieden: Ich werde sie nicht wiedersehen.«

»Ich freue mich für dich. Das ist die richtige Entscheidung. Übrigens, ich muss dich etwas fragen. Es ist vollkommen blödsinnig, aber es irritiert mich. Wenn du es mir einmal gesagt hast, wird es nicht mehr in meinem Kopf herumschwirren.«

»Was?«

»Es ist nicht vielleicht Kathryn Johns?« Kaum hatte sie es ausgesprochen, kicherte sie beschämt. »Entschuldige, es ist lächerlich. Ich weiß ja, dass sie es nicht ist, weil diese Frau in New York wohnt und weil sie Schmuck entwirft, aber, ich weiß auch nicht,

warum, aber es liegt an den zehn Mal, ich habe mir gedacht …«
Ihr Herz klopfte zum Zerspringen. »Hallo, Francisco? Bist du
noch da?«

»Hörst du nicht, wie ich schweige, Jane. Ich werde dich nicht
anlügen.«

Seine Stimme war sehr traurig. Nun herrschte Stille in der
Leitung. Es war ein wenig zu spät, um Francisco für ihre Zu-
dringlichkeit um Verzeihung zu bitten.

Sie hatte mehr Respekt und Mitgefühl für ihn empfunden,
bevor sie wusste, wer die Frau war. Dass er sich in die schöne
Kathryn verliebt hatte, war ein wenig zu folgerichtig. Er war also
auch nicht anders als andere Männer. Kathryn wirkte einschüch-
ternd auf Jane, die sie zwar mochte, aber kühl und reserviert fand.
Vielleicht war Kathryn anders als Francisco, aber sein Verhalten
seit seiner Rückkehr aus Spanien ließ nichts Gutes hoffen. Kathryn war auch nicht eben die Ausgeglichenheit selbst. Sie war
deprimiert wie alle Studenten kurz vor dem Abschluss, wenn sie
noch keine Stelle hatten. Ihr Mann und sie hatten sich vor vier
Jahren scheiden lassen, da war sie im dritten Jahr in Devayne
gewesen. Damals hatte sie eine Woche in einer psychiatrischen
Klinik verbracht, und Jane hatte gehört, sie sei nahe am Selbstmord gewesen. Trotzdem führte Kathryn überall ihr unterkühltes
Lächeln spazieren und versicherte, es gehe ihr gut. Sie hatte sich
Jane gegenüber immer sehr nett und höflich gezeigt und war eine
außerordentlich tüchtige Assistentin gewesen. Aber hinter der
Maske mit diesem perfekten, immer beherrschten Lächeln spürte
Jane die Wut und die Verbitterung. Kathryn war stolz und intel-
ligent. Sie würde Francisco das Leben nicht leicht machen.
Schade, dass sie genau die Frau war, die er nur schwer würde
vergessen können. Jane konnte nicht umhin zu denken, dass Kathryn Franciscos Leid nicht wert war.

Sie fühlte sich schuldig, weil sie sie einander vorgestellt hatte, und in einem solchen Zusammenhang. Sehnsucht war eine ansteckende Krankheit.

In dieser und der darauf folgenden Woche hinterließ sie mehrere Nachrichten auf Franciscos Anrufbeantworter in New York und lud ihn zu einer Party bei einer ihrer Nachbarinnen ein. Er meldete sich nicht. Am Abend der Party, als sie noch kaum die von Musik und Gesprächen widerhallende Wohnung betreten hatte, wurde Jane sich bewusst, dass sie überhaupt keine Lust hatte, mit irgendjemandem zu reden. Sie schenkte sich ein Glas Wein ein und zog sich in ein leeres Arbeitszimmer zurück, wo sie die Titel der medizinischen Bücher las. Ein Paar kam herein. Der kleine, bärtige Mann mit dicken Brillengläsern stellte sich als ihr Nachbar von unten vor und erzählte ihr gleich noch dazu, dass man von einer Etage zur anderen alles hören konnte, sogar, was auf den Anrufbeantworter gesprochen wurde, so schlecht war das Haus isoliert. Die Frau, eine Blondine mit kurzen Haaren, die einen blauen Synthetikpullover mit schwarzen geometrischen Motiven und eine Jeans trug, die für ihren dicken Hintern viel zu eng war, wohnte in der Beletage und brach in kreischende Begeisterung aus, als sie hörte, dass Jane, wo sie doch so jung wirkte, Professorin in Devayne war. Jane bekam Kopfschmerzen von ihrer schrillen Stimme, und ihren Vornamen mochte sie auch nicht: Lynn. Die Frau lud sie irgendwann in der Woche zu einem Drink bei sich ein. Jane erwiderte, sie habe leider keine Zeit, weil sie ihre Abreise vorbereite, und musste sofort herbeten, wie es dazu kam.

»Da lernen wir uns genau in dem Moment kennen, wo Sie fortmüssen! Was für ein Pech! Aber für Sie ist es natürlich besser so. Immer getrennt, das ist doch kein Leben. Aber sagen Sie mal, Sie werden doch haufenweise Gepäck haben. Ich fahre Sie zum

Flughafenbus, wenn Sie wollen. Das macht mir überhaupt nichts aus, im Gegenteil, es wäre mir eine Freude!«

Ein willkommenes Angebot. Auf die Taxis konnte man sich nicht verlassen, und ob Francisco ihr helfen würde, wie vorgesehen, war inzwischen mehr als zweifelhaft. Jane erhob sich und verabschiedete sich von Lynn.

»Schon?

»Ja, ich werde ins Bett gehen. Ich habe Halsschmerzen.«

»Mein armes Schätzchen! Was Sie brauchen, ist eine heiße Zitrone mit Aspirin. Nein, nein, noch besser: einen Ingweraufguss. Ein afrikanisches Rezept. Radikal, das kann ich Ihnen sagen. Das putzt Ihr ganzes Innenleben durch, die Nasennebenhöhlen und alles. Ich habe Ingwer im Haus. Soll ich ihn Ihnen holen?«

Es gab wohlmeinende Leute, die man einfach nicht loswurde. Jane ging hoch in ihre Wohnung und sagte sich, dass einfach jeder in Old Newport langweilig war – außer Francisco.

Am nächsten Tag klopfte sie an seine Bürotür im zweiten Stock. Keine Antwort. Sie war deprimiert. Er fehlte ihr. Ihre Erkältung hielt sie nachts vom Schlafen ab und raubte ihr alle Energie. Eric wurde schon wieder ungeduldig mit ihr. Hatte sie die Anzeigen ausgehängt? Mit den Sekretärinnen in den anderen Fachbereichen telefoniert, ob vielleicht ein Gastprofessor für ein Semester eine Wohnung brauchte? Ihr Ticket gekauft oder wenigstens reserviert? Noch nicht? Tat sie das eigentlich mit Absicht? Der 6. Februar rückte immer näher. Er sprach davon wie von einer offiziellen Deadline und nicht wie von einem Datum, das Jane immerhin selber gewählt hatte. Irgendwann hatte sie die Anzeige schließlich doch kopiert, und nun lag sie seit zehn Tagen auf ihrem Lehrbeauftragtenschreibtisch herum, den sie immer noch nicht aufgeräumt hatte. Sie vergaß jeden Tag von Neuem, sie an die Wände zu pinnen. Jeden Tag fiel ihr um fünf nach fünf ein, dass sie noch beim Reisebüro anrufen musste, das um fünf Uhr zumachte. Eric war zu Recht wütend. Wenn ihre Vergesslichkeit schon keine Absicht war, dann zumindest vielsagend. Ein Gespräch mit Francisco hätte ihr geholfen, klarer zu sehen.

Am 30. Januar war sie in ihrem Büro damit beschäftigt, die letzten Aktenschubladen zu sortieren, als nach zweimaligem leisen Klopfen die Tür aufging. Franciscos Kopf erschien im Türspalt. Sie lächelte.

»Darf ich?«

»Natürlich!«

Sie erhob sich abrupt aus der Hocke. Sofort wurde ihr schwindelig. Er war nicht rasiert und wirkte kränker denn je. Er war noch dünner geworden. Sie lächelte ihn herzlich an und ging auf ihn zu, um ihn zu umarmen. Er wich zurück.

»Ich bin erkältet.«

»Keine Sorge. Ich auch.«

Er setzte sich auf den Kiefernstuhl auf der anderen Seite ihres Schreibtisches.

»Entschuldige, dass ich dich nicht zurückgerufen habe, Jane. Es geht mir nicht besonders gut.«

Sie warf ihm einen fragenden Blick zu.

»Glücklicherweise ersticke ich in Arbeit«, fing er wieder an. »Ich habe Kathryn nicht wieder gesehen. Ich werde sie nicht wiedersehen. Niemals.«

Jane errötete. Warum war er so defensiv?

»Das muss schwer für dich sein.«

»Schwer?«

Er lachte auf. In seinen Augen und den Muskeln seines Gesichts zeichnete sich eine solche Qual ab, dass es Jane kalt über den Rücken lief.

»Es ist eine Tortur von morgens bis abends. Ich kämpfe jede

Sekunde gegen mich selber an. Ich kann die Telefonleitung nicht durchschneiden wegen Teresa. Es macht mich fertig. Ich bin total erschöpft.«

Es klopfte an der Tür, dreimal ganz kurz. Jane verzog das Gesicht. Der Student hatte bestimmt ihre Stimme gehört. Sie konnte nicht so tun, als sei sie nicht da.

»Herein!«

In der Tür erschien Kathryn. Sie trat ein und vermied es, Francisco anzusehen, der ganz fahl wurde.

»Hier sind die Artikel. Die Colet-Biographie ist zurückgekommen. Sie können sie ausleihen.«

Sie stand sehr aufrecht da, mit erhobenem Kopf und unglaublich schön in ihrem vollkommen schlichten, schwarzen Kleid, das ihr bis zu den Knien reichte, der schwarzen Jacke mit Perlmuttknöpfen, ihrer weißen Haut, ihrem langen Modigliani-Hals und den Perlenohrringen, die zu ihren von dem typischen kalten Lächeln freigelegten Zähnen passten.

»Danke, Kathryn. Ach übrigens, wie ist es auf der Tagung gelaufen? Ich habe Sie seitdem gar nicht mehr gesehen.«

Jane wurde rot. Als wenn Kathryn das auch nur entfernt interessieren würde, wo doch Francisco der einzige Mensch war, der ihre Gedanken bevölkerte. Sie hatten bestimmt jeden Abend zusammen gegessen. Nur sie beide, in einer fremden Stadt. »Nicht einmal ein Kuss.« Die Atmosphäre im Raum war zum Zerbersten gespannt, es knisterte vor glühender Leidenschaft.

»Danke, gut.«

»Hat man Sie angerufen?«

Kathryn lächelte höflich, aber ihre Augen – dunkelbraun und nicht blau, wie Jane plötzlich feststellte – verrieten ihre Ungeduld.

»Ich bin zu einem Vortrag an der University of Virginia in Charlottesville aufgefordert worden.«

»O bravo. Eine gute Universität. Das Haus von Jefferson steht dort, wussten Sie das? Ich hoffe, es klappt.«

Kathryn kräuselte spöttisch die Lippen. Jane verstummte und wurde rot.

»Ich muss los«, sagte Francisco und erhob sich.

Jetzt wandte sich Kathryn zum ersten Mal ihm zu. Im Mundwinkel denselben harten Zug wie eben. Er musste ganz nah an ihr vorbeigehen und streifte ihre Schulter. Sie regte sich nicht und behielt die ganze Zeit dieses höfliche, eisige Lächeln bei.

»Kennt ihr euch?«, fragte Jane. »Ich muss euch nicht noch mal vorstellen?«

Kathryn warf ihr einen unterkühlten Blick zu und antwortete nicht. Sie glaubte vielleicht, Jane wolle sich über sie lustigmachen. Francisco ging hinaus und entfernte sich mit großen Schritten. Kathryn warf einen Blick auf die Uhr.

»Schon sechs! Ich muss mich beeilen. Gute Reise, falls ich Sie nicht mehr sehe, Jane.«

Zwei Tage später war ihr Hals so entzündet, dass es sogar wehtat, wenn sie nur Wasser trank. Sie verschleppte diese Erkältung seit zwei Wochen. Ohne Antibiotika würde sie sie nicht wieder loswerden. Jetzt musste sie dem Berg von Dingen, die sie noch zu erledigen hatte, auch noch einen Besuch im Medical Center hinzufügen. Die Luft verbrannte ihr die Kehle. Sie gehörte eigentlich ins Bett. Aber sie hatte nichts mehr im Kühlschrank. Auf dem Weg zum Supermarkt beschloss sie, fünf Minuten Pause zu machen und einen heißen Tee zu trinken, um ihren Hals zu betäuben. Als sie gerade die Tür zum Café aufzog, sah sie sich Auge in Auge zwei Herauskommenden gegenüber: Francisco und Kathryn. Alle riefen gleichzeitig:

»O hallo!«

Dann folgte eine Stille, die von Franciscos Schwüren widerhallte, er werde Kathryn nie wiedersehen. Er hielt den Blick gesenkt wie ein Kind, das man beim Klauen ertappt hat. An einem Samstag gab es für ihn keinen Grund, in Old Newport zu sein, außer Kathryn. Sie waren in ein abgelegenes Café gegangen, eine Viertelstunde vom Fachbereich entfernt, der Main Street und dem Columbus Square entgegengesetzt, nur um der Person aus dem Weg zu gehen, die ihnen nun vis-a-vis stand und fröhlich ausrief:

»Was für ein komischer Januar, nicht wahr? Den einen Tag warm und feucht, den nächsten kalt und trocken. Ich mag es lieber, wenn die Luft kalt und frisch ist wie heute, aber ich habe fürchterliche Halsschmerzen, und da habe ich gedacht, eine heiße Tasse Tee würde mir guttun, bevor ich in den Supermarkt gehe. Was macht dein Schnupfen, Francisco?«

»Danke, es geht.«

Sie stiegen die Stufen hinunter. Jane betrat das Café, das sie gerade verlassen hatten. Sie dachten bestimmt, sie würde ihnen nachspionieren. Sei's drum. Nicht ihr Problem. Sie schlotterte und hatte eine glühend heiße Stirn. Bestimmt Fieber. Sie musste sich ein Thermometer kaufen.

Ein seltsamer Geruch wie von verbrannter Pizza stieg Jane in die Nase. Schon seit einiger Zeit, aber sie war zu sehr in ihre Lektüre vertieft gewesen, um zu merken, dass er nicht in dem Roman über sie, sondern in ihrer Küche war. Sie zuckte zusammen. Ihr Tee! Sie sprang auf und eilte zum Herd. Die Platte lief auf vollen Touren. Sie zog den Topf am Griff weg. Selbst das Plastik war heiß. Das Metall war völlig verkohlt. Als sie den Wasserhahn aufdrehte und den Topf unter den kalten Strahl hielt, gab es ein Zischen wie von einem riesigen Streichholz oder wie in einem Zeichentrickfilm von Walt Disney, wenn die Hexe auftaucht.

Sie ging zum Fenster, um es zu öffnen. Im Raum war es deutlich heller als vorhin. Der Regen hatte aufgehört, und der Himmel schien aufzuklaren. Dieses Eintauchen in die Vergangenheit hatte einen positiven Effekt auf sie. Sie quälte sich nicht mehr mit der Frage, ob Alex ihr eine Nachricht geschickt hatte oder nicht. Die Vorstellung, dass sie morgen in Hawaii sein würde, kam ihr jetzt noch unrealistischer vor als vorhin. Mit Alex!

Sie würde später ins Büro gehen. Es war besser, erst mal das Manuskript zu Ende zu lesen und das Rätsel zu lösen, um die Sache vor dem Treffen morgen Abend beiseite legen zu können. Im Übrigen war das Rätsel schon gelöst: nicht nur eine Rache, sondern eine Sublimierung, Franciscos einzig mögliche Art zu trauern. Er wusste seine Trauer in Szene zu setzen. Aber er war Jane gegenüber nicht ganz und gar ungerecht: Er erkannte zumindest an, dass sie mit ihm gefühlt hatte.

Sie schenkte sich noch ein Glas Wasser ein und ließ sich wieder auf den Holzstuhl nieder. Sie hatte Rückenschmerzen, weil sie so lange in derselben Position verharrt hatte. Sie hatte nichts zu Mittag gegessen. Daher dieses seltsame Gefühl, diese Art Krampf im Bauch. Nach dem nächsten Kapitel würde sie etwas essen.

3 Gestern Abend, nach dem Streit mit Eric, war ihr das Leben wie ein schwarzes Loch ohne Boden vorgekommen. Jetzt stieg sie bester Laune in den Zug nach New York. Ihr Lieblingsplatz im ersten Wagen mit einer gegenüberliegenden Bank, um die Füße hochzulegen, war frei. Sie legte die Zeitungen neben sich und ihre Tasche auf den Sitz gegenüber. Das Wetter war typisch für Ende März, nicht wirklich kalt, aber so feucht, dass es einem in sämtliche Poren kroch. Sie hatte ein zweites Paar Schuhe mitgenommen, falls es heute Abend regnen sollte. Sehr

vernünftig, wo sie zum ersten Mal seit zwei Monaten ausging. Der Waggon war schlecht geheizt. Sie ließ Mantel und Schal an. Aus den pfeifenden Lautsprechern drang eine Frauenstimme, die die Haltestellen auf der Strecke herunterbetete.

Sie war gestern Abend unnötig gemein gewesen. Der arme Eric. Sie lächelte. Wo er doch so stolz war auf den kleinen Test, den er sich für seine Studenten ausgedacht hatte, nämlich Dias von Gemälden an die Wand zu projizieren, und sie sollten dann Jahrhundert, Land und wenn möglich den Maler erraten.

»Es macht Spaß, zu sehen, dass ich ihnen etwas beigebracht habe. Da war ein französisches Gemälde aus dem achtzehnten Jahrhundert von Diana und Aktaion, das genauso gut im siebzehnten Jahrhundert in Holland hätte entstanden sein können, und … hörst du mir überhaupt zu?«

»Ja.«

Er hatte diese Antennen. Jane ließ ihre Gedanken wandern. Sie fragte sich, was sie morgen nach New York anziehen sollte.

»Sie haben sich nicht geirrt. Weißt du, warum? Die Perspektive.«

»Ehrlich gesagt, ist mir das scheißegal.«

Es hatte nicht so humorvoll geklungen, wie sie beabsichtigt hatte. Am anderen Ende der Leitung war tiefstes Schweigen eingetreten, so als hätte sie Eric gerade mit dem Hammer erschlagen.

»Du weißt doch, dass ich noch sehr schwach bin«, hatte sie in weicherem Ton hinzugefügt, um ihrer aggressiven Bemerkung die Spitze zu nehmen. »Es ist halb zwölf, und normalerweise schlafe ich um diese Zeit. Ich kann mich nicht konzentrieren. Mir wird ganz schwindelig, wenn ich versuche, dir zu folgen.«

»Gute Nacht«, hatte Eric mit der eisigen Stimme eines kleinen Jungen erwidert, der um nichts in der Welt zugeben wollte, dass er verletzt war. Sie hatte ihn auflegen lassen und nicht wieder angerufen.

Manchmal fürchtete sie wirklich, Eric würde verbauern. In New York würde kein Mensch mit solchem Enthusiasmus seine eigenen Lehrmethoden rühmen. Aber das war nicht der wirkliche Grund, der ihr diese Worte über die Lippen getrieben hatte. Sie hatte ihn verletzen wollen. Also keine unwillkürliche Bosheit, sondern instinktiver Machiavellismus. Sie wusste, dass er so lange nichts von sich hören lassen würde, bis sie sich bei ihm entschuldigt hätte. Er würde also heute Abend nicht anrufen und deshalb auch nicht erfahren, dass sie gar nicht da war. Dieser kleine Streit ermöglichte es ihr, eine sehr viel gefährlichere Szene zu vermeiden. Sie würde ihn morgen anrufen und ihre Bosheit auf die Müdigkeit und ihre Klaustrophobie schieben, ohne auch nur ein Wort von ihrem Abend in New York zu erwähnen.

Gerade noch bevor sich die Automatiktüren schlossen, sprangen zwei Frauen in den Zug. Eine trug einen Kinderwagen, die andere ein Baby. Sie brachen in lautes Geschrei aus vor Begeisterung, dass sie den Zug noch so knapp bekommen hatten. »Da hinten!« Sie suchten sich die Plätze neben Jane aus, auf der anderen Seite des Ganges. Zwei schwarze Frauen mit rot gefärbten, geglätteten Haaren, die eine sehr füllig, die andere jung und schlank. Die dicke Frau setzte das Kind auf die Bank ihr gegenüber. Es verfiel sofort in ein schrilles Gebrüll. Die beiden Frauen lachten weiter, als hörten sie es nicht. Kein Baby mehr, sondern ein richtiger kleiner Mann in Erwachsenenkleidung im Miniaturformat mit einer Schlotterjeans, Nike-Sportschuhen, einer schwarzen Lederjacke und einem grauen Sweatshirt mit raus hängender Kapuze. Er versetzte der dicken Frau einen energischen Hieb. Sie antwortete mit einem Faustschlag.

»Ich hab's dir gesagt: So nicht! Wenn du mich haust, haue ich dich auch!«

Er brüllte weiter. Interessant zu beobachten, die kleine Gruppe, aber sie würde Kopfschmerzen bekommen von dem Lärm. Jane stand widerwillig auf und trat den Rückzug ans andere Ende des Waggons an. Der Toilettengeruch störte sie, doch sie blieb.

Sie musste unbedingt daran denken, Francisco das Geld für die Einkäufe zurückzugeben, die er Anfang Februar für sie gemacht hatte, als sie ihn in seinem Büro angerufen und geradezu angefleht hatte, ihr diesen Gefallen zu tun. Die Notwendigkeit – hohes Fieber und ein leerer Kühlschrank – hatten sie gezwungen, ihren Stolz hinunterzuschlucken. Was für ein Schock, als sie nachmittags um vier die Klingel gehört hatte und nach unten gelaufen war, um die an die Türklinke gehängte Plastiktüte mit Nahrungsmitteln und Medikamenten vorzufinden. Francisco hatte nicht einmal gewartet, um ihr guten Tag zu sagen. Die Botschaft war eindeutig: Er stand nicht für sie zur Verfügung. Sie hatte einen Freund verloren. Sie war zu sehr vom Fieber geschüttelt, um richtig traurig zu sein. Zwei Tage später war sie vom Klingeln des Telefons geweckt worden. Francisco rief aus Manhattan an und erging sich in Entschuldigungen: Er hatte vor der Rush hour aus Old Newport herauskommen wollen, und da zählte jede Minute. »Und außerdem hatte ich Angst vor deiner Grippe. Sie scheint ja schlimm zu sein.« Jane lächelte, überglücklich, seine Stimme zu hören. Francisco war ihr Freund, wie hatte sie das vergessen können? Der einzige Missklang war sein abruptes Gelöbnis gewesen, wo sie doch gar nichts von ihm verlangt hatte. »Ich werde Kathryn nicht wiedersehen.«

Jane schlummerte ein und wachte auf, als der Zug in Stamford einlief und die Stimme der Fahrerin aus den knisternden Lautsprechern die Fahrgäste aufforderte, die Sitze freizumachen und das Gepäck in den dafür vorgesehenen Netzen zu verstauen. Zum Glück setzte sich ihr niemand gegenüber. Das Kleinkind vom anderen Ende des Waggons hatte wieder mit seiner schrillen

Stimme zu schreien angefangen, und jetzt kamen die Schreie näher. Er lief den Gang zwischen den Sitzen entlang. Plötzlich stürzte ein Geschoss auf sie nieder. Das Kind hatte sich gegen ihre auf dem gegenüberliegenden Sitz hochgelegten Beine geworfen. Er lachte und schrie, die Nase zwischen ihren Knien vergraben, während ihm die warme, feuchte Spucke aus dem Mund lief. Es schien ihm kein bisschen klar zu sein, dass sie ein menschliches Wesen war und nicht etwa ein Baumstumpf. Es war niedlich. Aber sein Gewicht lastete auf ihren Schienbeinen. Bevor sie noch nach der Lederjacke greifen konnte, hielt eine Hand sie am Handgelenk fest:

»Rühr ihn nicht an!«

Jane hob den Kopf. Die dicke schwarze Frau sah sie hasserfüllt an und quetschte ihr Handgelenk, dass es wehtat. Jane lief rot an.

»Aber ich habe doch nichts …«

Die Frau nahm das Kind in den Arm und übersäte es mit Küssen, während sie mit ihm davonging. Ihr Daumen hatte eine rote Druckstelle an Janes Handgelenk hinterlassen. Ein wohlfrisierter, weißhaariger Mann, der einen grünen Wildlederparka trug und auf der anderen Seite des Ganges saß, sah Jane an und lächelte ihr kopfschüttelnd zu.

»Unglaublich.«

Jane erwiderte mit einem flüchtigen Lächeln. Sie wollte seine Komplizenschaft nicht. Was wusste er denn schon von Armut und alleinerziehenden Müttern? Er wählte garantiert die Republikaner, wie Janes Eltern – ihr Vater aus Überzeugung, ihre Mutter, weil die Überzeugungen ihres Mannes für sie die einzige Wahrheit bedeuteten.

Was ihre Gedanken auf ihre Mutter lenkte, die sie Ende Februar besucht hatte, als Jane nicht mehr ansteckend gewesen war – damit sie den Virus nicht auf Susies Baby übertrug. Es war schön, seine Mutter bei sich zu haben, die einem das Essen ans Bett brachte, Temperatur maß und die Zeitung vorlas. Wieder Kind sein. Aber am nächsten Morgen kannte ihre Mutter nur ein Thema: »Nimm dich in Acht.« Jane hatte ein unheimliches Glück gehabt, einem Mann wie Eric zu begegnen. Er würde nicht immer so ungemein geduldig bleiben. Er war extrem gut aussehend und charmant, und er hatte ein gute Stelle. »Die Männer sind alle gleich, mein Liebling. Was glaubst du, wollen sie? Eine Frau im Bett, die ihnen Kinder schenkt und sie bekocht. Du wirst bald sechsunddreißig, die Uhr tickt. Wenn man ein Paar ist, ist es manchmal notwendig, dass einer dem anderen seinen beruflichen Ehrgeiz opfert.« Unnötig zu fragen, wer von beiden. Ihre Mutter, die, nachdem die jüngste Tochter aus dem Haus und an der Uni war, angefangen hatte, als Assistentin in der Praxis ihres Mannes zu arbeiten, kannte kein schöneres Schicksal für eine Frau, als als kleiner Planet immer um ihren Mann, die Sonne, zu kreisen.

Am Tag, nachdem ihre Mutter abgereist war, hatte Jane sich plötzlich nach Franciscos Stimme gesehnt, von dem sie seit fast einem Monat nichts gehört hatte. Sie hatte bei ihm in New York angerufen. »Hallo?« hatte er mit normaler Stimme geantwortet, die demonstrierte, dass er ein normales Leben führte, in dem er ganz normal antwortete, wenn jemand ganz normal bei ihm anrief.

»Ich bin's, Jane.«

»Ach du, Jane.« Es trat eine betretene Pause ein. »Was machen deine Recherchen?«

»Meine Recherchen? Interessieren die dich so sehr? Soll ich wieder auflegen?«

»Vielleicht. Es ist noch zu früh.«

»Aber es ist mir völlig egal, ob du was mit Kathryn hast! Wenn ich dir geraten habe, dich nicht mehr mit ihr zu treffen, dann nur um deinetwillen. Ich verurteile dich nicht. Du fehlst mir, Francisco. Ich muss dich sehen. Du bist mein Freund, mein einziger Freund hier.«

»Ich habe nichts mit Kathryn. Ich habe sie nicht wiedergesehen, seit du uns begegnet bist. Aber sie ist immer bei mir, Jane. In jeder Sekunde, Tag und Nacht, hier in meinem Herzen, in meinem Kopf, meiner Haut, vor meinen Augen. Ich muss sie vergessen. Es wird dauern. Ich kann dich nicht sehen, weil du mit ihr verbunden bist.«

Es war dieses mangelnde Vertrauen, das Jane traurig machte. Bestimmt hatte Kathryn von Francisco verlangt, sie zu belügen, und vielleicht sogar, sich nicht mehr mit ihr zu treffen. Francisco hatte Jane irgendwann mal gesagt, Kathryn hätte Angst vor ihr. Wenn er wirklich mit ihr gebrochen hätte, warum hätte er sich dann des einzig wohligen Gefühls beraubt, das ihm noch blieb, der Freundschaft? Wenn Jane mit Kathryn verbunden war, dann auch alles andere in Devayne, und allem voran das Gebäude, in dem er sein Büro hatte. Ihre Freundschaft konnte doch nicht daran zugrunde gehen, dass sie ihm zufällig Kathryn vorgestellt hatte. Francisco war zu intelligent, zu empfindsam und gerecht für so etwas.

Obwohl sie versprochen hatte zu schweigen wie ein Grab, hatte sie ihrer Nachbarin Lynn alles erzählt – außer der Episode mit dem dänischen Schriftsteller. Lynn kannte sowieso niemanden, der in der ganzen Geschichte eine Rolle spielte. Sie war voll und ganz mit Jane einer Meinung: Er hatte eine Affäre. Was den Ausgang betraf, war sie wenig optimistisch. Obwohl Jane ihr Francisco in den glühendsten Farben geschildert hatte, hielt Lynn nicht viel von ihm. Ein Mann, der seiner Frau ein Kind machte und sich gleich darauf in eine andere verliebte, konnte nur ein

Mistkerl sein. Typisches Machoverhalten. Und Jane die Schuld zuzuschieben war übrigens auch typisch.

Während der zwei seltsamen und wirren Monate, die ihre Krankheit gedauert hatte, hatte Jane Lynn ohne eigenes Zutun in ihr Leben treten lassen, obwohl sie beide so wenig miteinander gemein hatten. Lynn hatte ihren Wohnungsschlüssel und kam jeden Abend vorbei, um ihr etwas Leichtes zu kochen. Sie stammte aus Texas und war Sozialarbeiterin. Jane fürchtete, sie zu verletzen, wenn sie sie bat, leiser zu reden. Lynn trug immer dieselbe Jeans, die zu eng über ihren Speckrollen an Bauch und Po saß, und denselben Synthetikpulli mit rundem Ausschnitt und geometrischen Motiven in Blau und Schwarz, als ob sie nichts anderes zum Anziehen hätte. Sie war klein und hatte große Brüste, ein dickes Hinterteil und dicke Oberschenkel, einen kurzen, breiten Hals, kurze, schlecht geschnittene blonde Haare und eine große Nase, die sie englisch aussehen ließ. Aber Lynn wohnte im Haus, sie hatte ein Auto, war glücklich, sich nützlich machen zu können, und geschmeichelt, mit einer Professorin von Devayne befreundet zu sein. Sie nahm von allen Menschen am meisten Platz in Janes täglichem Leben ein. Mehr als Francisco. Eric gar nicht, außer am Telefon.

Während dieser vielen Wochen im Bett hatte sie oft und voller Zärtlichkeit an Eric gedacht. Manchmal wachte sie mit dem Gefühl von Erics Hand auf ihrem Schenkel oder ihrer Brust auf. Sie träumte von seinem Penis und der zarten, braunen Haut, die sie mit den Fingern liebkoste. Sie hatte Lust auf etwas sehr Sanftes, Leichtes, Zärtliches und Sinnliches, eine wärmende, zugleich mütterliche und erotische Liebe.

Er rief fast jeden Tag an. Sie verbrachte ihre Zeit am Telefon damit, sich zu beklagen und ihm Vorwürfe zu machen. Er tat so, als merke er nichts von ihrer Aggressivität. »Mhm«, sagte er, als hörte er gar nicht zu. Es lohnte sich nicht, mit ihr zu streiten. Ein krankes Kind.

Der Zug hielt. Die hundertfünfundzwanzigste Straße. Schreie und laute Rufe am anderen Ende des Wagens. Die zwei Frauen mit dem Kind stiegen aus. Jane sah plötzlich ganz aufgeregt aus dem Fenster. Es wurde schon dunkel. Der Zug fuhr wieder an und glitt an hohen, dunklen Backsteintürmen mit kleinen Fenstern wie Sternen darin vorüber. Sie öffnete ihre Tasche, holte den braunen Lippenstift heraus und fuhr damit über ihre Lippen. Sie zog den Schal um ihren Hals fest.

Der Zug fuhr in den Bahnhof Grand Central ein. Sämtliche Fahrgäste standen auf und schoben sich gen Ausgang. Sie stieg mitten im Pulk aus. Ein Mann kam mit einem Lächeln auf sie zu. Sie zog die Augenbrauen hoch. Er trat zur Seite, um eine Frau zu umarmen, die direkt hinter Jane ging. Sie sah sich gründlich um, als könnte Eric irgendwo auf sie warten, um nach einem langen Arbeitstag mit ihr nach Hause zu gehen.

Sie durchquerte die weite Marmorhalle mit den Baugerüsten überall und dem gemalten Sternenhimmel an der Decke. Man musste beinahe tänzeln, um nicht mit all den Menschen zusammenzustoßen, die den Bahnhof im Laufschritt und aus allen Richtungen kommend durchschritten. Sie lachte: Man konnte sich vorkommen wie in einem Charlie-Chaplin-Film. Sie ging an dem Informationsstand vorbei, wo sie im Dezember Duportoy begegnet war, und dann die Treppen zur Metro hinunter. Der Fahrkartenautomat war kaputt, vor dem Schalter stand eine lange Schlange. Jane zog ihre gelbe Metrokarte aus dem Portemonnaie, die sie im Dezember gekauft hatte und die sie wie eine echte New Yorkerin aussehen ließ. Das einzige Überbleibsel von ihrem Nachmittag in Manhattan vor drei Monaten. Sie konnte sich nicht einmal mehr an Torbens Gesicht erinnern, nur noch ganz vage an die kleinen

Zähne unter der rosigen Oberlippe und den blonden Schnurrbart. Von seinen Küssen und seinen Händen auf ihrem Körper war ihr keine Erinnerung geblieben. Es gab also so etwas wie Taten ohne Folgen – es sei denn, Francisco hatte an ihrer Stelle dafür bezahlt. Hinter der Sperre strebte eine noch viel dichtere Menschenmenge in alle Himmelsrichtungen. Sie ging zum Bahnsteig hinunter und hielt sich die Ohren zu, als die Express-Metro mit einem infernalischen Getöse von Metall auf Metall in den Bahnhof einlief.

Zwei Minuten später stieg sie am Union Square aus und ließ sich, von den Menschenmassen, dem unaufhörlichen Strom der Fahrzeuge und dem Gehupe wie betäubt, im Gedränge über den Broadway treiben. Ein riesiger Kerl, der von einem Taxi gestreift wurde, weil er zu früh vom Gehsteig hinuntergetreten war, schlug mit der Faust auf den Kofferraum und brüllte »Hurenbock« hinter dem Wagen her, ohne das irgendjemand den Zwischenfall zu bemerken schien. Um in New York zu leben, brauchte man ein Spezialtraining. Nach zwei Monaten im Bett waren ihre Verteidigungsmechanismen verkümmert. Kaum war sie am University Place links eingebogen, fand sie sich wieder zurecht. Eine Horde von jungen Leuten in Fantasieaufmachung kam die Straße herunter; viele von ihnen trugen diese weiten Schlaghosen, die wieder in Mode gekommen waren. Sie ging an der News Bar, dem voll besetzten Restaurant Japonica, dem Supermarkt, dem Café Dean and Deluca vorbei, blieb stehen, um einen Strauß strahlendgelbe Osterglocken zu kaufen, und bog dann nach rechts in die Privatstraße mit den kleinen Häusern rechts und links, die sie direkt auf der Fifth Avenue wieder zum Vorschein kommen ließ. In ihr stieg eine ungeheure Glückseligkeit auf, die sie Monate lang zurückgehalten hatte. Sie konnte ein Lächeln nicht unterdrücken. Ein Mann kam auf sie zu und sah sie erstaunt an. In drei Minuten würde sie Francisco sehen.

Vor fünf Tagen hatte sie ihn angerufen, und zwar nicht nur, weil er ihr fehlte, sondern um ihn beim Lügen zu ertappen. Die Semesterferien waren im vollen Gang. Wenn er abnahm, also nicht in Spanien war, war alles klar. In dem unwahrscheinlichen Fall, dass Kathryn selber an den Apparat ging, hätte Jane sofort aufgelegt. Francisco hatte sich nach dem zweiten Klingelzeichen gemeldet. Jane hatte gelächelt. Bis er, nachdem er mit freudloser Stimme erklärt hatte, es gehe ihm gut, sagte:

»Teresa ist hier.«

»Teresa? In New York?«

»Sie wird in nicht ganz einem Monat niederkommen, und die Fluggesellschaften nehmen nach dem achten Monat keine Schwangeren mehr mit.«

So war es nicht geplant gewesen. Teresa hatte sich immer geweigert, in New York zu gebären, auch wenn das dem Baby automatisch einen amerikanischen Pass verschaffte. Sie hatte kein Vertrauen in amerikanische Krankenhäuser.

»Ist sie im Moment bei dir in der Wohnung?«

»Nein, sie kauft ein.«

»Aber wie geht es dir?«

»Ich habe eine schwierige Zeit hinter mir. Sehr schwierig. Aber ich werde sie vergessen.«

Jane wurde rot. Er konnte *sie* noch nicht einmal beim Namen nennen. Und da hatte sie sich eingebildet, er würde sich eine schöne Zeit machen – mit Kathryn.

»Was hast du in all den Wochen gemacht!«

»Nur gearbeitet. Ich habe keinen Menschen gesehen. Ich musste ganz und gar allein sein. Es war schon schlimm genug, mich selber zu ertragen.«

Sie konnte seiner Stimme das selbstironische Zucken im Mundwinkel anhören.

»Und mit Teresa, wie läuft das?«

»Schwierig. Aber besser als Weihnachten. Wir haben viel geredet.«

»Hast du ihr das von Kathryn gesagt?«

Sie hatte den Eindruck, als zuckte Francisco am anderen Ende der Leitung heftig zusammen, als sie den Namen aussprach. So als hätte er einen Schlag bekommen.

»Natürlich nicht. Sie würde mich umbringen. Ich habe von einer Krise gesprochen, von meiner Angst vor der Vaterschaft, dem Unterschied zwischen einer Karriere hier und dem alten, verstaubten Universitätsleben in Spanien. Sie hat das verstanden. Aber sie ist immer noch wütend. Sie lässt mich im wahrsten Sinne des Wortes dafür bezahlen: Ich muss sie jeden Abend in astronomisch teure Restaurants ausführen, und sie kauft sämtliche Luxusmarken, die sie auf der Madison Avenue oder bei Bloomingdale's finden kann. Baby Gap ist nicht gut genug für sie. Ich habe keinen roten Heller mehr, aber wenn ich etwas sage, bricht sofort Krieg aus. Da sind mir die Schulden lieber.«

»Können wir uns sehen?«

Nach einigem Zögern hatte er geantwortet:

»Vielleicht. Aber mit Teresa.«

»Natürlich!«

»Lass sie mich erst fragen.«

Er hatte sie noch am selben Abend zurückgerufen: Teresa hatte nichts gegen ein Essen mit Jane einzuwenden.

Sie hatte ihn falsch eingeschätzt, und Lynn auch. Er war ein guter Mensch. Mehr als das. Er hatte sich den eigenen Arm abgehackt, um sich seiner Verantwortung zu stellen. Eines Tages würde das Geheimnis seiner Liebe nur noch ein süßes Geheimnis zwischen ihm und Jane sein. Wenn sie, mit Eric und den Kindern, Francisco und Teresa mit ihren Kindern in ihrer schönen andalusischen Villa mit Swimmingpool und Olivenbäumen besuchen würde.

Sie betrat Franciscos Wohnhaus und sagte dem alten Portier mit den dicken Brillengläsern ihren Namen. Er lächelte breit und sagte mit seinem vom Stottern verstärkten puertoricanischen Akzent:

»Lange Sie nicht gesehen!«

Sie nahm den vertrauten Fahrstuhl, fuhr in den sechsten Stock und ging den Flur entlang, der mit seinen kahlen Wänden so fröhlich wirkte wie ein Krankenhauskorridor. Sie klingelte.

Francisco machte die Tür auf. Sie wusste sofort, dass es furchtbar war. Er hatte einen Ausdruck im Gesicht, den sie noch nie gesehen hatte, nicht einmal im Januar. Er sah Jane nicht an. Teresa kam heran. Sie war riesig und dampfte vor Wut. Jane hielt ihr die Blumen hin. Teresa nahm sie, ohne sich zu bedanken, und ließ sie auf einem Tisch liegen.

»Bleib doch sitzen«, sagte Jane.

»Ich kann besser stehen.«

»Ist es bald so weit?«

Keine Antwort. Vielleicht hatte sie die Frage als Feststellung aufgefasst.

Jane hätte nie gedacht, dass eine im achten Monat schwangere Frau derart verbittert sein konnte. Allison und Susie hatten ihr gesagt, dass die Hormone einen in eine glückliche Amöbe verwandeln würden: die schönste Zeit im Leben einer Frau. Teresa war nicht glücklich. Da war nur Wut, und die war gegen Francisco gerichtet.

Sie setzten sich ins Wohnzimmer auf das Futon-Sofa, auf dem Jane sooft geschlafen hatte.

»Den Portwein«, sagte Teresa schneidend.

Francisco stand auf und holte die Flasche.

»Wie lange bist du schon da?«, fragte Jane Teresa.

»Drei Wochen. Ich kann nicht richtig schlafen. Zu viel Lärm.«

»Ja, New York ist furchtbar laut. Und dann habt ihr hier abends auch noch die Polizisten mit ihrem ›Der Park ist geschlossen‹-Gebrüll.«

Francisco bedachte Jane mit einem inhaltsschweren Blick. Sie lief rot an. Teresa wusste offenbar nicht, dass Jane hier geschlafen hatte.

»Francisco hat mir erzählt, dass er diese immer gleichen Ansagen jeden Abend nicht mehr ertragen könnte.«

»Jedenfalls ist dieses ganze Apartment furchtbar.« Dann fügte Teresa unvermittelt hinzu: »Ich höre, du warst krank? «

»Ich hatte eine Lungenentzündung.«

»Eine Lungenentzündung!«

Teresa machte eine ausweichende Bewegung und warf Francisco einen vorwurfsvollen Blick zu, als versuche er, sie und ihr Kind umzubringen, indem er tödliche Bazillen zu ihnen in die Wohnung holte.

»Ach, das ist doch völlig ausgeheilt. Nebenbei gesagt, ist die eigentliche Lungenentzündung lange vorbei. Das war nämlich so: Anfang Februar bin ich ins Krankenhaus gegangen, weil ich solche Halsschmerzen hatte, die einfach nicht wieder weggehen wollten, und da hat man eine Lungenentzündung diagnostiziert. Sie haben mir aber zu schwache Antibiotika gegeben. Das Fieber stieg nur immer weiter. Also bin ich nach einer Woche wieder hin, und sie haben mich geröntgt. Das sah gar nicht gut aus. Ein großer schwarzer Fleck auf dem rechten Lungenflügel. Die Infektion hatte wunderbar Zeit gehabt, sich auszubr…«

Teresa schnüffelte und zuckte mit den Nasenflügeln.

»Die Pizzettas! Hast du sie etwa im Ofen gelassen?«

Francisco stand wieder auf. Jane fuhr in ihrer Erklärung fort, damit es nicht so aussah, als hätte sie etwas bemerkt.

»Der Arzt hat gesagt, ich muss spucken. Also musste ich erst mal spucken lernen. Entschuldige, das ist nicht sehr appetitlich, aber es ist die einzige Methode, möglichst viel nach draußen zu holen.«

Teresa zog eine Grimasse, von der Jane nicht wusste, ob sie ihr galt oder Francisco, der jetzt aus der kleinen Küche mit einem Tablett voller am Rand verkohlter Minipizzen hereinkam. Jane streckte die Hand aus.

»Die duften wunderbar. Darf ich?«

Teresa verzog angewidert den Mund.

»Sie sind verbrannt. Davon kriegt man Krebs.«

»Na, jedenfalls nach einem Monat hatte ich kein Fieber mehr, und der Auswurf war nicht mehr gelb, aber ich hatte furchtbare Schmerzen. Ich konnte mich kaum rühren. Da bin ich wieder ins Krankenhaus. Die Infektion war weg, aber durch das viele Würgen hatte ich mir eine Brustfellentzündung zugezogen. Das nennt sich Pleuritis. Ich musste drei Wochen lang im Bett bleiben und alles tun, um ja nicht zu spucken.«

»Hast du den Herd ausgestellt?«, fragte Teresa knapp.

Francisco nickte. Keiner der beiden schien sich für ihren Bericht zu interessieren. Die Gebrechen anderer sind wie fremde Träume: So genau will man es gar nicht wissen.

»Ja, so war das also. Insgesamt war ich über zwei Monate lang krank. Es ist ein seltsames Gefühl, wenn man so lange krank ist. Man bekommt ein ganz anderes Verhältnis zur Zeit und zur Realität …«

Teresa zog zynisch die Mundwinkel runter.

»So lange ist das auch wieder nicht. Meine Kusine hat zwei Jahre gegen Leukämie angekämpft.«

»Zwei Jahre! Und? Hat sie es überlebt?«

Teresa nickte. Jane nahm sich noch eine Pizzetta und trank

einen Schluck Porto. Im Moment wäre sie bereitwillig nach Old Newport zurückgefahren. Francisco und Teresa konnten sich nicht einigen, in welches Restaurant sie gehen sollten. Er hätte früher reservieren müssen. Alle guten Restaurants in New York waren überlaufen, selbst mitten in der Woche. Völlig sinnlos, es in dem spanischen Restaurant zu versuchen, wo sie letzte Woche mit Xavier Hummer gegessen hatten, oder im Tribeca Grill oder Chez Raoul. Teresa fragte Jane:

»Isst du gerne Japanisch?«

»Sehr«, antwortete sie erleichtert. Ein japanisches Restaurant konnte so teuer nicht sein.

Aber es handelte sich um das angesagteste japanische Restaurant von ganz New York. Sie bekamen mit Glück den allerletzten Tisch. Sie saßen noch kaum, da bildete sich am Eingang schon eine Schlange. Jane erkannte kaum ein Gericht auf der Karte. Kein Ort, wo man Nudeln oder Sushi bekam. Das billigste Gericht auf der Karte kostete neunundreißig Dollar. Ein Kellner brachte dem Ehepaar am Nachbartisch ihre Teller, oder besser Bretter: riesige Stücke von rohem Fisch ohne Reis und dazu ein Algensalat. Das Paar starrte das Essen verstört an. Auf dem Tisch lag ein Reiseführer. Touristen. Die Frau löste mit ihren Stäbchen ein Stück Fisch aus, führte es zum Mund und verzog das Gesicht. Sie spuckte den Bissen verstohlen in eine Papierserviette und legte sie auf den Tisch. Sie redeten kurz miteinander. Italiener. Der Mann holte sein Portemonnaie heraus und legte eine Hundert-Dollar-Note auf den Tisch. Sie erhoben sich. Das Ganze war eher lustig, aber Francisco und Teresa waren zu angespannt und zu sehr in die Speisekarte vertieft, um die Szene zu bemerken. Ein Kellner erschien, trug im Eiltempo die unberührten Teller ab, deckte den Tisch neu ein, und schon ließ sich das nächste Paar daran nieder. Jane nahm den Lachs Teriyaki, das billigste

Gericht und außerdem das einzige, das sie kannte. Teresa wählte nur das Teuerste, dann bestellte sie den teuersten Sake und eine Flasche Wein zu neunzig Dollar. Francisco zog nervös die Augenbrauen hoch.

»Das ist der einzige Wein, der zum Aal passt.«

Der Ober stimmte ihr mit einem höflichen Nicken zu und entfernte sich. Teresa sah Jane an, als hätte sie ganz plötzlich ihre Gegenwart bemerkt.

»Er sagt immer, er hätte keinen roten Heller. Ich möchte gern mal wissen, wozu das viele Arbeiten gut sein soll, wenn nicht zum Geld verdienen. Verstehst du das?«

Jane lachte, als hätte sie einen guten Witz gehört. Sie konnten nicht während des ganzen Essens schweigen. Francisco schien nicht vorzuhaben, irgendein Gespräch in Gang zu bringen. Teresa suchte nur nach Gelegenheiten, ihn anzugreifen. Jane versuchte die Atmosphäre zu lockern, indem sie erzählte, was für einem fürchterlichen Druck sie in Devayne alle ausgesetzt wären und was daraus für Schwierigkeiten für sie und Eric erwuchsen. Er hatte schon wieder vergessen, wie es in Devayne war, und schrieb jedes Versäumnis und jede Verzögerung Janes Mangel an gutem Willen zu. Dabei war doch nur dieser Druck daran Schuld. Francisco und sie hatten da ganz ähnliche Erfahrungen gemacht, weil sie beide zusätzlich zu ihren Lehr- und Forschungsaufgaben auch noch die Lehrplanbeauftragten für ihre Fachbereiche waren.

»Als ich das das erste Jahr gemacht habe, das war die wahre Hölle. Ich hatte nur noch Devayne im Kopf und ständig eine Heidenangst, irgendetwas Wichtiges zu vergessen. Die Studenten zahlen zwanzigtausend Dollar pro Jahr, um in Devayne zu studieren, da kann man sich keinen Fehler erlauben. Ich habe noch nie so viele Albträume gehabt wie in dem Jahr.«

Teresa hörte zu. Sie hatte ein gutes Thema gefunden.

»Deshalb haben Francisco und ich uns auch so gut verstanden.«

Jetzt war der Moment, die Zweifel, die Teresa womöglich daran gehabt hatte, was das zwischen ihnen für eine Beziehung gewesen war, endgültig zu zerstreuen. Sie fuhr mit einem Lächeln fort:

»Das hat uns einander so nahe gebracht, dass alle an der Uni gedacht haben, wir hätten eine Affäre.«

Bei dem Wort zuckten Francisco und Teresa zusammen, als hätte Jane sie beide gleichzeitig mit einem Gummigeschoss getroffen. Teresa wurde blass. Francisco warf Jane einen extrem düsteren Blick zu. Sie errötete. Hier war jedes Wort das falsche, das war klar. Also besser schnell das Thema wechseln.

»Habt ihr den letzten Woody Allen gesehen?«

Das hatten sie, und in diesem Punkt waren sie sich einig: nicht gut.

»Das wundert mich nicht. Ich bin gar nicht mal sicher, ob er überhaupt noch einen guten Film machen kann, jetzt, wo er nicht mehr mit Mia Farrow zusammen ist. Im Dezember habe ich *Verbrechen und andere Kleinigkeiten* noch mal gesehen. Das ist ein hervorragender Film. Meiner Meinung nach sein bester. Erinnert ihr euch daran?«

Sie hatten ihn nicht gesehen.

»Also, es geht um einen Arzt, verheiratet, zwei Kinder, und er hat ein Verhältnis mit …«

Sie hielt abrupt inne.

Die beiden Menschen ihr gegenüber sahen so aus, als würden sie gleich explodieren. Francisco schlug die Augen nieder. Teresa fragte trocken:

»Mit wem?«

»Einer Stewardess, die von Angelica Houston gespielt wird. Er will mit ihr Schluss machen, aber sie droht damit, seiner Frau alles zu sagen, und bevor er sich's versieht, lässt sein Bruder, der Verbindungen zur Mafia hat, Angelica Houston von einem Profikiller ermorden. Und nun geht es darum, ob der Arzt unter seinem Schuldgefühl zusammenbrechen und sich stellen wird oder nicht. In einem anderen Handlungsstrang geht es um einen absolut erfolglosen Filmregisseur, gespielt von Woody Allen, der einen Dokumentarfilm über Primo Levi dreht und in die schöne Mia Farrow verliebt ist, die gleichzeitig von einem berühmten Hollywoodregisseur hofiert wird, den Woody Allen hasst und über den er sich Mia Farrow gegenüber lustig macht, in dem Glauben, sie wäre auf seiner Seite. Kurz und gut …«

Der Ober brachte die Teller. Als er wieder ging, nahmen Francisco und Teresa ihre Stäbchen und beschäftigten sich konzentriert mit ihrem Essen, ohne Jane zu fragen, wie die Geschichte ausging. Es war sowieso besser, nicht den ganzen Film zu erzählen, falls sie ihn später mal sehen wollten. Und ein nacherzählter Film wirkte immer irgendwie langweilig, vor allem, wenn jemand so davon schwärmte. Sie folgte ihrem Beispiel und machte sich schweigend ans Essen.

Teresa fing sofort an zu meckern. Sollte das etwa das beste japanische Restaurant in Manhattan sein? Der Fisch war völlig geschmacklos, und besonders frisch schien er auch nicht zu sein. Und jeder spanische Tischwein wäre besser gewesen als diese Neunzig-Dollar-Flasche.

Ihr Gemäkel lieferte Jane ein neues Gesprächsthema: Die Kreuzfahrt mit den Ehemaligen von Devayne vor sechs Jahren. Sie erzählte, wie überrascht sie gewesen waren, als sie mitten in Frankreich auf dem platten Land ein deutsches Schiff bestiegen. Endlich ein minenfreies Gelände.

»Der Küchenchef war auch Deutscher.«

Sie lieferte einen humorvollen Bericht von der Reise einer dreißigjährigen Junggesellin inmitten von lauter alten Tattergreisen, die bei Janes Anblick zu sabbern anfingen und allesamt mit der Concorde von New York nach Paris geflogen waren, weil es ja so viel praktischer war und auch kaum teurer als ein Erste-Klasse-Ticket. Stundenlange Mahlzeiten, denen man nicht entgehen konnte. Absolut deprimierend. Ein richtiger Fellini-Film. Und dann dieser Arzt, ein junger blonder Deutscher, sehr gut aussehend, wie aus einem Roman von Thomas Mann entsprungen. Sie hatten sich ab und zu unterhalten, aber diese harmlose kleine Freude hatte ihnen die Ehefrau des Herrn Doktor ganz schnell wieder verdorben, die war nämlich schwanger …

Ehefrau. Sie wusste sofort, dass das ein Wort war, das sie nicht aussprechen durfte. Darüber hing eine große rote Signallampe. Schwanger. Die Sirene ging los. Francisco starrte unverwandt auf seinen Teller und spielte mit den Essstäbchen. Jane kam sich vor, als würde sie mit einem Rennwagen über eine Küstenstraße fahren und nach einer Kurve die Kontrolle über das Fahrzeug verlieren. Das Auto stürzte in den Abgrund, als sie ihren Satz heldenmütig beendete: »… und war eifersüchtig geworden.«

Danach wäre nichts schlimmer gewesen als Schweigen. Sie fuhr fort und schilderte die ganze Geschichte: Die Wespe, die sich in ihrem Haar verfangen hatte, wie der Doktor sie befreien wollte und gestochen worden war, ihr verspätetes Eintreffen im Vortragssaal, wie die Frau Doktor sie angesehen hatte und den Nervenzusammenbruch der Deutschen am selben Abend.

»Es tat mir wirklich leid. Und dabei war gar nichts passiert.«

Als müsste sie etwas leugnen. Sowieso egal. Francisco und Teresa schienen ihr nicht einmal zuzuhören. Das Unbehagen am Tisch war Platz verdrängend. Jane verstummte. Sie schwitzte. Der

Kellner trat heran und schenkte Teresa und Francisco mit elegantem Schwung nach. Jane hatte ihr Glas noch nicht einmal angerührt. Sie hätte es nicht schlimmer machen können, wenn sie betrunken gewesen wäre. Der Kellner fragte, ob alles in Ordnung sei. Kaum hatte er sich entfernt, schimpfte Teresa:

»Sogar der Salat ist ungenießbar. Total versalzen.«

Sie aßen in fast völligem Schweigen zu Ende. Jetzt war Teresa die Einzige, die etwas sagte, und das nur, um sich über alles auszulassen, was nicht in Ordnung war. Jane wagte nicht mehr, den Mund aufzumachen oder auch nur den Kopf zu heben. Eine Sekunde lang hatte sie Franciscos Blick aufgefangen: eisig, leblos, ohne Freundschaft. Sobald Teresa den letzten Bissen hinuntergeschluckt hatte, bat er um die Rechnung. Als der Ober sie brachte, warf er einen Blick auf die Endsumme, ohne eine Miene zu verziehen, und zog seine Kreditkarte heraus. Teresa fixierte ihn mit ihrem Blick. Jane konnte sehen, dass die Rechnung nahe an dreihundert Dollar heranreichte – also dreihundertfünfzig mit Trinkgeld. Sie machte große Augen. Sie hatte noch nie so viel Geld in einem Restaurant ausgegeben.

»Was schulde ich dir?«

»Gib mir fünfzig Dollar, das wird reichen. Du hattest keine Vorspeise und hast praktisch nichts von dem Wein getrunken.«

»Du kannst sie doch wohl einladen!«, rief Teresa verächtlich aus. »Also, diese Professoren sind vielleicht knauserig!«

Francisco rieb seine Hände an der weißen Serviette. Jane betrachtete seine blauen, geschwollenen Adern.

Während sie am Ausgang warteten, weil Teresa auf die Toilette gegangen war, entschuldigte Jane sich für ihre Schnitzer.

»Ja, du hast deine Geschichtchen wirklich gut gewählt«, sagte Francisco mit einem sarkastischen Zug um den Mund.

Als sie das Restaurant verlassen hatten, nahm sie sofort ein Taxi und ließ sich zum Grand Central fahren. Sie erwischte gerade noch den Zug um neun Uhr fünfundfünfzig. Während der ganzen Fahrt las sie in einem seichten Magazin, ohne eine Zeile auszulassen.

Jane starrte auf die letzte Zeile. Wie konnte sie sich noch heute Abend mit Francisco in Verbindung setzen? In Sevilla war es jetzt mitten in der Nacht, aber das würde sie nicht abhalten. Das Spanisch-Seminar würde bestimmt seine Adresse haben. Sie stand auf und ging zum Telefon. Sie nahm den Hörer in die Hand und wollte schon die Nummer eingeben, als sie sah, dass die Herduhr siebzehn Uhr fünfundfünfzig anzeigte. Zu spät, um die Sekretärin anzurufen. Wen sonst? Sie kannte Franciscos Fachbereichsleiter. Flüchtig. Francisco hatte sie ihm vor drei Jahren einmal vorgestellt. Seine Privatnummer würde sie bestimmt im Telefonverzeichnis der Devayne-Professoren finden, das sie aber leider im Büro aufbewahrte. Ein Grund mehr, ins Büro zu gehen. Jetzt gleich? Mit dem Fahrrad wäre sie schnell dort. Im selben Moment, als sie den Hörer mit zitternder Hand wieder auflegte, klingelte das Telefon.

»Hallo?«

»Kann ich bitte mit Frau Professor Jane Cook sprechen?«

»Am Apparat.«

»Jane, hallo! Hier David Clark.«

»Wer?«

»David Clark, vom Fachbereich Französisch und Italienisch an der University of Iowa in Iowa City.«

»O hallo. Wie geht's?«

»Danke, gut. Entschuldige, dass ich dich zu Hause anrufe. Ich habe mir erlaubt, Eric nach deiner Nummer zu fragen, weil ich dir etwas Wichtiges sagen wollte.«

Jane zog die Augenbrauen hoch. Woher kannte Eric ihre neue Nummer? Sie hatte sich im letzten Jahr eine neue geben und sich auf die Rote Liste setzen lassen. Aus dem Fenster blickend, sah sie, wie die Sonne die dichte, schwarze Wolkendecke durchbrach und einen Fächer hinabzielender Strahlen über den Horizont breitete wie in einem der Bilder von Claude Lorrain, die Eric ihr im Louvre gezeigt hatte. Eric liebte es, wenn nach einem Sturm der Himmel aufriss und das Licht durchkam.

»Wir würden uns sehr freuen, wenn du im nächsten Herbst einen Vortrag bei uns halten könntest. Ich brauche deine Antwort so schnell wie möglich. Unser Fachbereichsleiter trifft sich morgen früh mit dem Dekan, um sich das Budget bewilligen zu lassen, und ich muss ihm die Vortragsliste vorlegen. Wir sind nicht reich: Wir können dir dreihundert Dollar bieten, und natürlich übernehmen wir die Reisespesen. Normalerweise gibt es danach noch ein Essen, um halb sieben. Danach wird es zu spät für dich sein, wieder zurückzufliegen, deshalb würde ich dir anbieten, bei mir zu übernachten, wenn es dir nichts ausmacht. Ich habe ein Gästezimmer mit eigenem Bad, und ich mache köstliche Arme Ritter zum Frühstück. Das ist bestimmt angenehmer als im Faculty Club.«

Jane fröstelte. Ihr war kalt. Oder sie hatte Hunger.

»Wann wäre das?«

»Ich dachte an den zwölften Oktober.«

Sie war natürlich die Lückenbüßerin für jemand anders, der gerade abgesagt hatte.

»Ich muss erst darüber nachdenken. Kann ich dich heute Abend zurückrufen?«

»Natürlich. Auch ganz spät noch. Genier dich bloß nicht. Ich gehe ohnehin nicht vor zwei ins Bett.«

Plötzlich hatte sie wieder den eisglatten Gehweg vor dem Haus und den schwarzen Schatten unter der Laterne vor Augen.

»Und bevor du schlafen gehst, führst du noch den Hund in dir Gassi.«

»Wie bitte?« Er lachte. »Du hast ein gutes Gedächtnis.«

»Was macht das Patchwork?«

»Du meinst mein Buch? Ich habe meinen ursprünglichen Plan vollkommen verändert. Kein Patchwork mehr.«

»Warum?«

»Zu banal. Das ist jetzt die neue Mode unter Akademikern, autobiographische Fragmente mit kritischen Betrachtungen zu vermengen. Ich finde das sterbenslangweilig. Deshalb bin ich zu einer traditionellen Struktur zurückgekehrt. Eine Geschichte über das Leben einer Professorin. Und zwar eine Frau, damit man mich nicht erkennt. Ein richtiger Roman mit philosophischem Ausblick, eine Lebensbetrachtung, weißt du, das, was die Deutschen ›Weltanschauung‹ nennen. Ich möchte eine lange Phase aus dem Leben dieser Frau schildern, mit allen Höhen und Tiefen, statt nur einer kleinen Krise, wie das alle Romane heutzutage so machen. Was mich interessiert, ist die Dauer. Möchtest du einen Blick darauf werfen? Du bist bestimmt eine aufmerksame Leserin.«

Sie hörte ihm ein wenig abwesend zu. Ihr lag eine Frage auf der Zunge. Sie zählte die Monate: Nur vier, seit sie David Clark das letzte Mal gesehen hatte, also gab es bestimmt nichts Neues. Sie würde ihn nicht fragen. Er wartete offensichtlich nur darauf. Vielleicht war das sogar der wirkliche Grund für seinen Anruf. Dieser Kerl war krankhaft neugierig.

»Du brauchst dir übrigens keine Gedanken zu machen«, sagte David plötzlich, als könnte er ihre Gedanken lesen. »Eric nimmt im Herbst ein Freisemester. Er wird nicht in Iowa City sein.«

Jane wurde blass und fragte mit so neutraler Stimme wie möglich:

»Wohin geht er?«

»Nach Italien. Er arbeitet mal an einem ganz anderen Projekt, einer Auftragsarbeit. Eine Biographie über Bronzino.«

»Bronzino?«

Er lachte.

»Nicht euer Bronzino. Über den italienischen Maler des sechzehnten Jahrhunderts.«

»David, ich danke dir für deine Einladung, aber ich fürchte, ich kann nicht kommen. Ich werde völlig überlastet sein von meiner neuen Stelle und meiner eigenen Arbeit.«

»Bist du sicher? Denk noch mal drüber nach. Du kannst auch morgen früh noch anrufen, wenn du willst. Es ist nicht weit. Es kostet dich nur einen Nachmittag. Ich finde deine Arbeit wundervoll. Ich würde mich wirklich freuen, wenn du kommst. Oder im Frühjahr, wenn dir das lieber ist.«

Ihr zitterten die Hände, als sie auflegte. Sie ging ins Wohnzimmer und stellte den Thermostat auf zweiundzwanzig Grad. In der Küche zog sie die Kühlschranktür auf. Sie hatte keine Lust zum Kochen. Nicht einmal Eier.

Das Leben einer Universitätsprofessorin. Ein Roman über eine lange Lebensphase. Sie war eine aufmerksame Leserin. Er erinnerte sie wie zufällig daran, als sie gerade mitten in der Lektüre war. Dann erwähnte er Eric mit sadistischer Neugier. Dann Bronzino. Er forderte sie auf, ihn mitten in der Nacht anzurufen, egal, wann.

Ein bisschen viel für einen einfachen Zufall. Aber warum sollte Clark einen Roman über sie schreiben? Sie kannte ihn kaum. Wo sollte er sich diese ganzen Informationen über sie geholt haben? Bei Eric? Schwer vorstellbar, dass Eric sich an der Schulter seines aknenfarbigen Kollegen ausweinen sollte. Außerdem enthielt dieser Text Episoden, von denen Eric nichts wusste.

Sie nahm die Milchtüte aus dem Eisschrank und die Schachtel Kellogg's Vollkornflocken aus dem Schrank. Sie machte eine große Schale voll, aß schnell vier gehäufte Löffel direkt hintereinander, setzte sich und stellte die Schüssel rechts neben den Seiten ab, die sie noch nicht gelesen hatte. Dann aß sie weiter und drehte gleichzeitig die Seiten um.

4 Bei dem Regen, der gegen die Fensterscheiben prasselte, war man drinnen besser aufgehoben als draußen. Das war im Augenblick das Tröstlichste, das ihr einfiel. Sie saß auf dem Sofa und las, besser gesagt, sie ließ sich, nicht ohne eine gewisse masochistische Lust, das Gespräch von gestern Abend noch einmal durch den Kopf gehen. Das Telefon klingelte.

Sie lief in die Küche und nahm ab.

»Habe ich dich geweckt?«

»Nein, ich hab gelesen.«

Eric. Sie lächelte. Heute Abend gab es niemanden, dessen Stimme sie lieber hören wollte. Sie hatte am Nachmittag eine Nachricht auf seinem Anrufbeantworter hinterlassen. Jetzt war es schon Mitternacht.

»Entschuldige, dass ich dich so spät noch anrufe. Ich habe mit David zu Abend gegessen. Geht's gut?«

»Ja. Es regnet immer noch. Wie aus Kübeln.«

»Du bist hoffentlich nicht mit dem Fahrrad gefahren.«

»Heute nicht, die Straßen sind zu nass. Gestern schon, aber ich war dick angezogen.«

»Du bist nicht gerade sehr vernünftig.«

Sie seufzte. Ihre Lungen gaben bei diesem Wetter tatsächlich so ein komisches Pfeifen von sich, wenn sie atmete. Das würde sie Eric aber nicht sagen. Auf dem Fahrrad war sie schneller am Ziel. Basta.

»Ich hab den Brief von der University Press of Minnesota bekommen.«

»Wann?«

Er fragte nicht einmal, was drinstand. War doch klar. Seine Reserven an tröstenden Worten waren erschöpft. Sie wollte auch gar nicht getröstet werden. Aber dieser Brief heute hatte eine unangenehm vertraute Wirkung auf sie gehabt, die sie schon fast vergessen hatte. Ein Stich, der ihre Laune ganz plötzlich verdüstert hatte. Sie hatte es sofort gewusst, als sie den cremefarbenen Umschlag sah, noch bevor sie den Verlagsabsender entziffern konnte. Ihre letzte Hoffnung. Natürlich gab es Wichtigeres. Die Gesundheit, schon mal als Erstes. Aber trotzdem. Und das gestrige Gespräch mit Francisco hatte einen bitteren Geschmack bei ihr hinterlassen, der durch den Regen, den Brief, das Warten auf Erics Anruf und alles andere noch verstärkt wurde.

»Heute Nachmittag.«

»Was sagen sie?«

»Nicht viel.« Sie lachte. »Sie müssen Tinte sparen, das Budget ist klein. Nicht mal ein Gutachten, und dabei haben sie das Manuskript fünf Monate behalten. Nur wieder der Standardbrief: Mein Buch entspricht trotz aller Vorzüge zurzeit nicht ihren verlegerischen Erfordernissen, und es tut ihnen wirklich, wirklich leid.«

»Du solltest sie anrufen und fragen, warum.«

»Ich weiß, warum.«

»Ach so?«

»Sie haben vor einem Jahr ein Buch von Jeffrey Woodrow zu einem ganz ähnlichen Thema veröffentlicht. Darum habe ich ihnen überhaupt erst geschrieben. Ich wusste, dass das Thema sie interessiert.«

»Hast du das Buch von Woodrow gelesen?«

»Noch nicht.«

»Jane.«

Sie konnte förmlich sehen, wie er den Kopf schüttelte: unprofessionell. Ein Buch, das vor einem Jahr erschienen war. Sie hatte es nicht einmal in der Bibliothek ausgeliehen. Sie vergaß es regelmäßig, als ob das ein Zufall wäre. Dabei hätte sie doch als verantwortungsvolle und intelligente Wissenschaftlerin sofort zu einem Buch Stellung nehmen müssen, das sich mit ihrem Thema beschäftigte. Sie kannte Erics Meinung dazu: Bedeutung bekam man nur, wenn man sie sich selbst verschaffte.

»Ich werde es mir aus der Bibliothek holen. Im Herbst hatte ich keine Zeit.«

Der Satz brachte ihn auf die alte Leier.

»Bist du fertig mit deinen Vorbereitungen?«

Vor zwei Tagen hatte sie endlich im Reisebüro angerufen und reserviert. Noch am selben Abend hatte sie es Eric verkündet. Unter diesem Vorwand hatte sie auch bei Francisco angerufen. Wenn sie Eric nur von diesem Gespräch erzählen könnte. Aber er wusste nicht, dass sie in New York gewesen war und Francisco wiedergesehen hatte. Und vielleicht hätte er Francisco auch recht gegeben.

»Ich muss nur noch meine Koffer zumachen.«

Sie errötete. Sie hatte heute Nachmittag vergessen, noch einmal im Reisebüro anzurufen, um ihr Ticket mit Kreditkarte zu bezahlen. Die Reservierung war also automatisch wieder annulliert. Hauptsache, Eric fragte nicht danach. Sie hörte ein Klicken.

»Kannst du mal einen Moment warten?«, fragte Eric. »Da ist jemand auf der anderen Leitung.«

Sie zog sich einen Stuhl heran und setzte sich dem Herd gegenüber vors Fenster. Es goss immer noch in Strömen. Sie hörte den Regen, ohne ihn im Dunkeln sehen zu können. Da draußen war es genauso finster wie Franciscos Stimme, als er gestern abgenommen und erkannt hatte, dass sie es war. So distanziert und düster und überhaupt nicht erfreut, sie zu hören. Sie hatten seit dem

Essen in New York vor fünf Tagen nicht mehr miteinander gesprochen. Gestern war der 1. April gewesen. Jane, die schon vermutete, dass er wütend auf sie war, hatte darüber nachgedacht, ob sie ihm einen Streich spielen sollte, um die Spannung zu lockern. Ihm zum Beispiel erzählen, dass sie schwanger war. Aber Franciscos Stimme hatte jeden Gedanken an einen Scherz sofort vertrieben. Fast schüchtern hatte sie gefragt:

»Wie geht's?«

»Es geht.«

»Kommst du morgen nach Old Newport?«

»Ja.«

»Wollen wir einen Kaffee zusammen trinken?«

»Nein.«

Eine reichlich kurzangebundene Antwort. Aber Francisco war wahrscheinlich völlig überfordert von seiner Arbeit und Teresa, die in New York auf ihn wartete.

»Nächste Woche? Irgendwann vor Freitag. Ich reise am Freitag nach Iowa ab und würde mich gern von dir verabschieden.«

»Ich will dich nicht sehen.«

Janes Herzschlag beschleunigte sich.

»Wegen Donnerstagabend?«

»Das werde ich dir nie verzeihen, dass du im Beisein von Teresa von Kathryn gesprochen hast. Du bist eine bösartige Person.«

»Von Kathryn? Ich habe nicht von ihr geredet!«

»Du hast von deiner hervorragenden Assistentin gesprochen, und du hast mich sogar gefragt, ob ich mich an sie erinnere, du hättest sie mir mal im Café Romulus vorgestellt. Ich wünschte, ich hätte dich nie kennengelernt.«

Jane hatte das völlig vergessen. Sie hatte Kathryns Namen nur zufällig erwähnt, als es darum ging, welche Hilfsmittel einem in Devayne bei der Recherche zur Verfügung standen. Sie war rot geworden und hatte ihre Ungeschicklichkeit mit einer harmlosen Frage zu übertünchen versucht, eben weil sie das Gefühl gehabt hatte, auf dünnem Seil über dem Abgrund zu balancieren.

»Aber das war doch keine Absicht, Francisco! Das ist genau das Gleiche wie mit den ganzen Geschichten, die ich beim Abendessen erzählt habe. Die Atmosphäre war so extrem gespannt, und ich hatte solche Angst für euch beide, ich habe mich dermaßen unwohl gefühlt!«

Er hatte aufgelacht.

»Deshalb hast du wohl auch alles getan, was in deiner Macht stand, um die Situation noch zu verschlimmern.«

»Nein. Es war vollkommen unbewusst! Du weißt doch, wie das ist, wenn man auf gar keinen Fall ein bestimmtes Thema berühren darf: Irgendwie kommt man auf die eine oder andere Weise immer genau darauf zu sprechen.«

»Ganz genau. Das ist das Problem bei dir. Das Unbewusste. Da liegt deine Bösartigkeit. Du kannst gar nichts dagegen tun. Und da ist noch eine andere Charaktereigenschaft, die mir schon lange an dir aufgefallen ist. Du bist dermaßen konkurrenzorientiert, dass du dich erst so richtig wohlfühlst, wenn es deinen Freunden dreckig geht.«

Damit war das Gespräch zu Ende. Ein Urteil ohne Revision. Sie hatte an einem einzigen Abend gezeigt, was sie wert war. Sie hörte ein Klicken im linken Ohr. Eric war wieder in der Leitung.

»So. Entschuldige. Ein Kollege brauchte einen guten Rat für die Abschlussprüfung, und er hat mir erzählt, dass unser Direktor hier gestern den ganzen Tag mit einem großen Zettel auf dem Rücken mit der Aufschrift »Küss mich!« herumgelaufen ist. Diese Studenten! Es würde mir überhaupt nicht gefallen, wenn mir das passierte. Wo waren wir gerade? Ach ja, bei deiner Ankunft. Also nächsten Freitag um fünf, ja? Ich hab um vier einen Termin beim

Zahnarzt, aber den kann ich verschieben. Ich hoffe, dass er bald einen anderen Termin hat. Ich habe ein Loch, das ziemlich weh-tut.«

»Verschieb ihn nicht.«

»Warum?«

Erics Stimme klang sofort angespannt.

»Ich habe vergessen, heute noch mal beim Reisebüro anzuru-fen. Wenn ich die Reservierung morgen wiederhole, kann ich sie auf Samstag verschieben, wenn das praktischer für dich ist.«

»Willst du damit sagen, dass du dein Ticket noch nicht gekauft hast?«, fragte Eric langsam.

»Ich hab's vergessen. Bestimmt wegen dieses Briefes.«

»Du hast es vergessen, ich verstehe.« Es trat eine Stille ein. »Unter uns gesagt«, sprach Eric schließlich weiter, »finde ich dein kleines Spielchen nicht besonders lustig. Entweder, du kaufst morgen dein Ticket, oder ...«

»Oder was? Ich hab's vergessen. Das habe ich doch gesagt.«

»Du bist ein bisschen zu zerstreut für meinen Geschmack. Wir haben jetzt den zweiten April, Jane. Das alles hat im Dezember angefangen. Irgendwann verliere ich die Geduld.«

»Rede nicht in diesem Ton mit mir. Das ist das Problem. Viel-leicht habe ich sogar deshalb vergessen, im Reisebüro anzurufen.«

»Wie bitte?«

»Weil ich wusste, dass du so reagieren würdest. Das macht mich fertig. Wenn du doch bloß nett sein könntest.«

»Ich bin nicht nett?«

Er lachte.

»Wenn du so mit mir sprichst, bist du nicht nett. Du machst mir Angst.«

»Ich mache dir Angst.«

»Ja. Weil ich weiß, dass du nie nachgeben wirst.«

»Ich werde nie nachgeben.«

»Hör auf, alles zu wiederholen, was ich sage.«

Sie hätte am liebsten losgeheult. Aber sie durfte nicht schwach sein. Nicht jetzt. Sie waren ganz nah dran, den Kern des Problems zu berühren. Sie mussten es lösen und sich von dieser lastenden Stille befreien, bevor sie nach Iowa kam und Eric die Tatsache, dass sie bei ihm war, wichtiger fand als alle Worte.

»Wenn du so mit mir sprichst, ist das, als ob du sehen würdest, wie ich in einen Abgrund stürze, und dich weigern würdest, mir die Hand hinzustrecken, nur um mir zu beweisen, dass es falsch von mir war, so nah an den Rand zu gehen, wo du mich doch gewarnt hast, dass es gefährlich ist.«

Er lachte wieder.

»Erhellend. Ich werde versuchen, mich beim nächsten Mal daran zu erinnern, wenn ich dich in einen Abgrund fallen sehe.«

»Hör auf damit. Merkst du nicht, dass es mir ernst ist? Kannst du nicht ein Mal nett sein?«

»Ich bin nett. Ich bin sehr nett. Ich bin außerordentlich nett. Ich bin viel zu nett. Vielleicht hätte ich schon viel früher viel weniger nett sein sollen!«

»Ich will nicht zu dir kommen, wenn du so mit mir sprichst. Ich will nicht zu dir kommen, wenn du nicht nachgeben kannst, Eric.«

»Willkommen bei den Irren. Nachgeben. Nett. Was ist das? Eine Sekte oder dieses blöde Weib Lynn, die dich eingewickelt hat, oder was? Mein kleiner Liebling, ich bitte dich, komm so schnell wie möglich zu mir. So vielleicht? Ist das nett genug?«

Sie schluckte. Ihre Brust zog sich schmerzhaft zusammen. »Du hast bis morgen Mittag Zeit, um dein Ticket zu kaufen.«

»Das ist Erpressung.«

»Ich bin mir nicht so sicher, wer hier wen erpresst. Gib nach, oder ich komme nicht. Ich verstehe kein einziges Wort. Ich bin wenigstens eindeutig.«

»Hier geht es nicht darum, wer der Stärkere ist, Eric. Hier geht es um uns. Wenn du nur nachgeben könntest …«

»Aaah!« Er brüllte so laut, dass sie zusammenzuckte. »Sprich dieses Wort nie wieder aus! Du machst mich wahnsinnig.«

»Schrei nicht so. Ich bitte dich.«

Am anderen Ende gab es einen Krach, als ob Eric den schnurlosen Hörer gegen die Wand geschleudert hätte. Dann hörte sie nur noch das Freizeichen.

Sie gab sofort seine Nummer ein. Er nahm nach dem ersten Klingeln ab.

»Wie kannst du es wagen, einfach aufzulegen? Du bist derjenige, der mal zum Psychiater sollte, nicht ich! Weißt du übrigens, was der mir gesagt hat, zu dem ich gegangen bin? Es ist nicht mein Problem, sondern ein Problem zwischen uns beiden, ein Kommunikationsproblem. Das Problem ist, dass du völlig unfähig bist, zu kommunizieren. Genau wie deine Mutter! Es ist nicht schwer zu erraten, warum Sonia dich sitzengelassen hat! Und auch nicht, warum dein Vater abgehauen ist!«

Eric lachte bitter auf.

»Na klar.

»Seit Monaten versuche ich, mit dir zu reden. Aber du hörst mir nicht zu. Es interessiert dich gar nicht. Du bist nicht einmal gekommen, als ich Lungenentzündung hatte.«

»Ich habe unterrichtet. Ich konnte nicht weg. Ich habe dich jeden Tag angerufen.«

»Und deine Ferien von vierzehn Tagen?«

»Ich war auf einer wichtigen Tagung. Man braucht einen wirklich ernsthaften Grund, um im letzten Moment abzusagen.«

»Einen ernsthaften Grund? Meinst du vielleicht so was, wie

wenn ich gestorben wäre? Dann wärst du vielleicht zu meiner Beerdigung gekommen, ja?«

»Du bist lächerlich.

»Schweig. Ich erlaube dir nicht, dieses Wort auszusprechen. Ich bin nicht lächerlich. Man kann durchaus an einer Lungenentzündung sterben. Weißt du überhaupt, wie krank ich war? Weißt du, wie das ist, wenn man zweiundvierzig Fieber hat? Glaubst du, da kann man aufstehen und sich was zu essen machen?«

»Ich habe deine Mutter angerufen, und sie ist zu dir gefahren.«

»Herzlichen Dank. Sie hat ihren Auftrag bestens erfüllt, keine Sorge. Aber vorher, die ganzen Wochen, wo ich dieses schreckliche Fieber hatte, wer sollte sich da um mich kümmern? Wer, wenn es nicht dieses ›blöde Weib Lynn‹ gegeben hätte?«

»Dein kleiner Freund aus Spanien, nehme ich an.«

Jane konnte sich nicht mehr beherrschen und fing an zu weinen. Sie sagten einige Sekunden lang nichts.

»Eric«, sagte sie dann langsam, »muss ich dir erst erzählen, dass ich mit jemandem geschlafen habe, damit du mir zuhörst?

»Ach so? Du hast also mit jemandem geschlafen?«

»O mein Gott, mein Gott! Du verstehst nichts, was ich sage, nichts.«

»Ich höre, und ich verstehe sehr gut. Du schreist ja laut genug. Ich habe sogar genug gehört.«

»Ja, ich habe mit jemandem geschlafen.«

»Mit diesem spanischen Dumpfkopf?«

»Duportoy, wenn du's schon wissen willst. Und ja, es war gut.«

Sie weinte nicht. Sie saß mit offenem Mund da, einen erstaunten Ausdruck im Gesicht wie ein Kind, das mit einem Automatikgewehr auf seine Klassenkameraden schießt und sie einen nach dem anderen blutüberströmt umfallen sieht. Duportoy. Der

Name war ihr kaum eingefallen, als sie ihn auch schon ausgesprochen hatte – plötzlich fiel ihr ein, dass sie ihm am Morgen auf der Garden Street über den Weg gelaufen war, als sie ihre Post geholt hatte. Sie hätte sich keinen Passenderen aussuchen können. Eric war ihm einmal begegnet. Er wusste, dass Duportoy ein Frauentyp war. Und dass Jane für seinen Charme nicht ganz unempfänglich war.

Er antwortete nicht. Jane war es, die jetzt wieder mit zitternder Stimme ansetzte:

»Wenn das alles ist, was wir uns zu sagen haben, muss man wohl annehmen, dass das, was zwischen uns war, tot ist. Wir können uns genauso gut scheiden lassen.«

Sie fühlte sich, als würde sie sich ein Messer in den Bauch stechen – oder in Erics.

»Ist es das, was du willst?«

Seine eisige Stimme. Kein Hauch von Emotion oder von Schmerz. Unfähig, nachzugeben.

»Das wäre doch ehrlicher, oder?«

Er legte auf. Jane war schwindelig. Nun legte auch sie auf. Ihre Hand war schweißnass. Der Schmerz in ihrer Brust war jetzt viel stärker als vorhin. Sie hatte bestimmt Fieber. Sie setzte Wasser für einen Kräutertee auf, dann ging sie ins Badezimmer, um sich das Gesicht zu waschen. Sie gab beim Atmen ein unheilschwangeres, pfeifendes Geräusch von sich. Der heiße Tee tat ihr gut. Als sie erneut Erics Nummer wählte, war sie schon ruhiger. Er nahm nicht ab, und der Anrufbeantworter sprang auch nicht an. Eric musste den Stecker rausgezogen haben. Sehr weise. Es war besser, sie sprachen morgen miteinander.

Um sechs Uhr wachte sie auf und wartete eine angemessene Zeit ab, um Eric anzurufen. Um neun wählte sie seine Nummer. Niemand antwortete. Sie ließ es mindestens fünfzehnmal klingeln. Danach tippte sie alle zehn Minuten auf die Wahlwieder-holungstaste. Um zwanzig nach zehn sprang der Anrufbeantworter an. Bestimmt war er eben aus dem Haus und hatte kurz vorher das Telefon wieder eingesteckt. Sie versuchte es erfolglos in seinem Büro, dann wählte sie wieder die Privatnummer und hinterließ ihm eine entschuldigende Nachricht: Der Brief von der Minnesota University Press hatte sie deprimiert, obwohl sie sich eigentlich schon daran gewöhnt hatte, so abgelehnt zu werden. Heute würde sie das Ticket kaufen. Könnte er sie wieder anrufen?

Am Nachmittag versuchte sie es noch mal in seinem Büro, dann bei ihm zu Hause. Und am Abend wieder. Kein Anrufbeantworter. Er hatte das Telefon ausgesteckt. Sie war zu nervös zum Lesen oder um fernzusehen. Um Mitternacht wählte sie Allisons Nummer in Seattle. John kam an den Apparat.

»Hier ist Jane. Ist Allison da?«

»Sie bringt gerade Jeremy ins Bett. Kann sie dich in zehn Minuten anrufen?«

»Natürlich. Sag ihr bitte, sie soll mich heute Abend noch anrufen, wenn es geht.«

»Irgendwas nicht in Ordnung?

»Nein, nein. Alles bestens.«

Eine halbe Stunde später hatte Allison sich immer noch nicht gemeldet. Jane war sicher, dass John ihr ihre Nachricht ausgerichtet hatte. Sie schenkte sich ein Glas Whiskey ein und setzte sich auf ihr Sofa. »Bösartig.« Was ein Mensch wert war, zeigte sich in seinen unabsichtlichen Handlungen, in den kleinen, scheinbar nebensächlichen Dingen, die das Eigentliche offenbarten. Damit war sie einverstanden. Man konnte nicht unablässig auf der Hut sein, irgendwann verriet man sich; man offenbarte sein wahres Ich, das Ich, das sich jeder Kontrolle entzog. »Konkurrenzorientiert.« Sie verglich sich ständig mit anderen. Das war ja so wahr. Schon als sie ganz klein gewesen war, hatte sie immer auf Susies Teller geguckt und Susies Geschenke vor ihren eigenen inspiziert. Francisco hatte das Schwierigste vollbracht, was es überhaupt gab: Er hatte auf seine Liebe verzichtet, um seinem Wort treu zu bleiben. Er hatte Jane vertraut. »Affäre«, »Affäre«, »Affäre«. Sie hatte auf sadistische Weise den Pflock immer weiter in sein Herz getrieben.

Sie dämmerte ein wenig vor sich hin, als das Telefon klingelte. Sie rannte in die Küche, das konnte nur Eric sein. Sie seufzte erleichtert auf.

»Hallo?«

»Ciao. Ich hoffe, ich habe dich nicht geweckt.«

Sie sank in sich zusammen.

»Nein.«

»John hat mir gesagt, du hättest dich nicht besonders fröhlich angehört und wolltest unbedingt, dass ich dich heute noch anrufe. Es tut mir furchtbar leid, dass es so spät geworden ist. Jeremy wollte nicht einschlafen. Er muss wohl gespürt haben, dass du auf meinen Anruf wartest und ich es eilig hatte. Ich lese ihm eine Geschichte vor, und kaum sind wir beim letzten Satz angekommen, da sagt er auch schon: noch eine! Drei Geschichten heute Abend, und lange noch dazu. Ich habe schon gar keine Stimme mehr. Und wehe, man lässt ein Wort aus. Er weiß alles auswendig. Vor allem die Wörter, die er nicht versteht. Die mag er am liebsten. Er ist so süß. Vor zwanzig Minuten ist er dann endlich doch eingeschlafen, und danach mussten wir an die Arbeit.«

»Arbeit? «

Allison lachte.

»Heute tobt das Luteinisierende Hormon. Ich kann dir gar

nicht sagen, wie erotisch das ist. John muss mir erst mal eine Spritze geben, bevor es losgeht.«

»Häh?«

»Aber ja. Ich bin einundvierzig, da ist es noch schwieriger als bei Jeremy. Aber ich nehme an, dass du nicht angerufen hast, um diese prickelnden Details zu erfahren. Was ist los?«

Jane brach in Tränen aus und erzählte ihr den gestrigen Streit am Telefon wegen des Flugtickets. Und jetzt rief Eric nicht an.

»Es ist wirklich Zeit, dass ihr wieder zusammenkommt und ein Baby macht«, sagte Allison mit ruhiger und zerstreuter Stimme, als würde sie etwas ganz anderes tun, während sie mit Jane telefonierte, wie die Wäsche aus der Maschine nehmen oder Papiere sortieren, was auch durchaus möglich war, da sie zu Hause jede Minute nutzte, in der ihr Jeremy nicht zwischen den Beinen herumlief. »Glaub mir, mit so einem Wirbelwind hättet ihr keine Sekunde Zeit mehr für solchen Blödsinn. Dann würdet ihr ein bisschen weniger um euren eigenen Bauchnabel kreisen.«

Jane wurde rot. »Kauf morgen dein Ticket und fahr hin«, schloss Allison mit einem Gähnen.

»Das wäre dann die Bestätigung, dass er mich ganz zu Recht mit seinem Schweigen erpresst.«

»Hast du nicht selber gesagt, dass man manchmal nachgeben muss? Gib nach. Diskutieren kannst du, wenn du da bist. Übrigens wette ich, dass es dann nichts mehr zu diskutieren gibt.«

Am nächsten Tag kaufte Jane ihr Ticket für den kommenden Freitag, den 11., und fühlte sich schon besser. Sie hatte eine Woche Zeit, um ihre Bücher und Akten und Papiere zusammenzusuchen, die Wohnung zu putzen und die Koffer zu packen. Sie hinterließ mit zärtlicher Stimme eine Nachricht auf Erics Anrufbeantworter, um ihm ihre Ankunft mitzuteilen. Sie rief die Sekretärin in seinem Fachbereich an: Könnte sie Eric bitte ausrichten, er möge sie nach dem Seminar anrufen? Es sei dringend. Um halb fünf hatte sie wieder die Sekretärin am anderen Ende, die einen überraschten Eindruck machte.

»Hat er Sie nicht zurückgerufen? Ich habe ihn nach seinem Seminar heute Morgen gesehen und ihm Ihre Nachricht mitgeteilt.«

»Dann hat er wahrscheinlich bei mir zu Hause angerufen und auf den Apparat gesprochen«, sagte Jane schnell, damit die Sekretärin nicht auf falsche Gedanken kam und anfing herumzutratschen. Eric hätte getobt. Aber er war selber schuld: Er hätte ja anrufen können.

Am Abend konnte sie nicht einschlafen und schenkte sich ein großes Glas Whiskey ein. Hatte er irgendwas von einer Tagung gesagt? Er würde wieder behaupten, sie höre ihm nicht zu. Aber selbst wenn er unterwegs war, hinderte ihn das nicht, seine Nachrichten abzurufen und sich bei Jane zu melden. Sie versuchte es mitten in der Nacht: keine Antwort und kein Anrufbeantworter.

Um sieben Uhr morgens versuchte sie es wieder. Danach den ganzen Vormittag hindurch, bis gegen elf der Anrufbeantworter ansprang. Er war bestimmt gerade fortgegangen. Es hatte beinahe etwas Tröstliches, durch die Einstellung des Anrufbeantworters sein Kommen und Gehen verfolgen zu können. Sie hinterließ eine unterwürfige Nachricht. Er hatte ganz recht, wütend zu sein. Sie hatte die Grenzen überschritten. Natürlich hatte sie nie mit Duportoy geschlafen und auch mit keinem anderen. Sie liebte ihn. »Bitte, ruf mich an. Bitte.«

Kurz danach rief sie bei Nancy an, deren Nummer sie in ihr Adressbuch eingetragen hatte. Das Telefon klingelte zwölfmal. Kein Anrufbeantworter. Erics Mutter zog ihren Anrufbeantworter nur raus, wenn sie verreiste. Im Januar war sie in Florida gewesen. Für April hatte sie keine Reise geplant. Jane vermutete, dass Nancy dort war, in Iowa, an der Seite von Eric, der sie bestimmt zu Hilfe gerufen hatte.

Der Sonntag war fürchterlich. Lynn war zu ihrer Mutter gefahren, die in Florida wohnte. Allison war auch übers Wochenende weg. Jane verbrachte den Tag mit Nägelkauen und rief alle halbe Stunde bei Eric an.

Montagmorgen versuchte sie es noch einmal bei ihm zu Hause und im Büro.

Sie wusste, was los war. Sie hatte ihn wirklich wütend gemacht. Nicht mit ihrem Gerede über Duportoy, mit dem, was sie über Sonia und seinen Vater gesagt hatte. Ihr Unbewusstes ließ nichts aus, wenn es darum ging, vergiftete Pfeile abzuschießen. Bösartig, ja. Eric strafte sie mit Schweigen, wie es Erics Art war. Er musste sich geschworen haben, dass er kein Wort mehr an sie richten würde, solange sie nicht mit Pick und Pack auf seiner Schwelle stand. Sie hatte ihre Ankunft zu oft verzögert. Aus guten Gründen natürlich. Aber Eric glaubte an Taten, nicht an Worte.

Am Nachmittag lag ihr Ticket in ihrem Postfach in der Uni. Sie schickte Eric eine E-Mail: Sie musste wissen, ob er ein gutes französisch-englisches Wörterbuch hatte. Sie rief die Busgesellschaft an und reservierte einen Platz zum Flughafen. In der Bibliothek kopierte sie einige Artikel und lieh Bücher aus, unter anderem auch das von Woodrow, das sie am nächsten Tag kopieren würde. Als sie aus der Bibliothek trat, war es dunkel. Sie stieg auf ihr Fahrrad und fuhr am Central Square entlang, in Gedanken nur bei Eric. Schweigen war trotz allem keine gute Methode. Lynn hatte recht, wenn sie sagte, Schweigen sei nicht neutral, sondern aggressiv. Sie musste Eric das verständlich machen, ohne ihn in Rage zu bringen.

Sie sah von Weitem, dass die Ampel an der Kreuzung Market Street grün war, und trat so kräftig wie möglich in die Pedale, um die Straße zu überqueren, bevor die Autos anfuhren. Nachdem sie die Brücke über die Eisenbahngeleise überquert hatte, fuhr sie an den grauen Betonklötzen mit den winzigen Fenstern entlang. Auf dieser Höhe war der Gehweg so gut wie gar nicht beleuchtet. Plötzlich sah sie sich fallen. Es war ein seltsames Gefühl, fast wie ein Film, mit ihr selbst als Zuschauerin. Sie sah sich auf den Boden zufliegen, die Hände nach vorne gestreckt, und fühlte, wie ihr Fahrrad sich hinten in die Luft hob wie ein Pferd, das austritt.

Das Telefon klingelte. Jane seufzte, stand auf und nahm ab.

»Hallo. Ich bin heute früher nach Haus gegangen, wegen der Kleinen. Ich habe mit Josh gesprochen.«

Allison, die ihr bestimmt Joshs Nummer geben wollte. Das hatte keinen Zweck mehr. Er war nicht der Autor.

»Geht es Lea und Nina besser?«

»Sie haben hohes Fieber, die Armen. Jeremy ist unerträglich. Ich fürchte, er wird auch noch krank. Und ich fühle mich auch ganz komisch. Ich glaube, am Ende liegen wir allesamt im Bett. Ich schlafe fast ein, während ich hier mit dir rede. Josh würde sich sehr freuen, wenn du ihn anrufst. Hast du was zum Schreiben?«

Jane kritzelte die Nummer auf einen Zettel. Das war einfacher als zu erklären, dass sie sie nicht mehr brauchte.

»Wirkte er überrascht, als du ihm gesagt hast, dass ich Kontakt mit ihm aufnehmen wollte?«

»Nicht wirklich. Anscheinend habt ihr gemeinsame Freunde, und er weiß alles, was sich so bei dir in den letzten Jahren getan hat. Er scheint überzeugt zu sein, dass ihr irgendwann wieder zusammen-kommt. Er war bester Laune. Sein Roman ist gerade von einem wichtigen Literaturagenten angenommen worden, und das ist schon die Garantie, dass er von einem guten Verlag veröffentlicht wird.«

»Und was ist das für ein Roman? Sein Leben, was?«

»Nein. Ein Krimi im Universitätsmilieu. Seine Methode, mit der Uni abzurechnen, hat er gesagt.«

»Das wird schön langweilig sein.«

»Wieso?«

»Ein Universitätsroman. Das hast du doch vorhin selber gesagt.«

»Ja, aber ein Krimi könnte doch ganz lustig sein.«

»Also, mich langweilen Krimis immer. Alles zu konstruiert. Weißt du, ob ich auch drin vorkomme, in seinem Krimi?«

»Nein, weiß ich nicht. Am Ende gibt's haufenweise Tote, vielleicht hat er die Gelegenheit ergriffen, mit dir auch gleich abzurechnen.«

»Darauf möchte ich wetten. Und wer sind diese gemeinsamen Freunde?«

»Deine Kollegin mit dem komischen Namen, irgendein Land ...«

»Jamaica?«

»Ja, genau die.«

»Aber woher kennt er die denn?«

»Über deinen Freund aus Spanien, glaube ich.«

»Über Francisco? Willst du damit sagen. Josh kennt Francisco? Aber wie das?«

»Hör mal, ich weiß es auch nicht. Nein, warte: Hat Francisco nicht für einen spanischen Verlag gearbeitet? Ich glaube mich zu erinnern, dass Josh ihm die Rechte an einem Roman verkauft hat oder so.«

»Unglaublich.«

»Jeremy, lass das! Jane, Jeremy hat gerade eine Lampe runtergeschmissen, ich muss aufhören.«

Jane setzte sich nachdenklich wieder hin. Sie betrachtete den Papierhaufen auf der linken Seite. Jetzt hatte sie mehr als zwei Drittel gelesen. Josh kannte also Jamaica und Francisco, und er wollte, dass Jane das erfuhr, oder warum hätte er sich sonst so beeilt, Allison davon zu erzählen? Offenbar waren Informationen über sie weitergegeben worden. Von wem an wen? Mit wem sollte sie sich zuerst in Verbindung setzen? Josh oder Francisco?

Sie würde sich entscheiden, wenn das Kapitel zu Ende war. Wo war sie noch gleich stehengeblieben? Ach ja, der Fahrradunfall, dieser furchtbare Abend.

Sie hatte noch Zeit, sich zu überlegen, dass es eher zu einem Flugzeug als zu einem Fahrrad passte, sich in den Himmel zu erheben und mit der Nase nach vorn zu landen, bevor ihr Körper brutal auf dem Boden aufschlug. Sie rollte über den Beton und blieb auf der linken Seite liegen, das Fahrrad auf ihr. Tränen schossen ihr in die Augen. Ein Wagen hielt an, und die Fahrertür öffnete sich. Aus einem Radio tönte laute Rap-Musik. Ein junger Schwarzer stieg aus und kam auf sie zu.

»Alles in Ordnung?«

»Ich glaube schon.«

Zwei Männer kamen die Straße herunter und blieben auf ihrer Höhe stehen. Der Jüngere hob ihr Fahrrad auf, und der andere, ein kleiner Mann mit grauen Haaren, hielt ihr die Hand hin, um ihr beim Aufstehen zu helfen, nachdem sie sich versichert hatte, dass sie das überhaupt konnte. Der Autofahrer stieg wieder ein und fuhr davon. Jane lief der Rotz aus der Nase, und sie wischte sich mit ihrer schmutzigen Hand die tränennassen Wangen ab.

»Geht's?«

»Ja.«

»Wo wohnen Sie?«, fragte der Mann mit den grauen Haaren.

»Ganz in der Nähe, in der Main Street.«

Sie zeigte mit dem Finger in die Richtung, aus der sie gekommen waren.

»Wir bringen Sie hin.«

»Das ist nett von Ihnen, aber es geht schon, ich komme zurecht.«

Sie hörten nicht auf sie. Der Jüngere schob das Fahrrad, und der andere nahm Jane beim Arm.

»Wie fühlen Sie sich?«

»Es geht, wirklich. Wenn etwas gebrochen wäre, könnte ich nicht laufen. Es sind nur blaue Flecke.«

»Sie haben Glück gehabt. Sie hätten tot sein können. Sie sollten einen Helm tragen.«

»Ich weiß. Das sagt mein Mann auch andauernd.«

Sie hatte das Bedürfnis gehabt, Eric zu erwähnen.

»Sie sind verheiratet?«

»Ja.«

»Und wo ist Ihr Mann jetzt? Zu Hause?«

Sie konnte einfach nicht lügen.

»In Iowa.«

»Das ist weit weg!«

»Ja.«

Sie fing wieder an zu weinen.

»Na, Sie können Ihrem Mann sagen, dass Sie heute Abend ein Heidenglück gehabt haben. Sie hätten sich den Schädel brechen können, oder ein Knie, oder einen Ellbogen. Oder das Rückgrat! Und Sie laufen noch! Sind Sie sicher, dass Sie sich gut fühlen?«

»Ja, ganz sicher.«

»Sie hatten ein unglaubliches Glück, dass mein Freund und ich da langgekommen sind. Dieser junge Mann machte einen durch und durch zwielichtigen Eindruck. Tom, hast du gemerkt, wie er sich verzogen hat, sobald wir aufgetaucht sind?«

Der als Tom Angesprochene, der das Fahrrad auf dem Gehsteig schob, während er selber im Rinnstein ging, nickte zustimmend. Er war ebenso groß und dünn wie sein Kumpel klein und rund.

Sie sahen aus wie Dick und Doof. Jane huschte ein Lächeln über das tränennasse Gesicht.

»Was der vorhatte, stand ihm ins Gesicht geschrieben. Er wollte Ihre Schwäche ausnutzen. Er schien nicht erfreut, uns zu sehen. Mrs ...?«

»Mrs Blackwood.«

Sie benutzte diesen Namen selten. In Devayne war sie Jane Cook und publizierte auch unter diesem Namen.

»Mrs Blackwood, Sie können sich als jemanden betrachten, der heute Abend wie durch ein Wunder vor zwei großen Gefahren errettet worden ist: einer Schädelfraktur und einer Vergewaltigung.«

Der große Dünne nickte zustimmend. Jane erinnerte sich nicht, dass der Autofahrer zwielichtig ausgesehen hätte. Er war nur wieder gegangen, weil die anderen stehen geblieben waren, um ihr zu helfen. Sie hatten eine komische Fantasie. Jane fand sie irgendwie seltsam. Aber sie trugen schwarze Anzüge wie völlig respektable Leute und schienen sich wirklich Sorgen um sie zu machen. Sie nickte.

»Ja, ich hatte Glück. Ich hatte eine solche Angst, als ich gefallen bin. Ich habe mir selber beim Fallen zugesehen. Hier wohne ich.«

Die beiden Männer blieben mit ihr vor dem schmiedeeisernen Gartenzaun stehen und betrachteten das schöne Haus mit seinen kunstvollen architektonischen Elementen.

»Leben Sie allein?«

»In meiner Wohnung, ja, aber nicht im Haus. Es sind insgesamt sieben Wohnungen.«

Sie stellten komische Fragen.

»Sind Sie sicher, dass es Ihnen gut geht und wir keinen Arzt rufen sollen?«

»Nein, wirklich, machen Sie sich keine Sorgen. Eine der Nach- barinnen ist eine Freundin von mir, und sie muss jeden Moment kommen.«

»Vielleicht sollten wir gemeinsam auf sie warten.«

Sie zog die Augenbrauen hoch. Wollten sie ein Trinkgeld? Oder dass sie sie zu einem Drink einlud?

»Nein, wirklich. Ich fühle mich vollkommen in Ordnung. Vie- len herzlichen Dank. Sie haben mir sehr geholfen.«

»Gut, also, dann lassen wir Sie jetzt allein. Aber nehmen Sie das hier.«

Der kleine Dicke mit den grauen Haaren hielt ihr ein paar Blätter hin.

»Lesen Sie das, wenn Sie zu Hause sind.«

»Danke.«

»Sie hatten ein sagenhaftes Glück, vergessen Sie das nicht.«

Sie kettete ihr Fahrrad von innen an den Zaun. Sie hatte nicht die Kraft, es ins Haus zu tragen, wo sie es die Nacht über norma- lerweise abstellte, und wollte die Männer nicht darum bitten. Sie sahen zu, wie sie die Eingangsstufen hochging und die Tür auf- stieß. Sie winkten zum Abschied.

»Vergessen Sie nicht zu antworten!«, rief der Grauhaarige noch, bevor sich die Tür hinter ihr schloss.

Oben galt ihr erster Blick dem Anrufbeantworter. Kein blin- kendes Lämpchen. Der Sturz mit dem Fahrrad und Dick und Doof, die sie vorübergehend abgelenkt hatten, machten wieder diesem einen, alles beherrschenden, düsteren und lastenden Ge- danken Platz. Sie sah die Papiere an, die sie immer noch in der Hand hielt. Ein bezahlter Rückumschlag mit getippter Adresse. Sie faltete das weiße Blatt auseinander. Eine lange Liste mit zwei Preistabellen an der Seite, von denen die eine, mit Kreuzen über den Originalpreisen, Rabattangebote machte. »Autounfall, Skiunfall, Motorradunfall, Reitunfall, Unfall mit dem Traktor, Fahrradunfall, Arbeitsunfall, Ertrinken …« Anscheinend Versicherungsagenten. Sie zog die Augenbrauen hoch, als sie den nächsten Eintrag sah: »Ehestreit.« Heutzutage konnte man sich aber auch gegen alles versichern. Sie machte große Augen, als sie weiterlas: »Scheidung, Vergewaltigung, Gewalt innerhalb der Familie, sexueller Mißbrauch durch einen Familienangehörigen, Unfalltod des Partners, der Ehefrau oder des Ehemannes, Tod der Mutter, Tod des Vaters, Tod eines Kindes«, und dann, nach ein paar Leerzeilen: »Verlobung, Heirat, erstes Kind, auf wundersame Weise nach langem Warten empfangenes Kind, Adoption, berufliche Beförderung, neue Freundschaft, wiedergewonnener Freund usw.« Die Preise rangierten von neun bis neunundneunzig Dollar. Was war das? Sie drehte den Umschlag um und las den Namen: Vater Nathan G. Allgreen. Ein Berufsprediger! Sie brach in Gelächter aus. Gebete im Sonderangebot. Das würde Eric gefallen.

Sie lachte noch, als sie ins Badezimmer ging. Dort betrachtete sie sich im Spiegelschrank. Sie hatte rote Stellen um das rechte Auge herum: Morgen früh, wenn das Rot in Schwarz und Blau übergegangen sein würde, würde sie aussehen wie eine geschlagene Frau. Der Priester hatte recht: Sie hatte Glück gehabt. Ihr linkes Knie tat weh. Die rechte Hand blutete. Es klingelte. Sie schreckte hoch. Bestimmt Lynn. Jane verließ das Badezimmer und blieb mit der Hand auf der Klinke vor der Tür stehen.

»Wer ist da?«

Keine Antwort. Sie sah durch den Spion. Niemand da. Jemand hatte unten geklingelt. Der Prediger? Sie machte die Tür auf und lief mit einem Lächeln auf den Lippen, von einer unvernünftigen Hoffnung erfüllt, die Treppe hinunter, ohne den Schmerz in ihrem Knie zu merken. Heute Abend war sie bereit, an Wunder zu glauben.

Es war nicht Eric, der sie in seiner typischen Eric-Art überraschte und nun da draußen auf der anderen Seite der Glastür stand, der Prediger übrigens auch nicht, sondern ein hochgewachsener Fremder im beigefarbenen Regenmantel mit Schulterklappen. Sie öffnete zögernd.

»Mrs Cook-Blackwood?«

»Ja?«

»Sheriff Adam Brownsville, vom Gericht Old Newport.«

Er hielt ihr eine Erkennungsmarke hin. Da stand tatsächlich »Sheriff«, auch wenn der Mann angezogen war wie jeder andere auch. Sie hatte eine Eingebung und stieß einen Schrei aus.

»Eric!«

Ihr schossen die Tränen in die Augen. Der Mann machte ein überraschtes Gesicht.

»Ich bringe die Papiere.«

»Was ist mit Eric passiert? Hatte er einen Unfall?«

Der Sheriff, der es leid zu sein schien, die schwere Tür mit dem Fuß aufzuhalten, trat in den Vorraum. Er war ein massiger Mann mit dickem Bierbauch, Schnurrbart und einer roten Knollennase. Er roch nach Schweiß.

»Eric? Davon weiß ich nichts. Ich bringe nur die Scheidungspapiere.«

Er hielt ihr einen Umschlag hin, den sie mechanisch entgegennahm.

»Scheidung? Welche Scheidung? Ich habe keine Scheidung eingereicht. Das ist ein Irrtum! Ich versuche seit fünf Tagen, ihn zu erreichen! Ich habe nur ...«

»Sind Sie sicher, dass alles in Ordnung ist, Madam?«

Er betrachtete ihr Gesicht im Licht des Eingangs. Sie wurde rot.

»Ich bin vom Fahrrad gefallen.«

»Sie müssen das mit dem Kläger und Ihrem Anwalt klären. Ich bringe nur die Papiere und muss sie Ihnen persönlich übergeben, mehr nicht.«

»Der Kläger?«

Er warf einen Blick auf den Umschlag.

»Mr Eric Blackwood, Ihr Mann. Er hat in Iowa die Scheidung eingereicht. Wenn Sie dagegen angehen wollen, müssen Sie oder Ihr Anwalt das Formular ausfüllen und es vor dem angegebenen Datum zurückschicken. Sie haben vierzehn Tage Zeit. Alles klar? Steht alles da drin.«

Jane war schwindelig. Sie verstand nichts. Er drehte sich um und öffnete die schwere Tür.

»Gehört Ihnen das Fahrrad da am Gartenzaun?«

»Ja.«

»Wenn ich Sie wäre, würde ich es nicht die Nacht über draußen stehen lassen. Nicht in diesem Viertel. Gute Nacht, Ma'am.«

Sie ging langsam die Treppe hoch. Oben legte sie den Umschlag auf den Esszimmertisch, ohne ihn zu öffnen. Sie musste plötzlich würgen, rannte ins Bad und übergab sich, auf Knien vor der Kloschüssel. Vielleicht sollte sie doch ein Taxi rufen und in die Notaufnahme fahren. Als sie noch klein war, war ein Mädchen aus ihrer Klasse beim Eislaufen gestürzt, gleich wieder aufgestanden, weil es dachte, es wäre alles in Ordnung, und dann zwei Tage später zusammengebrochen, um innerhalb einer Stunde an einer Gehirnblutung zu sterben: Schädelfraktur. Jane zog die Spülung, spülte sich den Mund aus und putzte sich die Zähne. Ihre Brust brannte. Sie ging in die Küche und schenkte sich ein Glas Wasser ein. Der Umschlag lag immer noch auf dem Tisch. Ganz real. Wen anrufen? Ihre Mutter? Allison? Eric?

Es klopfte an der Tür. Sie ging wie mechanisch den Flur entlang und öffnete, ohne überhaupt durch den Spion zu sehen.

Lynn lächelte sie an. Ihre Wangen und die Nase waren rot vom Sonnenbrand. Sie trug eine hellblaue Bluse mit weißen Tupfen und hielt ein Netz voller Pampelmusen in der Hand.

»Ganz frisch, gestern in Florida gepflückt.« Ihr verging das Lächeln. »Aber was ist denn mit dir passiert?«

»Ich bin mit dem Fahrrad hingefallen, und Eric lässt sich von mir scheiden.«

Lynn ließ ihre Pampelmusen fallen und nahm sie in die Arme.

Erpressung, sagte Lynn. Reiner Kinderkram, um ihr Angst zu machen. Man ließ sich nicht scheiden, weil man sich am Telefon gestritten hatte. Selbst wenn Jane wirklich gemein gewesen war. In einer Paarbeziehung nutze man immer sein Wissen über die Schwachpunkte des anderen, um ihm so sehr wie möglich weh-zutun. Wenn das ein Scheidungsgrund war, gäbe es auf dem gan-zen Antlitz der Erde kein einziges verheiratetes Paar mehr. Im Gegenteil, es war ein Zeichen für eine gute Ehehygiene: Man musste sich lieben, um sich mit Worten zu zerfetzen. Jane las Lynn jedes Wort von den Lippen, sie waren wahrer und vernünf-tiger als alles andere, das heute Abend passiert war. Aber Lynn kannte Eric nicht – seinen Stolz, die Macht seines Schweigens. Lynn zuckte die Achseln. Alle Männer waren so. Sie hielt Janes Hand, strich ihr über das Haar, versprach, dass alles gut werden würde, dass sie sich nicht so viele Gedanken machen solle. Jane fragte sich, was Lynn schon von den Männern und von der Liebe wissen konnte.

Am Morgen war der Schmerz da. Ein Betonklumpen im Bauch. Unmöglich, irgendetwas zu essen oder zu trinken. Sie konnte nicht einmal weinen. Ihr war speiübel. Ihr ganzer Körper tat ihr weh. Daran war nicht ihr Sturz schuld, das war ihr klar. Sie hatte nur ein Mal einen solchen Schmerz erlebt. Nach der Abtreibung. Aber damals hatte es einen physischen Grund dafür gegeben.

In den darauf folgenden Tagen versuchte sie unzählige Male, Eric zu erreichen. Sie drückte mechanisch auf die Wahlwiederholung und wartete auf das Klingeln, wohl wissend, dass er nicht abnehmen würde. Sie wählte Nancys Nummer in Maine. Niemand. Nur zur Bestätigung. Der Feind hatte offenbar Stellung bezogen und unterzog Eric einer Gehirnwäsche, indem sie ihm Tag und Nacht herbetete, er sei der Gehörnte von Old Newport.

Sie hätte nach Iowa City fahren können. Das Ticket lag auf ihrem Schreibtisch. Sie würde bei Eric reinschneien, ihn sehen und zwingen zuzuhören. Sie würde ganz erwachsen mit ihm reden, gar nicht hysterisch. Sie würde ihm zugestehen, mit dieser gefassten und vernünftigen Stimme, die er so liebte, dass sie sich kindisch benommen hatte, egoistisch und grausam. Sie würde versprechen, sich zu ändern, sich nie mehr zu beklagen. Sie brauchten einander. Sie liebte ihn. Er liebte sie. So einer Liebe begegnete man nur ein Mal im Leben. Sonst hätte sie jetzt nicht diesen Kloß im Bauch. Sie war sich ganz sicher. Er würde ihr zuhören. Sie würde gegen seine Mutter gewinnen.

Aber Eric hatte ihr einen Sheriff geschickt. Soweit es ihn betraf, hätte sie sich an jenem Abend auch gern das Leben nehmen können.

Der 11. April verging. Sie warf das Ticket weg. Sie ging nicht zum Anwalt. Sie wartete weitere fünf Tage, bevor sie den Umschlag aufmachte und sich die Papiere ansah. Der Kläger, die Beklagte, da stand alles, in Druckbuchstaben. Erics Handschrift tauchte nur in Form seiner Signatur am Fuß jeder Seite auf. Wenn sie Einspruch erheben wollte, musste sie dieses Formular ausfüllen. Sie hatte noch vier Tage Zeit dazu. Aber es gab nichts, wogegen sie angehen konnte. Es war eine denkbar simple Scheidung: keine Kinder. In der Liste der Dinge, die vom Richter zu klären sein würden, hatte Eric nur »Scheidung (Auflösung der Ehe)« angekreuzt und nicht »gerechte Verteilung von Besitz und Verbind-lichkeiten«. So anständig war er immerhin gewesen. Sie würden die Dinge untereinander regeln, das würde nicht so hässlich sein.

Eric rief sie an, nachdem er erfahren hatte, dass sie das Ein-spruchsformular nicht ausgefüllt und infolge dessen die Schei-dung akzeptiert hatte. Als sie seine Stimme erkannte, begann ihr ganzer Körper zu zittern. Sie hatte noch genug Anstand in sich, um nicht in Tränen zu zerfließen. Eric war weder feindselig noch kühl. Seine traurige und sanfte Stimme verriet, dass er gelitten hatte.

»Es tut mir sehr leid, dass ich dich nicht angerufen habe. Es war eine Entscheidung, die nur einer von uns allein treffen konnte, weil sie sich gegen den anderen richtete. Wir konnten nicht darüber miteinander sprechen.«

»Aber ich liebe dich«, protestierte Jane mit schwacher Stimme, während ihr die Tränen geräuschlos über die Wangen liefen.

»Ich liebe dich auch«, antwortete Eric ernst mit dieser weichen, warmen Stimme, die eine überaus traurige, aber nicht zu än-dernde Wahrheit aussprach. »Leider gibt es Dinge, die stärker sind als die Liebe. Ich kann dir nicht geben, was du von mir verlangst, Jane.«

Seine Sanftheit war noch schrecklicher als die Aggressivität. Sie verriet eine überlegte und unumstößliche Entschlossenheit. Jane blieb lange neben dem Telefon sitzen. Sie konnte kaum atmen. Während der darauf folgenden Tage war ihr übel. Eric hatte be-stätigt, dass seine Mutter bei ihm war.

Sie fand erst nach ihrem Gespräch mit Eric die Kraft, Allison und ihre Eltern anzurufen. Allison war entsetzt. Zuerst wollte sie es gar nicht glauben.

»Im Grunde ist es vielleicht, was du wolltest. Sonst wärst du längst bei ihm. Keine Ehe kann auf Dauer einer räumlichen Trennung standhalten. Nach einer gewissen Zeit bedeutet das nur noch, dass die beiden Menschen ohne einander leben können. Ich habe nie verstanden, wie du das gemacht hast. Ich halte es nicht aus, länger als eine Woche von John getrennt zu sein.«

Ihre Eltern wussten schon Bescheid. Als wahrer Gentleman hatte ihr Schwiegersohn sie bereits vor zehn Tagen unterrichtet.

»Dein Vater hat mir verboten, dich anzurufen«, sagte ihre Mutter in entschuldigendem Ton. »Er war wütend. Er sagt, du hast eine selbstzerstörerische Ader.«

Blieb noch Lynn.

»Wenn deine Eltern ihn so toll fanden, ist er nicht der richtige Typ für dich. Mach dir keine Sorgen. Eltern sind Schuldzusprechungsmaschinen. Du hättest meine mal hören sollen, als ich mich habe scheiden lassen, und dann später, als ich ihnen gesagt habe ...«

»Du warst verheiratet? »

»Hatte ich dir das nicht erzählt?«

Weil sie überzeugt gewesen war, das Lynns Gefühlsleben sich immer auf ihre beiden Katzen beschränkt hatte, hatte Jane ihr nie irgendeine Frage gestellt. Nun erfuhr sie, dass Lynn mit neunzehn ihren ersten Freund geheiratet und sich mit siebenundzwanzig wieder von ihm hatte scheiden lassen. Er hatte getrunken und sie geschlagen. Sie war nach Old Newport umgezogen, und dort hatte sie vier Jahre später Jeaudine kennengelernt, eine Studentin, die ihre Doktorarbeit am Fachbereich für Afroamerikanische Studien in Devayne schrieb und zu ihr gekommen war, um sie für eine soziologische Untersuchung über die Gettos von Old Newport zu interviewen. Lynn hatte fünf Jahre lang gewartet, bevor sie ihren Eltern mitgeteilt hatte, dass sie lesbisch war. Sie war siebenunddreißig und unterhielt eine feste Beziehung mit Jeaudine. Sie hatten ihr gesagt, sie wollten sie nie wieder sehen.

»Und dabei habe ich sie noch geschont. Ich habe ihnen nicht gesagt, dass Jeaudine schwarz war! Mein Vater hätte einen Herzanfall gekriegt.«

Jane hörte mit großen Augen zu. Lynn lächelte.

»Hast du nicht gewusst, dass ich lesbisch bin?«

»Nein.«

»Stört es dich?«

»Aber überhaupt nicht, warum auch! Sämtliche großen französischen Autoren von Marcel Proust bis Marguerite Yourcenar waren homosexuell! Und die Hälfte von meinen Kollegen und Kolleginnen.«

Jane wurde rot. Sie hatte zu schnell, zu hitzig gesprochen, genau wie die Rassisten oder Antisemiten, die sich damit brüsten, dass sie schwarze oder jüdische Freunde haben. Was störte sie? Dieses Klischee von der Jeanshosenlesbe, das so gut zu Lynns Körperbau und der lauten Stimme passte? Die Tatsache, dass Nathalie Hotchkiss auch lesbisch war? Es gab schließlich auch Theodora Theopopoulos – Jane war die Erste, die anerkannte, wie schön sie war, und hätte sich auch in sie verlieben können.

»Ist deine Freundin aus Old Newport weggezogen?«

»Jeaudine? Sie ist tot.«

»Oh, entschuldige.« Jane zögerte. »Ein Unfall?«

»Aids.«

»Aids!«

Janes Stimme klang derart überrascht und entsetzt, dass Lynn die Stirn runzelte und sie musterte.

»Hast du keine Freunde, die an Aids gestorben sind?« Jane schüttelte den Kopf.

»Na, da hast du aber Glück.«

Lynn blieb eine Weile still, bevor sie weitersprach. Jeaudine war in Bedford Stuyvesant aufgewachsen, einem der ärmsten

Viertel von Brooklyn. Mit sechzehn war sie drogensüchtig und arbeitete für ihren Onkel, der ein Kleindealer war und ihr noch schnell ein Kind machte, bevor er ins Gefängnis wanderte. Das Sozialamt hatte das Kind in eine Pflegefamilie gegeben. Mit zweiundzwanzig hatte Jeaudine beschlossen, ihr Leben in die Hand zu nehmen: Schluss mit den Drogen, zurück auf die Schulbank, eine Arbeit finden, ihrem Kind eine Mutter sein. Sie hatte ein Hochschuldiplom am City College in Brooklyn erworben. Die Kleine war an Aids gestorben, bevor Jeaudine sie zu sich nehmen konnte.

»Sie hätte einen Rückfall haben können, wieder mit den Drogen anfangen. Aber inzwischen war sie in Devayne. Ich weiß nicht, ob du dir vorstellen kannst, was das für ein Mädchen aus Bedford Stuyvesant bedeutet.«

Das Leben hatte Jeaudine eingeholt. Sie stand kurz vor dem Abschluss ihrer Dissertation, da starb sie an Aids. Mit sechsunddreißig Jahren. Lynn erzählte das alles in gleichmäßigem Ton, ohne erkennbare Gemütserregung, und kaute dazu an einem Stück Huhn. Jane hatte nicht einmal mit dem Essen angefangen.

»Es tut mir furchtbar leid. Ich hatte ja keine Ahnung.«

»Iss. Es muss dir nicht leidtun. Bedaure lieber die vielen Lebenden, die doch nichts sind als wandelnde Leichen. Jeaudine und ich hatten ein paar Jahre zusammen, die tausendmal mehr wert waren als so manches andere Leben von neunzig Jahren. Sie lebt immer noch. Hier.«

Sie klopfte sich auf die Brust, dort, wo das Herz sitzt.

Es war Mai, ein sonniger Mai. Jane merkte nicht, wie sich das Wetter veränderte. Sie war am Leben. Sie stand morgens auf, trank ihren Tee, las, machte sich Notizen, dachte über ihr zweites Projekt nach. Die Romane, die sie las, kamen ihr gekünstelt vor, aber die Arbeit war für sie der Rettungsring. Eines Nachts stolperte sie in Balzacs *La duchesse de Langeais* über eine Seite, die sich mit dem Unterschied zwischen Liebe und Leidenschaft beschäftigte: Man hatte im Laufe seine Lebens mehrere Leidenschaften, die in Eifersucht oder Hoffnungslosigkeit ersticken konnten, aber man hatte nur eine Liebe, eine leise, ausgeglichene Liebe, die niemals endete. Ihr liefen die Tränen über die Wangen. Sie hatte gefürchtet, dass Eric sie nicht leidenschaftlich, sondern nur mit einer ruhigen, zarten Liebe liebte. Das Gegenteil war der Fall gewesen. Er hatte Leidenschaft für sie empfunden, keine Liebe. Und die Leidenschaft konnte sterben.

Nein. Es kam gar nicht infrage, dass sie sofort an Eric dachte, sobald sie nur das Wort »Liebe« irgendwo sah. Und auch nicht, dass sie sich mitten in der Arbeit von ihren Gefühlen davontragen lassen würde. Sie würde nicht abergläubisch in einem Roman nach ihrer eigenen Wahrheit suchen. Sie würde sich nicht zerstören lassen. Wenn Romane sie zum Weinen brachten, würde sie ab jetzt keine Romane mehr lesen. Sie würde nur noch literaturwissenschaftliche Bücher aufschlagen, in denen sie sich gar nicht erst wiedererkennen konnte. Plötzlich erinnerte sie sich an den Woodrow, der vergessen auf einem Regal in ihrem Zimmer lag, seit sie ihn an diesen grauenvollen Tag vor einem Monat aus der Bibliothek ausgeliehen hatte. Jetzt würde sie dieses Buch lesen, das sich immer nicht von ihr lesen lassen wollte. Ihr Schicksal wieder in die Hand nehmen. Sie erhob sich mit zusammengebissenen Zähnen und holte das Buch mit dem hellblauen Umschlag. Sie setzte sich, die Füße gemütlich auf einem mit Stoff bezogenen Hocker abgelegt, mit einem Glas Whiskey auf ihr Sofa vor ihrem Teppich mit den warmen Farben, der antiken Kommode und dem schönen Strauß aus Rosen und Iris, den Lynn ihr gestern mitgebracht hatte. Die Stehlampe aus goldfarbenem Metall, der Jane mit Hilfe eines um ein Metallgerüst gewickelten weißen Seidenschals einen neuen Schirm verpasst hatte, spendete ein sanftes Licht.

Sie las das Inhaltsverzeichnis. Es gab nur ein Kapitel über Flaubert. Sie hatte schon Tonnen von Büchern über Flaubert gelesen, bis zum Erbrechen. Sie wusste alles, was es über Flaubert zu sagen gab. Schnell überflog sie die ersten Seiten. Ihr Interesse war geweckt, als sie merkte, dass Jeffrey Woodrow, ein bekannter Professor an der Duke University, Ideen vertrat, die den ihren ganz ähnlich waren. Vielleicht erklärte das, warum sie solche Schwierigkeiten gehabt hatte, einen Verlag zu finden. Es war, wie Eric gesagt hatte. Sie hätte damit anfangen müssen, Stellung zu Woodrows Abhandlung zu beziehen, sonst sah es nur so aus, als würde sie bereits Veröffentlichtes nachbeten. Aber es war erfreulich, zu sehen, wie ähnlich sich ihre Ansätze waren. Nach der Lektüre all dieser Gutachten hatte Jane schließlich an der Gültigkeit ihrer eigenen Analyse zu zweifeln begonnen. Woodrow hatte sich praktisch dieselben Zitate aus Flauberts Briefen und aus *Madame Bovary* ausgesucht, um dieselbe Auffassung von dem großen Künstler und der Unterdrückung alles Weiblichen – Schwachen, Sentimentalen, Privaten – in ihm zu vertreten. Jane las jetzt extrem aufmerksam, und sie hatte dabei ein seltsames Gefühl. Sie blätterte zu den Anmerkungen am Ende des Buches. Woodrow und sie hatten mit derselben Sekundärliteratur gearbeitet. Sie war natürlich nicht zitiert, weil ihre zwei, drei Artikel zu diesem Thema erst ungefähr zeitgleich mit Woodrows Buch erschienen waren, auch wenn sie sie viel früher geschrieben hatte. Jane las eine lange Anmerkung von etwa vierzig Zeilen und wurde blass.

Die Fußnote behandelte ein Missverständnis zwischen Flaubert und Louise Colet. Eines Tages, als sie in Paris an einem Standbild von Corneille vorübergingen, hatte Louise zu Flaubert gesagt, dass sie seine Liebe Corneilles ganzen Ruhm opfern würde. Anstatt gerührt zu sein über diese zärtliche Liebeserklärung, war Flaubert wütend geworden: Wie konnte Louise so etwas Dummes sagen? Louise war so verletzt gewesen über diese Zurückweisung, dass sie die Episode in ihrem Roman *Lui* verarbeitet hatte: Was war er doch für ein Kleingeist, dieser Mann, der nicht verstand, dass eine Frau die Liebe dem ganzen Ruhm Corneilles vorzog! Dieser ehrsüchtige und kaltherzige Mann, dem der Ruhm wichtiger war als die Liebe einer Frau!

Aber Flaubert war nur deshalb wütend geworden, weil Louises Eröffnung ihm zeigte, dass sie zwischen Ruhm und Kunst gar nicht erst unterschied, und das war für einen Puristen wie ihn, der an die Kunst und den Stil glaubte, unerträglich. Gerade weil er Louise liebte, hatte er so heftig reagiert: Wie konnte eine Künstlerin die Kunst mit der äußeren Fassade der Kunst verwechseln und sich den Standpunkt einer dilettierenden Ignorantin zu eigen machen, dass die Kunst nichts weiter sei als ein in geduldiger Arbeit wachsender Prozess hin zur Perfektion? Der Ruhm war vollkommen unwichtig.

Das war Janes Interpretation einer Episode, die ihr aufgefallen war. Bisher hatte noch niemand diese Szene ähnlich hervorgehoben. Sie hatte die Fußnote der zweiten Version ihres Manuskripts hinzugefügt, nachdem sie Louise Colets Roman gelesen hatte. Ihr Artikel mit der vollständigen Analyse des Zwischenfalls war einige Monate später erschienen als das Buch von Woodrow. Jetzt sah es so aus, als habe sie ihn plagiiert, ohne ihn auch nur zu zitieren.

Wie war ein solcher Zufall möglich? Es gab nur eine Erklärung. Woodrow kannte Janes Arbeit, weil er ihr Manuskript gelesen hatte, das sie überall herumgeschickt hatte. Das war logisch, schließlich arbeitete er auf demselben Gebiet. So funktionierte das also: Ein fünfzigjähriger Wissenschaftler mit Lehrstuhl an einer der großen Universitäten »borgte« sich die Arbeit einer jungen, noch nicht fest angestellten Kollegin, die dank der von ihm selbst verfassten, negativen Begutachtung unveröffentlicht blieb. Natürlich nicht alles, nur die Ideen, die Verweise, die Interpretationen, die Zitate und noch ein paar Sätze. Zehn Jahre Arbeit.

Sie schlug das Buch zu und trank ein paar Schlucke von ihrem Whiskey. Deshalb also hatte sie ein Jahr lang vermieden, sich dieses Buch genauer anzusehen. Sie stand auf und warf einen Blick auf die Uhr am Herd. Viertel vor neun. Mit einer schnellen Bewegung zog sie den Zettel mit den Privatnummern ihrer Kollegen aus der Tischschublade und tippte Bronzinos Nummer ein. Er war dieses Semester auch im Sabbatjahr und vielleicht auf Reisen. Er nahm nach dem zweiten Klingeln ab.

»Ich bin's, Jane. Störe ich?«

»Nein, schon gut. Worum geht es?«, fragte er mit leicht gelangweilter Stimme, ohne Jane zu fragen, wie es ihr ging. Sie erzählte ihm voller Entrüstung von ihrer Entdeckung. Jeffrey Woodrow hatte ihr ihre Arbeit gestohlen.

»Und warum rufst du da mich an?«, fragte Norman mit derselben distanzierten Stimme.

»Ich dachte, du hast bestimmt seine Nummer. Ich würde ihn gern anrufen.«

»Bist du sicher? Jeffrey wird es leugnen und wahrscheinlich ein reines Gewissen dabei haben. Hast du irgendwelche Sätze von dir wortwörtlich wiedergefunden?«

»Na, das nun doch nicht.«

»Siehst du? Ihr habt vielleicht ähnliche Ideen, das ist alles. Übrigens gibt es keine Ideen, es gibt nur den Stil. Ich kenne Jeffrey schon lange. Er ist intelligent und sehr integer. Im Übrigen vergiss nicht, dass er der Präsident der Gesellschaft für Studien der französischen Kultur des Neunzehnten Jahrhunderts ist. Er könnte dir eines Tages nützlich sein.«

Sie legte auf, ohne sich Woodrows Nummer zu notieren. Ihre Handflächen waren schweißnass. Hatte sie erwartet, dass Bronzino sie gegen seinen Freund verteidigte? Er musste sie für eine hysterische Feministin halten. Noch so eine. Bestimmt hatte er sich selber auch schon unveröffentlichte Arbeitsergebnisse eines seiner Studenten oder von einem jüngeren Kollegen angeeignet. So waren die Spielregeln. Man musste entweder den Mund halten oder sich auf Hotchkiss' Seite schlagen: Skandale provozieren, Prozesse anstrengen. Jane hatte keine Lust zum Kämpfen. Nicht deswegen. Im Grunde hatte das doch alles keine Bedeutung.

Sie setzte sich wieder auf ihr Sofa und trank den Whiskey aus. Ihre Empörung war schon wieder abgeflaut und wich einem allgemeinen Übelkeitsgefühl, das sich auf alles und jeden bezog: den Wissenschaftsbetrieb, die Bücher, die Arbeit, Woodrow, Bronzino, Eric und Flaubert. Ja, sogar Flaubert. Konnte er Louise nicht einfach sagen, dass er sie liebte, anstatt ihr auseinanderzusetzen, dass sie nichts von Kunst verstand? Konnte er nicht nett sein? Nachgeben?

Ende Mai kam Eric nach Old Newport. Sie sah ihn: einen großen, schlanken Mann mit wunderbar gezeichneten Lippen, einen Mann von vierzig, dessen Schönheit sie eines Tages eiskalt lassen würde. Sie umarmten sich nicht, gaben sich nicht die Hand, wie an dem ersten Abend, als Eric sie vor sechs Jahren nach Hause gebracht hatte und sie gewusst hatte, dass etwas passieren würde, gerade weil es keinerlei Körperkontakt zwischen ihnen gegeben hatte – so als würden sofort die Funken springen, wenn sich ihre Haut berührte. Es war nicht mehr das Gleiche. Sie hatte kein Recht mehr, seine Lippen zu berühren oder seine zarten Wangen. Sie waren geschieden. Er trug seinen Ehering nicht mehr. Sie errötete, als sein Blick zufällig an ihrem hängen blieb. Sie fragte sich, ob sie ihn ihm zurückgeben musste, schließlich hatte er die Ringe gekauft. In dieser Nacht warf sie ihren Ehering und den Ring zu ihrer Verlobung draußen in einen Papierkorb, anstatt sie in einer Schublade aufzubewahren. So war es klarer. Ein sauberer Schnitt, mit dem sie sich von ihrer Vergangenheit trennte. Irgendein Penner würde an Erics Ringen seine Freude haben.

Sie teilten ihren Besitz ohne jeden Streit. Als wahrer Gentleman nahm Eric nur, was Jane nicht beanspruchte, mietete einen Möbelwagen und fuhr mit dem, was ihm gehörte, nach Hause. Lynn begegnete ihm. Am selben Abend sagte sie zu Jane: »So schön auch wieder nicht. Zu arisch, zu symmetrisch, zu kühl. Man könnte ihn für ein Calvin-Klein-Model halten. Du kannst was Besseres haben.«

Sie verkauften das Haus zu dem Preis an ihre Mieter, den sie selber bezahlt hatten, obwohl die Immobilienpreise noch unter das Niveau von vor drei Jahren gesunken waren. Innerhalb von fünf Tagen gab es zwischen ihnen dank Erics effizienter Art keine materielle Verbindung mehr.

Sie sah Eric nie allein. Seine Mutter folgte ihnen überall hin und blieb immer an seiner Seite, zwischen ihm und Jane. Eines Morgens rief Jane Eric in seinem Hotel an, und seine Mutter kam an den Apparat: Sie schliefen sogar im selben Zimmer.

»Mit seiner Mami«, sagte Jane mit einem Schnauben.

Lynn lachte.

»Muss der Mann Angst vor dir haben.«

Jane legte langsam die Seite aus der Hand und wischte sich wütend mit dem Handrücken die Tränen aus dem Gesicht. Die Schüssel neben dem Manuskript war voller sapschiger Cornflakes. Sie konnte nichts mehr essen.

Abrupt stand sie auf und ging in ihr Schlafzimmer, wo sie eine kleine rote Lederschachtel vom Wandregal nahm. Am Boden, unter den Schmuckstücken, die Jane kaum noch trug, lag ein mit Tesafilm zugeklebtes Papierpäckchen. Sie riss es auf und sah zum ersten Mal seit zwei Jahren den goldenen Ring mit den kleinen eingelassenen Diamanten, den Eric ihr nach ihrer Rückkehr aus Griechenland in einem Restaurant in Fort Hale überreicht hatte. Sie hatten Hummer gegessen und dazu riesige, mit roten Hummern bedruckte Plastiklätzchen um den Hals getragen wie Babys, was dem romantischen Moment eine kleine groteske Note verliehen hatte.

Plötzlich sah sie Eric wieder vor sich, so nah, dass sie die Hand nach ihm hätte ausstrecken können, um ihn zu berühren. Sie konnte sogar seinen Geruch riechen, die Struktur seiner Haut sehen, wie die Ohren geformt waren, die in der Farbe changierenden, mal blaugrauen, mal grau-braunen Augen, die kleinen Fältchen in den Augenwinkeln und sein Lächeln, dieses Lächeln, dem sie sich völlig öffnen konnte. Sie machte die Augen zu und streckte die Arme aus. Sie fühlte nur noch die Sehnsucht, ihn zu berühren – und dann ganz plötzlich eine anfallartige Übelkeit, die sie im Laufschritt ins Badezimmer trieb, wo sie sich über die Kloschüssel beugte und versuchte, sich zu übergeben.

Sie spülte sich den Mund aus und sprengte sich mit fast gewaltsamer Hast kaltes Wasser ins Gesicht. Die Lektüre dieses Romans würde sie noch zum Wahnsinn treiben. Sie war seit Monaten nicht mehr so emotional erregt gewesen. Sie hatte geglaubt, diese Phase liege hinter ihr, seit Alex in ihr Leben getreten war. Alex würde natürlich nie Eric sein. Aber es waren ganz offensichtlich Alex' Abwesenheit und die Tatsache, dass sie so ängstlich auf eine Nachricht von ihm wartete, die diese lebendige und schmerzliche Erinnerung an Eric hervorriefen.

Eine Liebe wie diese würde es nie wieder geben. Sie hatte sie verloren. Nicht etwa, weil sie sich geweigert hatte, dem Beispiel ihrer Mutter zu folgen und einfach eine Ehefrau in Iowa zu sein, wie es der Autor dieses Manuskripts unentwegt unterstellte. Nachdem sie zwei Jahre damit verbracht hatte, sich nach dem Warum zu fragen, hatte Jane nur eine Antwort gefunden: das Vogelspinnen-Syndrom.

Als sie im letzten College-Jahr gewesen war, hatte sie eine Party bei sich zu Hause gegeben. Als sie am Nachmittag einen Salat mit allen möglichen Zutaten machte, hatte sie ein Dose Palmenherzen aus Brasilien aufgemacht und oben auf den weißen Stücken im Saft schwimmend eine riesige braune Spinne gefunden. Sofort hatte sie die Dose in den Ausguss fallen lassen und war weggelaufen. Unten auf der Straße hatte sie sich wieder gefunden, den Dosenöffner in der einen, den Hausschlüssel in der anderen Hand.

Dann hatte sie sich zur Vernunft gerufen: Sie konnte sich doch nicht mit einundzwanzig Jahren von einer brasilianischen Spinne, die schon seit Monaten tot war, aus ihrer eigenen Wohnung vertreiben lassen! Sie hatte sich gezwungen, wieder in die Küche zurückzugehen. Mit zusammengekniffenen Augen hatte sie den Saft aus der Dose gekippt und die Spinne dazu. Dann hatte sie die Palmenherzen in Scheiben geschnitten und in den Salat getan.

Später am Abend hatte jemand das bekannte Schauermärchen von der Spinne in der Yuccapalme erzählt: Seine Tante hätte eine tropische Pflanze aus Afrika mitgebracht und eines Tages ein seltsames Zischen im Topf bemerkt. Die Tante hatte ihrer Nachbarin davon erzählt, und die hatte ihr geraten, die Feuerwehr zu rufen. Die hatte schließlich in der Blumenerde ein Nest mit gerade schlüpfenden Vogelspinnen gefunden, die die Tante und ihre beiden kleinen Töchter wahrscheinlich noch in derselben Nacht umgebracht hätten. Dieser Geschichte war die nächste gefolgt, und schließlich hatte Jane ihrerseits erzählt, was ihr passiert war: Wie sie am Nachmittag in Panik geraten war, als sie in der Dose mit den brasilianischen Palmenherzen die tote Vogelspinne gefunden und wie sie schließlich heldenmütig ihre Angst überwunden hatte. Alle hatten gelacht. »Na, hoffentlich waren das nicht die Palmenherzen, die wir vorhin gegessen haben«, hatte eine Freundin gesagt. Jane war errötet. »Bist du wahnsinnig!?«, hatte ein anderer eingeworfen. »Glaubst du, sie will uns umbringen?« Die Freundin, die bemerkt hatte, wie Jane rot geworden war, hatte ihr in die Augen gesehen und gesagt: »Wenn du diese Palmenherzen in den Salat getan hast, sag es uns lieber gleich. Dann müssen wir sofort in irgendein toxikologisches Institut.« – »Aber natürlich nicht!«, hatte Jane mit gezwungenem Lachen und zitternder Stimme geantwortet.

Die ganze Nacht über hatte sie jede Regung ihres Innenlebens beobachtet und darauf gewartet, dass das Telefon klingeln und man ihr den Tod eines ihrer Freunde mitteilen würde.

Jane war eigentlich eine verantwortungsbewusste Person. Wenn sie nicht eine Sekunde darüber nachgedacht hatte, dass sie vielleicht ihre Gäste vergiften könnte, indem sie ihnen den Inhalt einer Dose servierte, in der seit Monaten eine tote Vogelspinne schwamm, dann deshalb, weil ihr ganzes Sein, all ihre Energie in diesem Moment auf dieses eine, einzige Bestreben konzentriert waren, das sie für alles andere blind machte: ihre irrationale Angst vor Spinnen zu überwinden.

Genau so war es mit Eric. Sie war so mit ihrer Angst beschäftigt, ihn zu verlieren und diese Angst zu bekämpfen, damit sie überleben konnte, dass sie nicht einmal mitbekommen hatte, wie sie ihn verlor. Monatelang, ja eigentlich die ganzen Jahre nach ihrer Scheidung hindurch, war sie immer überzeugt gewesen, dass sie am Ende wieder zusammenkommen würden – als hätte die Zeit keine Bedeutung.

Sie ging ins Esszimmer zurück und schenkte sich noch ein Glas Wasser ein. Sie trank es mit langsamen Schlucken, um sich zu beruhigen, und musterte dabei den Papierstapel auf ihrem Tisch. Es ging aufs Ende zu. Wer nahm sich die Freiheit, mit ihren Gefühlen zu spielen? Francisco? Sie war sich nicht mehr so sicher. Und das nicht, weil in diesem Kapitel Dinge erzählt wurden, die erst nach Franciscos Abreise nach Spanien passiert waren.

Lynn und Allison hatte sie gesagt, sie hätte die beiden Ringe weggeworfen. Jamaica, die ihr weniger nahestand und deshalb nicht sofort irgendwelche Schuldzuweisungen bei der Hand hatte, hatte Jane anvertraut, dass sie den Ehering weggeworfen, den Verlobungsring aber behalten hatte, weil ihr die originelle Form so gefiel und sie hoffte, ihn eines Tages ohne Gefühlsaufwallungen tragen zu können. An dieses Detail erinnerte sich Jamaica bestimmt, weil sie entsetzt gewesen war, weil Jane sich offenbar gezwungen fühlte, Lynn in einer Angelegenheit anzulügen, die nur sie selber etwas anging. »Also, wenn das kein Lesbenterror ist! Xavier wird begeistert sein«, hatte sie lachend gesagt. Francisco hatte seine Informationen über Jane nach seiner Abreise nur – über Duportoy – von Jamaica haben können, und auf ein solches Detail, das bewies, wie genau er Bescheid wusste, hätte er nicht verzichtet.

Also wer?

Plötzlich ging ihr ein Licht auf.

Warum hatte sie eigentlich die ganze Zeit angenommen, dass der Autor ein Mann sein musste?

Es gab noch jemanden, dem Jane sich anvertraut hatte, ohne hinter dem Berg zu halten, weil es jemand war, der kaum zählte: Lynn.

Lynn war Sozialarbeiterin. Es war ihr Beruf, anderen zuzuhören, wie bei einem Psychologen. Man konnte sich schwer vorstellen, wie Lynn ein Buch schrieb. Aber es war auch schwer vorzustellen gewesen, dass Lynn verheiratet oder in Jeaudine verliebt gewesen war. Und wenn Lynn schrieb, würde sie bestimmt einen trockenen Stil haben, direkt wie ein Fausthieb, »viril«. Lynn war eine Feministin und hielt wenig von der Ehe und von den Männern im Allgemeinen. Bis hierher spielten die Männer in dem Roman kaum eine bessere Rolle als Jane.

Jane gab einen Schrei von sich. Sie wurde immer aufgeregter. Das Paket war vor fünf Tagen in New York aufgegeben worden, und Lynn war gerade in der letzten Woche in New York gewesen, um an einem Protestmarsch gegen die gewalttätigen Ausschreitungen der Polizei teilzunehmen.

Aber sie durfte keine voreiligen Schlüsse ziehen. Nach jedem Kapitel hatte sie einen neuen Verdächtigen. Sie setzte sich wieder hin. Ein neuer Abschnitt: *Heilung*. Das war ein Wort, dass allemal zu Lynn passte, aber es konnte auch auf Franciscos Heilung nach seiner Rückkehr nach Spanien gemünzt sein.

4. Heilung

1 Die Tränen liefen in einem schmalen Rinnsal über ihre Wangen und durchnässten das Kopfkissen, in das Jane sich wütend verbissen hatte, bevor sie die Augen aufschlug. Die Leuchtzeiger ihres Weckers standen auf zwanzig vor sechs. Sie hatte bis halb zwei gelesen. Vier Stunden, das war zu wenig. Sie würde todmüde sein, wenn sie sich heute Abend mit Jamaica traf. Aber es half nichts, die Augen noch mal zuzumachen, dann würde sie sofort wieder Eric und den Polizisten sehen.

Seit einem Monat wachte Jane jeden Morgen vor Tau und Tag mit demselben Bild im Kopf auf: Eric, wie er die Tür zu seiner Wohnung in Iowa aufmachte und auf der Schwelle einen verlegenen Polizisten vorfand, der ihm nicht etwa mitteilte, dass sein Auto falsch geparkt war, sondern dass seine Frau, pardon, seine Ex-Frau, am Tag zuvor in der Nähe der Eisenbahnstrecke in Old Newport erwürgt und, ja, vorher sexuell missbraucht worden war.

Einen Monat zuvor hatte Jane an einem schönen Septembernachmittag einen kleinen Spaziergang in der Gegend um den Columbus Square gemacht, als sich ihr plötzlich eine Hand aufs Gesicht legte, die sie halb erstickte, während ihr gleichzeitig ein Arm um ihren Hals die Kehle zudrückte. Eine Stimme hatte unverständliche Befehle ausgestoßen. Sie hatte sich nicht gewehrt und auch nicht geschrien. Mit einer Ruhe, die sie selber hinterher am meisten überraschte, hatte sie ihr Portemonnaie aus ihrer Jackentasche gezogen. In der Nähe hörte man aufgeregtes Geschrei von Jugendlichen, aus dem diverse »Scheiße« und »O Mann« herauszuhören waren. Nachdem der Mann verschwunden war, war Jane ein paar Sekunden lang wie gelähmt stehen geblieben, bevor sie aus ihrer Erstarrung erwachte und bis zum kaum fünfhundert Meter entfernten Columbus Square rannte. Sie hatte sich mit schlotternden Beinen auf eine Bank mitten zwischen den vielen Menschen fallen lassen, die den letzten schönen Samstag des Sommers genossen, und sich mit der Hand an den Hals gefasst, dort, wo es ihr wehtat. An ihren Fingern klebte Blut. Nur ein paar Tropfen, ein Kratzer. Er hatte es vielleicht nicht mit Absicht gemacht. Er hatte auch Angst. Sie hatte das Messer nicht einmal bemerkt. Plötzlich begriff sie, was passiert war und was hätte passieren können, wenn nicht gerade diese Jungen vorbeigekommen wären, wenn sie versucht hätte zu fliehen, wenn der Mann sie ins Gebüsch gezerrt hätte, wenn … Sie hatte losgeschluchzt.

Sie würde keine Anzeige erstatten. Sie hatte ihren Angreifer nicht gesehen und hätte ihn nicht identifizieren können. Vor allem wollte sie nicht diesen interessierten Ausdruck im Gesicht der Polizisten sehen, diesen fast schon bedauernden Ausdruck, dass es nicht zu mehr gekommen war.

Sie hatte immer wieder die Geschichte von dem Überfall erzählt. Lynn, Jamaica, den Sekretärinnen, ihren Kollegen, ihrer Mutter, Allison. Lynn war rasend vor Wut: Gerade als es Jane ein bisschen besser zu gehen begann. Sie waren alle entsetzt. Mitten am helllichten Tag! Sie rieten ihr, in eine bessere Gegend zu ziehen.

Aber das Schlimmste war das, was sie niemandem erzählen konnte, und am allerwenigsten Lynn: Die Seifenoper, mit der sie jeden Morgen aufwachte, wie Eric erfuhr, dass sie erwürgt worden war, und sich – zu spät – bewusst wurde, dass er sie verloren hatte. Jane drehte sich in ihrem Bett um und grummelte wütend vor sich hin.

Trotz des Schlafmangels fühlte sie sich frisch und munter, als sie am selben Abend um halb zehn die Sporthalle verließ. Der afrikanische Tanzkurs tankte ihre Energiereserven auf. Sie überquerte eine belebte Kreuzung mit einer Autowerkstatt, einem Rund-um-die-Uhr-Supermarkt, einem McDonald's, einem Dunkin Donuts, einer Bank und einem Café, vor dem sich ein Haufen Punks mit kleinen Ringen in Nase, Lippen und Augenbrauen herumtrieben. Sie ging schneller. Das Fahrrad hatte sie nicht dabei, weil sie zu ihrem Treffen mit Jamaica einen langen Rock aus Knitterleinen angezogen hatte. Das Casa Blue lag nur dreihundert Meter weiter unten in Richtung Campus. Sie ging zum ersten Mal dort hin. Sie betrat einen gemütlich wirkenden Gastraum voller Menschen auf alten Sofas und bequemen Sesseln, die allesamt aussahen wie bei Oma vom Dachboden geholt. Jane entdeckte Jamaica im Nebenraum dicht an dem Podest, auf dem die Musiker saßen, eine kahlgeschorene Saxophonistin und zwei große Typen mit langen Haaren, die sich über ihre E-Gitarren krümmten. Ihr Kopf ruhte mit halbgeschlossenen Augen auf der Sessellehne. Sie trug ein eng anliegendes, bauchfreies schwarzes T-Shirt, einen kleinkarierten Minirock und schwarze Lederstiefel mit breiten Absätzen, die sich der Form ihrer Waden anpassten. Kein Schmuck, kein Make-up. Sie war wirklich mal etwas anderes als diese Ashley-, Pratterman-, Lehman- und Hotchkiss-Typen, sogar als der coole Duportoy – so schön, mit ihrem krausen Haar, das ihr bis auf die Schultern fiel und ihr flaches Gesicht umrahmte, das mit den großen Mandelaugen zwischen Braun und Gold und dem orientalisch geschwungenen Mund aussah wie eine antike Maske. Jane legte Jamaica die Hand auf die Schulter und setzte sich auf den nächsten Sessel.

»Hallo!«, sagte Jamaica. »Wie war der Tanzkurs?«

»Klasse. Du solltest wirklich mal mitkommen.«

»Ich mag diese Kurse nicht. Nicht einmal Tanzkurse.«

»Aber das hat mit einem eigentlichen Kursus überhaupt nichts zu tun. Wir wollen uns nur amüsieren. Und außerdem ist es sehr sinnlich. Weißt du, was wir immer zum Schluss machen? Wir hocken uns auf die Knie und küssen das Parkett vor den Trommlern. Symbolisch, was?«

»Mhm. Wie geht's Koukou und Lili?«

»Sie waren nicht da. Letzte Woche ist was ganz Schreckliches passiert: Mitten in der Nacht sind die Bullen bei ihnen reingestürmt und haben Ousmane verprügelt. Koukou hat gedacht, sie würden ihn umbringen. Sie hatten sich in der Etage geirrt! Sie sind einfach wieder abgezogen und haben Ousmane mit einem völlig zerschundenen Gesicht und zwei gebrochenen Rippen zurückgelassen, ohne sich zu entschuldigen, ohne eine Entschädigung, nichts.«

Jamaica brach in helles Gelächter aus.

»Du machst mir Spaß. Er kann vom Glück sagen, dass die ihn nicht gleich kaltgemacht haben. Du kannst das nicht verstehen. Wenn ich in einen Laden komme, merke ich sofort, wie mich der Besitzer beobachtet, und wenn ich in ein einigermaßen schickes Restaurant will, muss ich mich doppelt so gut anziehen wie irgendeine Weiße.«

Jane wurde rot. Eine Bedienung kam heran. Jane bestellte einen Bailey's, Jamaica noch ein Bier.

»Ich muss dir was erzählen«, sprach Jamaica mit verschmitztem Lächeln weiter.

Jane beugte sich zu ihr heran.

»Gestern Abend war ich bei einem Fest in der Schauspielschule. Da hat mich ein Typ beobachtet. Er fängt an mit mir zu tanzen – oder besser: an mir, und kriegt doch glatt einen Steifen. Ich habe seinen Schwanz unter der Jeans gespürt, direkt auf meiner Haut.« Sie zeigte auf ihren nackten Bauch. »Wir haben ununterbrochen immer so weitergetanzt, bis wir gemerkt haben, dass um uns her alle weg waren; die Musik hatte aufgehört, und es waren nur noch zwei Typen da, die die Anlage zusammengepackt haben. Wir waren drei Stunden lang kurz vorm Orgasmus. Sein Schwanz war hart wie Beton. Ich war tropfnass. Wir hatten kein Wort miteinander gesprochen, wir hatten uns noch nie gesehen, und weißt du, was? Ich wusste, wer er war, und er wusste, wer ich war. Für ihn war es einfach, weil ich schwarz bin, aber ich bin immerhin nicht die einzige Schwarze in Devayne.«

»Wer war es? «

»Duportoy.«

»Duportoy? Aber du kennst ihn doch, ihr seid Kollegen!«

»Ja, aber ich hab ihn noch nie gesehen. Wir unterrichten nicht an denselben Tagen, er wohnt in New York, und zu den ersten Fachbereichssitzungen ist er nicht gekommen. Seit ich im August hier angekommen bin, wird mir andauernd gesagt, ich müsste ihn unbedingt kennenlernen, als müsste zwischen uns irgendwas Besonderes passieren. Und weißt du, was? Ihm ging es genau so. Wir stehen also irgendwann draußen, und er sagt: Jamica? Und ich: Xavier? *La Princesse de Clèves* halt.«

Sie gab ein Seminar über den Roman des siebzehnten Jahrhunderts in einer Reihenveranstaltung unter Janes Leitung. Worauf Jamica eben angespielt hatte, war die Ballszene, in der die Prinzessin von Cleve auf Aufforderung des Königs mit dem Herzog von Nemours tanzt, bevor sie ihm überhaupt vorgestellt worden ist. Danach sagt der Herzog dem König und der Königin, er habe die Prinzessin von Cleve erkannt, das makelloseste Wesen am ganzen Hofe; die Prinzessin leugnet errötend, die Identität des Herzogs erraten zu haben, und die Königin stellt lachend fest, das Leugnen der Prinzessin habe doch durchaus etwas »Verbindliches« für den Herzog.

»Mit dir als Prinzessin bin ich ja einverstanden, aber bei Duportoy als Nemours bin ich mir nicht so sicher. Und dann?«

»Fräulein Neugier. Erst mal sind wir spazieren gegangen oder, besser gesagt, wir haben uns so halb auf offener Straße geliebt. Um fünf sind wir dann bei mir gelandet. Wir haben uns ununterbrochen geliebt, bis ich um fünf vor neun zu meinem Seminar musste. Ich roch nur so nach Sex! Um halb zwölf bin ich zurückgekommen, und wir haben weitergemacht. Duportoy zufolge kann eine Frau eine unbegrenzte Zahl von Orgasmen kriegen, man muss sich nur genug entspannen. Wir haben versucht, diese Theorie in die Tat umzusetzen: Ich hatte heute Morgen neun Orgasmen hintereinander.«

»Neun! Und er?«

»Drei oder vier. Er war ein bisschen langsam.«

Sie lachten.

»Und wo ist er jetzt, dein Nemours?«

»In New York. Um sich von seiner Freundin zu trennen.«

»Nach einer Nacht?«

»Das war nicht nur eine Nacht.«

Jane trank den letzten Schluck von ihrem Bailey's. Jamaica schloss die Augen. Sie hatte lange Wimpern und etwas extrem Empfindsames in ihrem Kindergesicht. Sechsundzwanzig Jahre: noch jünger als Jane, als sie nach Devayne gekommen war. Sie sah aus wie achtzehn. Wenn sie in eine Bar ging, musste sie immer noch ihren Führerschein vorzeigen. Sie stammte aus Philadelphia. Ihr Vater war Anwalt, die Mutter Englischlehrerin. Sie war die Älteste von sieben Kindern. Jeden Sonntag ging es in die Kirche. Bis vor Kurzem hatte sie noch Gospels komponiert. Zwischen ihnen lagen nur zehn Jahre Altersunterschied, aber Jane kam sich dieser Repräsentantin der Jugend, die nicht rauchte, kaum trank, sich makrobiotisch ernährte, Yoga machte, mit Kondom vögelte, offen von Sex redete und an die große Liebe glaubte, wie eine Großmutter vor. Duportoy. In gewisser Weise war ihre Begegnung vorprogrammiert gewesen: Zwei Sterne am Himmel von Devayne. Jane empfand zu viel mütterliches Wohlwollen für Jamaica und freute sich zu sehr daran, sie zu sehen und ihr zuzuhören, um eifersüchtig zu sein oder in dieser wie ein Blitzschlag über sie gekommenen Liebesbegegnung mit Duportoy ein Echo ihrer eigenen Geschichte mit Eric zu sehen, von der Jamaica nichts wusste, außer dass Jane geschieden war.

Kurz nach Mitternacht sagten sie sich auf der Straße auf Wiedersehen. Jamaica wohnte nicht weit entfernt.

»Hast du dein Fahrrad nicht dabei? Soll ich dich nach Hause bringen?

»Nein, danach müsstest du ja wieder allein zurück. Ich nehme den Minibus.«

Jane ging am Theater von Devayne und den schon geschlossenen Restaurants vorbei zur Haltestelle des Minibus am alten Campus. Jamaica und Xavier Duportoy. Neun Mal! Sie lächelte. Francisco hatte also recht gehabt. Duportoy war nicht schön, aber er war sexy. Die Energie, die sein Körper ausstrahlte, und sein Lächeln hatten etwas Erotisches. Bei einer Fachbereichsversammlung im letzten Januar war sie vorübergehend abwesend gewesen und unvermittelt von einem lebhaften Blick Duportoys und seinem unmerklichen Lächeln im Mundwinkel in die Gegenwart zurückgeholt worden, das nur ihr galt und ihr sein Verständnis für ihre abgrundtiefe Langeweile mitzuteilen schien.

Jane konnte nicht anders, als zu erröten und ihm ihrerseits zuzulächeln. Sie hätte sich nicht in ihn verlieben können, aber sie verstand seine Anziehungskraft auf Jamaica.

Jedenfalls war damit Lynns Bekehrungsversuchen ein Ende gesetzt, die Jane in einer Tour davon überzeugen wollte, dass es keine zwei Sorten von Anziehung gab und sie sollte ihr Glück bei Jamaica versuchen. Lynn zufolge war das, was Jane für das einfache Nichtvorhandensein sexueller Ambitionen hielt, nur eine kulturelle Schranke, die fallen würde, sobald sie ihre erste Erfahrung machte und erkannte, dass die Liebe mit einer Frau viel zarter, großherziger, sanfter und verspielter war. Und ohne Angst vor Impotenz.

Sie wartete schon eine Viertelstunde allein unter dem Häuschen, als ihr einfiel, dass man den Minibus nach Mitternacht telefonisch anfordern musste. Nicht weit von hier gab es ein Telefon auf dem Campus, aber sie kannte die Nummer nicht auswendig. Sie suchte ihre Taschen durch. Kein Kleingeld, um Jamaica anzurufen. Um diese Uhrzeit würde es schwierig sein, welches aufzutreiben, es sei denn, sie ging zu der Bar nicht weit von Jamaica zurück. Da konnte sie genauso gut gleich zu Jamaica gehen. Von hier würde sie sogar schneller bei sich zu Hause sein. Aber sie musste an ein paar zwielichtigen Straßen an der Bahnlinie vorbei. Wie ärgerlich, dass sie eine Frau war, besonders wo die Nacht doch so schön war und der Fußmarsch ihr richtig gut getan hätte. Doch schließlich hatte der Überfall im September mitten am Tag stattgefunden und ganz nah an einem belebten Platz. Im Stadtzentrum von Old Newport war das Risiko auch nicht geringer. Es würde höchstwahrscheinlich gar nichts passieren. So was trat immer dann ein, wenn man nicht damit rechnete. Sie beschloss, ihre Angst zu überwinden, und machte sich forschen Schrittes auf den Weg in Richtung Bahngleise.

Das ehemalige »Verbrecherviertel«, wie es damals genannt wurde, als Jane nach Old Newport gekommen war, hatte in den letzten zwei Jahren ein Facelifting bekommen. Devayne bemühte sich, die Straßen zwischen Bahnhof und Universität sauber zu halten, um den Zugang zum Campus zu erleichtern. In den großen leeren Schaufenstern im Erdgeschoss der nagelneuen Backsteingebäude prangten »Zu vermieten« -Schilder, die nicht so aussahen, als würden sie demnächst dort weggenommen werden. Jane überquerte die Market Street, ohne auf Grün zu warten. Weit und breit kein Auto. Selbst die Parkplätze an der Gleisstrecke, einstmals schlichte Freiflächen voller Abfall, hatten sich verwandelt. Jetzt waren sie asphaltiert und mit breiten weißen Streifen bemalt, die die Stellplätze eingrenzten. Außen herum lief ein von altmodischen Laternen überragtes Eisengitter. Sie sahen beinahe elegant aus. Sie kam an die überdachte und neonbeleuchtete Fußgängerbrücke. Ein Pfeifen ließ sie aufschrecken. Der Boden vibrierte unter ihren Füßen, als der Zug in Höchstgeschwindigkeit vorüberfuhr. Die Brücke mündete in eine Straße, die die Bauarbeiten für eine neue Brücke über die Gleise in eine Sackgasse verwandelt hatten. Die verwahrlosten Häuser mit den bretterverschlagenen Fenstern und der schlecht beleuchtete Weg waren wenig Vertrauen erweckend. Am Boden, neben dem kaputten Trenngitter zu den Gleisen, lagen Bierdosen, zerbrochene Flaschen, Kondome und Spritzen. Sie war nicht mehr weit von zu Hause entfernt. Die Straße würde besser beleuchtet sein, sobald sie die Union Street überquert hatte. Sie kam an einer seit langem leer stehenden und mit Graffiti besprühten Werkstatt vorbei. In den Büschen rechts von ihr bewegte sich etwas. Ihr Herz schlug ihr bis zum Hals. Sie hörte ein Tier grunzen. Bestimmt ein Waschbär. Man konnte in der Dunkelheit nichts sehen. Einmal hatte sie in der Nähe ihres Hauses einen Waschbär überrascht. Man hätte ihn für eine riesige Ratte mit langem dünnen Schwanz halten können. Waschbären konnten Tollwut übertragen. Wenn sie schrie, würde er bestimmt weglaufen. Dann sah sie plötzlich den Mann. Er kam auf allen vieren die Böschung von den Gleisen herauf. Sie erinnerte sich ganz deutlich daran, wie sie als Kind spätabends von ihrer Freundin Lisa nach Hause gegangen und wie eine Irre gerannt war, weil sie glaubte, dass ein Serienmörder hinter ihr her sei.

Der Mann war zehn Meter von ihr entfernt und hatte sie noch nicht bemerkt. Wenn sie versuchte, an ihm vorbeizukommen, konnte er sie problemlos festhalten, zumal sie mit ihrem langen, schmalen Rock nicht richtig laufen konnte. Er richtete sich auf. Er war groß. Hinter ihr waren der Bretterzaun, der die Orchard Street absperrte, die verfallenen Häuser und die überdachte Brücke – perfekt für einen Mord. Dem Mann hing das Hemd aus der Hose. Er hatte verwuschelte Haare. Er sah um sich, als hätte er gerade ein Verbrechen begangen. Jane war starr vor Angst. Sie dachte an alles, was sie hätte tun können: vom Casa Blue aus ein Taxi rufen; zu Jamaica gehen oder sie irgendwie anrufen; zum Polizeirevier von Devayne gehen und sich nach der Minibus-Nummer erkundigen; oder ganz einfach die Nummer dabeihaben. Zu spät. Sie hatte sich dafür entschieden, sich dem Wolf in den Rachen zu werfen. Sie konnte nicht sagen, sie wäre nicht gewarnt gewesen. Seit September war ihr körperlich bewusst, dass es Gewalt gab. Eric würde von ihrem Tod an den Gleisen hören. Und sie würde nicht da sein, um zu sehen, was diese Nachricht für eine Wirkung auf ihn haben würde. Sie steckte die Hände in die Taschen: ein paar Dollar, ihr Devayne-Ausweis, die Schlüssel. Sie griff nach dem Schlüsselbund und nahm den größten zwischen Daumen und Zeigefinger. Man musste aufs Auge zielen und ihm gleichzeitig das Knie in die Eier rammen. Vor allem durfte man ihn nicht verfehlen. Er würde sie bestimmt nicht verfehlen, wenn er erst mal wütend war. Er wandte den Kopf in ihre Richtung und wurde stocksteif, als er den Schatten im Dunkeln bemerkte. Sie konnte sein Gesicht erkennen.

»Chip!«

Er zuckte zusammen. Sie ging schnell auf ihn zu.

»Hast du mir eine Angst eingejagt!«

»Jane!«

Er wirkte genauso überrascht wie sie. Er hatte Erde auf der rechten Wange und Zweigstückchen im Haar und auf den Schultern. Er blinzelte.

»Aber was hast du denn da gemacht? Hast du etwas verloren?«

Plötzlich sah sie, dass Chips Hosenschlitz offen stand, und wurde rot. Hier musste einer der Schwulentreffpunkte sein, von denen Chip ihr erzählt hatte. Er lachte und zwinkerte ihr zu.

»Ich bin ein bisschen spazieren gegangen, in der lauen Abendluft. Und du?«

»Ich war mit Jamaica aus. Magst du mich nach Hause bringen?«

»Natürlich. Wart ihr am Samstag in dem Konzert?«

»Ja. Es war wunderbar. Ihr hättet auch kommen sollen.«

»Hugh war erkältet, und die Neunte ist nicht mein Fall.«

»Aber so draußen, unter dem Sternenhimmel, das war schon was. Wir haben im Gras direkt vor dem Podest gesessen. Ich war noch nie so nah am Orchester. Ich habe sogar die Schweißperlen im Gesicht des Dirigenten gesehen! Ein altes, weißhaariges Männchen von mindestens siebzig, aber was für eine Energie! Er sah aus, als hätte er Sprungfedern untergeschnallt. Ich musste immer an *Clockwork Orange* denken. Was für ein genialer Einfall von Kubrick, die Neunte zu nehmen!«

»Bestimmt die beste Verwendung, die sie finden konnte.«

In Wirklichkeit hatte sie während des Konzerts kein bisschen an Kubrick gedacht. Sie hatte zwei Stunden mit Schluchzen verbracht. Und als Lynn und sie danach schweigend zu Lynns Auto gegangen waren und Lynn der immer noch weinenden Jane sanft die Hand auf die Schulter gelegt hatte, war es aus ihr herausgeplatzt. Sie hatte Lynn gesagt, sie und Eric hätten sich nie scheiden lassen dürfen, dass sie zu ihm nach Iowa hätte ziehen sollen, anstatt auf die guten Ratschläge ihrer Umgebung zu hören, dass sie füreinander geschaffen seien, dass man einer solchen Liebe nur ein Mal im Leben begegnete und dass Lynn – die selbstredend für das ganze Desaster verantwortlich war – ja keine Ahnung hatte, wovon Jane überhaupt redete. Als sie am nächsten Tag bei Lynn klopfte, um sich zu entschuldigen, hatte Lynn gelächelt und gesagt, sie habe diesen kleinen Anfall, der nur eine ganz normale und gesunde Phase im Heilungsprozess sei, nicht persönlich genommen.

Sie waren vor ihrem Haus angekommen. Sie umarmten sich. Chip wartete, bis sie im Haus war, dann ging er. Jane lachte, als sie die Treppe hinauflief. Seltsame Begegnung.

Von allen Freunden von Lynn mochte sie Chip am liebsten. Sie hatte ihn im Juni bei einem Picknick der Schwulen-und-Lesbenvereinigung kennengelernt. Charles Trowbridge. »Chipie für meine Freunde«, hatte er mit einer koketten Alttantenbewegung auf Französisch gesagt. Er war hochgewachsen und mager, mit großen Vorderzähnen und lebhaften Augen unter den dicken Augenbrauen und seinen weißen Haaren. Proust kannte er auswendig. Er hatte Lynn und Jane für die darauf folgende Woche zum Abendessen eingeladen. Jane hatte überrascht festgestellt, dass Chip in einer herrlichen alten Villa gleich neben der des Präsidenten von Devayne wohnte. Und sie war noch überraschter gewesen, als sie hörte, dass die Hälfte der Universitätsgebäude und die Villa des Präsidenten einmal Chips Familie gehört hatten. Seine Vorfahren hatten sich im achtzehnten Jahrhundert in Old Newport niedergelassen und waren als Händler zu Reichtum gekommen. Die meisten von ihnen lagen in der Krypta der ältesten Kirche der Stadt am Central Square. Zahlreiche Universitätsgebäude, Säle, Stipendien trugen den Namen Trowbridge. Das mit Familienporträts und Antiquitäten vollgestopfte Haus an der Green Street erinnerte an ein Museum, wobei die schönsten Stücke im Historischen Museum von Old Newport untergebracht waren, das ebenfalls von einem Trowbridge gegründet worden war.

Auf dem Heimweg hatte die angetrunkene Jane Lynn an einer genialen Idee teilhaben lassen: eine Ehe mit Chip wie im achtzehnten Jahrhundert – die ideale Verbindung: gesellschaftlich und intellektuell ebenbürtig, von gegenseitigem Respekt getragen und mit sexueller Unabhängigkeit für beide Teile. Sie liebte Chip, sie liebte sein Haus, und das Essen hatte sie auch geliebt, und sie bedauerte nur einen Missklang: die Anwesenheit des alten Hugh Carrington, den Chip ganz bestimmt Jane zu Ehren dazugeladen hatte. Wenn sie erst verheiratet waren, würde sie ihre Kollegen nicht mehr zu sich einladen.

Aus Angst, Jane könnte ihren Scherz wahr machen wollen und Chip womöglich noch zustimmen, hatte Lynn an diesem Punkt einige Details mitgeteilt: Chip ertrank in Schulden; die Banken saßen wie Haie auf seiner Türschwelle. Der letzte Nachfahre der Trowbridges führte kein faules Leben als Privatier, wie Jane offenbar glaubte, sondern arbeitete acht Stunden am Tag auf einem Parkplatz in Old Newport. Jane lachte. Lynn riet ihr auch, sich eines Kommentars zu Hugh Carrington zu enthalten. »Warum? Chip ist zu intelligent, um ihn nicht langweilig zu finden.« – »Sie sind ein Paar.« – »Chip und Carrington? Nein!«

Beim Einschlafen fragte sich Jane, ob Hugh wohl von Chips kleinen nächtlichen Eskapaden wusste. Obwohl sie schon oft mit Chip über dieses Thema gesprochen hatte, konnte sie einfach nicht verstehen, dass man sich in einer Zweierbeziehung gegenseitige sexuelle Freiheit zugestehen konnte – wie konnte man die Eifersucht ausschalten?

Sie machte die Augen auf. Es war tiefschwarze Nacht. Sie hatte Kopfschmerzen, das Ergebnis eines Alptraums, an den sie sich nicht erinnern konnte. Die Leuchtziffern zeigten halb fünf. Sie seufzte. Sie würde auch ohne zu schlafen im Bett bleiben.

Als sie die Augen wieder öffnete, strahlte die Sonne auf die weiße Wand hinter den Gardinen. Sie sah auf die Uhr und gab erfreut einen Schrei von sich: Viertel vor elf. Hätte sie heute unterrichten müssen, wäre sie zu spät gekommen. Ein Windhauch, der durch das offene Fenster hereindrang, streichelte ihre Wange. Die feste Matratze unter ihrem Rücken und die leichte, wärmende Daunendecke, die sie bis zum Kinn hochgezogen hatte, erfüllten sie mit einem ungeheuren Wohlgefühl. Plötzlich glaubte sie, dass es eine Zukunft geben konnte. »Verlass dich auf die Zeit«, sagte Lynn immer wieder. Lynn, Chip, Jamaica. Das Leben hatte sie reich beschenkt.

Gegen Mittag traf sie Lynn im Hauseingang und erzählte ihr lachend von ihrer nächtlichen Begegnung mit Chip. Lynn sagte ernst:

»Was hattest du um die Zeit da draußen zu suchen? Bist du verrückt oder was?«

»Ich weiß. Du kannst mir glauben, dass ich Angst gehabt habe. Ich hatte die Nummer vom Minibus nicht bei mir.«

Lynn schüttelte den Kopf.

»Aber Jane, du bist wirklich nicht …«

»Francisco!«

Lynn drehte sich überrascht um.

»Mein Traum! Jetzt weiß ich es wieder! Heute Nacht hatte ich einen Traum. Hör zu: Ich war nackt in einem großen Zimmer. Francisco stand am anderen Ende und zwischen uns seine Mutter. Ich habe ihr gesagt, ihr Sohn sei ein Mistkerl, ein Schwein, ich habe sogar *una mierda* gesagt, obwohl ich gar kein Spanisch kann! Seine Mutter wirkte überzeugt, und Francisco hat mich wütend angesehen und wagte nicht, mich zu unterbrechen. Was für ein komischer Traum! Wo ich Francisco doch seit März nicht mehr gesehen habe und gar nicht mehr an ihn denke und ihn überhaupt nie wiedersehen werde!«

Lynn trat auf sie zu und umarmte sie.

»Herzlichen Glückwunsch.«

»Was?«

»*Una mierda*! Klasse. Das ist die Heilung, Jane. Ich bin begeistert. Ich fand immer, dass du nicht wütend genug bist. Es geht natürlich auch um Eric. Zwei Mistkerle.«

Während Jane auf den Campus zuradelte, sah sie wieder den Francisco aus ihrem Traum vor sich und erkannte plötzlich seinen angespannten, feindseligen und unglücklichen Gesichtsausdruck. So hatte er sie nach dem Essen in dem japanischen Restaurant angesehen. Und sieben Monate später wachte sie wütend auf. War das wirklich Heilung? Sie holte ihre Post. Ein gelber Umschlag mit Absender von der University Press of North Carolina nötigte ihr ein Lächeln ab im Gedanken an eine halb vergessene Vergangenheit. Vor sieben Monaten hätte ihr diese Art von Brief noch die Laune verderben können. Seitdem war viel Wasser den Bach hinuntergelaufen. Ihr Buch würde nie veröffentlicht werden. Na und? Wenn ihr Vertrag mit Devayne ausgelaufen sein würde, würde sie eben an einer Schule unterrichten oder sich einen anderen Beruf suchen. Auf jeden Fall hatten sich die Leute

Zeit gelassen mit ihrer Antwort. Sie machte mechanisch den Umschlag auf, während sie auf den Fahrstuhl zuging, und warf einen Blick auf den Standardbrief. Ein einziges Blatt. Kein Gutachten. Statt an dem üblichen »Wir bedauern sehr« und so weiter blieb ihr abwesender Blick an einem unerwarteten Wort hängen, das wie ein seltsames Echo auf Lynns Ausruf vorhin wirkte, und sie zog die Augenbrauen hoch: »Herzlichen Glückwunsch!« Glückwunsch? Sie faltete rasch den Brief auseinander.

Sehr geehrte Frau Prof. Cook,
herzlichen Glückwunsch! Ich freue mich sehr, Ihnen mitteilen zu können, dass Sie für Ihr Buch *»Madame Bovary, das bin ich.« Schreiben und sexuelle Abgrenzung bei Gustave Flaubert* den Percy-K.-Delaware-Preis 1997 für das beste wissenschaftliche Manuskript zu Studien des neunzehnten Jahrhunderts gewonnen haben.
Bitte entschuldigen Sie, dass ich Ihnen erst so spät schreibe. Aufgrund verwaltungstechnischer Schwierigkeiten musste die Bekanntgabe über den in diesem Jahr zum ersten Mal ausgelobten Preis auf einen späteren Zeitpunkt verlegt werden.
Wir von der University Press of North Carolina hoffen inständig, dass Ihr Manuskript noch frei ist. Im Falle einer positiven Antwort würde ich Ihnen umgehend unseren Standardvertrag zukommen lassen. Bei Unterschrift erhalten Sie einen Scheck über fünftausend Dollar.
Mit den allerbesten Wünschen etc. etc.

Ein Streich! Der Brief war in North Carolina aufgegeben worden. Im Aufzug las Jane ihn noch einmal durch. »Herzlichen Glückwunsch!« Beim Geräusch ihres Lachens, als sie ihr Büro im vierten Stock betrat, fingen die vier Hunde von Begolu im

Nebenzimmer an zu bellen. Sie ließ sich auf ihren Schreibtisch-stuhl fallen und lachte so sehr, den Kopf weit zurückgeworfen, dass ihr die Tränen in die Augen stiegen. Sie wählte die Nummer, die am unteren Rand des Blattes angegeben war.

»Könnte ich bitte mit Virginia Prescott sprechen?«

Lynn schrie los vor Freude.

»Ich hab's gewusst. Ich hätte tausend Dollar wetten sollen wie diese *mierda* von Francisco. Du kannst von Glück sagen, dass der Typ hier nicht mehr zur Ausstattung gehört!«

»Wenn ich darüber nachdenke, dass Kathryn Johns mir erst von dem Preis erzählt hat. Was für eine Ironie des Schicksals: Sie hat mir einen Freund genommen und schenkt mir einen Verle-ger.«

»Und fünftausend Dollar. Guter Tausch.«

»Ich war wahrscheinlich die einzige Bewerberin. Das ist ver-mutlich mit den ›verwaltungstechnischen Schwierigkeiten‹ ge-meint. Ein einziger Kandidat, das hört sich nicht besonders seriös an.«

»Machst du Witze? Du bist ja wohl die einzige Romanistin in Amerika, die nicht *Lingua Franca* liest. Eine Veröffentlichung und fünftausend Dollar, wo kein Mensch mehr einen Verleger für seine Dissertation findet? Sie müssen Hunderte von Manu-skripten zugeschickt bekommen haben, in Literaturwissenschaft, Geschichte, Kunstgeschichte. Das wird es gewesen sein, was sie aufgehalten hat. Du bist die Beste, Jane, das ist alles.«

Lynn arrangierte ein Abendessen, um das Ereignis zu feiern. Bei Jane, weil Jane gegen ihre Katzen allergisch war. Sie verbrach-ten den Nachmittag mit Kochen und Herumalbern. Beim Essen lachte Jane so viel, dass sie sich verschluckte und ihr zur großen Begeisterung ihrer Tischgenossen der Rotwein aus der Nase kam.

Eine Story löste die andere ab: Sie waren alle schon mal irgendwo der peinliche Gast gewesen, hatten alle bei einer Schifffahrt oder im Flugzeug gekotzt. Ganz und gar keine Devayne-Atmosphäre. Jane sah sich um: Lynn, Jamaica, Amy und Becky, die beiden Lesben, deren kirchliche Trauung im August eine so rührende Zeremonie gewesen war, Chip und Hugh, Susan und der schweigsame Karl, den sie eingeladen hatte, damit er sich nicht über den Lärm beschwert. Ihre Freunde. Sie hatten nichts gemein außer ihrer Nettigkeit. Und keiner von ihnen hatte Eric gekannt. Jane hatte das Gefühl, nach sieben Monaten endlich aufzuwachen.

Als sie ihre Gläser erhoben, um auf die glorreiche Gewinnerin des Percy-K.-Delaware-Preises zu trinken, lächelte Jane stolz. Es lag etwas Bescheidenes darin, sich derart über einen so kleinen Erfolg zu freuen. Sie war eine unbedeutende Dozentin ohne feste Stelle im neunten Jahr, eine dieser Todeskandidatinnen, die von jedermann in Devayne von einer Mauer des Schweigens umgeben wurden. Norman Bronzino, der gerade eine junge Physikdozentin von neunundzwanzig Jahren geheiratet hatte, hatte Jane geraten, sich woanders eine Stelle zu suchen und nicht erst das Ende abzuwarten. Das Ende. Sie lächelte. Sie konnten ihr keine Angst mehr machen. Sie hatte es nicht eilig, Lynn und Jamaica zu verlassen.

Spät am Abend las Chip den wenigen noch verbliebenen Gästen aus den Karten. Er fing mit Lynn und Jamaica an. Lynn kannte er gut, aber nicht Jamaica. Was er ihr sagte, war erstaunlich zutreffend. Er versetzte sie erfolgreich in Angst, indem er ihr den Tod eines ihr nahestehenden Menschen innerhalb der nächsten zwei Jahre voraussagte. Schließlich setzte sich Jane ihm gegenüber auf das Sofa.

»Du kannst den Karten eine unausgesprochene Frage stellen«, sagte Chip.

Jane formulierte im Kopf ihre Frage: Würde sie es schaffen, Eric zu vergessen?

Die erste Karte, die sie zog, bedeutete: »Lass los.«

»Was soll ich loslassen?«

»Das sagt die Karte nicht.«

Jane verzog den Mund. Die zweite Karte war etwas vielsagender: eine große Liebe. Sofort dachte sie an Eric: ärgerlich. Dann kam eine Karte über eine Frau, die in ihrem Leben eine große Rolle spielte. Lynn, Jamaica? Die nächste Karte kündigte ein in nächster Zeit eintreffendes Ereignis an, dessen Bedeutung nur sie erkennen würde. Jane sagte sich, dass sie zu rational für diese Art von Hellseherei war. Sie zog eine andere Karte, die wiederum für männliche Energie stand, aber eine andere war als vorhin: eine andere Liebe. Sie lächelte, schon zufriedener. Hugh kam heran.

»Gehn wir? Es ist spät. Ich bin müde.«

Jane bettelte wie ein kleines Mädchen:

»Ach, bitte, bitte, nur noch eine Letzte.«

Sie zog schnell eine Karte, die über ihr Schicksal entscheiden sollte.

»Lass los«, sagte Chip.

»Was loslassen?«

»Das Objekt kann man nicht lesen, nur das Verb. Diese Karte ist der ersten, die du gezogen hast, erstaunlich nah. Das ist offenbar der Kern des Problems: Zweifellos die Antwort auf die Frage, die du den Karten gestellt hast.«

»Und das heißt?«

»Ich nehme an, dein Problem ist, dass du klammerst und nicht loslassen kannst.«

»Das ist ja so wahr«, fiel Lynn ein, die näher gekommen war. Jane verdrehte lachend die Augen zur Decke.

»Danke, ihr Hellseher.«

Jane kaute auf ihrer Wange. Sie stand auf, ließ zur Lockerung die Arme kreisen und machte noch ein paar Gymnystikbewegungen dazu. Die vielen Stunden Lesen hatten sie müde gemacht. Es wäre spannender gewesen, zu erfahren, was aus Francisco in Spanien geworden war.

In einer Hinsicht war sie geheilt, da hatte Lynn recht. Der »Bruch« mit Francisco kam ihr heute wie Kinderkram vor. So würde sie sich nie wieder demütigen lassen. Der Beweis dafür war, dass sie Alex nie etwas über Francisco erzählt hatte. Sie hatte nicht einmal daran gedacht.

Jedenfalls konnte Francisco nicht der Autor sein. Spanien war zu weit weg. Jamaica konnte es ebenfalls nicht sein. Dafür interessierte sie sich nicht genug für Janes Vergangenheit. Lynn blieb die überzeugendste Spur. Dieses Kapitel beschrieb Etappe für Etappe einen »Heilungsprozess«. Lynn war immer der Ansicht gewesen, dass die Scheidung eine gute Sache war und Jane sich von Eric trennen musste, um zu sich selbst zu finden.

Lynn allein oder Lynn und Chip? Er hatte schriftstellerische Ambitionen und in seinem Parkplatzhäuschen alle Zeit der Welt dazu. Dass er jemandem ein anonymes Manuskript schickte, war durchaus mit seinem Persönlichkeitsbild vereinbar. Chip war neugierig und hatte ihr zahllose Fragen gestellt. Ein Roman aus zwei Federn? Chip zum Spaß und Lynn zu therapeutischen Zwecken, um Jane zu beweisen, dass ihre große Liebe nichts als ein Roman war?

Draußen hörte man die lauten Stimmen eines Mannes und einer Frau. Sie schienen sich zu streiten. Eine Autotür fiel zu, dann sprang ein Motor an. Ein Hund bellte. Jane ging ins Wohnzimmer, um aus dem Fenster zu schauen, sah aber nichts. Sie ging in die Küche zurück und gab Lynns Nummer ein. Niemand da. Viertel vor acht. Es kam äußerst selten vor, dass Lynn mitten in der Woche um diese Zeit nicht zu Hause war. Jane fror und holte sich einen Pullover aus dem Schlafzimmer, bevor sie sich an den Esstisch zurücksetzte. Sie gähnte. Ihre Augen waren müde. Ganz plötzlich hörte sie die Stille.

2 Jane stieg aus dem Wagen, und Lynn fuhr wieder an. Es war kalt, aber der Himmel war klar in einem lebhaften, wolkenlosen Blau, was für einen Vormittag Anfang April selten war. Sie trug einen Leinenblazer und einen kurzen, marineblauen Wildlederrock, für den Lynn und Jamaica sie beide gelobt und damit Erics Meinung bestätigt hatten, dass Dunkelblau nicht nur für Blondinen etwas war. Sie hätte besser einen Regenmantel übergezogen, anstatt sich anzuziehen wie ein kleines Mädchen fürs Klassenfoto. Über den beiden Türen im Portalbogen stand das Wort »Polizei«. Sie zögerte und stieß die Tür mit der Aufschrift »Anmeldung« auf. Dann stand sie in einem kleinen Raum mit einem Schalter, der nicht besetzt war. Ein Mann erschien.

»Ja?«

»Mir ist etwas passiert«, sagte Jane zögernd.

»Wollen Sie eine Anzeige erstatten?«

»Vielleicht.«

»Ich rufe einen Inspektor. Wird in fünf Minuten da sein.«

Ein fett gedrucktes Plakat unter dem Schalter verkündete den Studenten, dass sie fünfundzwanzig Dollar Strafe zahlen müssten, wenn sie vergaßen, vor ihrer Abreise ihren Zimmerschlüssel abzugeben. Das akademische Jahr würde bald vorbei sein. Eine Mitteilung auf der gegenüberliegenden Wand gab die Empfehlung, sein Fahrrad nie an einer Parkuhr oder einem Signalpfosten anzubinden, weil die Kopfteile abnehmbar waren. Sie kaute auf dem Nagel ihres linken kleinen Fingers. Schon zehn Minuten. Der Mann hinter dem Schalter war verschwunden. Aus einem

Nebenraum drang das Geräusch eines Radios oder Fernsehers. Jemand öffnete die Tür.

»Warten Sie auf mich?«

»Sind Sie der Inspektor?«

Sie hatte sich auf einen kleinen Mann mit Regenmantel und listigem Gesichtsausdruck gefasst gemacht, nicht auf einen weißhaarigen Beamten in einer Uniform wie ein Verkehrspolizist. Sie verließ hinter ihm das Zimmer. Er hatte ein breites Kreuz, einen Entenhintern und an der rechten Hüfte einen Revolver in einer schwarzen Ledertasche, die an seinem Gürtel festgemacht war. Er musste auch Vertrauen in den Frühling haben. Er trug ein blaues Hemd mit kurzen Ärmeln. Jetzt drehte er sich nach ihr um.

»Worum geht es?«

»Hier? »

Er nickte. Sie standen mittem im Durchgang von der Straße zum alten Campus.

»Ich habe anonyme Briefe bekommen.«

»Haben Sie sie dabei?«

»Ich habe sie zu Hause vergessen.«

Er schüttelte den Kopf, seine Arme lagen gekreuzt über seiner breiten Brust.

»Sie hätten sie mitbringen müssen. Wie viele?«

»Drei.«

»Sie müssen sie behalten und Tag und Uhrzeit des Erhalts genau notieren. Was steht drin?«

»Der erste war eine Valentinskarte, und da stand: ›Du bist so schön.‹ Ohne Unterschrift.«

Er sah sie an, als hätte er gerade erst gemerkt, dass sie nicht böswillig war. In Devayne bekamen sicher Hunderte von Mädchen anonyme Valentinskarten. Er lächelte.

»Da haben Sie wohl einen Verehrer.«

»Ich weiß, ja. Es hat mich auch erst beunruhigt, als ich den zweiten Brief bekam.«

»Wann?«

»Ich weiß nicht so genau, Ende Februar, Anfang März. Die beiden anderen sind leichter zu merken, weil das eine am Valentinstag war und das andere gestern, am 1. April. Wenn man sich die Daten ansieht, könnte man es für einen Scherz halten.«

»So sieht es auch aus. Standen irgendwelche Drohungen drin?«

»Nein.«

Er warf ihr einen Blick von der Seite zu.

»Waren sie … eindeutig?«

»Eindeutig?«

»Sexuell.«

»O nein. Eher kindisch. Glauben Sie, da will mir jemand einen Streich spielen und ich brauche mir keine Sorgen zu machen?«

»Dazu müsste ich sie sehen.«

Er wirkte nicht im Mindesten beunruhigt. Lynn und sie hatten offensichtlich übertrieben auf etwas reagiert, das für die Polizei nur reine Routine war.

»Sind Sie Studentin hier?«

»Ich unterrichte.«

»Sie unterrichten! Als Assistentin oder Lektorin?«

»Als Professorin.«

Er straffte sich und sah sie mit mehr Respekt an als zuvor.

»Hat man Ihnen die Briefe in die Universität geschickt?«

»Zwei, ja.«

»Was unterrichten Sie?«

»Französische Literatur.«

Er lächelte breit.

»Paaley-vous Fouançais? Das ist alles, was ich kann. Schöne

Sprache. Wo ist der Fachbereich Französisch, an der Garden Street?«

»Ja, genau neben Bruno's Pizza. Kann ich Ihnen eine Frage stellen?«

»Selbstverständlich.

»Kommt es oft vor, dass jemand anonyme Briefe bekommt?«

»Ab und zu. Meistens sind es anonyme Anrufe. Die vier letzten Zahlen der Telefonnummern entsprechen den Zimmernummern, die davor sind immer gleich, da können Sie sich ja denken, wie oft die Leute sich über anonyme Anrufe beschweren. Und dann ist da natürlich noch Mr. Rubbelbubbel.«

»Wer ist das denn?«

»Der ruft immer nachts irgendwo an und sagt: ›Guten Abend, ich bin Mr. Rubbelbubbel, willst du dich nicht an mir rubbeln-schrubbeln?‹« Er lachte los. »Wir haben ihn bis heute nicht geschnappt, aber es ist nie etwas passiert. Er gehört schon zur Folklore. Ab und zu jagt er noch mal irgendeiner kleinen Erstsemesterin Angst ein.«

»Es tut mir gut, dass Sie das sagen. Ich bin froh, dass ich gekommen bin.« Sie lächelte. »Sie hätten mich gestern Abend sehen sollen: Ich habe die totale Panik gekriegt. Vielleicht weil die Mitteilungen so analfixiert waren, ich weiß nicht.«

»Analfixiert? Wie genau?«

»Die von gestern lautete …« Sie zögerte und sagte dann schnell: »›Lass uns zusammen unser großes Geschäft verrichten.‹«

»Unser großes Geschäft?« Er lachte. »Wollen Sie damit sagen: Stuhlgang haben?«

Sie wurde puterrot.

»Finden Sie das komisch?«

»Das hört sich wirklich so an, als wollte sich jemand über Sie lustig machen. Und was stand in der anderen?«

Sie sah sich um.

»Zeig mir deinen Strulli««, sagte sie schnell und möglichst leise, »dann zeig ich dir meinen Pillermann.‹ Sehen Sie: Genau wie sich ein Kind ausdrücken würde.«

»Ein Kind?« Er zog die Augenbrauen hoch. »Hmpf.« Er wiederholte mit widerhallender Stimme: »Zeig mir deinen Strulli, dann zeig ich dir meinen Pillermann?‹«

Zwei Studenten, die gerade unter dem Bogen durchgingen, reckten die Hälse und sahen erstaunt zu ihnen herüber. Jane konnte ihm nicht mehr ins Gesicht sehen. Wenn sie doch nur eine Hose angezogen hätte.

»Ich hätte Sie nicht wegen nichts und wieder nichts behelligen sollen.«

»Nichts? Das würde ich aber nicht sagen. Was da in dieser Mitteilung steht, gefällt mir nicht, aber ganz und gar nicht. Und die andere da, über das große Geschäft, wenn man das in diesem Zusammenhang betrachtet, dann gefällt mir das auch überhaupt nicht. Ich kann noch nicht sagen, ob es als bedrohlich aufzufassen ist, aber es ist auf jeden Fall eindeutig. Ich denke, Sie sollten Anzeige erstatten.«

»Meinen Sie?«

»Absolut. Vielleicht ist es ja nichts, nur ein geschmackloser Scherz, aber es ist besser, Sie erstatten Anzeige. Das ist die einzige Möglichkeit, wie wir nachprüfen können, ob noch andere Frauen solche Mitteilungen bekommen haben.«

Sie atmete tief durch und fühlte sich dabei enorm erleichtert, wie ein Hypochonder, der schon jede erdenkliche Untersuchung hinter sich hat und dem niemand mehr zuhört, wenn irgendein Spezialist plötzlich eine seltene Krankheit bei ihm entdeckt, die geheilt werden kann. Wenn dieser Polizist, der nicht besonders ängstlich wirkte, der Meinung war, dass es Anlass zu einer Anzeige gab, dann war sie auch nicht wahnsinnig, nur weil sie gestern solche Angst gehabt hatte. Er streckte ihr die Hand hin.

»Inspektor Richard Merriman. Und Ihr Name ist?«

Sie folgte ihm in ein Büro jenseits des Bogens, in dem eine Frau in den Vierzigern mit kurzen schwarzen Haaren saß, die sich als Inspektor Hillary Tait vorstellte und alles in ihren Computer tippte, was Jane auf die Fragen von Inspektor Merriman antwortete. Wie sie am 14. Februar die kleine Karte in Herzform mit den in Kleinkinderschrift hingekrakelten Worten »Du bist so schön« gefunden und sofort an ihre Kollegin Jamaica Locke gedacht hatte. Sie hatte sie an dem Abend in New York angerufen. Als Jane die Karte erwähnte, hatte sich Jamaica, die ihr am Abend vorher von einem Streit mit ihrem Freund erzählt hatte, mit der bitteren Bemerkung begnügt, Jane habe doch Glück, dass an sie jedenfalls jemand denke am Valentinstag. Nachdem sie aufgelegt hatte, hatte Jane sich gefragt, ob die Karte vielleicht von ihrem Mann kommen könnte.

»Sie sind verheiratet? «

»Geschieden.«

Die beiden Inspektoren warfen einander einen Blick zu.

»Seit wann?«

»Schon fast ein Jahr.«

»Wie ist Ihr Verhältnis zu Ihrem geschiedenen Mann?«

»Oh, sehr gut. Wir haben seit der Scheidung nicht mehr miteinander gesprochen, aber es war eine Scheidung im gegenseitigen Einverständnis, es gab nicht die geringsten Probleme. Jedenfalls wohnt mein Mann in Iowa City. Er hätte sie nicht in meinen Briefkasten stecken können.«

»Aber stecken lassen.«

»Nein, ich wüsste nicht, von wem. Und es hätte wirklich keinen Sinn. Ich denke, ich habe nur an ihn gedacht, weil ich mir gewünscht hätte, sie käme von ihm. Sonst nichts.«

Im Dezember hatte sie beschlossen, Eric eine Weihnachtskarte zu schicken. Freundschaftlich, neutral und lustig. Sie hatte zigmal angesetzt und es dann lieber gelassen. Wochenlang hatte sie ihren Briefkasten nicht öffnen können, ohne darauf zu hoffen, dass eine Karte von Eric darin liegen würde. Sie war nicht geheilt.

»Aber die Valentinskarte hat mich auch gar nicht beunruhigt«, fing sie wieder an.

Sie sagte ihnen, sie habe zunächst das Gleiche gedacht wie der Inspektor vorhin, dass sie einen heimlichen Verehrer hätte, bestimmt einen schüchternen Studenten. Es gab auch eine weniger schmeichelhafte Möglichkeit: einen boshaften Studenten, der eine Wette abgeschlossen hatte. In welchem Fall die Studenten beobachten würden, wie sie sich verhielt. Also hatte sie beschlossen, mit niemandem über die Karte zu reden, auch nicht mit den Sekretärinnen. Der Inspektor nickte zustimmend.

Sie hatte überhaupt keine Angst gehabt. Bis zu diesem Tag Ende Februar, Anfang März, als sie den kleinen, doppelt gefalteten Zettel in ihrem Fach im Fachbereich gefunden hatte, ein aus einem Spiralheft gerissenes, liniertes DIN-A5-Blatt. Das war der Zettel mit der Mitteilung: »Zeig mir deinen Strulli, dann zeig ich dir meinen Pillermann.« Dieselbe kindliche, verstellte Schrift wie auf der Valentinskarte, ungelenk, mit wackeligen Buchstaben, wie wenn ein Rechtshänder mit links zu schreiben versucht. Zu Hause angekommen, hatte sie ihre Tür zugesperrt und die Sicherheitskette vorgelegt. Da hatte sie gemerkt, dass sie Angst hatte. Vielleicht wirkte ihre Reaktion auf so eine kleine anonyme Mitteilung ja übertrieben, aber im September war sie nicht weit entfernt von zu Hause überfallen worden. Ihr war das Portemonnaie

gestohlen worden, und es hätte auch Schlimmeres passieren können, wenn nicht zufällig Leute vorbeigekommen wären.

»Wo haben Sie die Anzeige erstattet?«

»Ich habe keine Anzeige erstattet.«

Die beiden Inspektoren sahen sich an. Wenn sie nicht Professorin von Devayne gewesen wäre, hätten sie sie nicht ernst genommen. Sie verteidigte sich: Sie hatte ihren Angreifer nicht
gesehen.

»Sie machen uns die Arbeit nicht gerade einfach. So etwas ist
schwerwiegender als ein anonymer Brief. Da zählt alles, Tatort,
Uhrzeit, und es ist auch wichtig für die Statistik.«

Die zweite Nachricht hatte sie nicht weggeworfen, aber sie
hatte sie zur Seite gelegt und konnte sie nicht wiederfinden. Trotz
ihrer Angst hatte sie mit niemandem darüber geredet. Ihr fiel nur
eine mögliche Erklärung ein: ein Scherz oder auch ein Racheakt
von einem Studenten. Die Person, die ihr »Du bist so schön«
geschrieben hatte, war enttäuscht, weil jede Reaktion ausblieb,
und versuchte es jetzt mit härteren Mitteln. Es war also das Beste,
gar nicht zu reagieren. Sie hatte alle Studenten, denen sie je
schlechte Noten gegeben hatte, Revue passieren lassen. Aber es
konnte auch ein Student aus einem anderen Jahrgang sein. An
die Studenten im achten oder neunten Jahr, die keine Arbeit
hatten, hatte sie auch gedacht. Aber Doktoranden waren zu reif
für derartige Spielchen. Und im letzten Jahr hatte jemand anders
als sie die endgültige Version des Lehrplans unterzeichnet.

»Und außer den Studenten fällt Ihnen niemand ein, der sich
vielleicht an Ihnen rächen wollte? Ein Liebhaber?«

»Nein, wirklich nicht.«

Sie konnte ihre Studenten nicht mehr ansehen, ohne sich zu
fragen, ob vielleicht dieser oder jener der Absender war. Das hatte
ihr das Unterrichten sehr schwer gemacht. Sie war sicher, dass

schon bald der nächste Brief kommen würde, und konnte ihre Nervosität nicht verbergen, wenn sie in der Uni ihre Post aus dem Fach nahm. Sie war so weit, dass sie fast schon hoffte, ein gefaltetes Stück Papier in ihrem Fach zu finden. Das Schlimmste war das Warten.

»Das erinnert mich an die Geschichte von dem Typ, der jede Nacht davon aufwacht, dass sein Nachbar betrunken nach Hause kommt und die Schuhe aufs Parkett am Fußende des Bettes fallen läßt«, sagte der Inspektor. »Kennen Sie die?«

Inspektor Tait lehnte sich im Stuhl zurück und zog die Finger lang.

»Schließlich beschwert er sich bei dem Nachbarn, und der verspricht, in Zukunft aufzupassen. In der darauf folgenden Nacht kommt die Schnapsnase nach Hause, lässt den einen Schuh fallen, rums!, erinnert sich, dass ja unter ihm sein schlafender Nachbar liegt, und zieht dann vorsichtig den anderen vom Fuß, um ihn geräuschlos neben den ersten zu stellen. Eine Stunde später klingelt es bei dem Alkoholiker. Er wacht auf und geht öffnen. Draußen steht sein Nachbar von unten, ganz verstört, und bittet ihn, den zweiten Schuh auch noch fallen zu lassen!«

Der Inspektor prustete los. Jane lächelte höflich.

»Ja, so ungefähr ist das auch. Die Semesterferien fingen an, aber es kam kein Brief, was mich in meinem Verdacht bestätigte, dass es sich um einen Studenten handelte, der über die Ferien heimgefahren ist. Ich fing schon an, mich zu entspannen. Ich sagte mir, wie gut es war, niemandem davon zu erzählen und überhaupt nicht zu reagieren. Bis gestern.«

»Gestern, das war die Sache mit dem großen Geschäft?«

»Ja.«

Inspektor Tait machte große Augen. Jane diktierte ihr den Inhalt der Mitteilung.

»Um wie viel Uhr haben Sie Ihre Post aus dem Kasten geholt?«, fragte Merriman.

»Ich bin gegen sechs nach Hause gekommen. Ich weiß nicht, ob ich Ihnen gesagt habe, dass ich diese Nachricht bei mir zu Hause gefunden habe und nicht in der Uni.«

»Ach so! Wo wohnen Sie?«

»582 Main Street, nicht weit vom Columbus Square.«

»Das ist außerhalb vom Campus. Da werden Sie zwei Anzeigen beim Kommissariat in der Market Street erstatten müssen; eine wegen des Überfalls und eine wegen dieses anonymen Briefes. Aber da Sie ja auch zwei in der Uni bekommen haben, werde ich trotzdem alle Einzelheiten aufnehmen.«

»Das Blatt stammte von demselben Spiralblock, und es war dieselbe Schrift. Ich habe es gar nicht sofort gesehen, es war zwischen zwei Rechnungen gerutscht. Wenn ich es unten gemerkt hätte, wäre ich wahrscheinlich zu ängstlich gewesen, um in meine Wohnung zu gehen. Ich war wie gelähmt vor Schreck, als ich den Brief gefunden habe; ich war überzeugt, es wäre jemand im Badezimmer. Ich kann Ihnen gar nicht sagen, was ich für eine Angst hatte, als ich die Tür zum Bad aufgemacht und den Duschvorhang zur Seite gezogen habe. Ich hatte mir sogar ein Messer aus der Küche geholt.«

Sie lächelte. Aber es war kein bisschen komisch gewesen. Sie hatte mit wild klopfendem Herzen überall nachgesehen, sogar unter dem Bett, und hinterher Lynn alles erzählt, sobald sie nach Hause gekommen war. Lynn glaubte nicht, dass das ein Aprilscherz war. Sie hatte bei Jane übernachtet und sie heute morgen zur Polizei begleitet.

»Und wer ist Lynn?«

»Meine Nachbarin und Freundin.«

»Sie hatte recht. Wie heißt sie weiter?«

»Lynn Oberfield.«

Jane sah, dass die Uhr halb elf zeigte.

»Mein Seminar! Ich muss los.«

Sie machten einen Termin für drei Uhr, wenn sie mit Unterrichten fertig war. Inspektor Tait erinnerte Jane, die Studentenlisten der drei letzten Jahre nicht zu vergessen. Sie hielt ihr eine Visitenkarte hin.

»Heute Nachmittag gebe ich Ihnen die Nummern der Beratungsstellen für Überfallopfer. Es ist anonym.«

Inspektor Merriman brachte sie zur Tür, klopfte ihr auf die Schulter und sagte mit breitem väterlichen Lächeln, sie solle sich nicht beunruhigen. Es war ein bisschen ernster, als er zunächst gedacht hatte, aber ganz bestimmt ein Studentenstreich, der mit dem Angriff im September nichts zu tun hatte. Er gab ihr ebenfalls seine Visitenkarte. Jane fühlte sich schon viel unbeschwerter, als sie im Laufschritt zu ihrem Seminarraum eilte.

Als sie um drei wieder in das Büro zurückkam, spürte sie eine leichte Veränderung im Tonfall des Inspektors. Er warf einen Blick auf ihre Listen und stellte ein paar knappe Fragen. Sie schienen ihn nicht mehr zu interessieren. Er hatte andere Listen, die er ihr zeigte. Jane ging sie durch und erkannte die Namen von Lynn und ihren Freunden von der Schwulen- und Lesbengesellschaft. Und dann unterzog der Inspektor sie einem Verhör. Er wollte wissen, was sie in ihrer Freizeit machte. Die Antwort war einfach: Sie machte nichts außer dem afrikanischen Tanzkurs zweimal in der Woche und ab und zu einen Spaziergang am Meer am Wochenende. Sie erwähnte Toc-Toc, den sie immer im Bus nach Fort Hale sah, ein geistig Zurückgebliebener, ein sanfter Irrer, der aber nicht gefährlich war. Der afrikanische Tanzkurs interessierte den Inspektor mehr. Jane zwang sich, ruhig zu bleiben. Um ihm zu zeigen, wie absurd seine Fragen waren, schilderte sie die wunderbare Atmosphäre in einem Kurs, zu dem viele der Frauen ihre Kinder mitbrachten und die Lehrerin Sheila auch, eine auffallende Schönheit, deren siebenjährige Tochter Tamara wie ein kleiner vom Himmel gefallener Engel tanzte.

Inspektor Tait hämmerte auf ihre Tastatur, als würde Jane irgendwelche nützlichen Informationen liefern, und sagte schließlich:

»Hört sich nett an.«

»Das ist es auch wirklich. Sie sollten auch mal kommen.«

Inspektor Merriman fragte sie nach Lynn. Er wollte wissen, seit wann Jane und Lynn befreundet waren.

»Ein Jahr, eineinhalb Jahre, so ungefähr.«

»Und zu diesem Zeitpunkt haben Sie Ihre intime Beziehung aufgenommen?«

»Wie bitte?«

»Dass sie miteinander schlafen?«

»Aber wir haben nie …«

»Sie haben uns heute Morgen gesagt, dass Lynn Oberfield in der letzten Nacht mit Ihnen geschlafen hat.«

»Aber nein! Bei mir. Wir sind Freundinnen, mehr nicht.«

Jane war puterrot. Inspektor Merriman kam mit seiner neuen Theorie heraus: Nicht etwa ein Student, sondern vielmehr eine antilesbische Attacke oder ein Racheakt von jemandem, der in Jane oder Lynn verliebt war.

»Aber ich bin nicht lesbisch!«

Sie wurde noch röter. Sie wirkte defensiv. Am Morgen hatte sich Inspektor Merriman galant verhalten. Jetzt wirkte er eher herablassend.

Um fünf begleitete er sie ins Kommissariat in der Market Street in Bahnhofsnähe. Sie stieg unter den Blicken der Jugendlichen, deren Kumpel gerade von der Polizei vernommen wurden oder in Polizeigewahrsam genommen worden waren, neben Merriman die Stufen hoch, als wäre sie eben verhaftet worden. Drinnen musste sie alles wiederholen, den Überfall im September und auch die Geschichte mit den Briefen. Der Beamte machte genauso ein anzügliches Gesicht, wie Jane erwartet hatte, vor allem, als sie Lynns Namen erwähnte.

Lynn kam sie um sieben Uhr abholen. Jane stieg schnell ins Auto. Sie hatte Angst, dass die Polizisten Lynn sahen und ihr Äußeres sie in ihren allervulgärsten Vermutungen noch bestätigte. Unter Schluchzen erzählte sie Lynn von der demütigenden Vernehmung, die sie über sich hatte ergehen lassen. Lynn lächelte.

»Meine arme Kleine. Ich hab vergessen, dich vorzuwarnen. Ich bin schon so daran gewöhnt, dass ich gar nicht mehr darauf achte. Die Polizisten kennen mich, weil ich nach Jeaudines Tod politisch aktiv war.«

»Aber die spinnen doch! Die waren nahe dran, Sheila zu beschuldigen! Warum nicht gleich Tamara? Ich habe ihnen von Toc-Toc erzählt, nicht dass ich glaubte, er wäre es wirklich, aber er ist immerhin der seltsamste Typ in Old Newport, den ich kenne. Interessiert sie nicht. Weil er weiß ist? Weil er ein Mann ist?«

»Es beruhigt sie, wenn sie denken können, dass es ein Schwarzer war oder eine Lesbe. Solange sie keine Beweise fälschen, ist alles in Ordnung. Wir brauchen sie. Sie werden herausfinden, wer es war, Jane, sie haben keine andere Wahl. Du bist Professorin in Devayne.«

Am nächsten Tag lief Jane auf dem Flur Jamaica über den Weg. Sie umarmten sich. Jetzt, wo Jamaica mit Xavier Duportoy in New York wohnte, sahen sie sich kaum noch. Jamaica kam dreimal die Woche nach Old Newport, eilte aber schon wieder zum Bahnhof, sobald sie ihre Kurse gegeben hatte. Sie trug einen kurzen schwarzen Rock, ihre schwarzen formbetonten Lederstiefel und eine enge schwarz-weiß getigerte Bluse mit weit aufgeknöpftem Dekolleté, sodass die tiefe Spalte zwischen den Brüsten sichtbar war. Jane sah einen Träger aus weißer Spitze blitzen.

»Hübscher BH.«

»Danke. Hat Xavier mir geschenkt. Er liebt Wäsche. Ich habe eine ganze Sammlung.«

Jane kaufte ihre Slips für einen Dollar das Stück, bequeme Baumwollunterhosen, die nicht im Mindesten sexy waren. Es sah sie sowieso niemand, außer ab und zu mal Lynn, und Lynn mit ihren riesenhaften Gehösen und den korsettartigen Gebilden für ihre großen Brüste ging jeder Hang zum Fetischismus ab. Jane hatte sich sogar von einer kleinen Eitelkeit verabschiedet, die sie zu Erics Zeiten gepflegt hatte: gefütterte BHs, die ihre flache Brust ein wenig ansehnlicher wirken ließen.

»Du wirkst erschöpft«, hatte Jamaica mit kokettem Lächeln gesagt. »Aber du brauchst keine Ferien, sondern einen Liebhaber. Unter Lynns Freunden wirst du den nicht finden. Kannst du nicht am Wochenende nach New York kommen? Wir sind Freitagabend zu einem Cocktail im französischen Konsulat eingeladen. Da wird alles da sein, was unter den Franzosen in New York Rang und Namen hat. Hinterher gehen wir in irgendeinen Club zum Tanzen. Du kannst bei uns schlafen.«

»Danke, das ist sehr nett, aber ich habe dieses Wochenende zu viel zu arbeiten. Ein andermal. Versprochen. Und du, geht's dir gut?«

»Ich bin erledigt. Dreimal in der Woche diese Zugfahrt, das macht mich fertig. Xavier hat es gut: Du hast ihm einen Stundenplan mit nur zwei Tagen die Woche gemacht. Schade, dass du nicht mehr Lehrplanbeauftragte bist. Scheiße, schon wieder fünf nach halb drei, ich werde meinen Zug verpassen! Kommst du fünf Minuten mit?«

Jamaica holte sich ihre Handtasche und die Lederjacke mit dem Plüschkragen aus ihrem Büro. Zusammen liefen sie die Treppe hinunter und marschierten auf den Central Square zu. Jamaica fragte:

»Glaubst du, dass zwei Menschen, die sich lieben, sich immer alles sagen müssen?«

»Kommt drauf an.« Jane dachte an Vincent und Torben. »Ehrlich gesagt, nein, das glaube ich nicht. Bei dieser Idealvorstellung von der restlosen Offenheit wird die Eifersucht immer nicht mit eingerechnet. Warum? Hast du etwas vor Xavier zu verbergen?«

»Nein. Aber Xavier besteht darauf, mir alles zu sagen, was ihm durch den Kopf geht, auch wenn ich es gar nicht wissen will. Er findet mich zu prüde, und schuld sei meine Erziehung. Wir gehen den Broadway runter, und er macht seine Kommentare zum Hintern von einem Mädchen, das vor uns geht, und beschreibt mir in allen Einzelheiten, was er damit alles gerne machen würde. Er möchte, dass mich das erregt oder dass ich es wenigstens hinnehme, weil es eben das ist, was er mir in dem Moment gerade sagen will. Aber mir geht das nur auf die Nerven. Findest du, das ist falsch von mir?«

»Ganz bestimmt nicht!

»Und jetzt hat er die super Vorstellung, mit mir und einer anderen Frau gleichzeitig zu schlafen. Er redet von nichts anderem mehr. Aber ich habe keine Lust dazu. Die Vorstellung, wie Xavier in eine andere Frau eindringt, das finde ich unerträglich.«

»Und wer ist diese andere Frau?«

»Er ist sich noch nicht sicher. Er hat verschiedene Freundinnen, denen er es vorschlagen könnte. Interessiert?«

»Ich? Bist du verrückt?«

»War nur ein Scherz. Schade. Ich glaube, bei dir wäre ich nicht eifersüchtig. Jedenfalls weiß ich nicht, wie lange diese Beziehung noch halten wird, wenn er sich nicht ändert. Xavier sagt sowieso, dass eine Beziehung, in der man seine Sehnsüchte unterdrücken muss, keinen Bestand haben kann.«

»Kommt mir ziemlich kindisch vor.«

»Wenn du ihm das nur sagen könntest! Ich muss laufen, sonst verpasse ich meinen Zug. Xavier mag es nicht, wenn ich zu spät komme. Ciao, Jane!

Sie entschwand Richtung Bahnhof. Jane machte kehrt. Sie hatte ihr Fahrrad noch am Fachbereich stehen. Jamaica wirkte auch erschöpft, so wie alle zum Ende des akademischen Jahres, aber da war noch etwas anderes: Ihr jugendliches Strahlen war verschwunden. Wegen Devayne oder wegen Duportoy? Jane machte kurz halt, um ihre Post zu holen. Es war doch eine gute Idee gewesen, zur Polizei zu gehen.

Am Abend rief Allison an, um ihr die Neuigkeit mitzuteilen: Sie war schwanger: Zwillinge.

»Im fünften Monat! Du hättest es mir früher sagen können!«

»Entschuldige. Ich wollte erst die Fruchtwasseruntersuchung abwarten.«

Es würden fast fünf Jahre Altersunterschied zu Jeremy sein, der begeistert war, dass er zwei kleine Schwestern bekommen sollte.

»Aber so ganz sicher ist er sich auch nicht. Heute Morgen fragte er mich, ob er die beiden Babys in meinem Bauch anfassen darf, und gleich danach fragte er mit dem süßesten Lächeln überhaupt, ob er meinen Bauch zerdrücken darf. Ich habe angefangen, Bücher über Psychologie zu lesen. Er soll schließlich nicht traumatisiert werden. Aber es ist so traurig, wenn man ein Einzelkind ist.«

»Das hat Eric auch immer gesagt. Er wollte, dass wir mindestens zwei Kinder bekommen.«

Es trat eine Stille ein. Jane wusste, was Allison dachte: Solange Jane immer noch von Eric sprach, war sie nicht geheilt.

»Also, wann kommst du uns nun besuchen?«, fragte Allison. »Dein Patenkind schreit nach Tata Jane.«

Drei Kinder. An manchen Orten der Welt ging das Leben seinen normalen Gang. Duportoy würde Jamaica verlieren und weinen. Allison hatte recht mit ihrer Auffassung, eine Beziehung sei das Ergebnis langer und geduldiger Bemühungen. Die Arbeit bestand darin, sich zurückzunehmen: eine flüchtige Begierde unterdrücken, ein böses Wort, einen Stimmungsumschwung. Eine einfache und beständige Beziehung wie die von Allison und John, über die es nichts zu sagen gab, bedeutete Wachsamkeit in jeder Sekunde. Für Duportoy war das der Inbegriff der Mittelmäßigkeit. Aber die Mittelmäßigkeit war vielleicht das Gleichgewicht, das man am allerschwersten erreichen kann.

Als sie am nächsten Morgen das Gebäude an der Garden Street betrat, dachte Jane wieder an Allisons letzten Vorschlag. Sie hatte Allison und John nicht mehr besucht, seit sie sich als Anwälte in Seattle niedergelassen hatten. Sie wusste nichts von ihrem Leben. Das zweite Kind ihrer Schwester, die in New York lebte, hatte sie zweimal gesehen. Bei ihren Eltern war sie seit ihrer Scheidung kein einziges Mal gewesen. Sie waren schrecklich beunruhigt, als sie im September überfallen worden war. Sie liebten sie. Und sie wurden von Jahr zu Jahr älter. Jetzt wohnte sie fünf Zugstunden von ihnen entfernt. Wenn ihre nächste Stellung vielleicht am anderen Ende der USA war, würde es nicht mehr so leicht sein, sie zu besuchen.

Man verlor den Anschluss an seine Familie und seine Freunde, wenn man sie nicht sah. Jede Beziehung brauchte Zeit und Bemühen, nicht nur die Liebe. Das war es, was sie an Lynn und ihren Freunden so bewunderte, die Zeit, die sie einander widmeten. Sie bildeten eine Gemeinschaft in dem klaren Bewusstsein, dass sie eine Minderheit waren und einander brauchten in dieser vorurteilsbeladenen Gesellschaft. In Devayne hatte niemand Zeit. Man sparte jede Minute wie ein Geizhals seine Groschen. Wozu war dieses Anhäufen von Zeit gut? Wozu sein Leben in Bücher vergraben in seinem Büro verbringen, abgeschottet gegen alle Welt und überzeugt, dass man keine Zeit hatte?

Als sie den Schlüssel in ihr Briefkastenschloss steckte, hatte sie eine Erleuchtung. »Halt nicht fest.« – »Lass los.« Plötzlich wusste sie, worum es dabei ging: um die Zeit. Wenn man Zeit schenkte, bereicherte man sich selber. Zeit war das, was einen selbst ausmachte. Das war das Problem mit ihr: Sie hatte immer Angst gehabt, ihre Zeit zu verlieren. Endlich wusste sie, wie sie die Dinge ändern und sich einen Platz zurückerobern konnte. Als Erstes würde sie am nächsten Wochenende zu ihren Eltern fahren und das Wochenende drauf zu ihrer Schwester. Dann würde sie ein Flugticket kaufen, um John und Allison zu besuchen, sobald das Semester zu Ende war. Als sie ihre Post aus dem Kasten nahm, flatterte ein kleiner Zettel zu Boden. Weißes liniertes Papier, doppelt gefaltet, aus einem Spiralheft gerissen. Sie wurde blass. Das kam zu früh nach der letzten anonymen Mitteilung, es passte nicht zu dem Szenario, das der Inspektor aufzustellen versuchte. Sie hob den Zettel auf und faltete ihn widerstrebend auseinander. In der linken Hand hielt sie ihre Post, in der rechten den Schlüsselbund. Ihre Finger zitterten, und ihr Herzschlag kam ihr so laut vor wie ein Gong.

»Papa ist heut Abend nicht da. Willst du mit mir spielen?«

Sie schluckte und musterte die Kleinkinderschrift. »Heut Abend.« Heute, heute Abend, heute Nacht. Er wartete in ihrer Wohnung auf sie. Sie würde ihre Nachrichten abhören, und dann würde plötzlich seine Stimme vom Band kommen und ihr sagen, dass er jetzt genau hinter ihr stand und dass sie nun sterben würde. Und dann, sofort danach, seine Hand auf ihrem Mund

und der Arm um den Hals. Sie stieß ein ängstliches Wimmern aus. Sie hatte diese Szene vor zwanzig Jahren einmal in einem Fernsehfilm gesehen und nie vergessen. Der Schrecken selbst. Er würde sie fesseln und knebeln. Sie konnte ihn mit den Augen anflehen, so viel sie wollte, oder ihm, wenn sie sprechen konnte, versprechen, dass sie nichts sagen würde. Es würde ihn nur darin bestärken, sie umzubringen. Und ihn erregen. Mit dem Messer würde er ihr oberflächliche, aber furchtbar schmerzhafte Schnitte zufügen, bevor er sie im Moment der Ejakulation erstach.

Sie lehnte sich an die Wand. Sie konnte sich nicht mehr rühren. Ihr war übel und schwindelig. Das war kein Scherz. Sie hielt das kleine entfaltete Blatt in der Hand. Das vierte, drei Tage nach dem letzten und zwei Tage nachdem sie bei der Polizei gewesen war. Vielleicht war er ihr gefolgt und wusste, dass sie Anzeige erstattet hatte. Er verhöhnte sie. Kein Student. Da war sie ganz sicher. Dann würde sie nicht diesen absoluten Schrecken empfinden. Es war jemand, der ihre Adresse kannte und sich an ihrer Angst aufgeilte. Jemand, der mit ihr spielte. Der sie vielleicht sogar jetzt, in diesem Moment, beobachtete. Sie schrak zusammen, drehte sich um und sah erst zum Aufzug und dann in die andere Richtung durch das Türfenster zur Straße hinaus. Niemand da. Im Haus war es still, um diese Zeit war es meistens leer. Sie ging hinaus.

Die beiden Visitenkarten der Polizeiinspektoren hatte sie zu Hause neben dem Telefon liegen gelassen. Sie lief zur Polizeistation von Devayne. Das Büro von Inspektor Tait war bereits geschlossen. Sie stieß die Tür zur Anmeldung auf. Hinter dem Schalter erschien ein Polizist.

»Ich möchte mit Inspektor Merriman sprechen.«

»Da müssen Sie morgen früh wiederkommen.«

»Es ist dringend.«

Sie fing an zu weinen.

»Wie ist Ihr Name?«

»Jane Cook. Ich bin Professorin. Er kennt mich.«

»Warten Sie hier.«

Er verschwand im Nebenraum und kam zwei Minuten später freundlich lächelnd zurück:

»Inspektor Merriman wird in fünf Minuten hier sein.«

Sie war wirklich froh, ihn zu sehen. Er betrachtete den Zettel und schüttelte den Kopf. Mit einem der zahlreichen Schlüssel an einem Ring, der mit einer Kette an seinem Gürtel befestigt war, schloss er Inspektor Taits Büro auf und gab die neueste Entwicklung ein. Er brachte sie nach Hause. Alle halbe Stunde würde eine Streife von Devayne vorbeikommen, und sie sollte nicht zögern, ihn anzurufen, wenn sie beunruhigt war.

Lynn übernachtete bei ihr. Merriman rief Jane am nächsten Morgen an, um sie zu fragen, ob sie einen gewissen Charles Edward Trowbridge kenne.

»Das ist ein Freund von mir, warum?«

»Nur zur Verifizierung.«

Der Inspektor teilte ihr mit, dass die Polizei von Devayne eine Minikamera gegenüber den Postfächern in der Universität installiert habe. Nun brauchte man nur noch auf die nächste Mitteilung zu warten, und dann würde es aus sein mit der Serie. Vorausgesetzt, sie bekam den Brief in die Uni und nicht zu Hause, sagte sich Jane; vorausgesetzt, die Polizei fasste den Schuldigen, bevor etwas passierte. Inspektor Merriman hatte ihr gesagt, ein Briefschreiber wäre nicht der Typ, um aktiv zu werden, aber er musste sich wohl doch Sorgen machen, wenn er eine Minikamera anbringen ließ.

»Chip. Daran siehst du doch, dass sie verrückt sind«, sagte Jane am Abend zu Lynn.

Lynn lächelte.

»Ich habe mich gewundert, dass sie dich nicht längst nach ihm gefragt haben.«

»Warum? Was hat er denn getan?«

»Er ist letztes Jahr auf dem Central Square mit einem Studenten von Devayne aufgegriffen worden, aus deinem Fachbereich übrigens, ich glaube, er hieß David Tin…«

»Tinderman? Ich verstehe vollkommen! Ein überdimensionales Baby! Ach, jetzt weiß ich, an dem Tag, an dem Tinderman ganz aufgelöst ankam, war ich im Fachbereich; er hatte die Nacht im Bau verbracht und erzählte, die Polizei habe ihn verhaftet, dabei habe er nur einem Typ, der ihn angesprochen hatte, den Weg gezeigt. Er hatte eine Mordsangst, dass seine Eltern etwas erfahren könnten.«

»Er war gerade dabei, sich von Chip einen blasen zu lassen. Der arme Junge muss ein paar ungemütliche Momente auf der Wache verbracht haben. Die Bullen sind widerlich mit den Schwulen. Und außerdem lieben sie Chip sowieso. Vor neun oder zehn Jahren ist ein Devayne-Student mitten auf dem Campus erstochen worden, um Mitternacht an einem Samstagabend. Kennst du die Geschichte?«

»Ja, ich erinnere mich. Was hat Chip damit zu tun?«

»Die Leiche wurde unter seinen Fenstern gefunden.«

»Nein!«

»Der Student hat bestimmt jemanden beim Einbrechen überrascht. Chip war an dem Abend nicht zu Hause, aber sein Alibi war schwul. Die Bullen haben ihn gründlich in die Mangel genommen.«

Eine Woche später schloss Jane gerade im Erdgeschoss ihr Fahrrad los, als sie ein Geräusch im Keller hörte. Ihr Herz fing sofort an zu rasen. Sie wollte nach draußen laufen. Ihr sackten die Beine weg. Sie stützte sich gegen die Wand. Eben hatte unten jemand eine Tür zugemacht und kam nun die schmale Holztreppe aus dem Keller herauf. Schreien war zwecklos. Es war niemand im Haus. Sie machte den Mund auf. Sie hatte keine Stimme mehr. Sie konnte nur noch beinahe tonlos fragen:

»Wer ist da?«

Keine Antwort. Die Schritte kamen näher. Sie schloss die Augen. Als sie sie wieder öffnete, sah sie, wie ein Fuß auf den roten Teppichboden gestellt wurde. Er steckte in einem dicken Pantoffel und wurde von zwei behaarten Armen mit hochgekrempelten Ärmeln gefolgt, die einen Plastikkorb hielten: Karl. Er ging mit einem flüchtigen Nicken an ihr vorbei, wortkarg wie immer.

»Arbeitest du nicht?«, fragte Jane mit festerer Stimme.

»Ich bin erkältet. Da nutze ich die Gelegenheit und mache meine Wäsche. Wenn die Maschine schon mal nicht belegt ist.«

Wenn sie in der Uni oder zu Hause den Schlüssel ins Briefkastenschloss steckte, war sie jedes Mal so nervös, dass ihr die Fingerspitzen kribbelten. »Zu wem möchten Sie?«, fragte sie jemanden, der darauf wartete, dass sie die Tür aufmachte, und wunderte sich selbst über ihren harschen Ton. Jeder, der am Gartenzaun entlangging, wenn sie gerade nach Hause kam, jagte ihr schlotternde Angst ein. Tag und Nacht fragte sie sich: Wer? Warum? Was hatte sie getan, dass jemand so wild darauf war, sie zu verfolgen? Lynn war wütend.

»Das hat nichts mit dir zu tun. Manche Menschen sind eben verrückt, Jane. Du kannst nichts dafür. Glaub mir, der Mistkerl wird bezahlen.«

Lynn war absolut sicher, dass es sich um einen Mann handelte. Ohne Lynn hätte Jane in manchen Momenten eine ganze Schachtel Beruhigungsmittel geschluckt, nur damit die Angst wegging.

Der Mistkerl war verschwunden. Er versteckte sich. Wusste er, dass die Polzei ihm auflauerte? Hatte er die Minikamera gesehen? Die letzte Mitteilung stammte vom 5. April. Mittlerweile hatten sie den 24. Sie hatte jedes Zeitgefühl verloren. Sie war unfähig, irgendetwas vorauszuplanen, wie zum Beispiel ein Flugticket zu kaufen, um John und Allison im Frühsommer zu besuchen. Sie wartete. Tag für Tag. Nichts. Er wartete bestimmt, bis sie nicht mehr auf der Hut war. Sie hatte die Mitteilungen immer in einem Moment bekommen, in dem sie nicht mehr daran dachte. Der Kerl musste ein hervorragender Psychologe sein. Er würde zuschlagen, wenn sie es vergessen hatte. Im Sommer? Wenn sie aus dem Urlaub zurückkam? Sie wünschte sich von ganzem Herzen, dass sie noch eine Mitteilung finden würde. Das war die einzige Möglichkeit, ihn zu schnappen. Morgens hörte sie im Radio, dass im Gericht am Tag zuvor eine Schießerei stattgefunden hatte, gefolgt von einer wilden Autojagd wie im Kino. Ungefähr um dieselbe Zeit war sie auf dem Weg zum Campus mit ihrem Fahrrad am Gerichtsgebäude vorbeigekommen. Sie hatte nichts bemerkt und erinnerte sich nicht einmal, dass sie die Sirenen gehört hätte. Der Mann, auf den geschossen worden war, sollte in einem Drogenhandelsprozess als Zeuge aussagen und trug eine kugelsichere Weste. Er wusste, dass er eine Zielscheibe war. Die Polizisten von Old Newport lachten sich wahrscheinlich scheckig über Janes Pipifax-Mitteilungen.

Ein paar Tage später lief sie, als sie das Fachbereichsgebäude an der Garden Street betrat, einer jungen Absolventin aus Frankreich über den Weg, die für ein Jahr als Lektorin in Devayne war.

»Bonjour Madame. Wie geht es Ihnen?«

Jane hatte ihr das Du angeboten, aber das junge Mädchen schien sie zu alt zu finden für derartige Vertraulichkeiten.

»Bei dem schönen Wetter kann es ja nur gut gehen.«

Hélène seufzte.

»Heute sind mündliche Prüfungen. Ich werde den ganzen Tag eingesperrt in meinem Büro verbringen. Und das, wo heute in Frankreich kein Mensch arbeitet.«

»Ach ja, heute ist ja der erste Mai. Geht es bald wieder nach Frankreich zurück?«

»Ich fahre noch einen Monat mit meiner Schwester an die Westküste und nach Kanada. Aber erst suche ich noch einen Mieter für ihre Wohnung in Paris diesen Sommer. Kennen Sie nicht jemanden, der sich dafür interessieren würde?«

»Haben Sie mit Dawn und Rose darüber gesprochen?«

»Ja, und ich habe einen Aushang gemacht. Es ist eine wirklich charmante kleine Wohnung.«

»Die letzte charmante Wohnung, in der ich in Paris gewohnt habe, war zu Fuß über sieben steile Treppen zu erreichen. Hat Ihre Schwester einen Fahrstuhl?«

»Nein, aber es ist nur im dritten Stock. Es ist wirklich hübsch. Ein altes Apartment, das sie selber renoviert hat, und das Viertel ist wunderbar. Kennen Sie Montmartre? Da ist es wie auf dem Dorf. Fröhlich und viele angesagte Geschäfte und Bars.«

»Dann muss es auch laut sein.«

»Eben nicht. Das Schlafzimmer geht auf einen ganz ruhigen Hof hinaus.«

»Viel Glück. Ich bin sicher, dass Sie jemanden finden werden.«

Sie betrat das Gebäude, das Hélène eben verließ. Montmartre. Mit Eric war sie nie dort gewesen. Zu kitschig für seinen Geschmack. Plötzlich fehlte ihr Paris. Sie war seit fünf Jahren nicht mehr dort gewesen. Sie ging an den Briefkästen vorbei. Sie hatte am Tag zuvor ihre Post schon herausgenommen, und es war noch zu früh, als dass Dawn die von heute schon verteilt haben konnte. Trotzdem trat sie wieder einen Schritt zurück und steckte mit einem Achselzucken den Schlüssel ins Schloss. Wollte sie nun etwa viermal am Tag nachsehen?

In dem leeren Holzkasten lag ein kleiner, gefalteter Zettel. Jane erstarrte. Eine anonyme Nachricht, genau in dem Moment, als sie nicht damit rechnete und sie sich doch instinktiv gedrängt gefühlt hatte, ihr Fach zu öffnen. Feierlich griff sie nach dem Papier, mit dessen Hilfe die Polizei ihren Verfolger fassen konnte. Jetzt war es bald zu Ende. Er hatte die Kamera nicht gesehen, er hatte seine Nachricht in der Uni hinterlassen. Er hatte sich verraten. Sie faltete das Blatt langsam auseinander. Ihre Aufregung stieg. Jemand steckte den Schlüssel in das Schloss an der Eingangstür. Jane schloss die Faust um den Zettel und versteckte ihn hinter dem Rücken, während die Tür aufging. Sie rechnete mit Hélène, die sich bei Bruno's einen Kaffee geholt hatte, aber es war Jamaica, ebenfalls mit einem Kaffee. Zum ersten Mal freute Jane sich nicht, sie zu sehen.

»Was machst du denn schon so früh hier?«

»Das frage ich mich auch«, seufzte Jamaica. »Ich gebe einen Sprachkurs, weißt du ja, und heute sind den ganzen Tag mündliche Prüfungen.«

Ihre schwarze Strickjacke war schief geknöpft. Die langen, krausen Haare fielen ihr wild auf die Schultern, und sie hatte die Augen noch nicht ganz offen. Sie gähnte.

»Scheiße! Ist das heiß!«

Sie stellte den Becher auf den Rand vom Wasserspender. »Wie geht's Xavier?«

»Gut. Er fährt nächste Woche nach Frankreich.«

»Fliegst du nicht mit?«

»Ich komme im Juni hinterher, wenn ich ein Ticket bekommen kann. Gar nicht so einfach, wegen der Weltmeisterschaft.«

»Weltmeisterschaft? «

»Im Fußball. Na, also hör mal, Jane, komm mal hinter deinen Büchern vor. Dieses Jahr findet in Frankreich die Fußballweltmeisterschaft statt. Wusstest du das nicht?«

Jamaica holte ihre Post raus. Ihr Fach war brechend voll. Sie konnte seit Ende des Semesters noch nicht oft da gewesen sein. Sie stiegen zusammen in den Fahrstuhl. Jamaica fuhr bis zum dritten Stock. Sobald sich die Tür hinter ihr geschlossen hatte, faltete Jane das zerknitterte Papier auseinander. Dieselbe verstellte kindliche Schrift.

»Du wirst es lieben, ich schwör's dir.«

Ihr Körper wurde starr. Blitzartig war alles wieder da: die Hand auf ihrem Mund, der Arm um ihren Hals, der Mann hinter ihr, das Messer, das Blut, der Horror. Sie fühlte ihn in sich. Der Fahrstuhl hielt, und sie rannte bis zu ihrem Büro. Die Tür zu Begolus Büro stand offen, und Jane sah sie von hinten in ihren Computer tippen. Kein Gebell. Die Hunde waren nicht da. Jane warf ihre Tür zu und wählte Merrimans Nummer. Dann sagte sie leise, damit die Begolu nicht mithören konnte:

»Hier ist Jane Cook. Wieder ein Brief. Ja, in der Universität.«

Ihre aufgeregte Stimme hatte etwas Fiebriges, beinahe Freudiges. Merriman schien zufrieden.

»Enthält er irgendeine Drohung?«

»Eindeutig.«

»Haben Sie Angst?«

»Hier, so am helllichten Tag nicht. Hier sind überall Leute.«

Sie sollte in einer halben Stunde zu ihm kommen.

Inspektor Merriman und Jane setzten sich auf die Stühle vor dem kleinen Fernsehgerät im Büro von Inspektor Tait, die jetzt auf den Knopf drückte. Dann starrten sie alle drei auf den Bildschirm. Dawn, wie sie gestern die Post verteilte. Etwas später Jane, die sie herausnahm. Dann noch jemand: ein Mann. Sie hielt den Atem an. Er war es. Sie erkannte sein Profil und die weißen Haare.

»Hugh Carrington!«

Merriman hielt den Film an und bat Jane, den Namen zu buchstabieren. Ihr Mund war trocken. Carrington? Aber warum? Konnte er vielleicht eifersüchtig auf sie sein wegen Chip? Wusste er von Chip und der wiederum von Lynn oder ihr selber, dass sie ihn langweilig fand? Oder hatte der Preis für ihr Manuskript seinen Neid erregt? Er hatte beeindruckt gewirkt, als er letzten November bei ihr zum Abendessen gewesen war. Seit er vor zwanzig Jahren zum Professor in Devayne berufen worden war, hatte er außer ein paar Artikeln nichts mehr veröffentlicht. Aber er hatte sich immer sehr nett verhalten. Alles nur Scheinheiligkeit? Musste er einen Frauenhass loswerden, den er seit vierzig Jahren unterdrückt hatte?

Inspektor Tait spulte zurück, und sie sahen Carrington noch einmal. Er hob den Arm, berührte Janes Briefkasten aber gar nicht. Man sah nicht, dass er ein Papier hätte hineingleiten lassen.

»Sein Fach ist gleich über meinem, wie dumm von mir!«

Draußen schrie jemand. Eine Frau. Dann ein zweiter Schrei, genauso laut wie der davor. Jane stand auf und ging ans Wohnzimmerfenster. Sie machte es auf. Wegen des Fliegengitters konnte sie sich nicht hinauslehnen. Es war dunkel. Auf der Straße war nichts zu sehen. Letzte Woche war vier Häuser weiter eine Frau erstochen worden, die eben ihr Auto auf dem Hof geparkt hatte. Sie war weder vergewaltigt noch beraubt worden. Die Polizei suchte nach einer Spur in ihrem persönlichen Umfeld und hatte die Anwohner gebeten, die Augen offen zu halten.

Da. Wieder ein Schrei. Diesmal noch lauter. Er schien ganz aus der Nähe zu kommen. Nicht von der Straße, nicht einmal aus dem Garten, sondern aus dem Inneren des Hauses. Ein weiterer durchdringender Schrei ließ Jane erschauern. Es war der Schrei einer Frau unter Folter – oder einer Gebärenden. Es gab keine Schwangere im Haus.

Jane konnte nicht einfach dastehen und mit den Ohren wackeln, wenn ganz in ihrer Nähe offenbar jemand Hilfe brauchte. Sie ging zur Wohnungstür und dann noch einmal zurück in die Küche, um sich ein großes Gemüsemesser zu holen. Dann machte sie vorsichtig die Tür auf und stieg langsam die Treppe hinunter. Ein Schrei genau hinter der Wand neben ihr ließ ihr das Blut in den Adern gefrieren. Sie blieb stehen. War es vielleicht besser, in ihre Wohnung zurückzulaufen und gleich die Polizei zu holen? Der Schrei schien aus Karls Wohnung zu kommen. War er dabei, eine Frau in Stücke zu schneiden? Er war ihr ja schon immer so merkwürdig vorgekommen. Sie legte das Ohr an seine Eingangstür. Ja, da war es. Jetzt wimmerte die Frau. Dann wurde das Wimmern durch ein männliches Grunzen übertönt, und plötzlich verstand Jane, was sich abspielte.

Sie lächelte und schüttelte den Kopf. Das hätte sie von Karl gar nicht erwartet. Sie hatte ihn noch nie mit einer Frau gesehen und auch nie eine Frau in seiner Wohnung gehört. Vielleicht war es ja sein erstes Mal. Und das Karl, der so lärmempfindlich war!

Leise ging Jane wieder zu sich hinauf. Immer noch lächelnd, machte sie die Tür hinter sich zu und setzte sich wieder an den Esstisch. Dann las sie dort weiter, wo sie von den Schreien unterbrochen worden war.

Sie ließen den Film weiterlaufen. Jemand anders. Eine dunkelblaue oder schwarze Jacke von hinten. Jemand, der sehr groß war und dessen Kopf deshalb nicht im Bildausschnitt erschien. Man sah seinen Rücken, seine Schultern, seinen Hals. Sie sahen gebannt hin. Diesmal war es der Richtige, das wussten sie. Und tatsächlich ließ sein angewinkelter Arm etwas in Janes Briefkasten fallen. Alle drei seufzten gleichzeitig auf. Und ganz plötzlich kam ein Name über Janes Lippen:

»Duportoy.«

»Wer?«

Tait hielt den Film an. Merriman schrieb den Namen auf. Jane schüttelte den Kopf.

»Er kann es nicht sein. Er ist groß, deshalb habe ich an ihn gedacht. Und weil ich gerade seine Freundin getroffen habe.«

»Und wer ist dieser Duportoy?

»Ein Kollege von mir.«

»Gibt es einen Grund, warum er etwas gegen Sie haben könnte?«

»Nicht den geringsten.«

»Glauben Sie, dass er sich von Ihnen angezogen fühlt?«

»O nein. Er kriegt alle Frauen, die er will, und an mich hat er sozusagen nicht einmal das Wort gerichtet.«

Tait spulte zurück, und sie sahen sich die Szene noch einmal an. Diesmal fühlte Jane sich überhaupt nicht an Duportoy erinnert. Dieses Stück Jacke hätte jedem gehören können. Man sah weder seine Haare, noch sein Gesicht, nicht einmal teilweise. Zudem wusste sie, dass Duportoy freitags nie nach Old Newport kam. Er wohnte in New York. Und er hatte noch weniger Grund als sonst, herzukommen, weil keine Seminare mehr liefen. Damit war er als Verdächtiger ausgeschlossen.

»Aber das Datum auf dem Film ist gestern, Donnerstag. Und die Uhrzeit neunzehn Uhr achtundzwanzig«, sagte Merriman. »Es wird sich leicht herausfinden lassen, ob dieser Duportoy gestern in Old Newport gewesen ist.«

Das war die Zeit, zu der er das Gebäude verlassen würde, um

den Zug um neunzehn Uhr vierundfünfzig zu bekommen. Jane runzelte die Stirn.

»Selbst wenn er der Mann auf dem Film ist, gibt es noch eine andere, ganz einfache Erklärung: Jemand kann ihn gebeten haben, den Zettel in meinen Kasten zu stecken.«

»Ja, das ist möglich. In dem Fall könnte Duportoy den Verdächtigen beschreiben. Im Übrigen kennt er ihn ja vielleicht. Auf jeden Fall glaube ich, dass Sie jetzt wieder ruhig schlafen können. Das Rätsel ist so gut wie gelöst.«

Inspektor Merriman rief noch am selben Abend Duportoy in New York an und bat ihn, am nächsten Tag in einer wichtigen Angelegenheit, über die er am Telefon nicht sprechen könne, nach Old Newport zu kommen. Zu Anfang leugnete Duportoy alles und sagte der Polizei, sie würden wohl zu viele Hollywood-filme sehen. Er kannte seine Kollegin Jane Cook kaum. Er wusste nur von seiner Freundin, Jamaica Locke, und auch von einem anderen Freund, Francisco Gonzalez, dass diese Frau völlig auf ihn fixiert war.

»Das hat er gesagt?«

Seine ganze Arroganz war in sich zusammengefallen, als die Polizei ihn darüber informierte, dass er dabei gefilmt worden war, wie er einen Zettel in ihren Briefkasten steckte, und dass sie ihn offiziell identifiziert hatte. Sein Gesicht hatte sich völlig verändert. Er war nicht zusammengebrochen. Er hatte gelächelt: Ja, in Ordnung, er war es gewesen, aber es war doch nur ein Scherz gewesen, Jane Cook musste doch drei lächerliche kleine Zettelchen nicht so ernst nehmen. Er gab alles zu, bevor er den Film sah und sich darüber klar wurde, dass man ihn darauf nicht erkennen konnte. Die Entschuldigung, die Jane für ihn gefunden hatte, kam ihm nicht in den Sinn.

Jane war erstaunt. Lynn auch.

Am Sonntagmorgen rief Jamaica bei Jane an. Duportoy hatte ihr alles erzählt, nachdem er am Tag zuvor aus Old Newport zurückgekommen war.

»Es ist verrückt. Es tut mir wirklich furchtbar leid. Ich kann es gar nicht glauben. Jetzt verstehst du wohl, womit ich es zu tun habe.«

»Hast du dich von ihm getrennt? »

Jamaica wirkte überrascht. Nein, natürlich nicht. Man musste schließlich nichts dramatisieren. Xavier musste sich ändern. Er verhielt sich manchmal kindisch und verantwortungslos. Das Polizeiverhör hatte ihn erschüttert. Er brauchte diese Konfrontation mit der Wirklichkeit. Ihm fiel immer alles einfach so zu, er bekam alles, was er wollte, er langweilte sich und wusste nicht mehr, was er noch aushecken sollte, um sich zu zerstreuen. Mit zwei Frauen gleichzeitig schlafen oder einer Kollegin unanständige Briefchen in den Kasten stecken. Er war offenbar emotional ebenso unterentwickelt wie geistig reif. Jane fühlte sich unwohl. Duportoys komplexer psychischer Zustand interessierte sie nur mäßig.

»Warum rufst du an?«

»Wegen der Anzeige.«

Bestimmt hatte Xavier sie gebeten, anzurufen.

»Offen gesagt, bin ich mir noch nicht sicher. Ich hatte noch keine Zeit, darüber nachzudenken. Das wird wohl alles seinen Gang gehen, denke ich. Die Sache ist mir aus den Händen genommen. Darum kümmert sich die Polizei.«

»Aber du hast die Anzeige erstattet.«

»Ja, und?«

»Du könntest sie zurückziehen.«

Jane lachte los und hätte fast aufgelegt.

»Sag ihm, er soll sich keine Sorgen machen. Devayne hat für

Skandale nichts übrig. Die Polizei hat mir schon gesagt, dass die Sache nicht über die Mauern von Devayne hinausgehen würde.«

»Aber jetzt hör dich doch bloß mal reden! Jane, du kannst das doch nicht so ernst nehmen. Ich rufe dich nicht an, weil Xavier mich darum gebeten hat, sondern weil ich euch beide kenne, um es dir zu erklären.«

»Was erklären?«

»Xavier mag dich gern. Er hat nichts gegen dich.«

Jane lachte.

»Das ist mir völlig egal.«

»Hör auf. Schau mal. Er sagt, du wärst immer sehr nett zu ihm gewesen. Letztes Jahr hast du ihm ganz genau die Stunden gegeben, die er haben wollte. Er denkt, dass du anders bist als die anderen, nicht so machtgierig, und deshalb bist du auch nett.«

»Ach, wirklich.«

»Er hat dir nie einen Schrecken einjagen wollen. Er wusste nicht, dass du im September überfallen worden bist, sonst hätte er das nicht gemacht. Angefangen hat es aus purem Zufall, als er am vierzehnten Februar in Old Newport aus dem Zug stieg und am Zeitungsstand im Bahnhof die große rote Karte in Herzform sah. Er hat sie für mich gekauft, weil ich so viel für Kitsch übrighabe und wir uns am Tag davor gestritten hatten. Aber dann ist er dir an dem Tag im Fachbereich begegnet, und du wirktest so niedergeschlagen. Xavier hasst dieses Getue um den Valentinstag. Dabei kommt nichts anderes heraus, als dass sich die Einsamen an dem Tag noch einsamer fühlen, sagt er immer. Er hat dir die Karte geschrieben, damit du dir sagen kannst, jemand hätte an diesem Tag an dich gedacht. Und weißt du, er findet dich sehr hübsch.«

Jane verdrehte die Augen zur Decke. Jetzt auch noch Komplimente.

»Die Valentinskarte ist nicht das Problem.«

»Ich weiß. Ich will dir ja nur sagen, wie das Ganze angefangen hat. So ist er erst auf die Idee gekommen, weiterzumachen. Ein dummer Scherz, einverstanden, aber dahinter steckte eine gute Absicht. Xavier glaubt auch, dass dein Leben in Old Newport furchtbar trist ist und dass du deine besten Jahre vertust.«

Jane lächelte höhnisch bei dem Gedanken, wie Jamaica und Xavier abends den Fall der armen Jane durchhechelten.

»Wir haben oft darüber nachgedacht, welchen Mann wir dir mal vorstellen könnten«, fing Jamaica wieder an. »Wir haben dich nach New York eingeladen, aber du bist nie gekommen. Jedesmal hast du gesagt, du hättest keine Zeit. Xavier glaubt, dass Devayne schon ganz in dich eingedrungen ist. Er ist fest überzeugt, dass einem dieser Ort das Herz, die Fantasie und die Sinne vertrocknet, bis nur noch altes Pergament übrig ist. Du und ich, wir haben übrigens auch oft darüber gesprochen. Natürlich läufst du nicht Gefahr, wie die Begolu zu werden, weil du viel netter bist, aber am Ende kaufst du dir womöglich auch einen oder zwei Hunde und gehst nie mehr aus Old Newport weg, höchstens vielleicht zu einer Tagung, um deinen Kandidaten Vorstellungsgespräche zu verschaffen. Wie McGregor und Carrington: innerlich tot. Xavier will nicht, dass es so weit kommt.«

»Dazu müsste ich erst mal einen Lehrstuhl in Devayne haben.«

»Devayne oder woanders. Das ist doch dasselbe. Devayne ist ein Syndrom. Du verstehst mich hoffentlich richtig: Xavier wollte nur deiner Fantasie einen Schubs geben, damit du mal an etwas anderes denkst als Devayne.«

»Das ist ihm allerdings gelungen.«

»Xavier glaubt an die Macht des Wortes. Er wollte dich aufrütteln, deine Einbildungskraft anspornen, damit du dir diesen Sommer einen Liebhaber suchst.«

Sie verbrachten eine Stunde am Telefon. Lynn war fuchsteufelswild.

»Du kannst doch nicht mit Jamaica reden. Verstehst du denn nicht? Sie gehört zum anderen Lager.«

Es schien ganz natürlich, dass Jamaica Xavier verteidigte. Was Jane traurig machte, war diese Herablassung, diese Mißachtung, die Jamaica nicht einmal bewusst zu sein schien. Wahrscheinlich glaubte sie, dass Duportoys anonyme Briefchen einer bald vierzigjährigen Geschiedenen, die womöglich noch lesbisch werden würde aus lauter Verzweiflung, nur guttun konnten. Was Duportoy über all das dachte und die Art, wie er anscheinend über Jane redete und die Jane sich lebhaft vorstellen konnte, weckten in ihr ein Gefühl, das dem Hass ähnlicher war als alles andere, das sie je empfunden hatte.

Die Disziplinaranhörung fand am 25. Mai statt, während draußen in Erwartung der feierlichen Zeremonie zur Diplomübergabe überall frischer Rasen ausgerollt, mitten auf dem Campus grün-weiß gestreifte Zelte aufgerichtet wurden und ganz Devayne etwas Festliches bekam. Der weite Saal mit der Eichentäfelung und dem hellgrünen Teppichboden in einem der ältesten Gebäude der Universität war beeindruckend. Die Richter, sieben Professoren aus verschiedenen Fachbereichen, hatten an einem Ende des langen antiken Tisches auf hochlehnigen Polsterstühlen Platz genommen. Der Angeklagte und die Klägerin mit ihren jeweiligen Zeugen saßen am anderen Ende. Duportoy und Jamaica auf der einen Seite, Jane und Lynn auf der anderen. Duportoy trug einen Anzug in Grün, der Farbe von Devayne, ein weißes Hemd und eine klassische Krawatte mit gelben und blauen Streifen. Jane und Jamaica trugen beide lange schwarze Röcke und weiße Blusen und sahen damit wie Schülerinnen desselben Internats aus. Sie sagten sich nicht guten Tag. Lynn hatte ihre Sonntagskleidung angezogen: einen marineblauen Plisseerock und eine für den Anlass etwas zu leuchtend rote Seidenbluse, die Jane ihr zum letzten Geburtstag geschenkt hatte. Jane sprach als Erste. Sie tat es ruhig, gefasst und ohne Aggressivität. Sie erzählte von ihrer zunehmenden Angst, dem überall lauernden Verdacht, der ihr die Freude am Unterrichten genommen hatte, ihrem furchtbaren Schrecken, als sie die erste Mitteilung zu Hause bekommen und von da an in der Überzeugung gelebt hatte, dass sie jemand beschattete, der Panik, als die Mitteilungen immer deutlicher wurden, und von dem Gefühl, die Kontrolle über ein Leben verloren zu haben, das nur noch an eine schlechte Vorabendserie erinnerte. Dann ergriff Duportoy das Wort.

Er sprach Englisch mit einem halb französischen, halb britischen, vornehmen Akzent, den er sich während seiner Schulzeit in Frankreich angeeignet hatte. Er stellte sein eigenes infantiles Verhalten infrage, betonte aber wieder, er habe nichts gegen Jane und habe ihr niemals Angst machen oder sie belästigen wollen. Janes heftige und Duportoy zufolge übersteigerte Reaktion war auf den Überfall im September zurückzuführen, von dem er nichts gewusst habe. Sonst habe Jane nur aufgrund von drei kleinen unanständigen Briefchen niemals annehmen können, dass sie von einem Serienkiller verfolgt werde. Duportoys Scherz – dumm und geschmacklos, ja, da war er der Erste, das anzuerkennen, aber doch nur ein einfacher Scherz – hatte unter den unglücklichen Umständen gelitten. Duportoy sprach ernsthaft und scheinbar in aller Demut, aber die Mitglieder des Komitees wirkten von seinen rhetorischen Fähigkeiten wenig beeindruckt. Jane warf einen Blick in Lynns Richtung. Sie hatte die Zähne zusammengebissen, die Lippen kräuselten sich, und in ihren Pupillen blitzte Hass auf. Duportoy konnte sich glücklich schätzen, dass er nicht ihr in die Hände gefallen war.

Die Anhörung dauerte über eine Dreiviertelstunde. Dann zogen sich die sieben Professoren in ein anderes Zimmer zurück, von wo sie nach kurzer Besprechung wieder erschienen. Ihre Entscheidung war einstimmig. Duportoy wurde nicht etwa nur eine Mahnung erteilt, er wurde von der Hochschule verwiesen.

»Man hätte ihn aus dem Land weisen sollen«, sagte Lynn am selben Tag zu Jane. »Wenn man bedenkt, wie viele illegale Einwanderer, für die Amerika das absolute Traumland ist, jeden Tag ausgewiesen werden, nur weil sie kein Geld haben. Da kann einem schlecht werden. Und dir wird dieser Richterspruch auch nicht gerecht. Er hat dir Monate deines Lebens verdorben. Du hättest ein paar hunderttausend Dollar Schadensersatz bekommen müssen, plus Zinsen. Ich wette, seine Eltern haben Kohle. Es ist widerlich.«

Innerhalb von Devayne gab es überhaupt keine größere Strafe als den Rausschmiss. Ein ganz und gar außergewöhnlicher Vorgang. Ende Mai hatte Duportoy nicht die geringste Chance, für das nächste Jahr eine Stelle zu bekommen. Jane fragte sich, was er jetzt machen würde. Sie sah wieder Jamaicas Augen vor sich, wie sie sie nach dem Urteilsspruch angesehen hatten, und fühlte sich schuldig. Vielleicht hätte sie ihre Anzeige zurückziehen sollen. Aber die Vorstellung, im nächsten Jahr bei einer Fachbereichsbesprechung wieder neben Duportoy zu sitzen, war unerträglich.

Die Bombe platzte ein paar Tage später: Duportoy war soeben von der New School in Manhattan als Professor für Ästhetische Theorie eingestellt worden. Die Sache war absolut geheim geblieben, weil er noch nicht sicher gewesen war, ob das Angebot vielleicht an einem zu geringen Etat scheitern würde. Duportoy hatte seinen Vertrag gerade unterschrieben: eine Festanstellung an einer der interessantesten Universitäten der Welt, in New York, mitten in Manhattan, in Greenwich Village. Jane war schon oft an den Gebäuden der New School an der Fifth Avenue und der Dreizehnten Straße vorbeigekommen.

Lynn war außer sich vor Wut. In Devayne gab es über Duportoy eine öffentlich zugängliche Akte, der zu entnehmen war, dass er relegiert worden war, aber wen kümmerte das? Eine rein symbolische Bestrafung. Duportoy hatte die Demütigung der Disziplinaranhörung bestimmt längst vergessen und feierte seine neue Stellung mit französischem Champagner. Und bald würde er sich noch damit brüsten, dass er eine arme Professorin in Devayne terrorisiert hatte, die mal ordentlich gebumst werden musste. Es war zu einfach. Jane zuckte die Achseln.

»Weißt du, mir ist das egal. Hauptsache, ich sehe ihn nicht mehr.«

Drei Tage später klopfte Lynn mit vor Aufregung funkelnden Augen an Janes Tür.

»Kann ich mit dir sprechen?«

Jane folgte ihr ins Wohnzimmer. Lynn hatte die grellrote Seidenbluse an, von der sie sich überhaupt nicht mehr trennte, und ihre zu enge Jeans. Sie machte es sich mit untergeschlagenen Beinen auf dem Sofa gemütlich, Jane setzte sich auf den Sessel auf der anderen Seite des Teppichs. Lynn lächelte fröhlich.

»Es war eine echte Eingebung, dass du diesen Teppich gekauft hast. Ich sage mir jedes Mal wieder, dass er diesem Zimmer Seele verleiht. Machst du mir einen Gin Tonic?

Sie zog die Spannung absichtlich in die Länge. Jane holte den Gin aus dem Schrank und nahm das Schweppes und die Zitrone aus dem Eisschrank. Dann brachte sie Lynn ihr Glas.

»Was ist los?«

Sie sagte sich plötzlich, dass es nicht unbedingt um Duportoy gehen musste. Es gab noch andere außer ihm auf der Welt. Gestern beim Abendessen hatte Lynn ihr von einer Frau erzählt, die sie gerade beriet und die vor dreizehn Jahren ein Baby hispanischer Herkunft adoptiert hatte, nachdem sie selber zehn Jahre lang vergebens versucht hatte, ein Kind zu bekommen. Sie war von ihrem Mann verlassen worden und hatte ihr Kind alleine großgezogen. Es war ständig krank, hatte eine Mittelohrentzündung und eine Bronchitis nach der anderen. Vor zwei Jahren hatte Maureen herausgefunden, dass das Kind Aids hatte. Sie hatte beschlossen, gegen die Agentur zu prozessieren, die davon gewusst, ihr aber nichts gesagt hatte. Es war eine äußerst schwierige Entscheidung, denn für ihren kranken und über alles geliebten Sohn konnte die Botschaft womöglich lauten: Wenn ich es gewusst hätte, hätte ich dich nicht adoptiert. Aber sie hatte ein intelligentes und mutiges Kind, das sie verstand und an ihrer Seite kämpfen wollte.

»Mir ist eingefallen, dass du mir erzählt hattest, dass er vorher am Middlebury College unterrichtet hat. Ich habe eine Freundin, deren Partnerin dort im Fachbereich Spanisch unterrichtet.«

»Er.« Also doch Duportoy. Jane runzelte die Stirn. Lynn sprach weiter:

»Und da habe ich doch eine interessante Geschichte gehört.« Sie trank ein Paar Schluck von ihrem Gin Tonic. »Wusstest du, dass Duportoy da ebenfalls rausgeschmissen worden ist?«

»Rausgeschmissen? Aber nein, er hat ein Angebot von Devayne angenommen.«

»Ja. Da drüben war er ein bisschen vorsichtiger als hier. Er hat auf ein Angebot von woanders gewartet, bevor er seine kleine Show abgezogen hat.«

Jane wurde blass.

»Seine kleine Show?«

»Anonyme Anrufe«, erwiderte Lynn mit stillem Triumph in der Stimme. »Bei einer Studentin im ersten Semester, ein achtzehnjähriges Kind mit Übergewicht und Essstörungen. Sie war halb wahnsinnig vor Angst.«

Jane schrie auf. Lynn trank wieder von ihrem Gin Tonic.

»Ihr Name ist Amber Martin. Sie war in seinem Einführungsseminar, und denk mal, sie hatte sich auch noch in ihn verliebt. So erwidert der Kerl Gefühle. Die Polizei hat ihn verhaftet, nachdem sie eine Fangschaltung am Apparat des Mädchens angelegt hatte. Er rief nie von zu Hause bei ihr an und auch nicht aus seinem Büro, sondern aus einer Telefonzelle in der Nähe.«

Jane schüttelte ungläubig den Kopf.

»Duportoy hatte damals eine wunderschöne Freundin«, erzählte Lynn weiter. »Eine Schauspielerin aus New York, die ihn oft besuchen kam. Und da macht er nachts so was, um sich zu zerstreuen, ruft ein armes, dickliches Kind an und atmet schwer in den Hörer wie einer, der sich gerade einen runterholt. Kommt dir das nicht irgendwie bekannt vor? Ich meine nicht die Wahl der Opfer, du hast nichts mit der Kleinen gemein. Aber das Spielchen, das er da abzieht. Das ist mir vielleicht ein Scherzkeks!«

Sie lachte. Jane sah sie unverwandt an.

»Was wirst du jetzt tun?«

»Es weitergeben.«

»An wen?«

»An den Dekan der New School.«

Es dauerte keine Woche. Am 8. Juni schneite Lynn triumphierend bei Jane herein. Sie trug immer noch die Jeans mit der roten Seidenbluse, die sie abends wusch und am Morgen wieder anzog.

Jane bedauerte langsam, dass sie keine gedecktere Farbe genommen hatte.

»Sie haben seinen Vertrag annulliert.«

»Tatsächlich!

»Die Freundin einer Freundin, die im Fachbereich für Feminismusforschung an der New York University lehrt, hat den Professor an der New School angerufen, der Duportoy eingestellt hat, William Townshend. Sie war begeistert. Letztes Jahr wollte ihr Fachbereich eine Spezialistin für Frauenforschung einstellen, und derselbe Townshend hat das mit einem negativen Gutachten verhindert. Townshend hat bei den Dekanen von Devayne und Middlebury angerufen. Danach blieb ihm nichts anderes übrig, als mit seinem eigenen Dekan zu reden, und der war kategorisch: Duportoy kann unmöglich eingestellt werden. Wenn irgendetwas passiert, würde das die Uni Millionen kosten, weil man sie verantwortlich machen könnte. Townshend muss sehr traurig bei unserem Freund angerufen haben, der sofort in sein Büro geeilt ist, bereit, alles zu unterschrieben, was man von ihm verlangte, hundert Mea culpa runterzubeten, barfuß, mit einem Strick um den Hals und einem Schild auf dem Rücken mit der Aufschrift ›Ich habe eine Frau sexuell belästigt und ich schäme mich‹ durch Manhattan zu laufen, und geschworen hat, dass so was in New York niemals vorkommen würde, weil doch nur die furchtbare Langeweile in Middlebury und Devayne daran schuld gewesen sei, im Übrigen würde er versprechen, dreimal in der Woche zum Psychiater zu gehen, und der Townshend die Füße geküsst und ihn angefleht hat und schließlich in Tränen ausgebrochen ist. Eine griechische Tragödie.«

Jane war nicht nach Lachen zumute. Sie sah die Szene deutlich vor sich.

»Woher weißt du das alles?«

»Über eine Freundin von Townshends Sekretärin.«

Lynn schenkte sich ein Glas Portwein ein und setzte sich an den Esstisch. Jane schnitt Zucchini in Scheiben.

»Was wird er jetzt tun?«

Lynn lächelte.

»Offen gesagt, schert mich das nicht im Geringsten.«

»Das muss furchtbar für ihn sein. Diese Stelle war sein Traum. Und jetzt hat er ihn in nur einer Woche verwirklicht und wieder verloren.«

Lynn sah sie mit hochgezogenen Augenbrauen an.

»Irgendwann glaube ich wirklich, dass du ein Problem hast. Willst du etwa sagen, er tut dir auch noch leid? Hast du schon vergessen, wie du dir vor Angst in die Hosen gemacht hast, weil vielleicht ein Mörder in der Badewanne auf dich wartet?«

»Ich hatte nicht wegen der anonymen Briefe solche Angst, sondern wegen des Überfalls im September. Das konnte Duportoy nicht wissen. Für ihn war es nur ein Scherz. Und ich habe auch keine Folgeschäden. Aber was wir jetzt mit Duportoy machen, ist kein Scherz mehr.«

Lynn stand auf und tigerte zwischen Küche und Wohnzimmer auf und ab, während Jane weiter ihre Zucchini schnitt. Schließlich trank Lynn den letzten Schluck Portwein und seufzte. Sie blieb hinter Jane stehen.

»Jane.

Jane drehte sich um. Lynn musterte sie mit kaltem Blick. Ihre Stimme klang wenig freundlich.

»Was genau bezeichnest du eigentlich als Scherz?«, fragte sie ruhig und ernst. »Ein armes übergewichtiges Kind für den Rest seines Lebens zu traumatisieren, in Ordnung, das ist ein Scherz. Eine Frau von hinten mit dem Messer zu bedrohen, ist das auch ein Scherz? Die Angst war bestimmt die gleiche. Hört es auf, ein

Scherz zu sein, wenn das Mädchen sich das Leben nimmt und man die Frau mit durchgeschnittener Gurgel auffindet?«

Jane kaute auf der Unterlippe. Lynn hatte natürlich recht. Aber sie war sich ihrer Sache so sicher.

»Lass nur mal ein bisschen deine Fantasie spielen«, fing Lynn wieder an. »Versuch dir vorzustellen, wie du dich jetzt fühlen würdest, wenn Duportoy nicht geschnappt worden wäre, anstatt mir zu sagen, ich hätte nicht in seiner Vergangenheit herumwühlen sollen und wir sollten den armen Jungen doch in Ruhe lassen, damit er sich amüsieren kann, wie er will.«

»Das habe ich nicht gesagt.«

Sie nahm die Pfanne, gab ein wenig Öl hinein und briet die Zwiebeln an. Lynn stellte ihr Glas auf den Tisch und marschierte zur Tür.

Na also. Wieder ein Kapitel geschlossen. Lynn und sie waren zu verschieden. Irgendwann musste sich das ja mal bemerkbar machen. Ihre Freundschaft konnte nur so lange halten, wie Jane Hilfe brauchte. Vor ein paar Wochen hatte Lynn sie zu einem Vortrag mitgenommen über sexuelle Belästigung am Arbeitsplatz. Das rhetorische Talent der Vortragenden war noch beeindruckender als ihre ungeheure Fettleibigkeit. Als sie hörte, wie die Frau von ihren Gefühlen übermannt mit brüchiger Stimme und den Tränen nahe von den Leiden misshandelter, geschlagener, vergewaltigter und gefolterter Frauen in der ganzen Welt berichtete, hatte Jane sich entsetzlich schuldig gefühlt, weil ihr die nötige Fantasie oder auch das Mitleid fehlte, um ihr Leben dem Einsatz für die Opfer dieser Welt zu widmen. Hinterher kam sie aber dennoch an dem Gedanken nicht vorbei, dass diese charismatische Rednerin auch eine gefährliche Fanatikerin war und dass eine Welt, in der es keinen Platz mehr für Späße und nur noch schwarz-weiß gab, ohne irgendwelche Zwischentöne, beängstigend war. Lynn hatte begeistert ausgerufen: »Sie ist fantastisch, oder?« Jane war Lynn gegenüber immer öfter nicht ganz ehrlich, einfach weil sie schwieg. Aber jetzt, dank Duportoy, war alles klar. Lynn würde sie verachten und nicht mehr mit ihr reden. Sie würden sich im Hausflur begegnen und aneinander vorbeisehen, wie Jane und Jamaica auf dem Korridor in der Uni. Warum verlor Jane ihre Freunde einen nach dem anderen? War sie selber das Problem oder ihre Auswahl an Freunden? Lynn legte die Hand auf die Klinke.

»Gehst du? fragte Jane ängstlich und drehte sich mit dem Messer in der Hand um.

»Die Katzen warten auf ihr Essen.«

Nicht die Spur von Wut in Lynns Stimme. Sie sah Jane an, lächelte. Dann kam sie wieder durch die Küche zurück, kniff ihr sanft in die Wange und schüttelte lächelnd den Kopf.

»Du bist mir eine!«

Am nächsten Abend rief sie an.

»Ich habe eine gute Neuigkeit für dich, mein Schatz. Dein Schnuckiputz hat mehr als nur ein As im Ärmel. Stell dir vor, der hat doch tatsächlich ein Stipendium von der Studienstiftung lockergemacht. Ein Batzen Geld und keinerlei Verpflichtungen. Siehst du? Um den brauchst du dir keine Sorgen zu machen.«

Jane schüttelte sich, als sie die eben gelesene Seite auf den dicken linken Stapel legte.

Das Kapitel hätte Lynn schreiben können. Sie kannte alle Fakten. Aber Jane wusste, dass es nicht Lynn war und auch nicht Chip oder Francisco oder Josh. Sie starrte vor sich hin. Dann fischte sie den braunen Umschlag vom anderen Ende des Tisches und sah sich die handgeschriebene Adresse noch einmal genau an. Ja, die Schrift hatte sie schon mal gesehen: auf einer Postkarte, die Jamaica ihr gezeigt hatte. Sie betrachtete die Worte »Old Newport«. Jetzt erinnerte sie sich wieder an seine seltsame Art, das »d« zu schreiben, vielleicht weil er Linkshänder war: Die gerade Linie endete in einem Schnörkel nach links. Sie erkannte sogar eine Ähnlichkeit mit der verstellten Schrift auf den anonymen Mitteilungen.

Sie stand auf und schenkte sich noch ein Glas Wasser ein. Ein Geräusch ließ sie zusammenschrecken. Ein leises Kratzen, als ob jemand versuchte, unbemerkt ihre Wohnungstür zu öffnen. Sie ging auf Zehenspitzen in den Flur hinaus und sah durch den Spion. Sie spürte, dass da jemand war. Ihr Mund war wie ausgetrocknet. Das war doch unmöglich: er war tot.

»Miau!«

Sie lachte nervös auf.

Seine Vorliebe für Streiche und anonyme Brief hätte Duportoy zu ihrem ersten Verdächtigen machen müssen, sie hatte nur nicht schon früher an ihn gedacht, weil er nie mit ihr befreundet gewesen war und sie nicht kennen konnte. Aber wenn Francisco über die Verbindung Jamaica-Duportoy Informationen bekommen konnte, war es umgekehrt natürlich ebenso plausibel.

Mit Francisco hatte Duportoy einen wahren Schatz an Informationen gehoben. Über Bronzino und Josh, über Eric und Francisco selber. Alles, was Allison, Lynn und Chip betraf, hatte Duportoy von Jamaica erfahren. Wenn er Josh in New York getroffen hatte, hatte er ihm sicher auch Fragen gestellt. Und was das eben gelesene Kapitel betraf, gab es niemanden, der es besser schreiben konnte als er.

Sie hatte ein seltsames Gefühl. Hunger war es nicht, eher der Drang, loszuweinen, zu schreien, sich zu übergeben. Sie hatte einen solchen Druck auf der Brust, dass ihr das Atmen schwer wurde. Es war Angst. Sie las seit Stunden seinen posthumen Brief. Er hatte das Jahr damit verbracht, diesen Text zu schreiben, und ihn ihr geschickt, kurz bevor er sich das Leben genommen hatte. Warum?

Wenn nur Alex zurück war. Sie musste ihm alles sagen: Nur er würde die richtigen, beruhigenden Worte finden.

3 Jane kam an die Ecke Rue des Abbesses und blieb atemlos stehen. Die ganze Straße tanzte. Ein spontanes Fest. Vier Schwarze mit südafrikanischen Hüten saßen auf einer Caféterrasse und schlugen die Trommeln. Die Menge war so dicht, dass kein Auto mehr durchkam. Man hörte Lachen und Schreie. »Wir sind die Sie-ger!« – »Und eins! Und zwei! Und drei! Zu null!« – »Zizou!« – »Zizou vor, noch ein Tor!« – »Zizou ist der Größte!« Jane erkannte den Namen, oder besser die Verniedlichungsform, des nordafrikanischen Spielers, der die Franzosen mit zwei Kopfballtoren zu Weltmeistern gemacht hatte. Sie hatte noch nie eine so große Menschenmenge im Glückstaumel gesehen. Männer und Frauen, Araber und Franzosen, Weiße und Schwarze, Polizisten und Illegale, alle wurden vom selben Gefühl getragen, umarmten und küssten sich und sangen gemeinsam. Vorhin im Fernsehen war ganz Frankreich Zeuge geworden, wie sein unterkühlter und distinguierter Präsident auf eine Mauer geklettert war, um dem Torwart einen bewegten Kuss auf die Glatze zu drücken.

Jane war müde und deshalb nicht mit Rosen, Vincent und Mylène auf die Champs-Élysées gegangen, wo das Ereignis gefeiert werden sollte. Sie hätten besser daran getan, mit ihr mitzukommen. Das wahre Fest fand hier statt, genau vor ihrer Haustür. Die Musik war wunderbar und der Rhythmus so mitreißend, dass Jane sich unwillkürlich von einem Fuß auf den anderen wiegte, während sie die Zahlenkombination in die Türsperre tippte. Ihr blieb keine Zeit, die Tür aufzudrücken. Ein Mann nahm sie bei der Hand und zog sie in die Menge. Ihr fielen ganz von allein die Schritte und Bewegungen wieder ein, die sie im afrikanischen Tanzkurs gelernt hatte. Männer streiften sie, rieben sich an ihr, berührten ihre Brüste. Sie wehrte sich nur, wenn jemand versuchte, sie aus der Menge herauszuziehen oder ihr Kleid hochzuschieben. Noch nie hatte sie sich so sicher gefühlt wie in diesem nächtlich belebten Stadtviertel.

Es war nach drei Uhr. Die Kellner räumten die letzten Tische zusammen und fegten den Gehsteig. Die Menge begann, sich zu verlaufen, zu Fuß, im Auto, mit dem Fahrrad oder dem Moped. Jane tanzte immer noch. Plötzlich bemerkte sie einen Jungen, der gegen einen Baum lehnte und sie beobachtete. Sein Gesicht war halb verdeckt vom Schirm einer Baseballkappe, und sein magerer Körper war in weite, weiße Gewänder gehüllt. Er war nicht groß. Die langen Haare fielen ihm unter der Kappe in den Nacken. Ganz bestimmt ein Künstler. Wenn er lächelte, bildeten sich zahllose Fältchen um seine Augen herum. Jetzt lächelte er sie an. Sie streckte die Hand aus.

»Tanzen Sie? «

Er schien sie nicht zu verstehen.

»Do you dance?«

Sie nahm ihn bei der Hand, und er ließ es geschehen. Er tanzte beweglich, kraftvoll und elegant, sprang, überschlug sich, ließ die Arme kreisen, stieß den Arm mit ausgestreckten Zeigefinger in die Luft und zu Boden, drehte sich um sich selbst wie ein Kreisel, wie ein Jugendlicher am Washington Square, der sich seinen Lebensunterhalt zum Rhythmus einer Rap-Kassette verdient. Jane lächelte. Benommen und außer Atem, trat sie zurück und lehnte sich an den Baum, wo er gerade noch gestanden hatte. Er tanzte für sie und sah sie dabei an, dann nahm er wieder ihre Hand, und sie tanzten langsam miteinander. Wenn er lächelte, lächelten seine Samtaugen auch. Körper an Körper und Lippe an Lippe tanzten sie, bis die Musiker nicht mehr weiterspielten. Der Himmel wurde schon hell.

Sie setzten sich auf eine Bank an der Place des Abbesses. Er war Israeli. Er war am Tag zuvor aus Irland gekommen, um in Paris das Spiel zu sehen. In ein paar Stunden würde er nach Tel Aviv zurückfliegen. Er war zusammen mit drei Freunden, die er irgendwann vorhin in der Menge verloren hatte, einen Monat lang durch ganz Europa gefahren. Boten sich viele kleine Abenteuer, wenn man so zu vier jungen Männern unterwegs war? Er hätte nichts dagegen gehabt, aber es hatte sich nicht ergeben. Er hatte sich ein paar Wochen vor der Reise von seiner Freundin getrennt, die er vor drei Jahren in der Armee kennengelernt hatte. Er hatte gehofft, seinen Liebeskummer bei einer schönen Norwegerin vergessen zu können. Aber was man sich erhoffte, ging selten in Erfüllung. Er war zweiundzwanzig Jahre alt. Studierte Ingenieurwissenschaften. Er fragte sie nicht nach ihrem Alter. Ihr Geplauder wurde von Küssen unterbrochen. Sie erzählte ihm, dass sie eine Wohnung ganz in der Nähe hatte. Er sah auf die Uhr.

»Ich muss in einer halben Stunde zum Flughafen. Lädst du mich zu einem Kaffee ein?«

Er hatte noch ganz volle Kinderlippen. Jane wurde rot.

»Ich will nicht mit dir schlafen. Ist das in Ordnung?«

»Vollkommen.«

Kaum waren sie in der Wohnung, küssten sie sich wieder und ließen sich auf das Sofa im Wohnzimmer fallen. Jane schlug vor, ins Schlafzimmer zu gehen. Sie zogen sich aus. Seine Brust war haarlos wie bei einem Jugendlichen, und seine Bewegungen waren unerwartet zart für einen Rap-Tänzer. Als er ihre Brüste streichelte und küsste und an den Spitzen leckte, tat es ihr nicht weh. Sie bäumte sich unter ihm auf, und als die Hand des Jungen ihren Oberschenkel hochglitt, musste sie stöhnen. Sie beugte sich über ihn und nahm seinen harten beschnittenen Penis in den Mund. Über die rosige Eichel lief ein Freudentropfen. Plötzlich drehte er sie herum, legte sich auf sie, drückte ihre Schenkel auseinander und drang mit einem einzigen kurzen Stoß in sie ein. Sie stieß einen Schrei aus. Nach der langen Zeit war sie wie eine Jungfrau. Was für ein seltsames Gefühl, einen fremden Körper in sich zu spüren. Er tat ihr weh. Seine Samtaugen starrten mit der beinahe sadistischen Intensität der Lust in ihre. Plötzlich entspannte sie sich und ließ ihn in sich ein, sie erforschen. Er schloss für eine Sekunde die Augen und machte sie wieder auf, während er sich langsam kreisförmig in ihr bewegte. Dann fragte er atemlos:

»Can I come inside you?«

Nein, dachte sie. Er durfte nicht in ihr kommen. Es war zu gefährlich. Aids. Sie könnte schwanger werden. Vielleicht war gerade der richtige Moment. Vielleicht hatte der Junge sie angelogen mit seiner Geschichte von den drei Jahren mit einer Freundin und der Reise ohne Erlebnisse. Sie schloss wortlos die Augen. Er stöhnte heiser auf, riss sich von ihr los und spritzte seinen Samen auf ihren Bauch. Sie strich ihm sanft übers Haar.

»Du bist nicht gekommen«, sagte er.

»Es geht mir gut.«

Er legte sich neben sie und streichelte sie sanft. Er schien genau zu wissen, wie sie berührt werden wollte. Sie spreizte die Beine noch weiter auseinander. Er ließ sich zwischen ihre Schenkel gleiten. Seine Haare kitzelten Jane auf der Haut, während seine Zunge sie liebkoste. Als er den linken Zeigefinger in sie steckte und dabei immer weiter zart über ihre Schamlippen leckte, kam sie sofort und schloss die Schenkel um seinen Kopf.

Er hatte keine Zeit mehr für einen Kaffee. Er war eine Stunde bei ihr geblieben statt einer halben. Womöglich würde er sein

Flugzeug verpassen. Er hoffte, dass seine Freunde seinen Rucksack aus der Jugendherberge mitgenommen haben würden. Sie zeigte ihm auf einem Metroplan, wie er mit der Bahn nach Roissy kam. Dann brachte sie ihn zur Tür. Er küsste sie ganz leicht auf die Lippen. Mit seiner Baseballkappe sah er nicht älter aus als achtzehn.

»Danke, dass du mich zu dir eingeladen hast. Ich habe zum ersten Mal eine Pariser Wohnung von innen gesehen.«

Er lief im Eiltempo die Treppen hinunter. Jane machte die Tür wieder zu und ging nackt zu dem kleinen Balkon im Wohnzimmer. Sie lehnte sich auf das schmiedeeiserne Gitter und sah ihm hinterher, wie er auf die Metrostation Pigalle zulief. Sie wusste nicht einmal, wie er hieß. Auf dem Gehsteig gegenüber zerriss ein Hund mit seinem Gebell die frühmorgendliche Stille. Die Cafés waren noch nicht wieder geöffnet. Dem knurrenden Hund gegenüber stand ein junger Mann, der jetzt in die Knie ging, ohne das Tier aus den Augen zu lassen, und sich daran machte, mit ganz langsamen Bewegungen die Diebstahlsicherung an seinem Fahrrad zu lösen, das an die Wand gelehnt stand. Der Schäferhund gehörte einem Mann, der vor dem arabischen Krämerladen schlief und sich von dem wilden Gebell des Hundes, der den jungen Mann jeden Moment anfallen konnte, nicht aus der Ruhe bringen ließ. Der mutige Fahrradfahrer richtete sich schließlich langsam wieder auf, setzte sich auf sein Fahrrad und glitt über den Gehweg, auf den ersten hundert Metern immer noch von dem bellenden Hund verfolgt. Jane machte das Fenster wieder zu und ging ins Bett, ohne auch nur zu duschen. Als sie gegen Mittag aufwachte, hatte das Sperma auf ihrem Bauch eine dünne, durchsichtige Kruste gebildet, die an der Bettdecke und an ihrer Haut klebte.

Pärchen mit Sonnenbrillen auf der Nase saßen auf den Caféterrassen gegenüber und aßen schweigend ihre Croissants. Sie nahm ihre Teetasse und ihr Toastbrot und setzte sich ans Fenster. Eine alte Bettlerin sang mit schriller Stimme Chansons von Edith Piaf. Jane dachte an Duportoy. Sie war ihm dankbar. Nicht, weil er ihr geraten hatte, sich mal richtig vögeln zu lassen – die Erfahrung mit dem Jungen gestern war gar nicht so unangenehm gewesen –, sondern wegen der Angst, die er ihr eingeflößt hatte. Wenn man einen Schluckauf loswerden wollte, gab es kein besseres Mittel als Angst – vorausgesetzt, man konnte die immer wieder aufflammende Erinnerung an Eric, die sie seit über einem Jahr verfolgte und die sie gehindert hatte, die Welt um sich herum wahrzunehmen, als Schluckauf bezeichnen.

Im Oktober, zurück in Amerika, ging sie die Stellenangebote durch und schrieb zwölf Briefe. Mitte Dezember hatten neun der zwölf Universitäten bei ihr angerufen, um ein Gespräch mit ihr zu vereinbaren. Sie würde an einem Kongress in San Francisco teilnehmen und Silvester bei Allison und John in Seattle verbringen und Lea und Nina kennenlernen, die kleinen Schwestern von Jeremy.

Die Gespräche verliefen gut. Sie hielt einen Vortrag, *Verblendung und Selbsterkenntnis in »Die Prinzessin von Kleve«*, dem ein lang anhaltender Applaus und ein ganzer Schwall von Fragen folgten. Bei einem Cocktail am nächsten Abend wurde sie von Leuten umringt, die ihr gratulierten. Einige der Professoren, die die Gespräche mit ihr geführt hatten, hofierten sie geradezu. Ein beneidenswerter Zustand. Da trat ein schmächtiger Mann an sie heran.

»Wunderbarer Vortrag, Jane.«

»Danke«, sagte sie mit bescheidenem Lächeln und unfähig, dem immerhin vage bekannten Gesicht einen Namen zuzuordnen. Sie hatte in den letzten drei Tagen so viele Menschen an sich vorbeiziehen sehen. Er hatte eine hohe Stirn mit ersten Ansätzen zur Glatze, schlechte Haut und eine runde Brille. Nicht gerade außergewöhnliche Merkmale in diesem Beruf.

»Vom Titel mal abgesehen, entsprach das natürlich nicht gerade der Devayner Schule, sondern eher der gadamerschen Hermeneutik, oder? «

Wie ärgerlich, dass sie ihn nicht einordnen konnte. Er kam beim Reden ganz nah an sie heran. Sie roch seinen Atem, eine Mischung aus Kaffee, Zigaretten, alten Büchern und Magensäure, und sah die schlechten Zähne: der Typ mit dem Doktortitel aus Yale, David.

»Wie geht es Eric?«, fragte sie, um ihm zu zeigen, dass sie ihn erkannt hatte.

»Er schwebt auf Wolken. Sein Buch über die Wiener Schule ist gerade erschienen, er hat einen Lehrstuhl gekriegt, und er bekommt ein Baby.«

Jane wiederholte, ohne zu verstehen:

»Er bekommt ein Baby?«

»Na ja, seine Freundin, Catherine. Die Liebe ist noch ganz frisch.«

»Cat…«

Jane war aschfahl. Sie hatte einen Kloß im Hals und brachte keine Silbe heraus.

»Oh, wusstest du das nicht? Es tut mir schrecklich leid, was bin ich für ein Trampel! Ich dachte immer, du hättest Eric verlassen, so hat Catherine es mir erzählt. Sie ist meine Kollegin. Es tut mir leid; Jane, entschuldige, wirklich, ich …«

Catherine. Er sprach den Namen französisch aus, mit Betonung auf der letzten Silbe. Dabei betrachtete er sie mit dem selben voyeuristischen Mitleidsblick wie die Gaffer bei einem tödlichen Unfall. Sie biss sich auf die Unterlippe und zwang sich mit enormer Gewalt ein Lächeln ab. Ihre Wangen glühten.

»Natürlich weiß ich von Catherine. Es wundert mich nicht, dass sie schwanger ist. Alles ganz normal!«

Ihr Lachen war zu laut. David sah sie immer noch mit derselben Mischung aus Mitleid und Interesse an.

»Möchtest du etwas trinken? Ich bin selber ganz konfus, dass ich so indiskret war …«

»Entschuldige mich«, brachte Jane noch heraus, bevor sie aus dem überfüllten Raum stürzte.

Sie lief zu den Toiletten am Ende des Ganges. Dort schloss sie sich ein und schluchzte los. Sie konnte es nicht glauben. Dass Eric ein Baby haben würde. Dass sie mit dieser Heftigkeit reagierte, die zunächst einmal ihr selber und dann auch noch einem neugierigen Fremden offenbarte, wie verwundbar ihr Herz noch war, und der sich gar nicht genug daran tun können würde, überall herumzuerzählen, was für eine Wirkung diese Neuigkeit auf Jane gehabt hatte. Sie war verrückt. Es war ganz und gar natürlich, dass Eric sich mit einer anderen Frau eingelassen hatte. Sie hatten sich vor zwei Jahren scheiden lassen und seitdem nicht mehr miteinander gesprochen. Es war vorbei. Sie wusste das. Sie hatte einen wunderbaren Sommer in Paris verbracht. Sie war voller Energie nach Old Newport zurückgekommen, bereit, ein neues Leben anzufangen. Wie konnte sie solche Schwäche zeigen? Das Baby? Aber das war doch das Banalste von der Welt. Eric würde tonnenweise Babys produzieren und mit seiner Frau und seinen Orgelpfeifen ein banales, kleines Leben in diesem elendslangweiligen Loch Iowa führen. Zwei Frauen kamen plappernd herein und zwangen sie, ihr Geschluchze zu unterbrechen. Sie stand auf, zog die Spülung, verließ die Kabine und spritzte sich am Waschbecken kaltes Wasser ins Gesicht, dann verließ sie im

Laufschritt das Hilton und verzichtete darauf, beim Cocktail von Devayne mit den Vertretern der Universitäten zusammenzutreffen, von denen sie sich ein Angebot erhoffte.

Im Januar ging sie im Büro ihre E-Mail-Nachrichten durch, als sie auf eine Mitteilung mit dem Titel »Fan« von einem gewissen Alex Letterman stieß, einem Assistenten an der Universität San Diego, der ihren Vortrag auf dem Kongress in San Francisco gehört hatte. Seit er sich vor neun Jahren für ein Leben im Dienste der Literaturwissenschaft entschieden hatte, hatte er noch nie so etwas Anregendes gehört. Jane hatte ihm wieder in Erinnerung gerufen, warum er diesen Beruf gewählt hatte. Er war außerordentlich empfänglich für ihre Mischung aus persönlichem Engagement und linguistischer Genauigkeit. Würde er ihren Text demnächst in einem Artikel oder einem Buch lesen können?

Jane nahm das Beiheft zu dem Kongress im Dezember zur Hand und sah sich die Teilnehmerliste an. Kein Letterman. Was nur bedeutete, dass er keinen Vortrag gehalten und auch keine Sitzung geleitet hatte, aber am Kongress konnte er trotzdem teilgenommen haben. Sie ging in die dritte Etage hinunter.

»Dawn, haben Sie das Telefonverzeichnis der Universität von San Diego?«

Die Sekretärin ließ sich auf ihrem Bürostuhl herumrollen und nahm einen hellblau eingebundenen Band aus dem Regal hinter ihr, den sie Jane hinhielt. Dazu hob sie drohend den Zeigefinger.

»Wiedersehen macht Freude.«

»Ich muss nur etwas überprüfen, das kann ich auch gleich hier machen.«

Letterman, Alex. Da war sein Name, dahinter seine Angaben: University of California, San Diego. Die Adresse seiner Fakultät, seine E-Mail-Adresse. Jane schlug das Verzeichnis wieder zu und gab es Dawn zurück.

»Danke.«

Reine Vorsichtsmaßnahme. Dieser Name Letterman sah doch ziemlich nach einem Scherz aus. Man hörte schreckliche Geschichten von Männern, die sich über E-Mail an Frauen heranmachten, um sich dann ihre Adresse zu beschaffen und sie zu vergewaltigen und umzubringen. Sie lächelte. Zugegeben, etwas paranoid. Aber ihr Misstrauen war verständlich. Zurück in ihrem Büro, tat sie ein Weiteres, diesmal aus purer Neugier. Sie schlug den Namen Alex Letterman im elektronischen Register der Bibliothek nach, fand nichts und suchte weiter in der Bibliographie von San Diego. Ein einziger Titel: Ein Artikel über den Humor im *Lancelot* von Chrétien de Troyes. Also ein Mediävist, bestimmt noch ganz am Anfang seiner Karriere. Sie antwortete auf seine Nachricht und bedankte sich; ihr Vortrag gehörte tatsächlich zu einem zukünftigen Buch, das aber noch im Entstehen war.

Am nächsten Tag war wieder eine Nachricht von Alex Letterman da. Thema: Flaubert. Er hatte ihre Artikel in der Bibliothek gefunden und den über das Missverständnis zwischen Flaubert und Louise Colet wegen der Corneille-Statue und des Wortes »Ruhm« gelesen, der ihm sehr gefallen hatte. Flauberts Kunstbegriff war sicher richtig, aber sein Verhalten Louise gegenüber kam ihm abscheulich vor. Es war ja bekannt, dass man mit Genies nicht zusammenleben konnte. Janes Arbeit über Flaubert interessierte ihn um so mehr, als er selber seine Doktorarbeit über Frauenfeindlichkeit im Mittelalter geschrieben hatte. Jane antwortete ihm sofort und erwähnte ihr Buch, das in Kürze erscheinen würde. Sie war neugierig auf seinen Artikel, aber sie hatte keine Zeit, ihn zu lesen.

E-Mail war eine unglaubliche Zeitverschwendung. Doktoranden beklagten sich, sie könnten ihre Dissertation nicht pünktlich abliefern, weil sie völlig überlastet wären, verbrachten aber gleichzeitig jeden Tag drei bis vier Stunden damit, E-Mails mit ihren Freunden quer über die USA auszutauschen. Jane brauchte beinahe eine Stunde täglich, um ihre Nachrichten zu lesen, die fast alle beruflich waren und von den Sekretärinnen stammten. Es wurde überhaupt nicht mehr miteinander gesprochen. Da traf sie Rose auf dem Flur, sie nickten sich zu, und dann ging sie in ihr Büro und fand eine Nachricht von Rose vor, die sie daran erinnerte, dass sie heute ein bestimmtes Formular zurückgeben musste.

Sie hatte nach den Gesprächen auf dem Kongress Anrufe von sechs Universitäten bekommen und fünf Einladungen angenommen. Sie bereitete die Reisen vor. Ein paar Tage später fand sie wieder eine Nachricht von Letterman über einen anderen ihrer Artikel. Es machte ihr Freude, seinen Namen zu sehen und zu lesen, was er geschrieben hatte. Sie schickte ihm eine kurze Antwort: Sie war im Begriff, sich bei verschiedenen Universitäten vorzustellen, und momentan völlig überlastet – auf diese Weise sagte sie ihm, dass sie ihm nicht mehr antworten könnte, ohne ihn zu verletzen. Drei Minuten später war wieder eine Nachricht von ihm da: Er saß also gerade am anderen Ende der USA vor seinem Apparat, genau wie sie. Halb sieben Uhr morgens in San Diego. Letterman war ein Frühaufsteher. Anders als Jane, die ihre Morgende vor dem Einbruch der Elektronik schützen wollte, hatte er wahrscheinlich Internet zu Hause. War es sein erster Griff am Morgen, den Computer einzuschalten? Oder ließ er ihn gleich die ganze Nacht über laufen? Schaute er in seiner Mailbox nach, bevor er noch den ersten Schluck Kaffee getrunken hatte? Seine Nachricht war ganz kurz: Da sie eine Menge Zeit im Flugzeug verbringen würde, empfahl er ihr die Lektüre von *Paulina 1880* von Pierre Jean Jouve.

Am selben Abend ging sie in die Goldener-Bibliothek und lieh sich den Roman aus. Zu lesen begann sie am nächsten Tag, nicht im Flugzeug, sondern in ihrem überheizten Zimmer im Faculty Club in Madison, Wisconsin. Sie legte das Buch erst wieder aus der Hand, als sie morgens um halb sechs die letzten Worte gelesen hatte. Nicht gerade vernünftig, wo sie doch all ihre Energie für einen Tag voller Gespräche brauchte, der um sieben Uhr beginnen sollte. Abends beim Essen konnte sie nicht umhin, voller Begeisterung von dieser ebenso gefühlvollen wie geistreichen Liebesgeschichte aus dem Florenz des neunzehnten Jahrhunderts zu erzählen. Der Fachbereichsleiter, der den Roman kannte, war höchst angetan von der Entdeckung, dass Jane auch noch andere literarische Interessen außerhalb ihres Forschungsgebietes verfolgte. Als sie von ihrer ersten Reise zurück war, schickte sie Alex eine Nachricht: Sie war nicht nur absolut hingerissen von dem Buch, es war ihr sogar auch noch beruflich nützlich gewesen. Er antwortete wenig später:

»Ich wusste, dass es Ihnen gefallen würde. Haben Sie *Enfance* von Nathalie Sarraute gelesen?«

Vor ein paar Jahren hatte sie einmal ein anderes Buch der französischen Schriftstellerin angefangen und war nicht über die ersten fünfzig Seiten hinausgekommen. Jane, die während ihrer Freundschaft mit Josh dem Terror der »guten« Literatur ausgesetzt gewesen war, hatte nichts für allzu intelligente Romane übrig und auch nicht für Lesevorschläge, die leicht etwas Diktatorisches bekommen konnten. Das schrieb sie Alex Letterman aber nicht. Sie hatte nicht vor, sich mit ihm auf eine literarische Diskussion einzulassen, bei der sie nur eine dumme Figur abgeben konnte, wenn ihre Einstellung nicht durch überzeugende Rhetorik unterstützt wurde. Sie lieh *Enfance* in der Bibliothek aus, sah aber während ihrer Reise nicht hinein. Bei ihrer Rückkehr fand sie eine Nachricht von Alex, der sich nach ihrem Antrittsbesuch erkundigte, Nathalie Sarraute aber nicht erwähnte. Ihr gefiel diese Zurückhaltung. Am Abend schlug sie das Buch auf.

Es war kein Buch wie *Paulina 1880,* das man in einer einzigen Nacht verschlang. *Enfance* musste man langsamer genießen. Jane las eine Passage, hielt inne, dachte nach, las dieselbe Passage noch einmal, erstaunt, wie zutreffend und genau jede Szene geschildert war: die gleiche Präzision wie bei Flaubert. Starke Sätze. Zwischen den Zeilen entstand das Bild von einem lebendigen Kind. Die Worte hauchten dem Beschriebenen Leben ein, anstatt es nur wiederzugeben. Sie war überrascht. Nicht nur, weil sie dieses Buch tatsächlich liebte, sondern weil es offenbar jemanden gab, der genau zu wissen schien, welche Sorte Bücher ihr gefallen würde. Jemand, der für dieselben Dinge empfänglich war wie sie – aber das war zu vage ausgedrückt: Jemand, der die gleiche Neigung zum präzisen Ausdruck besaß, die gleiche Liebe zum Wahren, wenn man dieses Denken, das sich in seiner ganzen Feinsinnigkeit nur annähernd in Worte fassen ließ, überhaupt als »das Wahre« bezeichnen konnte.

La princesse de Clèves war auch eines von Alex' Nachttischbüchern. Er interessierte sich für das Motiv der Begierde in dem Roman und war der Meinung, dass die Dauphine, die in Nemours verliebt und eifersüchtig auf die Prinzessin von Kleve war, eine perverse Rolle zwischen den beiden Liebenden spielte. Jane stimmte ihm nicht zu. Sie setzten sich über viele E-Mails hinweg zu diesem Thema auseinander und schickten sich gegenseitig Zitate, um die eigene Auffassung zu untermauern.

»Die Dauphine«, schrieb Jane, »weiß, dass Nemours nicht in sie verliebt ist, und es verletzt sie nicht. Sie kann ihn nicht lieben!«

Es war seltsam, sich derart über die Gefühle der Figuren eines Romans aus dem siebzehnten Jahrhundert zu streiten. Jane fühlte sich daran erinnert, was Eric einmal über die Möglichkeiten des intellektuellen Austauschs außerhalb von Devayne gesagt hatte. Sie war so stolz und erstaunt über diese Korrespondenz, dass sie eines Abends, als sie Alex gerade ihre tägliche Nachricht geschickt hatte und im Kopierzimmer darauf wartete, dass Sachs fertig wurde und sie an der Reihe war, einfach davon anfangen musste. Ihr fiel plötzlich ein, dass Sachs ja auch Mediävist war. Kannte er Alex Letterman? »Ja«, sagte Sachs, »das ist ein Schüler von Howard Bloch. Auf dem Jahreskongress der Mediävisten letzten April in Minneapolis hat er einen herausragenden Vortrag über Lanzelot gehalten.« – »Wirklich?«, rief Jane ganz aufgeregt und wagte nicht, ihn zu fragen, wie Alex denn aussehe.

Mitte Februar wollte Alex wissen, ob sie *Der Liebhaber* von Marguerite Duras gelesen hatte. Das war schon lange her.

»Lesen Sie es noch einmal.«

Er hatte ihr etwas anhand dieses Buches zu sagen.

Sie las es innerhalb von zwei Tagen. Wieder eine angenehme Überraschung, dabei hatte sie gedacht, Duras, die Heilige aller Romanisten, bis obenhin satt zu haben. Alex hatte gerade einen Vortrag einer gewissen Nathalie Hotchkiss gehört, die Jane zweifellos kannte, weil sie Kolleginnen waren. Hotchkiss zufolge war Marguerite Duras Schriftstellerin geworden, um das traumatische Erlebnis in ihrer Kindheit zu überwinden, als ihre Familie sie an einen reichen Chinesen verkauft hatte, von dem sie in der Folge vergewaltigt worden war. So etwas Dummes hatte er überhaupt noch nie gehört, empörte sich Alex und forderte erregt, dass man es den amerikanischen Feministinnen verbieten müsste, französische Romane zu interpretieren. Jane lachte, hocherfreut, dass er die Hotchkiss nicht mochte.

»Vom ersten Augenblick an ist Duras diejenige, die die Entscheidungen trifft«, schrieb Alex. »Der Chinese hat gar keine

Wahl. Sie ist fünfzehn und Jungfrau, aber ›darüber‹ weiß sie Bescheid. Der Moment, in dem sie ganz genau über die Eigenart einer sexuellen Beziehung Bescheid weiß, ohne sie zu kennen, dieser Moment, in dem das Bewusstsein ihrer eigenen Macht den Chinesen zu ihr hinzieht, das ist der Moment, in dem sie zur Schriftstellerin wird. Mit Trauma hat das nichts zu tun.«

Sie redeten nur von Büchern und Filmen. Sie wusste nichts über sein Leben und hatte auch nicht danach gefragt. Sie waren sich allein deshalb von Nachricht zu Nachricht näher gekommen, weil ihre gleichbleibende Übereinstimmung ihre Seelenverwandtschaft immer neu bestätigte. Ihre Korrespondenz strukturierte den Tag. Jane wusste, dass sie am Ende eines jeden Nachmittags eine Nachricht von Alex vorfinden und ihm dann antworten würde. Im Flugzeug, das sie am 3. März nach ihrer zehntägigen Tour nach New Orleans, Salt Lake City und Tucson nach Old Newport zurückbrachte, komponierte sie Bleistift kauend bereits im Geiste einen möglichst witzigen Bericht über Janes Abenteuer im Mittleren Westen und bei den Mormonen, anstatt die Vertretungsstunden vorzubereiten, die sie am nächsten Tag geben sollte.

Donnerstagmorgen musste sie entsprechend früh aufstehen, um sich in letzter Minute für ihre drei Seminare vorzubereiten. Ihr blieb kaum genug Zeit, ein Schälchen Cornflakes hinunterzuwürgen, bevor sie sich um drei Minuten vor eins auf ihr Fahrrad schwang und in Höchstgeschwindigkeit zur Uni fuhr. Eine alte Frau überquerte mit kleinen, unsicheren Schritten die Market Street und stützte sich dabei auf ihren leeren Einkaufswagen, um besser das Gleichgewicht zu halten. Die Ampel sprang auf Grün um, bevor das alte Weiblein noch die Mitte der Straße erreicht hatte. Die Autofahrer warteten, ohne zu hupen. Ihre hellbraune Perücke war auf dem Kopf verrutscht. Jane lächelte. Ihr war nach Singen zumute, und das nicht nur wegen der frischen, belebenden Luft, weil der Himmel, von dem sie den ganzen Vormittag über noch nichts gehabt hatte, so wunderbar blau war, jedenfalls bestimmt nicht, weil sie jetzt fünf Stunden lang unterrichten musste, nicht einmal, weil sich aus ihren Vorstellungsgesprächen mindestens ein Angebot herauskristallisieren würde. Es lag daran, dass ihr Tag sich langsam wie diese alte Frau auf den Moment zubewegte, in dem Jane ihren Computer anstellen und zwischen verschiedenen anderen Namen den von Alex auftauchen sehen würde.

Als sie um halb sieben aus dem Unterricht kam, wurde es schon dunkel. Sie war so müde, dass sie beschloss, schwimmen zu gehen. Es war die reinste Qual, in das kalte Wasser zu tauchen, aber das Becken war vollkommen leer, ein Luxus. Sie blieb lange im Wasser. Als sie entspannt, trocken und aufgewärmt aus der Sporthalle kam, war es pechschwarze Nacht. Sie schnappte sich ihr Fahrrad und schob es bis zum Fachbereich, wo sie ihre Post einsammelte. Sie hatte es nicht eilig, auch wenn sich ihre Freude zunehmend steigerte, je näher sie dem Ziel ihres Tages kam. Sie dachte an einen Spruch ihres Vaters, als sie noch ein kleines Mädchen war und keinen Hunger mehr hatte: »Teil deinen Teller in zwei Hälften auf: Fang mit der Hälfte an, die zu viel ist, und dann isst du den Rest.« Während sie auf den Fahrstuhl wartete, ging sie das Bündel Briefe durch, das sich während der zehn Tage angesammelt hatte. Drei davon, deren Briefmarken oder per Hand geschriebene Adressen einen persönlicheren Inhalt versprachen als die offiziellen Mitteilungen und die bunten Werbeaussendungen, die sie nicht einmal aufmachte, nahm sie beiseite: einen Brief von ihrer Lektorin, einen von der Miami University und einen, ohne Absender, mit Poststempel New York.

Im Aufzug machte sie den Brief aus Florida auf: eine Einladung, bei der jährlichen Romanistentagung, die im Mai auf Hawaii stattfinden würde, den Eröffnungsvortrag zu halten. Die Vorsitzende der Kommission, eine Professorin aus Miami, hatte Janes Vortrag im Dezember in San Francisco gehört. Normalerweise wurden nur bekannte Professoren zu einem Eröffnungsvortrag aufgefordert, und ihr einziges Buch war noch nicht einmal erschienen: der Anfang des Ruhms. Sämtliche Reisespesen würden erstattet, und sie erhielte fünfhundert Dollar Honorar. Nicht schlecht. Sie öffnete den Brief aus New York. Ein zweiseitiges Schreiben, getippt, das mit den Worten »Liebe Jane« begann. Sie schaute auf die Unterschrift auf der zweiten Seite und erschauerte: Xavier Duportoy. Den hatte sie doch tatsächlich völlig vergessen. Die Fahrstuhltür ging auf. Sie überflog den Brief auf dem Weg zu ihrem Büro.

Er entschuldigte sich wieder für das, was er ihr angetan hatte. Es tat ihm ehrlich, inständig leid. Es war wirklich ein dummer, schlechter Scherz gewesen und sogar mehr als das. Er ging jetzt zweimal die Woche zu einem Psychiater und war sich bewusst, dass irgendetwas bei ihm nicht stimmte.

»Den Posten in Manhattan, den ich immer wollte, habe ich verloren. Das ist ganz allein mein Fehler, und ich mache niemanden außer mich selber dafür verantwortlich. Am Tag der Unterredung vor einem Jahr bin ich mit zweiundvierzig Fieber im Notarztwagen ins Krankenhaus eingeliefert und auf ein Eisbett gelegt worden. Ein Grund für die Fieberattacke konnte nicht festgestellt werden. Ich bin sicher, dass nur das Entsetzen, den Posten an der New School nicht bekommen zu haben, daran schuld war. So sehr habe ich ihn offenbar gewollt. Es wird nie wieder etwas Vergleichbares geben. Ich habe die Möglichkeit verloren, in New York zu wohnen und die Arbeit zu tun, die ich leidenschaftlich liebe. Mein Fehler, ich weiß. Ich wollte dir nur sagen, dass du gerächt bist, Jane. Ich wache oft weinend auf. Ich kann nicht glauben, was mir wiederfahren ist. Ich verfluche mich. Glaub mir, nur mich. Jetzt bitte ich dich nur um eines: das Recht zu leben. Diese Wort kommen dir sicher übertrieben dramatisch vor, aber wenn ich keine Stellung als Lehrer finde, weiß ich nicht, wie ich das kommende Jahr überstehen soll. Ich kann nichts anderes. Ich liebe diesen Beruf. Ich liebe es, zu lesen, zu lehren, andere zum Lesen anzuregen. Das Geld interessiert mich wirklich nicht, nicht einmal die Karriere. Ich möchte nur das tun können, was ich liebe.

Ich habe dieses Jahr zahlreiche Bewerbungsschreiben verschickt und einige Gespräche auf dem Kongress in San Francisco geführt ...«

Jane erschauerte. Er war auf dem Kongress gewesen? Was für ein Glück, dass sie ihm nicht begegnet war.

»... bei denen eine ganze Reihe Antrittsbesuche bei Universitäten herausgekommen sind. Aber auf mysteriöse Weise hat mich eine Sekretärin nach der anderen angerufen, um die Einladung wieder rückgängig zu machen. Fünf Universitäten. Ich habe vergeblich versucht, mit den jeweiligen Fachbereichsleitern oder -leiterinnen zu sprechen. Es liegt auf der Hand, was passiert ist: Sie haben Informationen über mich erhalten. So etwas verbreitet sich schnell. Bald wird alle Welt darüber Bescheid wissen, und ich werde nirgends mehr eine Stelle bekommen können.

Du sagst dir vielleicht, dass ich ja nur nach Frankreich zurückzukehren brauche. Aber ich habe die Prüfungen, die man braucht, um dort unterrichten zu können, nicht bestanden und Frankreich verlassen, bevor ich überhaupt meinen Magister gemacht hatte. Mein Essay über de Sade ist bei einem guten Verlag erschienen, aber das hilft auch nichts. Ich bin nicht einmal sicher, ob ich eine Stelle als Gymnasiallehrer bekommen würde.

Ich flehe dich an, Jane: Lass mich leben. Ich werde mich in mein stilles Eckchen in den USA zurückziehen, und du wirst nie wieder von mir hören, das schwöre ich dir. Ich bitte dich: Mach, dass diese Telefonate aufhören.«

Das klang ganz anders als Duportoy. Er wirkte aufrichtig. Jane war nicht mehr danach zumute, ihre E-Mails anzusehen. Es war halb neun. Sie fuhr mit dem Fahrrad nach Hause und klingelte bei Lynn, die sofort öffnete.

»Hallo! Gute Reise gehabt?«

Der große graue Kater rieb sich an Janes Beinen. Sie betrat das vollgestellte Wohnzimmer, das Lynn als Arbeitsraum benutzte, und streckte ihr den Brief hin. Lynn überflog ihn und gab ihn ihr zurück.

»Meinst du nicht, dass es reicht?«, fragte Jane.

Lynn schüttelte den Kopf und lächelte.

»Gehe zurück auf Los. Er sollte dich zu seiner Anwältin machen – das Verbrechen hat er begangen.«

Der Kater sprang auf die Sessellehne, um sich an Jane heranzumachen.

»Trotzdem«, sagte Jane. »Er ist genug bestraft. Du kannst ihm nicht einen Posten vorenthalten, den er zum Lebensunterhalt braucht. Man tritt niemanden, der bereits am Boden liegt.«

Sie nieste und stieß die Katze weg.

»Es ist wirklich komisch, wie dieser Kater immer an dir klebt«, sagte Lynn. »Dabei ist er wilder als Lara und will nie jemanden an sich heranlassen. Er muss deinen Widerstand spüren. Möchtest du etwas trinken? Einen Orangensaft? Sherry?«

»Nein.«

Jane setzte sich auf das alte, mit einem Plüschüberwurf voller Katzenhaare bedeckte Sofa und nieste wieder. Earl Grey sprang ihr auf den Schoß. Er machte es sich gemütlich und schloss die Augen. Er war groß und schwer. Jane schubste ihn weg. Lynn setzte sich auf die Sessellehne Jane gegenüber. Die strategisch günstigere Position. Sie kratzte sich am Hals.

»Jane, meine Haltung dazu ist einfach und unumstößlich. Was dir fehlt, um zu verstehen, was ich sage, ist die Trauererfahrung.«

Jane sog wortlos die Unterlippe ein und machte ein ironisches Gesicht.

»Bei einem einmaligen Vorfall wäre es etwas ganz anderes«, sprach Lynn weiter. »Aber hier handelt es sich um zwei Fälle in zwei Jahren. Wenn ich diesen Brief lese, glaube ich offen gesagt kein bisschen, dass der Typ überhaupt verstanden hat, was das Problem ist. Dass es ihm furchtbar leidtut, dass er die Stelle in New York verloren hat, liegt auf der Hand. Tut mir ja auch furchtbar leid für ihn, aber da kann er sich wirklich nur an die eigene Nase fassen. In dem Punkt bin ich ganz seiner Meinung. Dabei geht es übrigens nicht um sein bewusstes Ich, sondern um dieses seltsame Etwas in ihm, das ihn dazu treibt, geschmacklose Streiche zu spielen und Frauen zu terrorisieren. Ich glaube nicht, dass er damit aufhören kann. Es würde mich nicht wundern, wenn in Frankreich auch schon etwas vorgefallen wäre. Warum hätte er sonst sein Studium dort abgebrochen, um in ein anderes Land zu gehen? Das ist wie bei den Kinderschändern: Es tut ihnen ja so furchtbar leid, und sie sind sich auch bewusst, dass sie etwas Schlimmes getan haben, aber sie können es einfach nicht lassen, es ist stärker als sie, und deshalb ist es sich die Gesellschaft schuldig, die Kinder vor ihnen zu schützen.«

»So viel ich weiß, bin ich kein Kind. Und Duportoy hat nichts *getan*. Er hat niemanden angefasst.«

»Das ist nur eine Frage der Zeit. Ich weigere mich, dieses Risiko einzugehen. Der Beweis dafür, dass Duportoy nicht sauber ist, liegt doch schon darin, dass man einem Fachbereichsleiter nur von seinen kleinen Scherzen erzählen muss, und schon hat der Mann nicht mehr die geringste Lust, ihn einzustellen.«

»Natürlich nicht! Weil …«

»Warum?«, unterbrach Lynn sie mit erhobener Stimme. »Weil sie ein immer wiederkehrendes Muster erkennen und an ihre jungen Studentinnen denken, die sie schützen müssen. Ich habe nichts gegen Duportoy persönlich. Solange er keine kleinen Mädchen unterrichtet, die ihn zum nächsten dummen Scherz inspirieren, kann er meinetwegen machen, was er will. Soll er Jura studieren, Literaturagent werden oder Pizzabäcker, von mir aus kann er an der Wall Street arbeiten oder als Immobilienmakler Geld scheffeln, das ist mir völlig egal. Übrigens wollte ich gerade ein Stück Pizza von gestern aufwärmen. Möchtest du auch was?«

Das Gespräch war beendet. Jane verzichtete auf die Einladung. Wieder in ihrer Wohnung, legte sie den Brief zur Seite. Als sie am nächsten Nachmittag im Büro ihren Computer anmachte, fand sie eine lange Nachricht von Alex. Lustig, voller Witz, charmant. Er brachte sie zum Lachen. Sie kannte ihn nicht, und doch war er der Mensch, der ihr am nächsten war. Eine Nachricht von Alex machte ihr unendlich viel mehr Freude als ein Gespräch mit Lynn, auch wenn es dabei nicht um Duportoy ging. Sie konnte sich ihr Leben ohne diesen Austausch, den sie seit sieben Wochen Nachricht für Nachricht aufgebaut hatten und der so sehr im leeren Raum schwebte, nicht mehr vorstellen. Auch weil das Schreiben mehr verdeckte als es verriet. Sie zeigte nur ein selbstbestimmtes Bild von sich. Dabei hätte Jane Alex nur eine einzige Sekunde sehen und sofort jedes Bedürfnis verlieren können, auch nur ein Wort an ihn zu richten. Er brauchte nur eine Glatze zu haben oder ein fliehendes Kinn – oder ihr ganz einfach nicht zu gefallen. Es reichte schon aus, dass ihr der Ausdruck seiner Augen oder seines Gesichtes missfiel oder sein Lächeln, seine Gesten, wie er seinen Körper bewegte. Da hätte er dann noch so schönes dunkelblondes Haar, blaue Augen, ein Kinn in der genau richtigen Größe und schlanke Hüften haben können. Im Grunde war das Ganze ein doppelter Narzissmus. Was sie an ihm liebte, war seine Bewunderung für sie. Früher oder später, wahrscheinlich früher, würde es mit dieser Korrespondenz, die ihr die letzten sieben Wochen erhellt hatte, vorbei sein, und zwar, sobald Alex deutlichere Formen annahm. Das war kein Pessimismus, sondern schlicht und einfach realistisch. Dieser unvermeidliche Ausgang machte sie traurig.

Und genau das hatte sie Alex am ersten Tag der Frühjahrsferien, nachdem sie das ganze Wochenende mit dem Redigieren ihrer Aufzeichnungen zugebracht hatte, geschrieben. Alex hatte keine neue Nachricht mehr geschickt, ganz wie es ihrer stillschweigenden Vereinbarung entsprach: Die Korrespondenz würde abbrechen, sobald einer von ihnen nicht mehr antworten wollte. Keine Abhängigkeit, keine Verpflichtungen. Ihr Austausch blieb nur so lange angenehm, wie sie beide den Wunsch verspürten, dem anderen etwas mitzuteilen. Selbstredend würde Jane diejenige sein, die zuerst die Lust verlor. So wollte es die Dynamik ihres Austauschs. Er war derjenige, der sich für sie interessierte, sie war diejenige, die antwortete.

Sie war sehr erleichtert, als sie ihr Schreiben abgeschickt hatte. Sie hatte ihm alles gesagt, was sie auf dem Herzen hatte, mit Worten, die fast so präzise waren wie Nathalie Sarrautes Beschreibung ihrer Kindheit. Diese Botschaft war die wichtigste und persönlichste von allen, die sie Alex geschickt hatte. Jetzt hing alles von seiner Antwort ab. Sie vertraute ihm. Er würde ihre Angst vor dem Ende ihres Briefwechsels verstehen und einen Weg finden, sie zu beruhigen.

Dienstag, Mittwoch und Donnerstag ging sie nur ins Büro, um ihre E-Mails zu überprüfen. Alex hatte es nicht eilig mit seiner Antwort. Vielleicht überlegte er, wie sie letzte Woche. Diese Ferientage ohne eine Nachricht von ihm waren traurig. Sie wurde langsam nervös. Vielleicht hatte ihm ihre Nachricht nicht gefallen, weil sie sich derart geöffnet hatte. Es würde sich alles klären. Mittwoch bekam sie ein Angebot von der University of Utah in Salt Lake City. Das hätte sie Alex gern erzählt. Er hätte gelacht. Sie hatte ihm von ihrem Vortrag vor einem Saal voller blonder Studenten mit todernsten Gesichtern erzählt, die mit fünfundzwanzig schon Väter und Mütter kinderreicher Familien waren. Sich bei den Mormonen begraben lassen, nein danke. Aber das Angebot konnte nützlich sein, um ihre Karriere insgesamt in Schwung zu bringen. Sie informierte die anderen Universitäten und bekam schon am Donnerstag einen sehr viel ersehnteren Anruf von der University of Wisconsin in Madison. Davon wiederum setzte sie die University of Louisiana in Baton Rouge in Kenntnis, und der dortige Fachbereichsleiter rief am Freitag zurück. Das dritte Angebot. Es lief wirklich alles blendend. Immer noch keine Nachricht von Alex. Sie sollte sich besser auf die Entscheidung konzentrieren, die über ihr Leben bestimmen würde: Louisiana oder Wisconsin? Sie sprach mit Lynn darüber. Louisiana wäre eine größere Veränderung. Sie war begeistert gewesen vom French Quarter in New Orleans, dem Essen und der Sonne. Aber die Kollegen in Madison arbeiteten an Themen, die ihr näherlagen und ihr auch besser gefallen hatten.

Am Samstag ging sie um die Mittagszeit ins Büro. Alle Türen waren verschlossen, die Gänge menschenleer. Nicht einmal Begolu war in ihrem Büro. Alex' Name erschien auf dem Bildschirm, und Janes Herz machte einen Sprung. Sie klickte ihn sofort an.

Er gab zu, dass Janes lange Nachricht, die so anders gewesen war als die anderen davor, so melancholisch und wehklagend, ihn aus der Fassung gebracht hatte. Was war passiert? Warum schon im Vorhinein das Grab ihrer Korrespondenz beweinen, anstatt sich daran zu freuen, solange sie dauerte? Dieses »sic transit« und »memento mori« über das unvermeidliche Ende aller schönen Dinge auf dieser Welt war ihrer nicht würdig. Auf die Gefahr hin, sich unbeliebt zu machen, musste er ihr sagen, dass ihm die andere Jane eindeutig besser gefiel, die ihm diese faszinierende Lektüre von *La princesse de Clèves* vorschlug. Wenn ihr Briefwechsel ihr nicht mehr gefiel, gab es keinen Grund zum Jammern. Sie brauchten nur damit aufzuhören. Dann ging er zu einem anderen Thema über: Hatte sie etwas von den Universitäten gehört, bei denen sie sich vorgestellt hatte?

Traurig rief Jane die nächste Nachricht auf. Er hatte also nichts verstanden. Sie hatte ihn für feinsinniger gehalten. Er erlaubte ihr nur eine einzige Stimmungslage: fröhlich, positiv, geistreich. Alles andere war Gejammer. Das erinnerte sie daran, wie Eric immer gesagt hatte, es gäbe kein Problem und das würde sich alles nur in ihrem Kopf abspielen, obwohl sie genau spürte, dass es sehr wohl ein Problem gab. Alex war auch ein Mann, mit allen männlichen Fehlern und Abwehrmechanismen. Und zuallererst hörte er schon mal nicht zu.

Sie würde auch ohne ihn überleben. Im Übrigen hatte er vielleicht recht. Ihr Briefwechsel begann sie zu belasten wie jede Abhängigkeit. Wegen Alex vernachlässigte sie seit Wochen ihre andere Korrespondenz. Sie hatte nicht einmal der Frau geantwortet, die sie nach Hawaii eingeladen hatte. Es war Zeit, dass sie ihr Leben in die Hand nahm.

Sie musste sich entscheiden. Sie hatte so ein Gefühl, als würde sie Madison vorziehen. Sie mochte den Winter und richtige Jahreszeiten. Die Universität hatte intellektuell genug zu bieten, um den Mangel an einer größeren Stadt wettzumachen. New Orleans war das Paradies des Jazz, aber Jane hatte für Jazz nicht allzu viel übrig. Und außerdem war New Orleans eine Stunde von der Universität in Baton Rouge entfernt. In Louisiana würde sie isolierter sein, weiter von der Ostküste entfernt als in Wisconsin.

Aber Madison lag zu dicht bei Iowa City: kaum vier Stunden Fahrt. Von New York aus dauerte es dorthin genauso lange wie nach Iowa. Sie war auch in Chicago umgestiegen, wie früher. Als sie in Madison aus dem Flugzeug stieg, hatte sie Magenkrämpfe. Es war nicht schwer zu erraten, warum.

»Geh nach Louisiana«, sagte Lynn, ohne zu zögern. »Du möchtest doch nicht zu sehr in Erics Nähe sein. Du bist immer noch anfällig. Es ist sowieso verdächtig, dass du lieber nach Madison möchtest.«

Allison sagte ihr per E-Mail und Telefon genau das Gleiche. Es war nicht gut, sich geographisch Eric zu nähern, wenn sie ihn noch nicht vergessen hatte.

Die Deadline für ihre Antwort an Madison rückte von Tag zu Tag näher. Sie hatte sich für Baton Rouge entschieden. Mitten in der Nacht wachte sie schweißgebadet auf. Es war immer beängstigend, wenn man sich entscheiden musste, besonders wenn es eine so wichtige Entscheidung war, die über Jahre ihres Lebens, wenn nicht gar ihre gesamte Zukunft entscheiden würde. Am liebsten wäre sie noch mal an beide Orte gefahren. Sie war jeweils nur zwei Tage dort gewesen. Das war so kurz. Das Schwimmbad, das ihr geholfen hätte, ihre Gedanken zu sortieren, war über die Semesterferien geschlossen.

Jane musste bis Freitag in Madison anrufen. Mittwochnachmittag fuhr sie mit dem Bus nach Fort Hale. Es war ein nebliger Tag. Das Wasser hing wie ein Schleier in der Luft, und der Himmel und das Meer verschmolzen in einem sanften Grau, in das sie hineinwanderte wie in ein Land, aus dem man nie wieder zurückkehrt. Der Anblick des Meeres beruhigte sie. Sie spazierte zwei Stunden lang und atmete die salzige Luft ein. Plötzlich sagte sie sich, dass Alex recht hatte: Warum an das Ende denken? Alex konnte nichts dafür. Sie war böse geworden wie ein verwöhntes kleines Mädchen, weil er nicht anbetungsvoll jedes Wort in sich aufgesogen hatte, das sie von sich gab, während sie meinte, ihn mit ihrem schillernden Geist beeindrucken zu können. Er hatte seine Überraschung in freundliche Worte gepackt.

Als sie zurückkam, ging sie sofort ins Büro, setzte sich an ihren Computer und schickte Alex eine Nachricht. Kein Wort über das Vorangegangene. Sie erzählte ihm von ihrer Entscheidung und wie unentschlossen sie gewesen war. Am nächsten Tag fand sie eine Antwort von ihm: Er forderte sie auf, so genau wie möglich den Moment ihrer Ankunft am Flughafen und ihr erstes Gespräch mit der Person zu beschreiben, die sie abgeholt hatte. Sie tat es. Am selben Abend hatte sie wieder eine Nachricht von Alex:

»Ich verstehe nicht, wo das Problem liegt. Es ist offensichtlich, dass Sie nach Madison möchten.«

Das Problem war genau das, wovon sie ihm nichts geschrieben hatte. Janes nächste Nachricht war lang. Sie erzählte ihm alles. Von Eric, diesem Kapitel ihres Lebens und ihrer Angst, dass es in ihrem Kopf noch immer nicht abgeschlossen sein könnte, obwohl es das tatsächlich längst war. In Madison hatte sie zwei Tage lang gezittert, als könnte sie an der nächsten Straßenecke Eric oder seiner schwangeren Freundin über den Weg laufen. Sie fürchtete, dass ihre Vorliebe für Madison, die Alex ganz richtig erkannt hatte, unbewusst von ihrem Wunsch beflügelt worden sein könnte, sich Eric wieder anzunähern. Ihr hatten schon immer alle gesagt, sie hätte etwas Masochistisches und Selbstzerstörerisches.

»Sie sind ein großes Mädchen«, antwortete Alex. »Iowa ist ein Nachbarstaat von Wisconsin, na und? Hören Sie nicht auf Ihre Angst, und die Gespenster werden zu Staub zerfallen. Sie werden sich doch nicht in den Bayous von Louisiana vergraben wollen, nur um ja nicht ihrem früheren Mann zu begegnen.«

Jane lächelte. Das war genau, was sie hatte hören wollen. Ja, sie wollte nach Wisconsin gehen. Nicht wegen Eric, sondern trotzdem. Unabhängig von ihm. Sich von der Vergangenheit befreien. Plötzlich fühlte sie sich leicht. Eine Stunde später rief sie den Fachbereichsleiter für Französisch in Madison an. Sie hatte nicht den Schatten eines Zweifels.

Die Kurse hatten wieder angefangen, es war April. Ihr Austausch mit Alex hatte sich radikal verändert. Jane erzählte ihm von den Männern, die in ihrem Leben eine Rolle gespielt hatten: Eyal, Josh, Bronzino, den sie aus kollegialer Diskretion nicht namentlich nannte, und von Eric. Sie sagte ihm, wie sie, als sie Eric kennengelernt hatte, davon überzeugt gewesen war, dass die Liebe zuallererst auf körperlicher Anziehung basieren müsse; und wie das Scheitern ihrer Ehe dann alle ihre Überzeugungen ins Wanken gebracht hatte.

Alex hatte derartige Überzeugungen nicht. Viel Erfahrung mit Frauen im Übrigen auch nicht. Seine erste sexuelle Begegnung hatte er mit vierundzwanzig. Darum war er wohl auch nicht Schriftsteller geworden wie Marguerite Duras. Er verstand nichts »davon«. Er wusste nicht einmal, ob er sich von Männern oder

Frauen angezogen fühlte. Er hatte zwei kurze Abenteuer gleich hintereinander gehabt, das eine mit einem Mann, das andere mit einer Frau, und in beiden Fällen hatte er sich treiben lassen. Mit sechsundzwanzig an der Columbia University hatte er bei einem Fest einen jungen Italiener kennengelernt, Luciano. Schön wie ein Engel war er gewesen mit seinen kurzen schwarzen Haaren, den riesigen schwarzen, weit auseinanderstehenden Augen mit den langen Wimpern. In jener Nacht war er mit ihm heimgegangen, um herauszufinden, dass Luciano eine Luciana war, mit einem Jungenkörper ohne Hüften, Po und Brüste, aber dem Geschlecht einer Frau. Sie hatten fünf Jahre lang zusammengelebt, bis Luciana ihn mit seinem besten Freund betrogen hatte. Er hatte es auf sehr unangenehme Weise erfahren, als er eines Tages von einer Tagung zurückgekommen war und in Lucianas Toilettenbeutel nach einer Nagelschere gesucht hatte. Die Tube mit der Verhütungscreme, die noch voll gewesen war, als sie das letzte Mal miteinander geschlafen hatten, war fast leer gewesen. Im darauf folgenden Sommer war er nach San Diego umgezogen. Jetzt hatte er seit zwei Jahren kein Verhältnis mehr gehabt: Luciana hatte einen bitteren Nachgeschmack bei ihm hinterlassen. Auch sein Herz musste erst heilen. Er wohnte in einem kleinen Holzhaus direkt am Meer mit einem wunderbaren weißen Foxterrier, den er für eine Freundin hüten sollte, die eine Woche nach Mexiko wollte und dann lieber gar nicht mehr zurückgekommen war.

»Wenn ich einmal eine Geschichte schreibe, dann über eine alte Jungfer, die alleine mit ihrem Hund lebt – oder von einem einsamen, alten wortkargen Bauern und seiner Katze, die ihm überallhin folgt.«

Jane dachte an Begolu und ihre vier Hunde und an Lynn und ihre Katzen. Die Geschichte gab es schon, antwortete sie Alex: Félicité und ihren Papagei in *Ein schlichtes Herz* von Flaubert.

Es war Frühling. Die Vögel ließen sich in Scharen auf der feuchten Erde nieder, um neben den Pfützen nach Krümeln zu picken, die Bäume trieben aus und wurden immer grüner, kleine Blättchen reckten ihre Spitzen aus den kahlen Ästen hervor, und schon bald würden die ersten rosa Dolden auf dem Magnolienbaum vor ihrem Hauseingang sprießen. Die blühenden Kirschbäume auf dem Columbus Square bildeten einen herrlichen Bogengang aus weißer Spitze über dem ganzen Weg durch den Park. Jane wachte lächelnd auf, wartete mit täglich zunehmender Ungeduld auf ihre E-Mails und freute sich von Tag zu Tag mehr, wenn eine Nachricht von Alex gekommen war. Frühlingsgefühle? In San Diego war den ganzen Winter über Frühling. Er wohnte am Meer, direkt am Strand. Sie stellte sich den Blick aus seinen Fenstern vor und träumte sogar von seinem Büro im zweiten Stock. Er sagte ihr, es gebe nur ein Stockwerk. Es gab einen großen Unterschied zwischen ihnen. Er verabscheute das Wasser und ging niemals schwimmen, weder im Meer noch im Swimmingpool.

Er war dreiunddreißig. Dagegen war sie alt, fast achtunddreißig. Es gab noch einen anderen wichtigen Unterschied zwischen ihnen: Er hatte sie gesehen. Er hatte sich im ersten Moment in sie verliebt, als er sie hinter dem Rednerpult im Vortragssaal auf dem Kongress in San Francisco gesehen hatte. Wenn Jane ihn nur auch hätte sehen können. »Ich saß in der dritten Reihe, auf dem letzten Platz bei der Tür, damit ich mich verdrücken konnte, falls es langweilig werden würde. Ich bin groß. Ich hatte ein hellblaues Hemd an und eine Jeans. Ich habe ein rechteckiges Gesicht, rotbraune Haare und Koteletten.« Jane tat alles, was sie konnte, um ihrem Gedächtnis auf die Sprünge zu helfen. Sie erinnerte sich vage an einen recht gut aussehenden jungen Mann, dessen Blick sie – eine Sekunde nur – gekreuzt hatte. Ganz undeutlich, nur ein verschwommenes Bild. Wenn sie einen Vortrag hielt, war sie zu nervös, um sich ihr Publikum näher anzusehen. Sie bildeten nur eine undeutliche Masse. »Na gut, offenbar habe ich Sie nicht beeindruckt«, stellte Alex fest. Das beunruhigte ihn nicht übermäßig. Erst mal war der Saal brechend voll gewesen, und außerdem war das, was sie »körperliche Anziehung« nannte, nicht allein durch körperliche Attribute bestimmt, sonst hätte sie sich ihren Traummann im Computer aussuchen können. Man verliebte sich in einen Körper und ein Gesicht, ja, aber in einen Körper, der sich bewegte, in die kraftvollen Gesten oder einen bestimmten Gang, und in ein Gesicht, das einen ansah und einem zulächelte. Man verliebte sich in eine Energie und einen Geist, der sich in diesen Gesten, diesen Augen und diesem Lächeln ausdrückte. Dieselbe Energie fand sich auch im Stil. Vielleicht war das, was man schrieb, ja sehr beherrscht, aber es war auch das Persönlichste überhaupt. Diese drei Monate, in denen sie täglich Nachrichten ausgetauscht hatten, hatten auf jeden Fall etwas zu bedeuten. Er wollte sie nicht mit Worten überzeugen, dass sie sich in ihn verlieben würde. Sie mussten sich sehen. Aber er war zuversichtlich. Wenn sich zwischen ihnen kein magischer Funke einstellen wollte, war das kein Drama.

Natürlich bestand die beste Methode, herauszufinden, ob sie sich körperlich von ihm angezogen fühlte, darin, nach Old Newport zu kommen und mit ihr zusammenzutreffen, ohne seine Identität preiszugeben. Jane antwortete sofort: Er musste ihr versprechen, sie niemals mit so etwas zu überraschen, oder es war vorbei. Wenn sie ihm nicht vertrauen konnte, würde jeder Tag zu einem Albtraum werden. Sobald sie einen Unbekannten sah, würde sie sich fragen, ob das Alex war und ob sie vielleicht gerade in der Liebesprüfung durchfiel. Sie zögerte, ob sie ihm von Duportoy erzählen sollte, ließ es dann aber lieber bleiben, um nicht das Geheimnis eines Mannes zu verraten, dem Alex eines Tages womöglich begegnen würde. Fünf Minuten später kündigte ihr Computer eine Antwort an: Alex versprach, nicht ohne ihre Erlaubnis nach Old Newport zu kommen. Die Liebe, fügte er mit einem Lächeln hinzu, das Jane zwischen den Zeilen auf dem Bildschirm lesen konnte, war keine Leistungsprüfung: Man konnte nicht durchfallen.

Es war verrückt. Sie sprachen von Liebe, ohne einander je begegnet zu sein. Ihre Worte wurden von einer gemeinsamen, brennenden Sehnsucht beseelt. Ihre Nachrichten waren voll von körperlicher Spannung und kräftezehrender Erregung. Natürlich sprachen sie niemals über Sex. Darum ging es nicht. Manchmal wünschte sie sich, es gäbe keine E-Mail. Das Warten und das Glück beim Lesen einer jeden seiner Nachrichten waren zu stark. Von einem solchen Gipfel des Glücks konnte man nur abstürzen. Sie hatte Angst.

»Ich bin wehrlos, Sie haben eine solche Sehnsucht, zu lieben und geliebt zu werden, in mir entfacht.«

Sie sollten sich sehen, sich der Realität stellen. Wenn er nicht ihr Typ war, würden sie versuchen, Freunde zu bleiben. Wenn das nicht möglich war, sei's drum. Das Spiel wäre die Sache wert gewesen.

Wo, wann? Sich beim einen oder anderen zu besuchen, war zu riskant. Alex schlug die Tagung auf Hawaii vor. Seine Universität zahlte die Reise, auch wenn er keinen Vortrag hielt. Ein Ort von exotischer Neutralität, eine berufliche und ach so romantische Umgebung. Sie lachten. Vom 17. bis zum 21. Mai. Jetzt war schon der 2. Er musste die Reise vorbereiten, ein Ticket kaufen und ein Hotelzimmer reservieren. Darum kümmerte er sich gleich am nächsten Tag. Nicht dasselbe Hotel wie Jane, weil es zu teuer war, aber ganz in der Nähe. Als Jane am 6. abends Alex' Namen anklickte, nachdem sie ihre anderen Nachrichten gelesen und sich wie üblich das Beste für den Schluss aufgehoben hatte, fand sie eine kurze Mitteilung im Telegrammstil:

»Muss überraschend weg. Notfall. Werde für einige Zeit keinen Zugang zum Internet haben. Bis bald.«

Sie runzelte die Stirn. Sechs Fehler auf zwei Zeilen. Er musste in aller Eile getippt haben, im Stehen, die Tasche über der Schulter, während das Taxi schon wartete. Das Wort »Notfall« hatte einen dramatischen Klang. Ein Unfall in der Familie? Jane hatte ihm von ihrem Vater erzählt, wusste aber nichts über Alex' Verwandtschaft.

In den folgenden Tagen war sie jedes Mal leicht enttäuscht, aber nicht überrascht, wenn sie ihre E-Mail-Nachrichten aufrief und der Name von Alex nicht erschien. Sie dachte ständig an ihn und fragte sich, was da passiert sein konnte, wobei sie ganz egoistisch hoffte, dass es nichts dermaßen Schlimmes war, dass er seine Reise nach Hawaii absagen musste. Alex hatte vielleicht keinen Laptop, aber in der heutigen Zeit ließ sich fast überall in den USA ein Anschluss mieten. Sechs Tage. Vielleicht musste er jede einzelne Minute an der Seite seiner Mutter verbringen und die Angelegenheiten seines Vaters regeln und konnte nicht aus dem Haus, irgendwo in der Pampa, fern von jeder größeren Stadt. Wenn sie nur daran gedacht hätte, ihm ihre Telefonnummer zu geben. Vielleicht hatte er danach gesucht. Seit der Geschichte mit Duportoy hatte sie sich auf die Rote Liste setzen lassen. Vielleicht hatte er keinen freien Augenblick, um an Jane zu denken, wo er ja ohnehin wusste, dass sie sich in wenigen Tagen sehen würden. Auf Hawaii würden sie genug Zeit haben, um miteinander zu reden. Hatte sie ihm deutlich genug gesagt, was er ihr bedeutete, ganz unabhängig von seinem Äußeren? Hatte sie sich zu viel Angst anmerken lassen bei dem Gedanken, ihn zu sehen und gleichzeitig mit ansehen zu müssen, wie sich das besondere Band zwischen ihnen verflüchtigte? Hatte sie ihm vielleicht Angst gemacht?

Sie schickte ihm keine Nachrichten. Sie fürchtete, dabei nur ihre Unsicherheit preiszugeben und mit ihm wieder denselben Fehler zu machen wie mit Eric. Sie musste Alex und auch sich selber vertrauen. Wenn er ihre Beziehung beenden wollte, hätte er diese Nachricht nicht geschickt. Sie musste akzeptieren, was sie nicht verstehen, kontrollieren oder sich auch nur vorstellen konnte. »Lass los.« In vier Tagen würde er ihr alles erklären. Bis dahin war es besser, wenn sie ihren Vortrag noch einmal durchging. Alex würde im Saal sein.

Am Donnerstag, dem 14., hielt sie es nicht mehr aus und schlug im Telefonbuch die Nummer von Alex' Fachbereich an der University of San Diego nach und tippte sie mit zitternden Fingern ein. Sie stellte sich als Devayne-Professorin vor, die Professor Alex Letterman so schnell wie möglich erreichen musste. Der Name Devayne machte immer Eindruck bei den Sekretärinnen.

»Es tut mir leid«, sagte die Frau freundlich, »aber Professor Letterman ist noch nicht aus Frankreich zurück. Wir erwarten ihn in einer Woche. Möchten Sie eine Nachricht für ihn hinterlassen?«

Als sie auflegte, seufzte Jane erleichtert auf. Wer weiß, vielleicht war er in Frankreich am Krankenbett eines Freundes, in einem winzigen Dörfchen ohne Internetzugang. »In einer Woche« würde er zurück sein. Nach Hawaii also.

Übermorgen würde sie ganz früh losfahren. Hier regnete es, aber auf Hawaii war bestimmt gutes Wetter. Sie musste ihre Sommerkleider herausholen und bügeln. Und sie brauchte einen neuen Badeanzug. Auf keinen Fall würde sie ihren achtunddreißigjährigen Bauch den Blicken von Alex aussetzen. Sie kam an Dawns Büro vorbei.

»Jane, Sie sind noch da! Professor Bronzino möchte Sie gern sprechen. So schnell wie möglich. Er ist bis sechs in seinem Büro.«

Es war fünf Uhr fünfundzwanzig, und die Geschäfte machten um sechs zu. Sie würde den Badeanzug morgen kaufen. Sie holte ihr Fahrrad und fuhr im Regen die Garden Street hinunter zu Bronzinos Büro im anderen Gebäudeteil und klopfte dort an seine Tür.

»Herein.«

Sein Büro hier war kleiner als das Direktorenzimmer im neuen Gebäude, aber auch eleganter mit dem antiken Tisch, den dunklen Wandregalen, der Eichentäfelung und den bunten Sprossenfenstern. Bronzino stand mit der Brille auf der Nase vor seinen Regalen und sortierte Bücher ein. Er ging auf sie zu und umarmte sie voller Wärme, womit sie ganz und gar nicht gerechnet hatte.

»Meinen Glückwunsch. Ich habe gehört, dass du ein Angebot aus Madison angenommen hast. Eine hervorragende Universität. Vielleicht kannst du eines Tages in unsere Mitte zurückkehren – wenn du das willst. Auf jeden Fall wirst du uns fehlen. Du wirst mir fehlen.«

Das waren die ersten persönlichen Worte, die er in acht Jahren an sie gerichtet hatte. Er schien es ernst zu meinen, auch wenn er offensichtlich nichts getan hatte, um sie in Devayne zu halten.

»Das gute alte Old Newport wird mir fehlen – und du natürlich auch.«

Er nahm die Brille ab, knickte die Bügel ein und legte sie auf den Tisch. Inzwischen trug er Calvin-Klein-Anzüge und Hemden in Grau und Schwarz mit Krawatte. Keine Schuhe mit Kreppsohle mehr, sondern sehr schöne Churchs.

»Weißt du schon, dass ich demnächst Vater werde?«

»Tatsächlich? Herzlichen Glückwunsch! Wann ist es soweit?«

Das war also die Nachricht, die er ihr hatte mitteilen wollen. Eine Revanche für das, was vor acht Jahren passiert war.

»Im September. Die arme Liz wird den ganzen Sommer über mit dickem Bauch rumlaufen müssen.«

Plötzlich fiel Jane auf, wie sehr er sich verändert hatte. Er war alt geworden. Seine stellenweise knitterige Haut schimmerte beinahe gelb, er hatte eingefallene Wangen, braune Flecke im Gesicht und geschwollene Ringe unter den Augen. Sechsundsechzig Jahre. Nicht gerade jung für den Vater eines Säuglings. Die neue Ehefrau musste Druck gemacht haben. Ein Baby, eine junge Frau, die befriedigt werden musste, die Seminare, die Leitung des Zentrums, die Bücher, die geschrieben werden mussten – und neulich hatte sie in den *Devayne Daily News* gelesen, dass er ab nächstem Jahr als Dekan für sämtliche Dissertationsverfahren an der gesamten Universität zuständig sein würde. Der Mann arbeitete sich tot. Sie machte den Mund auf, um ihm zu seiner Nominierung zum Dekan zu gratulieren, als Bronzino mit betont harmloser Stimme fragte:

»Hast du schon von Xavier Duportoy gehört?«

Sie zuckte zusammen.

»Nein. Was?«

»Der arme Junge hat sich umgebracht.«

»Umgebracht! O mein Gott! Wann?«

Ihr stiegen die Tränen in die Augen. Bronzino nickte bedächtig.

»Vor nicht ganz einer Woche.«

»Aber warum?«

»Warum … Du müsstest doch am besten wissen, dass er nicht gerade der Ausgeglichenste war. Anscheinend hat sich seine Freundin, Jamaica Locke, von ihm getrennt, und er ist in diesem

Jahr beruflich auf Schwierigkeiten gestoßen. Es ist tragisch. Ein so brillanter Kopf. Er war nicht einmal fünfunddreißig.«

Als Jane mit dem Fahrrad nach Hause fuhr, musste sie immerzu an Duportoy denken. Sie schämte sich beim Gedanken an den Brief, der bei ihr zu Hause irgendwo zwischen ihren Papieren lag. Sie hatte ihn zur Seite gelegt und nicht mehr daran gedacht. Sie war mit den Gedanken woanders gewesen: die Entscheidung, welche Stelle sie annehmen sollte, ihr Briefwechsel mit Alex. Duportoy hatte sie angefleht, er hatte ihr gesagt, dass sein Leben auf dem Spiel stand. Sie hatte nicht zugehört, nicht geantwortet. Aus Feigheit. Ihr fehlte der Mut, sich gegen Lynn durchzusetzen, auch wenn sie mit deren Entscheidungen nicht einverstanden war. Sie hatte nicht den Mut, eine Freundin zu verlieren, die sie vielleicht noch brauchen würde. Wenn sie Alex nichts von Xavier Duportoy erzählt hatte, dann nicht nur aus Diskretion, sondern auch, weil sie sich schuldig fühlte. Sie war nicht stolz auf sich. Jetzt war er tot. Nicht wegen Jamaica. Wegen zwei dummen kleinen Scherzen, die zu seinem Schicksal geworden waren.

Sie klingelte bei Lynn und spuckte ihr die Neuigkeit entgegen: »Duportoy hat sich das Leben genommen.«

Sie stand aufrecht in ihrem tropfenden Regenmantel auf der Türschwelle und sah Lynn wütend an.

»Das tut mir leid«, sagte Lynn ruhig. »Ich weiß, was du denkst, Jane. Aber das bestätigt nur, was ich immer gesagt habe: der Typ war zu extremen Handlungen fähig. Wir können ihm dankbar sein, dass er seine Aggression gegen sich selbst gewendet hat.«

»Er war noch nicht mal fünfunddreißig.«

Das war das Alter, in dem auch Jeaudine gestorben war. Vielleicht hielt Lynn das für so etwas wie Gerechtigkeit. Auge um

Auge, Zahn um Zahn. Jane biss sich auf die Unterlippe, um nicht noch eine Gemeinheit hinzuzufügen.

Als sie am nächsten Morgen mit grässlicher Laune aufwachte, hörte sie den Regen aufs Fenstersims prasseln. Schon wieder Regen – dabei hatten sie bereits Mai. Sie hatte einen Albtraum gehabt. Alex fehlte ihr schrecklich. Er war bestimmt gestern aus Frankreich zurückgekommen und hatte ihr gleich eine Nachricht geschickt. Sie zog sich an und steckte den Fahrradschlüssel ein. Als sie die Tür hinter sich schloss und die Treppe hinunterging, war ihre Laune noch düsterer als der schwarze Himmel draußen. Und wenn keine Nachricht gekommen war? Wenn Alex nicht mehr an ihrem Austausch interessiert war? Wenn er vor vierzehn Tagen eine Frau kennengelernt hatte, der er nach Frankreich gefolgt war? Eine Französin. Zur Hölle mit den Französinnen, außer Rosen. Sie war verrückt, sich um eines Mannes willen, den sie morgen Abend zum ersten Mal sehen und der ihr vielleicht nicht einmal gefallen würde, in einen solchen Zustand versetzen zu lassen.

Unten fand sie das Paket mit dem Manuskript.

Jane war kreideweiß, und das Atmen fiel ihr schwer.

Nur ein einziges Detail stimmte nicht. Sie hatte ihr Fahrrad heute Morgen nicht herausgeholt, weil es in Strömen regnete und die Straßen eine einzige Pfütze waren. Er hatte den Regen vorhergesehen, aber nicht, wie heftig er sein würde. Aber wie konnte er wissen, dass sie durch Bronzino von seinem Tod erfahren würde?

Sie legte die letzte Seite oben auf den dicken Stapel. Da sah sie auf der Rückseite einen kleinen handgeschriebenen Satz in blauer Tinte und derselben Schrift wie die Adresse auf dem Umschlag. Sie nahm die Seite wieder auf und hielt sie sich dicht vor ihre müden Augen: »Es gibt von dem Text, den du in Händen hältst, kein weiteres

Exemplar. Weder auf Papier, noch Diskette, noch Festplatte.« Du. Seine Schrift, die direkte Anrede und die Gegenwartsform ließen seinen Tod plötzlich unglaublich gegenwärtig werden. Sie schauderte, stand auf und legte das Manuskript in die Schublade vom Tisch beim Telefon.

Es war stockdunkel draußen, fast zehn Uhr. Zwecklos, jetzt in der Universität von San Diego anzurufen. Um sieben Uhr abends würde die Sekretärin schon seit Ewigkeiten nicht mehr da sein.

Sie machte zwei Anrufe. Den ersten bei Bronzino, der ihr bestätigte, was sie schon vermutet hatte. Er hatte vor zwei Tagen eine Nachricht von Duportoy bekommen, in der er ihn bat, Jane persönlich über seinen Tod zu informieren. Norman hatte sich dem letzten Willen eines Toten nicht entziehen mögen und auch nichts Verletzendes für Jane darin gesehen. Sie beruhigte ihn und schrieb die Bitte Xaviers Feingefühl zu, der sich ja denken musste, dass sein Selbstmord ein Schock für sie sein würde. Sie erfuhr noch etwas anderes: Duportoy hatte sich in New York umgebracht, wo er das ganze letzte Jahr gelebt hatte, aber den Winter über hatte er in der Clark Library an der Universität von Los Angeles recherchiert. Das wusste Norman von seinem Freund Peter Weiss, dem Direktor der Bibliothek, der diesen talentierten jungen Mann gar nicht hoch genug in den Himmel heben konnte und nur bedauerte, dass Devayne so jemanden ziehen ließ.

Danach wählte Jane die Nummer von Jeremy Sachs. Sie entschuldigte sich für den späten Anruf: Sie sei bei Freunden in New York und fliege morgen nach Hawaii zu einem Kolloquium, an dem auch Alex Letterman teilnehmen werde; sie müsse ihm eine dringende Nachricht zukommen lassen, habe aber seine E-Mail-Adresse in Old Newport vergessen. Kannte Jeremy ihn? Wie es der Zufall wollte, hatte Sachs gerade diesen Morgen einen Brief von Janes jungem Freund erhalten, in dem er ihn einlud, an einer Ausgabe der

Stanford French Studies mitzuwirken. Die Adresse stand auf dem Umschlag: alekletterman@compuserve.com. Jane hatte das Gefühl, als würde ihr alles Blut auf einmal in den Kopf steigen. Sie hatte nicht eine einzige E-Mail an diese Adresse geschickt.

»Warum nicht sein Universitätsanschluss?«, fragte sie mit mühsam beherrschter Stimme.

»Er muss dir doch gesagt haben, dass er ihn dieses Jahr nicht benutzt hat, weil ein Compuserve-Anschluss von Lyon aus besser zu bedienen ist. Alex Letterman hat das ganze Jahr in Lyon verbracht.«

Als sie aufgelegt hatte, brach Jane zusammen. Lynn hörte sie aufheulen und versuchte vergeblich, mit ihrem Schlüssel die Tür zu öffnen – die Kette war vorgelegt –, und schließlich ging sie dazu über, Jane zu drohen:

»Wenn du nicht aufmachst, rufe ich die Polizei.«

Als sie hörte, wer Alex Letterman war, war Lynn so entsetzt, dass sie Duportoy am liebsten wieder ausgegraben hätte, um sicherzugehen, dass es wirklich seine Leiche war. Und Jane hatte diesen Irren auf Hawaii treffen sollen und sich in die Höhle des Löwen begeben. Lynn war überzeugt, dass sie Jane vor einem grausamen Tod errettet hatte, indem sie Duportoy in so tiefe Verzweiflung getrieben hatte, dass er sich schließlich das Leben nahm.

Dieser Mann hatte eine Studentin terrorisiert und dann, zwei Jahre später, eine Kollegin. Im Jahr darauf hatte er sich für jemand anders ausgegeben, um weiter mit dieser Frau spielen zu können. Duportoy hatte sich das Passwort zum Anschluss von Alex Letterman verschafft, der im Sabbatjahr war. Welche Freude, fortan Janes Seele mit jedem Tag ein bisschen mehr Gewalt anzutun. Ein Kinderspiel. Kein bisschen langweilig. Was konnte aufregender sein, als zuzusehen, wie sein Opfer liebestoll wurde und sich schließlich voller Leidenschaft ans Messer lieferte?

Etwas Aufregenderes gab es noch: zuzusehen, wie sich ihre Züge veränderten, wenn sie im Taxi bei dem einsamen Haus auf der Klippe ankam, wo er sich mit ihr verabredet haben würde, an der Tür klingelte und ihn wiedererkannte. Zu spät. Er würde die Tür schon hinter ihr geschlossen und verriegelt haben.

Im Augenblick, als er sich umgebracht hatte, war diese Szene nur noch eine Woche entfernt gewesen.

Zuerst spürte Jane glühenden Hass und Wut, dass sie derart getäuscht und von einem Mann manipuliert worden war, der sich bis in die letzten Winkel ihres Lebens und ihrer Seele geschlichen hatte. Aber je länger Lynn sich darüber ausließ, wie wütend sie war und wie froh, dass sie Jane gerettet hatte, desto mehr ließ Janes Hass nach und die Erinnerung an die Demütigung verflüchtigte sich. Es blieb nur die Wut, von einem Liebhaber verlassen worden zu sein, der sich umgebracht hatte. Denn es war Liebe. Sie hielt den Beweis in der Hand: das Manuskript. Alex wusste alles über sie. Nur die Liebe konnte ein solches Wissen anhäufen. Alex hatte, wenn schon nicht Jane selber, dann doch diese Figur geliebt, die er erschaffen hatte und die Jane so sehr ähnelte, der er Leben eingehaucht hatte, indem er sich in sie hineinversetzte. Er hatte sich nicht wegen Jamaica umgebracht. Auch nicht, weil er fürs nächste Jahr keine Stellung bekommen konnte. Ebenso wenig aus geistiger Verwirrung. Er hatte es für sie getan, für sie beide – weil sie einander weder auf Hawaii noch sonst irgendwo begegnen konnten, weil es unmöglich war, weil er Xavier Duportoy war.

Im Juli zog sie nach Wisconsin um. Sie mietete eine sonnendurchflutete Wohnung mit Blick auf den See und fing im September zu unterrichten an. Sie kaufte sich einen weißen Foxterrierwelpen, ein kleines lockiges Wesen, verspielt und empfindsam, das ständig um Streicheleinheiten auf seinen kleinen, zarten Bauch bettelte und das sie Pauline taufte. Ihr Buch über Flaubert erschien ohne Aufhebens im Oktober. Es hieß immer, dass es extrem bewegend sei, wenn man zum ersten Mal den eigenen Namen auf dem Umschlag eines Buches sah. Als sie das erste Exemplar zugeschickt bekam, bedeutete es ihr nichts.

Sie las das Manuskript noch einmal durch, änderte ein paar Namen, schrieb einen Anfang und ein Ende und noch einige Zwischentexte, die ihre Reaktion auf die Geschichte beschrieben. Die Worte kamen wie von selbst. Sie konnte sehen, wie Alex ihr lächelnd dabei über die Schulter schaute. Alex-Xavier. Alexavier. Das war es, was er gewollt hatte, sonst hätte er ihr nicht das Manuskript und die Diskette geschickt und ihr zu verstehen gegeben, dass sonst nichts davon bleiben würde. Ihr Roman. Ihr Kind. Sein Text, seine Idee, seine Struktur, sein Stil, aber ihre Geschichte. Der Korpus, die Intrigen, die Details, alles kam aus ihrer E-Mail-Korrespondenz und dem, was sie Jamaica und Francisco anvertraut und was auf diese Weise zu Duportoy gelangt war. Sie nahm wieder Kontakt mit Josh auf, der ihr bestätigte, was sie schon vermutet hatte: Er hatte Xavier Duportoy letztes Jahr in New York kennengelernt, und sie waren Freunde geworden. Über Rosen erfuhr sie auch, dass Vincent Duportoy kannte. Als sie das letzte Wort schrieb und auf die erste Seite ihren eigenen Namen als Autorin setzte, brach sie in Gelächter aus. Was für ein Scherz. Es war lustig, die ganze Welt an der Nase herumzuführen, diese ach so ernsthafte und langweilige Welt. Niemand würde es je erfahren. Sie teilte ihr Geheimnis mit Alexavier, der in ihrem Herzen lebendig blieb.

Im Dezember schickte sie das Manuskript an einen Agenten, dessen Adresse sie von Josh bekommen hatte. Den Übergang ins neue Jahrtausend verbrachte sie krank im Bett mit einem Ingweraufguss. Es war schön, allein und zufrieden zu Hause zu sein, während alle Welt sich verpflichtet fühlte, die Nacht durchzufeiern. Am 21. Januar 2000 nahm sie das Flugzeug nach New York und unterzeichnete ihren Vertrag bei Simon & Schuster. Sie zahlten ihr vierzigtausend Dollar. Der Literaturagent versprach, dass er für ihr nächstes Buch mehr herausschlagen würde. Jane lachte, als sie sich von ihm verabschiedete. Das Preisgeld für ihr wissenschaftliches Buch, die fünftausend Dollar, waren ihr damals wie eine enorme Summe vorgekommen. Janes Roman erschien drei Monate nach der Vertragsunterzeichnung. Bei wissenschaftlichen Titeln dauerte das Jahre. Es war eine andere Welt.

Wenn sie ihren Namen in das elektronische Register in der Bibliothek eingab, Cook, Jane Elisabeth, 1961, erschienen jetzt zwei Titel auf dem Bildschirm.

Die Kritiken fielen weitgehend positiv aus. Janes Lieblingsartikel kam zu dem Schluss, das einzige Problem mit *Janes Roman* sei der wunderbar feminine Stil der Autorin, der den Voraussetzungen einer extrem konstruierten Handlung ganz und gar widersprach. Niemand glaubte einen Augenblick lang, dass dieses Buch von einem Mann geschrieben worden war.

Im Mai erhielt sie eine enthusiastische Nachricht von David Clark. Er organisierte eine Tagung über den Gegenwartsroman und wünschte sich Jane als Gastautorin. Sie bedankte sich. Ein letzter Funken Neugier trieb sie, ihn zu fragen, ob Erics Kind ein Mädchen oder ein Junge geworden war und wie sie es genannt hatten. David antwortete, Catherine habe eine Fehlgeburt gehabt, und Eric und sie seien nicht mehr zusammen. Er erzählte ihr auch, dass Eric, der *Janes Roman* gelesen und sehr gut gefunden hatte, ihn gebeten habe, Jane seine neue Telefonnummer zu geben.

Der letzte Teil der Nachricht freute Jane, ohne ihre Gefühle übermäßig in Wallung zu bringen. Sie war geheilt. Der arme Eric hatte keine Chance. Sein Ehrgeiz, eine Familie zu gründen, war ja auch nicht übermäßig groß.

Es war zehn nach sechs. Sie konnte ihn zu Hause erreichen. Warum nicht gleich? Das Schweigen war nicht endgültig. Irgendwann würden sie ein richtiges Gespräch führen.

Sie wählte Erics Nummer.

Während sie es klingeln hörte, überlegte sie, ob sie ihm eine Nachricht hinterlassen würde und welche. Sie wollte gerade unentschlossen auflegen, als Eric aufnahm. Seine Stimme verwirrte sie.

»Ich bin's«, sagte sie.

»Du bist es.«

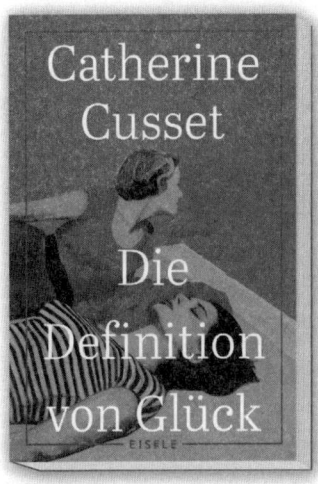

Clarisse ist eine Abenteurerin, liebt das Reisen und
die Männer. Ève hingegen leitet einen erfolgreichen
Edel-Catering-Service und führt mit ihrem Mann
eine stabile Ehe. Die eine wohnt in Paris, die andere in
New York. Über Jahrzehnte hinweg bekommen wir die
Lebensgeschichten der beiden Frauen erzählt, erfahren
von dem geheimen Band, das sie eint, und werfen einen
erhellenden Blick auf unsere Zeit, eine ganze Generation
von Frauen, ihre Sehnsüchte, Lieben, Abgründe, das
Muttersein und das Älterwerden. Und begreifen, wie
viele Möglichkeiten es gibt, das Glück zu definieren.

»Elegant und sehr französisch.«
DONNA

VERLAG